SIGRUN ARENZ

Kühl bis ans Herz

GOLDMANN
Lesen erleben

Buch

Ein Mord erschüttert die Vorweihnachtsidylle der Römerstadt Weißenburg. Eine junge Frau wird im Parkhaus am Ellinger Tor tot neben ihrem Auto aufgefunden. Ihr Name: Caroline Kröger. Die Ermittler Eva Schatz und Rainer Sailer stehen bei ihrem zweiten gemeinsamen Fall vor einem Rätsel, denn die Ermordete wurde weder vergewaltigt noch beraubt. Familie und Freundeskreis der Toten gleichen auf den ersten Blick der sprichwörtlich heilen Welt. Erst bei genauerem Hinsehen tun sich zwischen Konzertsaal und dörflichem Gesangverein, zwischen Internet-Portal, Bauernhof und Bio-Backstube Abgründe von Eifersucht, Enttäuschung und Rivalität auf. Während das Mordmotiv weiter im Dunkeln bleibt, stellt sich heraus, dass fast alle Befragten mehr wissen, als sie verraten wollen. Unterstützt vom umtriebigen Pfarrer Römer, versuchen Sailer und Schatz, das Geflecht von Widersprüchen zu entwirren. Fast zu spät wird ihnen klar, dass die Geschichte noch nicht vorbei ist und weitere Menschenleben in Gefahr sind.

Autorin

Sigrun Arenz, geboren 1978 in Nürnberg, lebt als Gymnasiallehrerin in Altötting. Mit »Das ist mein Blut« begann sie ihre Krimireihe aus dem Fränkischen Seenland mit dem ungleichen Ermittler-Duo Rainer Sailer und Eva Schatz.

Von Sigrun Arenz ist im Goldmann Verlag außerdem lieferbar:

Das ist mein Blut.
Sailer und Schatz: ihr erster Fall (47475)

Sigrun Arenz

Kühl bis ans Herz

Sailer und Schatz:
ihr zweiter Fall

GOLDMANN

MIX
Papier aus verantwortungsvollen Quellen
FSC® C014496
FSC
www.fsc.org

Verlagsgruppe Random House FSC-DEU-0100
Das für dieses Buch verwendete FSC®-zertifizierte Papier
Holmen Book Cream liefert Holmen Paper, Hallstavik, Schweden.

1. Auflage
Taschenbuchausgabe März 2012
Wilhelm Goldmann Verlag, München,
in der Verlagsgruppe Random House GmbH

Lektorat: Elmar Tannert
Umschlaggestaltung: UNO Werbeagentur, München
Umschlagmotiv: © FinePic, München
Th · Herstellung: Str
Satz: Uhl + Massopust, Aalen
Druck: GGP Media GmbH, Pößneck
Made in Germany
ISBN 978-3-442-47476-9

www.goldmann-verlag.de

TRACK 1

Der Fischer

Text: Johann Wolfgang von Goethe

Das Wasser rauscht', das Wasser schwoll,
ein Fischer saß daran,
sah nach dem Angel ruhevoll,
kühl bis ans Herz hinan.
Und wie er sitzt und wie er lauscht,
teilt sich die Flut empor;
aus dem bewegten Wasser rauscht
ein feuchtes Weib hervor.
Sie sang zu ihm, sie sprach zu ihm:
Was lockst du meine Brut
mit Menschenwitz und Menschenlist
hinauf in Todesglut?
Ach wüßtest du, wie's Fischlein ist
so wohlig auf dem Grund,
du stiegst herunter, wie du bist,
und würdest erst gesund.
Labt sich die liebe Sonne nicht,
der Mond sich nicht im Meer?
Kehrt wellenatmend ihr Gesicht
nicht doppelt schöner her?
Lockt dich der tiefe Himmel nicht,
das feuchtverklärte Blau?
Lockt dich dein eigen Angesicht
nicht her in ew'gen Tau?
Das Wasser rauscht', das Wasser schwoll,

netzt' ihm den nackten Fuß;
sein Herz wuchs ihm so sehnsuchtsvoll,
wie bei der Liebsten Gruß.
Sie sprach zu ihm, sie sang zu ihm;
da war's um ihn geschehn:
Halb zog sie ihn, halb sank er hin
und ward nicht mehr gesehn.

Applaus brandete durch das hohe gotische Gewölbe der St. Andreaskirche, nachdem die letzten Töne des Pianos verklungen waren. Der Sänger, der in gespannter Reglosigkeit abgewartet hatte, verbeugte sich tief, lächelte gelöst ins Publikum und streckte dann dem Pianisten die Hand hin, der ebenfalls enthusiastischen Beifall erhielt.

Rainer Sailer wandte seinen Blick von den beiden Künstlern ab, die gerade Blumensträuße von den Organisatoren des Abends in Empfang nahmen, und wandte sich an seine Begleiterin. »Nun?«, meinte er. »Ich hoffe, es hat sich gelohnt.«

Sie klatschte weiter, während sie ihm antwortete: »Danke für die Einladung, das war ein wunderschöner Abend… Also, jetzt mal ehrlich, welche deiner Freundinnen hat dir einen Korb gegeben, so dass du stattdessen mich mitnehmen musstest?«

Rainer lachte. »Ach, Mutter, so viele Leute in meinem Alter kenne ich nun wirklich nicht, die Schubert mögen… Obwohl…« Er ließ den Blick durch die Reihen der Kirchenbänke schweifen, wo viele Leute noch applaudierten, während andere schon aufgestanden waren, um nicht ins Gedränge des allgemeinen Aufbruchs zu geraten. Für ein klassisches Konzert waren erstaunlich viele junge Leute gekommen, um den Bariton Jonas Hofer zu hören. Er war ein gebürtiger Weißenburger, der gerade dabei war, als Sänger

Karriere zu machen, und viele Leute hatten die Gelegenheit genutzt, ihn in seiner Heimatstadt auftreten zu sehen. »Kennst du den Hofer nicht auch, von der Schule?«, fragte seine Mutter und erhob sich mit einem Seufzer von der unbequemen Kirchenbank. Rainer schüttelte den Kopf. »Der war doch bei den Windsbachern«, erklärte er und fragte sich nebenbei, ob die vielen jungen Frauen im Publikum auch gekommen wären, wenn Jonas Hofer nicht in die Kategorie »gutaussehend und charismatisch« gefallen wäre, Schubert hin oder her. »Kann ich dich noch auf einen Orangensekt einladen?«, erkundigte er sich bei seiner Mutter, während die beiden sich dem Strom von Menschen anschlossen, die dem Ausgang zustrebten. »Ich glaube, draußen auf dem Kirchplatz wollten sie noch einen Umtrunk anbieten.« Frau Sailer schauderte bei dem bloßen Gedanken. »Lieber einen heißen Kaffee im Warmen«, erwiderte sie. »Bei dem Wetter draußen herumstehen…« Sie schüttelte verständnislos den Kopf, und Rainer musste ihr recht geben, als sie in die Novembernacht traten, wo kleine Gruppen herumstanden, viele mit Schals und Handschuhen, obwohl es nicht direkt frostig war. Ein besonders lebhafter Kreis aus größtenteils jungen Leuten hatte sich um Jonas Hofer, den Sänger, gebildet, der jetzt einen schwarzen Wollmantel über seinem Anzug trug. Gelegentlich bemerkte Rainer jemanden, den er kannte – in mancher Hinsicht war Weißenburg eben doch ein Dorf –, und einmal wechselte er rasch auf die andere Seite seiner Mutter hinüber, um nicht gesehen zu werden. »Wer war das?«, wollte Frau Sailer prompt wissen, die das Manöver durchschaut hatte.

»Ach, bloß der Pfarrer Römer«, antwortete er mit einem Schulterzucken. Seine Mutter blickte zurück zu dem Mann, der im Gespräch mit einem älteren Ehepaar war. »Der euch bei eurem Fall im letzten Sommer so geholfen hat?«, fragte sie aufgeregt. Ihr Sohn verdrehte die Augen und verzichtete auf eine Antwort. »Wie fandest du denn den Gesang?«, wechselte er stattdessen das Thema, während er auf ein Café zusteuerte, das noch nicht in einen Raucherclub umgewandelt worden war.

»Oh, großartig«, begeisterte sich Frau Sailer. »So eine schöne Stimme! Bei diesem traurigen Lied aus der *Schönen Müllerin* hätte ich beinahe angefangen zu weinen. Schade, dass die CD noch nicht zu haben ist, die hätte ich vielleicht gekauft.« Mutter und Sohn ließen sich in der kleinen Bar nieder, wo sie einen Cappuccino tranken und sich über Konzerte und Schubertinterpretationen unterhielten, wozu Rainer nicht viel beitrug, weil er von Schubert wenig Ahnung hatte. Er musste allerdings zugeben, dass auch ihm das Konzert gefallen hatte, das er nur besucht hatte, um seiner Mutter eine Freude zu machen. Als sie sich auf den Weg zu Rainers Auto machten, sprach Frau Sailer gerade über die umstrittene Aufführung von *Faust II*, die sie im vergangenen Jahr in Weimar gesehen hatte. Vor den beiden lief eine Gruppe von Leuten, die ebenfalls im Konzert gewesen und vielleicht zum Umtrunk im Freien geblieben waren. Rainer und seine Mutter folgten ihnen durch das prächtige Ellinger Tor hindurch und über die Straße zum Parkhaus, vor dem sich kahle Baumäste gegen den nächtlichen Himmel abzeichneten. Krähennester hingen an einigen der Äste, der Anblick kam Rainer trostlos und traurig vor – ihm ging das Krähenlied aus der *Winterreise* im Kopf herum, das sie im Konzert gehört hatten. Sie stiegen die Treppen zum ersten Parkdeck hinauf, und er fischte in seiner Jackentasche nach dem Autoschlüssel, als auf einmal laute, aufgeregte Stimmen von weiter oben zu ihnen drangen. Mehrere Personen schienen dort durcheinanderzurufen. Ohne nachzudenken, lief Rainer ins Treppenhaus zurück und hastete nach oben, nahm dabei immer zwei Stufen auf einmal. Er öffnete die Tür zum dritten, vorletzten Parkdeck, lauschte – hier war er richtig. Eine Gruppe von Leuten stand in der hintersten, am wenigsten zugänglichen Ecke. Sie redeten wild durcheinander. Von oben kamen jetzt weitere Personen hinzu, aufgeschreckt durch den Aufruhr. »Was ist hier los?«

Niemand antwortete ihm zunächst, aber ein oder zwei Leute wandten sich ihm mit Gesichtern zu, in denen sich Bestürzung malte. »Ich bin Polizist«, verkündete Rainer und drängte die ihm am nächsten Stehenden zur Seite. Sein Magen krampfte sich zusammen, als er endlich freie Sicht hatte. Einen Moment lang hatte er gehofft, dass nur jemand ohnmächtig geworden war, einen Herzanfall oder etwas Ähnliches erlitten hatte, aber ein Blick verriet ihm, dass es viel schlimmer war als das. Die Gestalt lag auf dem Boden, fast schon unter dem Geländer, mit dem das sonst offene Parkdeck abgeschlossen war; es sah aus, als habe jemand versucht, sie unter der Reling hindurchzuschieben und zwischen die Bäume vor dem Parkhaus hinunterzuwerfen, ins Gebüsch, wo es lange dauern würde, bis man die Leiche fände. Es war eine Frau; er sah helles Haar, das an einigen Stellen mit dunklem Blut verklebt war, einen modischen roten Kurzmantel, Damenstiefel und einen Rücken, der zu einem Bogen zusammengekrümmt war. »Ich bin Polizist«, wiederholte er scharf, nachdem er den ersten Schock verwunden hatte und sich wieder bewusst machte, was jetzt von ihm erwartet wurde. »Wer von Ihnen hat sie gefunden? Hat jemand die Tote angefasst oder den Körper bewegt?« Gleichzeitig registrierte er seine Umgebung, so genau er konnte. Die Ecke mit der Leiche, der abgeschiedenste Winkel des Parkdecks, und davor ein Auto, ein blauer Ford Ka. Die Gruppe um ihn herum hatte sich nochmals vergrößert; unter den neu Hinzugekommenen entdeckte Rainer seine Mutter und Pfarrer Römer. In dem Kreis direkt um sich sah er eine Frau, die sich totenblass am Arm ihres Begleiters festklammerte, den Sänger Jonas

Hofer und einige andere Gesichter, die er auch im Konzert gesehen hatte. »Hat jemand sie angefasst?«, fragte er noch einmal scharf. Zwei oder drei Leute nickten zögernd und unsicher. »Ich glaube schon«, murmelte ein älterer Mann mit brüchiger Stimme. »Ich dachte zuerst, sie lebt vielleicht noch.« Einige der Umstehenden bestätigten seine Worte mit einem Nicken. Eine junge Frau verbarg ihr Gesicht in ihren zitternden Händen.

Rainer bemühte sich, klar zu denken. Dies war ein Tatort, der entsprechend gesichert werden musste, aber es war auch der Schauplatz einer Tragödie mit erschütterten Menschen, die vielleicht Hilfe brauchten. Er atmete tief durch. »Hören Sie bitte, Sie müssen alle ein Stück weggehen. Sie können hier nichts tun, und die Polizei muss diesen Ort sichern.« Er kramte sein Handy hervor und versuchte es einzuschalten, ohne den Blick von den fahlen Gesichtern abzuwenden. »Ich fürchte, Sie müssen alle noch eine Weile warten, wir müssen Sie vielleicht noch befragen. Herr Römer«, wandte er sich an den Pfarrer von Buchfeld, der im Hintergrund stehen geblieben war. »Können Sie sich vielleicht um die Leute kümmern, falls jemand Hilfe braucht?« Herwig Römer nickte und wandte sich seinerseits an die Anwesenden: »Kommen Sie mit, wir werden auf die Polizei warten – vielleicht im Treppenhaus?«, fragte er, an Rainer gewandt. Der runzelte die Stirn. Er wollte auf keinen Fall, dass die Gruppe Spuren zerstörte, aber er wollte auch nicht, dass jemand das Parkhaus verließ, bevor er mit seiner ersten Befragung fertig war. »Gehen Sie zu der Rampe hinüber, die nach unten führt«, antwortete er. »Dann können Sie gleich alle anderen wegschicken, die hier heraufwollen. Versuchen Sie alle, möglichst nichts anzufassen«, fügte er hinzu und tippte mit Fingern, die ebenfalls ein wenig zitterten, die Nummer seiner Dienststelle ein. Je eher seine Kollegen da waren und er sicher sein konnte, dass niemand den Tatort durcheinanderbrachte und Hinweise zerstörte oder unbrauchbar machte, umso besser. Er war mit einer solchen Situation noch nie allein konfrontiert gewesen, und er fühlte sich etwas ruhiger, als der Kollege am Telefon mit der Versicherung auflegte, sie würden »gleich da« sein. Er war froh, dass die Polizeiinspektion so nah war. Es würde wirklich nicht lange dauern. Das Handy noch immer in der Hand, wandte er seine Aufmerksamkeit wieder der Toten zu, nahm so viele Informationen mit den Augen auf wie möglich, da er ohne Ausrüstung nichts anfassen durfte. Sein Blick fiel auf den blauen Ford mit Weißenburger Kennzeichen, der die Leiche vor den Blicken der meisten Parkhausbenutzer abschirmte. Wer nicht in unmittelbarer Nähe parkte, hatte kaum Veranlassung, in diese eine Ecke zu schauen und die Gestalt dort zu sehen. Wie lange lag sie schon hier? Das Blut, das die blonden Haare verkrustete, war jedenfalls nicht mehr frisch. Sirenengeheul mischte sich in seine Überlegungen: Die Kollegen waren ausgerückt. Gehörte der Ka der Toten? Rainer warf einen Blick durch das Seitenfenster, er wollte feststellen, ob der Wagen abgeschlossen war, musste aber erkennen, dass er keine Zapfenverriegelung hatte. Das Einzige, was er sehen konnte, war ein rosa Plüschherz, das am Rückspiegel befestigt war. Blaulicht durchschnitt die Dunkelheit vor dem Parkhaus. Rainer atmete auf, als die Kollegen auf der Szene erschienen. Während der Fundort der Leiche abgesperrt und die Gruppe von Leuten auf der Rampe von zwei Beamten übernommen wurde, die zuerst die Personalien aufnahmen und dann alle gehen ließen, die nicht unmittelbar an der Auffindung der Toten beteiligt gewesen waren, öffnete Rainer das Telefonbuchverzeichnis seines Handys und scrollte die Einträge beim Buchstaben S herunter. Ja, er hatte die Nummer tatsächlich noch gespeichert. Er zögerte kurz, blickte zurück zu der Toten, die gerade fotografiert wurde, und drückte dann kurz entschlossen die Wahltaste.

»Deine Mutter hat übrigens heute angerufen.«

Eva Schatz blickte über den Rand ihres Weinglases Irene an, die ihr gegenübersaß. »Was wollte sie?«, fragte sie in einem Ton, der nicht so normal klang, wie sie beabsichtigt hatte. Irene lächelte. »Sie hat nur gefragt, ob sie die Blumen gießen und sich um den Kater kümmern soll, wenn wir im Urlaub sind.« Eva erwiderte nichts, sondern widmete sich schweigend ihrem Fisch. Am Nachbartisch saß eine größere Gruppe von Gästen, die sich offenbar bestens – und lautstark – unterhielt, während auf der anderen Seite ein Pärchen mehr ineinander als in sein Essen vertieft war. Etwas weiter entfernt blickte eine elegant gekleidete Frau mehrfach unauffällig auf die Uhr, um sich ihrem Begleiter dann mit scheinbarem Interesse wieder zuzuwenden. Er schien nicht zu bemerken, dass er langweilte.

»Sie meint es gut«, bemerkte Irene in aufmunterndem Ton, doch Eva zuckte nur die Schultern. Der Kater war so ziemlich das einzige Element ihres Lebens, das ihre Mutter uneingeschränkt guthieß. »Hast du morgen Frühdienst?«, fragte sie stattdessen. Irene verzog das Gesicht, als sie nickte. Siebzehn Jahre Schichtdienst im Krankenhaus hatten zwar nur wenige Spuren in dem anziehenden Gesicht hinterlassen, aber die Anstrengungen zehrten an ihren Nerven. Vielleicht war es auch das Leben und das Älterwerden an sich, dachte Eva freudlos. Manchmal sah sie Irene an, und ihr kamen Zweifel an ihrem gemeinsamen Leben. Aber irgendwann musste man schließlich auch wissen, was man wollte. Sie war nicht mehr dreißig, und sie hatte sich entschieden. Sie hatte, was sie gewollt hatte, im Beruf und im Privatleben. Manchmal schien es ihr trotzdem nicht mehr genug.

»Was ist?«, fragte Irene, als ob sie die unausgesprochenen Gedanken gespürt hätte. Eva zwang sich zu einem Lächeln. »Nur so. Es wird Zeit, dass wir Urlaub haben.«

»Ach ja, die Reservierungsbestätigung ist heute auch gekommen«, erklärte Irene. »Und eine detaillierte Broschüre mit allen Wellnessangeboten des Hotels. Schlammpackungen oder Sektbad für zwei, ganz nach Geschmack.«

Der bloße Gedanke an ihren Urlaub gab Eva enormen Auftrieb. »Wie wäre es mit Sekt im Schlammbad?«, erkundigte sie sich fröhlich.

»Gibt's bestimmt auch. Oder Schlammsekt in der Sauna. Auf unser Wohl – oder vielmehr unsere Wellness!« Sie erhoben ihre Gläser. Mitten in das leise Klirren des Anstoßens klingelte Evas Telefon. »Na dann prost«, murmelte sie verärgert.

Das Parkhaus am Ellinger Tor war ein Durcheinander von Menschen, Rufen und hastig verrichteten Tätigkeiten. Das Blaulicht der Polizeiwagen ließ grotesk verzerrte Schatten durch das Parkdeck gleiten. Die Ein- und Ausgänge waren gesperrt, und ein paar Leute, die in dieser Nacht noch ihr Auto abholen wollten, sahen sich von grimmigen und wenig mitteilsamen Uniformierten daran gehindert. Die kleine Gruppe, die dabei gewesen war, als die Leiche gefunden wurde, befand sich noch immer auf einer der Rampen. Die zehn Leute wirkten verloren und unsicher und schienen Halt aneinander zu suchen, eine zufällige Versammlung, die durch die Umstände zusammengekommen war und sich jetzt beinahe als eine Schicksalsgemeinschaft fühlte. »Sie haben die Tote als Erster bemerkt?«, fragte Rainers Kollege Bernd Gollwitzer den älteren, bärtigen Mann, Karl Herrmann, der unsicher nickte. »Ich glaube, ja. Das heißt, ich wollte zu meinem Auto und konnte mich nicht mehr genau erinnern, wo es stand. Ich bin die Reihe Autos entlanggelaufen, und als ich mich umgedreht habe, ist mir was aufgefallen, ich konnte nicht sehen, was es war, ein dunkler Haufen. Ich bin näher hin, und er« – Herrmann deutete auf den Sänger – »kam auch gerade daher und fragte: ›Was ist das?‹ Wir sind beide hin und haben die Gestalt gesehen, und – ich weiß nicht, ich glaube, wir haben uns hingekniet und gerufen, ob sie uns hört…«

»Wissen Sie, ob Sie die Tote angefasst oder bewegt haben?« Der ältere Mann dachte angestrengt nach, die Stirn in Falten gezogen. »Ich glaube, angefasst haben wir sie schon. Viel bewegt nicht, man hat schnell gemerkt, dass sie…« Er brach ab, ohne den Satz zu vollenden. Die junge Frau in der Nähe verbarg wieder ihr Gesicht in den Händen. Sie schien unter Schock zu stehen und hatte noch kaum ein Wort gesagt. Jonas Hofer, zu dem Herrmann fragend hinüberblickte, nickte bestätigend. »Ich glaube, so war es. Wir waren beide fast gleichzeitig bei ihr, und ich glaube, ich habe ihr Handgelenk angefasst und er – den Kopf, ich weiß nicht. Sie fühlte sich kalt an, da haben wir angefangen zu rufen, und dann kamen auch die anderen angerannt.« Seine Sängerstimme klang auch im Sprechen angenehm, selbst in dieser Situation hatte sie etwas Ruhiges und Warmes an sich, während die anderen alle mehr oder weniger brüchig klangen. Einer der Männer aus der Gruppe, den Arm noch immer fest um seine Frau gelegt, die sich blass an ihn schmiegte, fügte hinzu: »Mehrere Leute kamen gelaufen, die beiden hier« – er deutete auf Herrmann und Hofer – »standen auf und redeten durcheinander, und dann kam die andere Frau und kniete sich auch noch neben die Leiche, und ich glaube, sie hat sie auch berührt, und dann hat sie sich umgedreht zu uns und hat gesagt: ›Sie ist tot.‹«

Gollwitzer nickte. »Sie sind Herr Schmied, oder?« Dann wandte er seine Aufmerksamkeit der jungen Frau zu, die abseits der anderen stand und ins Leere starrte, die Schultern hochgezogen, das Gesicht immer wieder in den Händen verbergend. Pfarrer Herwig Römer stand neben ihr; er hatte eine Zeitlang beruhigend auf sie eingesprochen. Gollwitzer begrüßte ihn mit einem Nicken. Römer war damals in der dramatischen Regennacht am Brombachsee dabei gewesen, in der sie den Fall Kronauer abgeschlossen hatten. Der Pfarrer erwiderte das Nicken und entfernte sich ein paar Schritte zu einer der anderen Wartenden. »Hören Sie«, sagte Gollwitzer so ruhig wie möglich zu der Frau, »Sie können gleich gehen, Sie müssen mir nur ein oder zwei Dinge sagen.« Sie blickte auf, das Gesicht starr wie eine Maske. »Linda Galster?«, fragte er, obwohl sie die Personalien bereits aufgenommen hatten. Sie nickte mechanisch. »Sie waren ebenfalls am Fundort, gleich nachdem die beiden Männer die Tote entdeckt hatten, ist das richtig?« Sie nickte wieder. Ihre Hände zitterten. »Einer der Herren sagt, Sie hätten sich auch zu der Toten gekniet und sie berührt. Können Sie sich erinnern?« Ein drittes Nicken war die einzige Reaktion, die er erhielt. »Warum haben Sie das getan, hatten die anderen noch nicht gesagt, dass die Frau tot ist? Haben Sie geglaubt, Sie könnten noch etwas für sie tun?«

Linda Galster starrte hinüber in die entfernte Ecke des Parkdecks, wo sich jetzt Beamte drängten und Lichtquellen jeden Winkel ausleuchteten.

»Man konnte sehen, dass sie tot war«, antwortete sie endlich mit einer Stimme, die tonlos und gleichzeitig rau klang. »Ich war sicher, dass sie tot war, aber …« Die brüchige Stimme versagte ihr ganz, und wieder musste Gollwitzer nachhaken: »Sie waren sicher, dass sie tot war, aber trotzdem haben Sie sich neben die Leiche gekniet …« Linda Galster erschauerte merklich bei dem Wort, nickte aber. »Warum?«, wollte der Beamte wissen. »Oder war es bloß eine instinktive Reaktion?«

»Der Mantel«, flüsterte Linda Galster. »Ich konnte das Gesicht nicht sehen.«

»Ich verstehe nicht«, gestand Gollwitzer. »Was war mit dem Mantel?«

»Es ist ihrer«, erklärte sie, noch immer mehr wispernd als sprechend. »Ich habe ihn erkannt. Es ist Caroline.« Sie starrte ihn entsetzt an, als ob ihr erst jetzt die Bedeutung ihrer Worte klar geworden sei. »Es ist Caroline«, wiederholte sie tonlos. »Sie ist tot.«

Der blaue Ford war nicht abgesperrt, und in seinem Inneren herrschte ein ziemliches Durcheinander – CD-Hüllen lagen auf dem Boden des Beifahrersitzes herum, in den Seitenablagen, die offenbar schon länger nicht mehr ausgeräumt worden waren, hatten sich Kaugummipapierchen, Kassenzettel und ähnlicher Kleinkram angesammelt, und die Fußmatten waren voller Sand und Krümel. Rainer drückte auf den Knopf neben dem Lenkrad, der den Kofferraum öffnete, und ging um das Auto herum, um einen Blick hineinzuwerfen. Seine Finger fühlten sich unter dem Plastik der Schutzhandschuhe, die er übergestreift hatte, kalt und steif an. Er ließ den Blick über den leeren Kofferraum schweifen und schloss die Klappe wieder. Das rosa Plüschherz am Rückspiegel vibrierte ganz leicht von der Erschütterung.

»Ich bin so weit fertig«, sprach ihn jemand von hinten an. »Soweit es mich betrifft, können Sie die Leiche jetzt wegbringen.« Rainer wandte sich um und nickte dem hochgewachsenen, dünnen Mann zu, der sich zu ihm gesellt hatte. »Dr. Jöst, nicht wahr?«, fragte er. Der Pathologe nickte. Er sah ein wenig wie ein Klischeemediziner aus einem älteren Arztfilm aus – von der Sorte attraktiver Mittfünfziger mit grauen Schläfen und vernachlässigtem Privatleben. Rainer sah über das runde Heck des Ka hinüber zu der Toten. »Was meinen Sie, wann ist sie gestorben?«

»Irgendwann in den letzten achtundvierzig Stunden«, antwortete der Arzt prompt. Rainer unterdrückte eine ungeduldige Erwiderung – so viel war sogar ihm klar gewesen. »Ich nehme an, ich muss bis morgen warten, um eine genauere Antwort zu bekommen«, sagte er bloß.

Dr. Jöst nickte bedächtig: »Ich gebe Ihnen Bescheid, sobald ich mehr weiß. Aber Ihnen ist schon klar, dass ich den Todeszeitpunkt auch morgen bestenfalls auf sechs bis acht Stunden eingrenzen kann.«

»Genauer geht es nicht?«, fragte Rainer irritiert.

»Natürlich«, lächelte der Mediziner ein wenig herablassend. »Wenn Sie möchten, wende ich die klassische Algor-Mortis-Formel an, nach der sich die Temperatur des Toten pro Stunde um 0,8 Grad abkühlt, bis sie Raumtemperatur erreicht; dann bekommen Sie ein ziemlich konkretes Ergebnis.«

»Aber?«, wollte Rainer etwas missmutig wissen. Jöst lächelte wieder, durchaus verständnisvoll: »Es würde nicht stimmen«, sagte er milde. »Ich weiß nicht, was Ihnen die Pathologen bisher erzählt haben – es gibt immer noch etliche, die meinen, auf diese Weise könnte man den Todeszeitpunkt genau bestimmen, aber die Abkühlung des Toten verläuft längst nicht so geradlinig, wie man früher angenommen hat. Sobald der Mensch stirbt, bricht im Körper das Chaos aus, manchmal erhöht sich die Temperatur einer Leiche nach dem Tod sogar kurzzeitig.« Rainer seufzte. »Okay, okay, wie Sie meinen. Tun Sie, was geht.« Er ging zu seinen Leuten hinüber. Die Bahre war gerade ausgeladen worden, und zwei Männer gingen nun daran, die Leiche zum Transport fertig zu machen. Der Polizeibeamte sah ihnen gedankenverloren zu, als plötzlich sein Kollege Bernd Gollwitzer neben ihm erschien, begleitet von einer der Personen, die zuvor an der Rampe gewartet hatten. »Wir wissen vielleicht, wer die Tote ist«, begann er ohne Vorrede. Rainer sah die junge Frau fragend an. Ihr Gesicht wirkte, eingerahmt von dem dunklen, halblangen Haar, im kalten Licht des Parkdecks sehr blass. »Linda Galster«, erklärte Gollwitzer. »Sie sagt, sie kennt das Opfer.« Er nickte ihr aufmunternd zu, und sie räusperte sich, bevor sie mit bemüht beherrschter Stimme sagte: »Es ist … ich glaube, es ist eine Freundin von mir, Caroline Kröger.« Sie sah aus, als wollte sie noch mehr sagen, ohne recht zu wissen, was.

Rainer hatte das Gefühl, dass sie unter Schock stand, und beschloss, es kurz zu machen. »Sie lag direkt neben diesem Auto«, sagte er und deutete auf den Ford. »Vielleicht kennen Sie es? Ist es vielleicht ihres?«

Die junge Frau nickte. »Caros Auto«, meinte sie leise. »Das ist ihr Auto.« Sie begann zu zittern, und Rainer sah sich nach den Rettungskräften um, die den Ort noch nicht alle verlassen hatten. »Kommen Sie, Sie können uns morgen mehr erzählen«, brummte Gollwitzer. »Jetzt sollten Sie versuchen, etwas Ruhe zu finden.« Er winkte einen Sanitäter heran, der gerade vorbeiging, und meinte: »Sie sehen ziemlich mitgenommen aus, Frau Galster. Die Rotkreuzler können Sie nach Hause fahren.« Der Sanitäter nickte und führte die junge Frau am Arm weg, doch Rainer bemerkte, dass sie sich nach wenigen Schritten von ihm losmachte und allein weiterging.

Ein Polizeibeamter kam auf die beiden zu, eine durchsichtige Tüte in den behandschuhten Händen. »Sie hatte eine Handtasche bei sich, Schlüssel, Geldbeutel, Kosmetik, das Übliche halt«, berichtete er. »Caroline Kröger, geboren am 19.11.85. Wir haben alles eingesackt, was hier sonst noch herumlag.«

Rainer nickte. »Gut. Haben Ihre Leute auch draußen gesucht, auf dem Boden vor dem Parkhaus?«

»Ja, natürlich. So wie die Tote dalag, fast unter dem Geländer, haben wir uns gedacht, dass da leicht etwas runtergefallen sein könnte.«

»Oder dass der Täter etwas hinuntergeworfen hat«, ergänzte Gollwitzer grimmig. Die drei Männer schwiegen einen Moment lang, dann wandte sich Rainer an den Kollegen. »Haben wir was über die Eltern des Opfers? Oder ist sie verheiratet? Je eher wir ihren Angehörigen die Todesnachricht überbringen, desto besser.«

»Ich schau schnell, was ich tun kann«, versprach der Beamte und lief zu einem Polizeibus hinüber.

Gollwitzer hatte die Arme vor dem Körper verschränkt und starrte mit finsterem Gesichtsausdruck in die Dunkelheit. »Scheiße, dass so was passiert«, sagte er leise, aber heftig. »Und ausgerechnet hier in Weißenburg. Ich hab selbst eine Tochter in dem Alter … einundzwanzig ist sie.«

»Ich hoffe, wir kriegen schnell Ergebnisse«, murmelte Rainer und scharrte mit dem Fuß über eine sandige Stelle des Bodens. Er wollte noch etwas hinzufügen, ließ es aber sein, als eine Beamtin auf ihn zukam, einen Computerausdruck in der Hand. »Sie wollten was über die Angehörigen der Toten«, sagte sie und schaute auf den Zettel. »Die Mutter heißt Tanja Kröger und wohnt hier in Weißenburg, sie ist geschieden, der Vater lebt in Erlangen.« Sie reichte ihm das Blatt.

»Danke. Dann suche ich die Mutter am besten heute noch auf.«

»Es ist ziemlich spät«, gab Gollwitzer zu bedenken. »Wenn wir um die Zeit an der Tür klingeln …«

»Dann weiß sie gleich, dass etwas passiert ist«, erwiderte Rainer, »und ist schon vorgewarnt. Außerdem spricht sich so was viel zu schnell rum, und ich will nicht, dass ihre Eltern es auf anderem Weg erfahren.«

Gollwitzer erhob keine weiteren Einwände, sondern begleitete Rainer aus dem Parkhaus hinaus. Ihr Atem dampfte in der kalten Nachtluft, und die beiden Männer fröstelten, nachdem sie so lange herumgestanden waren. Vor ihnen gähnte dunkel der Eingang zur Fußgängerunterführung, die unter der Straße hindurch zur Innenstadt führte. An der Treppe zur Straße hinauf standen zwei Personen, und Rainer machte ein finsteres Gesicht, als er sie erkannte. Seine Mutter befand sich im Gespräch mit Pfarrer Römer, und beide kamen auf die Polizisten zu, als sie sich näherten. »Tut mir leid, Mutter, dass du warten musstest«, sagte er. »Vielleicht nimmst du dir besser ein Taxi, ich habe noch etwas zu tun.«

»Oh, natürlich, das ist überhaupt kein Problem«, erwiderte sie. »Ich würde die kurze Strecke auch zu Fuß gehen, aber nicht in diesen Schuhen.« Sie hatte sich fein gemacht fürs Konzert. Rainer fror es beim Anblick ihrer Füße in den dünnen eleganten Pumps. »Geh lieber gleich, du holst dir sonst noch eine Erkältung. Gute Nacht!« Dann wandte er sich stirnrunzelnd an den Pfarrer. »Was machen Sie denn noch hier? Hat man Sie Ihr Auto nicht holen lassen?«

»Auch das«, gab Herwig Römer zu. »Ich werde mir wohl ebenfalls ein Taxi nehmen müssen. Aber ich wollte fragen, ob ich noch irgendetwas tun kann.«

Darauf fielen Rainer eine Reihe Antworten ein, und keine davon war freundlich. Er suchte gerade nach Worten, die dem lästigen Geistlichen höflich, aber unmissverständlich deutlich machen würden, dass seine Anwesenheit im Zusammenhang mit diesem Fall völlig unerwünscht war, aber Gollwitzer fiel ihm in den Rücken. »Die Todesnachricht«, raunte er leise. »Vielleicht nehmen wir ihn besser zur Mutter der Toten mit … seelische Unterstützung und so.«

Rainer rollte die Augen. Erst seine Mutter und jetzt auch noch sein Kollege. »Also, dann kommen Sie mit«, meinte er ungnädig. »Ich muss eine Todesnachricht überbringen, und wenn Sie meinen, dass Sie da von Nutzen sein können …«

»Dann wissen Sie schon, wer die Tote ist?«, fragte Römer, während sie zu dritt auf einen Streifenwagen zuliefen, der oben an der Straße wartete. Rainer überließ es Gollwitzer, mit dem Pfarrer zu reden. Schließlich war es seine Idee gewesen, ihn mitzunehmen.

Die Drei-Zimmer-Wohnung, in der Tanja Kröger lebte, befand sich in einem Wohnblock am Rande Weißenburgs. Trotz der späten Stunde wurde die Tür fast unmittelbar, nachdem sie geklingelt hatten, geöffnet. Der Mann stutzte, als er sah, wer auf der Schwelle stand; sein Blick blieb an Gollwitzer hängen, der eine Uniform trug. Sein jugendliches Gesicht, gebräunt von Sonne oder Solarium, verlor ein wenig Farbe. »Was ist?«, sagte er heiser, schien nicht mehr herauszubringen in seiner Bestürzung. Rainer wechselte einen verwunderten Blick mit Gollwitzer und räusperte sich. »Entschuldigen Sie, wir wollten eigentlich mit Frau Tanja Kröger sprechen – sie wohnt doch hier, oder?«

Aus dem Wohnzimmer drang das Geräusch eines laufenden Radios. »Sie wird gleich zurück sein«, erklärte der Mann. »Sie sind von der Polizei?« Als Rainer nickte und seinen Dienstausweis hervorholte, öffnete der andere die Tür weiter, ohne einen Blick auf das Dokument zu werfen, und wiederholte: »Sie kommt gleich wieder. Kommen Sie herein.« Sein Blick glitt unruhig über Rainer, Gollwitzer und den Pfarrer hin, ehe er ihnen voranging. Das Wohnzimmer war recht geräumig, aber es wirkte überfüllt mit Möbeln und dicken Teppichen. Das Bügelbrett, das neben einem vollen Wäschekorb mitten im Raum stand, verstärkte diesen Eindruck noch, ebenso die Tatsache, dass das Zimmer merklich überheizt war. Offensichtlich war der Mann gerade beim Bügeln gewesen; er schaltete das Bügeleisen aus, ein Druck auf die Fernbedienung ließ das Radio verstummen, dann wandte er sich zu Rainer um. »Was ist passiert?«, fragte er leise, die Stimme tonlos vor Anspannung. »Ist ihr was zugestoßen? Ist es Tanja?« Er schien vergessen zu haben, dass sie gekommen waren, um mit Tanja Kröger zu sprechen, oder vielleicht glaubte er ihnen auch nicht. Ehe einer von ihnen noch etwas sagen konnte, klingelte es erneut, und diesmal flog der Mann förmlich zur Tür. Sie hörten ihn, undeutlich vor Erleichterung, rufen: »Tanja? Gott sei Dank, du bist gesund«, und dann Stimmen, die leise und hastig miteinander sprachen. Wahrscheinlich informierte er sie über die drei Besucher. Sie kamen gemeinsam in das Wohnzimmer, die Frau noch im Anorak, blass vor Schrecken.

»Sie sind von der Polizei?«, fragte sie unsicher. »Sie wollen mich sprechen? Ich bin Tanja Kröger.« Sie stützte sich leicht auf den Arm des Mannes; sie boten einen eigenartigen Kontrast, sie in ihrer Winterjacke, er in Hemdsärmeln. Frau Kröger sprach leise und hastig, als wollte sie den Männern keine Gelegenheit geben zu sagen, weshalb sie gekommen waren: »Das ist mein Mann, Arno Hertz – mein Lebensgefährte, meine ich«, verbesserte sie sich. Noch ein seltsamer Kontrast, dachte Rainer sich, er offensichtlich einige Jahre jünger als sie, aber vor allem so betont jugendlich, sie ein wenig nachlässig in Kleidung und Auftreten, als sei ihr ihre Erscheinung nicht so wichtig. Arno Hertz legte leicht seine Hand auf ihre beiden, die noch immer in Handschuhen steckten, und sie verstummte abrupt und sah Rainer mit Augen an, die weit und dunkel wirkten vor Furcht. Er räusperte sich. »Frau Kröger, wir sind wegen Ihrer Tochter gekommen, Caroline. Ich fürchte, wir bringen schlechte Nachrichten. Wir wurden heute zu einem Einsatz gerufen …«

»Ein Unfall?«, unterbrach Arno Hertz scharf, während Frau Kröger langsam die Handschuhe von den Fingern zog und nicht aufblickte dabei.

»Kein Unfall«, antwortete Rainer ernst. »Wir haben eine junge Frau tot aufgefunden, und wir haben Grund anzunehmen, dass es sich um Ihre Tochter handelt, Frau Kröger.«

Sie nickte mechanisch, ohne etwas zu sagen, dann setzte sie sich auf ein Sofa, noch immer im Anorak, blass und stumm.

»Woher wissen Sie das?«, fragte Hertz – es klang fast aggressiv, aber Rainer kannte diese Reaktion von Leuten, die eine Todesnachricht erhielten, und antwortete sehr ruhig: »Wir haben ihre Handtasche gefunden. Ich fürchte, es besteht wenig Zweifel daran, dass sie es ist.«

»Tot?« Es war nur ein Wispern vom Sofa her.

Pfarrer Römer setzte sich neben Frau Kröger, während Gollwitzer unbehaglich und schwitzend dastand und Rainer sich weit fort wünschte, wie immer, wenn er schlechte Nachrichten überbringen musste.

»Was meinen Sie mit ›tot aufgefunden‹?«, wollte Hertz wissen, noch immer in kämpferischem Tonfall. »Wenn es kein Unfall war … Wo? Sagen Sie mir, was geschehen ist!«

»Wir wissen es nicht«, erwiderte Rainer müde. »Sie wurde in der Nähe ihres Autos gefunden, und sie war sicherlich schon einige Stunden tot.«

»Sie war kerngesund«, protestierte Hertz. »Ein gesundes junges Ding kippt doch nicht einfach um und ist tot.«

»Nein, sie ist nicht einfach umgekippt«, bestätigte Rainer ruhig, und dann wartete er, bis die logische Schlussfolgerung sich auf dem gebräunten Gesicht seines Gegenübers abzeichnete, obwohl er dagegen ankämpfte. Erst dann ergänzte er grimmig: »Wir befürchten, dass sie das Opfer eines Überfalls geworden ist.« Tanja Kröger brach in ein leises, hilfloses Weinen aus, und Rainer fand, es sei an der Zeit, das Feld Pfarrer Römer zu überlassen, doch Hertz fasste ihn am Arm und wollte mehr wissen, verlangte Informationen darüber, was mit Caroline passiert war, wie sie gestorben war und wo.

»Ich kann Ihnen nicht sagen, was Sie wissen wollen«, erklärte er seufzend. »Wir wissen selbst noch zu wenig. Alles, was ich Ihnen mitteilen kann, ist, dass wir sie im Parkhaus am Ellinger Tor gefunden haben, und dass es so aussieht, als ob jemand sie angegriffen hätte.«

»Jemand«, wiederholte Hertz zischend, voller Wut, worüber, hätte man nicht sagen können. »Was meinen Sie mit ›jemand‹?«

Rainer wunderte sich jetzt doch über die Aggressivität, die der andere ausstrahlte. Er war bis zu diesem Augenblick, ohne groß darüber nachzudenken, davon ausgegangen, dass Caroline Kröger das zufällige Opfer eines Gewalttäters geworden war, der vielleicht zusätzlich unter Alkoholeinfluss stand, aber natürlich war das nicht die einzige Möglichkeit. »Was meinen *Sie* denn, Herr Hertz? Wir wissen bislang gar nichts über Caroline Kröger. Hatte sie Feinde? Jemanden, der ihr übelwollte? Einen Freund, mit dem sie in Streit geraten sein könnte? Wenn es da etwas gibt, sagen Sie es uns – es muss nicht heute sein, wir werden ohnehin wiederkommen müssen, und vielleicht ist es Ihnen beiden lieber, wenn wir jetzt gehen.«

»Es war irgendein Gewaltverbrecher«, mischte sich Frau Kröger leise ein, die Stimme dünn von den Tränen, die sie zurückhielt. »Niemand hat Caro gehasst. Niemand, der sie gekannt hat, hätte ihr etwas antun wollen.«

»Hoffentlich«, sagte Rainer sacht. »Aber solche Tragödien gibt es immer wieder. Hatte Ihre Tochter eine Beziehung?«

»Sie hat einen Freund«, antwortete sie schwach. »Die zwei sind schon ein paar Jahre zusammen.«

»Das ist ein ordentlicher Kerl.« Ihr Lebensgefährte zog die Stirn in Falten; es verlieh seinem eigentlich gutaussehenden Gesicht einen beinahe unangenehmen Ausdruck. »Der hätte ihr nie etwas getan.«

»Woher wollen wir das wissen?«, gab Frau Kröger leise zurück. »Sie wollten ja nichts mit uns zu tun haben.«

»Sie kennen ihn gar nicht?«, hakte Rainer rasch nach,

doch Hertz antwortete gereizt: »Doch, natürlich. Sie waren nur nicht sehr oft hier.«

»Wann haben Sie denn das letzte Mal von Ihrer Tochter gehört, Frau Kröger?«

Sie zögerte mit der Antwort. »Ich glaube, am Wochenende hat sie angerufen. Gesehen habe ich sie … wir waren letzte Woche mal im Café zusammen.«

Rainer knöpfte unruhig seine Jacke ganz auf; ihm wurde immer wärmer in dem überheizten Raum. »Sie und Ihre Tochter, ist das richtig? Herr Hertz war nicht dabei? Und der Freund Ihrer Tochter auch nicht?«

Tanja Kröger nickte bestätigend. »Das stimmt. Wir haben uns in ihrer Arbeitspause getroffen, nur wir zwei, ohne die Männer.« Ein kurzes, verlorenes Lächeln. »Ihr Freund arbeitet die ganze Zeit. Tobias Galster heißt er, aus Buchfeld drüben.«

Pfarrer Römer zog bei der Erwähnung des Dorfes, in dem er lebte, die Stirn in nachdenkliche Falten, als ob er versuchte, sich an ein Gesicht zu dem Namen zu erinnern.

Und Rainer war nicht entgangen, dass der Name Galster heute schon zum zweiten Mal auftauchte.

TRACK 2

Im Dorfe

Text: Wilhelm Müller

Es bellen die Hunde, es rasseln die Ketten;
es schlafen die Menschen in ihren Betten,
träumen sich manches, was sie nicht haben,
tun sich im Guten und Argen erlaben;

Und morgen früh ist alles zerflossen.
Je nun, sie haben ihr Teil genossen,
und hoffen, was sie noch übrig ließen,
doch wieder zu finden auf ihren Kissen.

Bellt mich nur fort, ihr wachen Hunde,
lasst mich nicht ruhn in der Schlummerstunde!
Ich bin zu Ende mit allen Träumen,
was will ich unter den Schläfern säumen?

Keiner der Männer und Frauen, die dabei gewesen waren, als Caroline Kröger tot aufgefunden wurde, verließ das Parkhaus in der Erwartung, in dieser Nacht bald Ruhe zu finden. Es fing schon damit an, dass sie alle ihre Autos stehen lassen mussten, bis sämtliche Männer der Spurensicherung mit ihrer Arbeit zu Ende waren und das Parkdeck freigaben. Und dann saß ihnen allen, dem einen mehr, dem anderen weniger, ein Grauen im Nacken bei der Erinnerung an die verkrümmt daliegende Gestalt der Toten. Karl Herrmann, der ältere, bärtige Lehrer, der sich als Erster neben die Frau – er scheute selbst in Gedanken davor zurück, das Wort ›Leiche‹ zu verwenden – gekniet hatte, wandte sich die Ringstraße abwärts zu einem Lokal, das lange offen hatte, und bestellte einen Grog gegen die Kälte, doch bevor er ihn trank, ging er auf die Herrentoilette und wusch sich die Hände, einmal, zweimal, mit immer wärmerem Wasser und Seife, aber die Erinnerung an das Gefühl der toten, kalten Haut der Frau ließ sich nicht abwaschen. Ein paar Männer an der Bar unterhielten sich gerade über das Blaulicht und den Polizeieinsatz, den sie aus der Entfernung mitbekommen hatten. »Feuer war's nicht«, schüttelte der eine den Kopf. »Keine Feuerwehr.«

»Terroristen vielleicht«, spekulierte der zweite mit einer gewissen morbiden Begeisterung.

»Eine Leiche«, hörte Herrmann sich zu seinem eigenen Erstaunen nüchtern sagen.

Linda Galster hatte das Parkhaus rasch verlassen, nachdem der Polizeibeamte sie hatte gehen lassen. Ihr einziger Gedanke war gewesen, der Aufmerksamkeit des Sanitäters zu entkommen, der etwas über Blutdruckmessen und Schock und Hinsetzen gesagt hatte. Sie war mit schnellen, scheinbar zielstrebigen Schritten losgegangen, aber so bald sie draußen in der kalten Winterluft stand, hatte ihre Entschlusskraft sie verlassen. Wohin? Sie versuchte, nicht an Caroline zu denken, daran, dass sie tot war, unwiderruflich, aber sie musste darüber nachdenken, was sie jetzt tun sollte. Normalerweise wäre sie in ihre Wohnung gefahren, aber ihre Wohnung würde leer sein, eine Leere, die sie heute Nacht nicht aushalten wollte. Warum war Caroline tot? Nicht nachdenken … Wohin jetzt? Nach Hause? Und morgen in der Arbeit anrufen, Bescheid geben, dass sie nicht kommen würde, das Erlebte verarbeiten im Kreis der Menschen, die ihr am nächsten standen … Sie hatte ihr Handy schon in den Fingern, Anton anrufen, Frida oder Tobi, auch wenn es so spät war, und sie musste es ihnen sowieso erzählen, von Carolines Tod … Dann fiel ihr ein, warum sie diesen Anruf nicht machen konnte, nicht jetzt jedenfalls, und ein beklemmendes Gefühl, ein Unbehagen, das nicht Angst war – noch nicht –, setzte sich in ihrem Magen fest. Sie zuckte zusammen, als sie hinter sich Schritte hörte, aber natürlich waren es Leute, die wie sie aus dem Parkhaus kamen, und die Polizei war noch in der Nähe; die Wahrscheinlichkeit, gerade jetzt und hier ein ähnlich schreckliches Ende zu finden wie Caroline, war sehr gering. Linda wandte sich um und sah das Ehepaar von vorhin Arm in Arm die Treppe zur Straße hinaufsteigen, und kurz darauf verließ Jonas Hofer in seinem dunklen Wintermantel die Parkhauseinfahrt, ebenfalls zu Fuß. Er blickte auf, als er näher kam, nickte ihr zu und ging dann wortlos weiter. Linda schaute dem sich entfernenden Paar hinterher. Warum stand sie hier, allein? Sie kannte die Antwort zu gut. Sie wollte nicht darüber nachdenken.

Jonas Hofer ging mit langsamen Schritten fort, er achtete nicht darauf, wohin, er wollte nur weg von dem Parkhaus, das massiv und dunkel hinter den kahlen Zweigen der Bäume stand. Die Musik, die ihm im Kopf herumging, passte genau zu seinen Gedanken, zu der kalten Nacht und seinem Gefühl ziellosen Umherwanderns. Winterreise. Schnee und Erstarrung und Verlorenheit. Und der Tod. Er lief durch den Stadtgraben unterhalb der Mauern, die Hände in den Manteltaschen vergraben gegen die Kälte, er lief durch das Stadtinnere und blieb vor den Schaufenstern der geschlossenen Läden stehen und starrte auf die Auslagen, aber was er sah, war immer das Gleiche. Jonas Hofer sah Schuberts Wanderer, der verloren durch die Winternacht zog.

Auf dem Weg nach Buchfeld zerbrach sich Pfarrer Römer den Kopf darüber, welche Familie die Galsters waren. Er hatte noch eine Weile bei Tanja Kröger gesessen und mit ihr geredet. Es schien ihr gutgetan zu haben, zuzuhören und nicht allein nachdenken zu müssen über den Tod ihrer Tochter; doch Arno Hertz hatte eine halbe Stunde, nachdem die Polizeibeamten gegangen waren, auch ihn hinauskomplimentiert. Römer hatte sich dann noch in eines der Weißenburger Lokale gesetzt, in denen man um diese Zeit noch einen Kaffee bekommen konnte, um den Abend und seine Ereignisse Revue passieren zu lassen. Glücklicherweise war seine Frau daran gewöhnt, dass er manchmal bis spätnachts in tiefer Kontemplation oder im Gespräch mit den Leuten in einer Bar herumsaß – und dort gelegentlich seine Predigten verfasste. Nun spukte ihm der Name Galster im Kopf herum, den er einfach nicht einordnen konnte. Erst als das Taxi, das er für seine Fahrt zurück nach Buchfeld gerufen hatte, auf seinem Weg durch das Nachbardorf an der alten Bäckerei Meyrink vorbeikam, wo sie früher immer ihre Brötchen gekauft hatten, fiel bei ihm der Groschen.

Rainer Sailer war nicht der Einzige, der einen Kaffeebecher umklammert hielt, als sich die Polizeibeamten, die mit dem Fall »Parkhaus« betraut waren, am Morgen zur Dienstbesprechung zusammensetzten. Es war ein leicht bewölkter Donnerstag, mit Temperaturen um den Gefrierpunkt und der Aussicht auf Schnee, so dass der Duft heißen Kaffees besonders willkommen war. Nur seine Kollegin Sandra Schneider kam mit zwei Päckchen Taschentüchern in der einen und einer Thermoskanne mit Ingwertee in der anderen Hand an. Rainers Vorgesetzter Thomas Beyerlein hatte ebenfalls ein warmes Tuch um seinen Hals geschlungen und sprach an diesem Morgen nur mit heiserem Flüstern. Entsprechend kurz fiel sein Anteil an der Besprechung aus, bevor er Rainer das Wort überließ und sich auf die Suche nach Halstabletten machte. Rainer räusperte sich erleichtert, als Beyerlein das Zimmer verlassen hatte. Von der Verstärkung für ihr Team wollte er in diesem Moment noch nichts sagen, weil er nicht wusste, wie die Kollegen reagieren würden. Er schilderte für diejenigen, die am Abend zuvor nicht im Einsatz gewesen waren, den Fall und ging dann zu den Details über: »Also, wir warten auf den Befund aus der Pathologie und alles, was uns die Spurensicherung sagen kann. Das Umfeld des Opfers müssen wir uns auch anschauen, obwohl es ja eher so aussieht, als ob wir es mit einem zufälligen Gewalttäter zu tun hätten.«

»Was hat der Chef vorhin gesagt?«, erkundigte sich Thorsten Holm, der erst vor ein paar Wochen zu ihnen gestoßen war. Rainer zog die Augenbrauen hoch. »Du meinst zum Budget? Stimmt, das sollte ich noch erklären, angesichts der Finanzkrise haben wir Order von oben bekommen, den täglichen Kaffeekonsum stark einzuschränken.«

»Wirklich?«, fragte Holm schockiert und blickte in seine halbleere Tasse. »Wie soll das genau aussehen?«

Rainer bemühte sich um ein ernstes Gesicht. Der alte, dicke Kollege, mit dem Holm auf einer winzigen Polizeiwache Dienst getan hatte, ehe seine lang ersehnte Versetzung durchgegangen war, musste völlig humorfrei gewesen sein. »Na ja, Thorsten«, erwiderte er mit einem Schulterzucken, »du bist eigentlich schon über dem Limit, aber ich nehme an, du kannst Sandras Anteil haben, die ist heute auf Kräutertee.«

»Rainer! Geht das immer noch so mit deinen dummen Witzen?« Die Stimme klang ungeduldig, und sie kam von der Tür her. Die Polizeibeamten im Raum sahen erstaunt auf, als Hauptkommissarin Eva Schatz das Besprechungszimmer betrat, noch im Mantel, in einer Hand eine Aktenmappe, in der anderen ihren Autoschlüssel.

»Äh, ja, das hat Beyerlein vorhin gemeint, als er von Verstärkung sprach«, erklärte Rainer hastig. »Die Kripo Ansbach ist zu diesem Fall hinzugezogen worden, und ich hab gestern schon bei KHK Schatz angefragt, ob sie wieder mit uns zusammenarbeiten würde, falls es dazu kommt. Einige von euch kennen sie ja noch vom Fall Kronauer.«

Eva Schatz ließ den Blick über die Anwesenden schweifen, grüßte Gollwitzer und Sandra Schneider mit einem Nicken und sagte dann kurz angebunden zu Rainer: »Ich bin zu spät, die verdammte Baustelle vor Ansbach hat mich aufgehalten. Bin gleich einsatzbereit.« Sie verschwand, mutmaßlich in Richtung Toiletten. Die anderen blieben einen Moment lang stumm sitzen, weil sich alle ein wenig überrumpelt fühlten, dann wandte sich Friedolin Becker, der jüngste Beamte im Raum, mit einem Grinsen an Rainer: »In deinem Leben herrscht wohl zurzeit zu viel Harmonie, eh?«

Der zuckte nur etwas ratlos die Schultern, fühlte sich aber in seiner spontanen Entscheidung vom Abend zuvor bestätigt, als Gollwitzer in seiner ruhigen Art bemerkte: »Sie ist eine gute Polizistin.«

»Ja, aber aussehen tut sie nicht gerade nach einer Bereicherung«, wandte Thorsten Holm ein.

»Und hat mein Aussehen mit dem Fall zu tun?«, fragte Eva, die soeben ohne Mantel wieder ins Zimmer gekommen war, kalt und setzte sich neben Rainer an den Besprechungstisch, ohne eine Antwort abzuwarten. »Nun, wie sieht es aus? Bislang weiß ich nur, dass du eine Leiche im Weißenburger Parkhaus gefunden hast.«

Rainer beeilte sich, Eva und dem Rest des Teams noch einmal im Detail zu erzählen, was sich nach dem Konzert ereignet hatte. »Als Erstes möchte ich wissen, ob die Überwachungskamera im Parkhaus jemanden gefilmt hat, der als Täter in Frage kommen könnte«, schloss er und sah Thorsten auffordernd an. Der nickte und machte sich eine Notiz.

»Gut. Friedolin, Sandra, wenn ihr zunächst mal herausfindet, wer mit dem Opfer in Verbindung stand, bis wir mehr von der Pathologie haben. Vorher brauchen wir mit Befragungen gar nicht anzufangen. Bernd«, wandte er sich an Gollwitzer, »du warst gestern dabei, also könntest du schon mal den ersten Bericht zusammenfassen. Tatortfotos«, sagte er, als die anderen sich an die Arbeit gemacht hatten, und reichte Eva einen dicken Umschlag. Sie sah sich die Bilder gründlich an – die Ecke, in der die Leiche gelegen hatte, abgeschirmt vor den meisten Blicken durch den Ford davor. »Das Parkhaus ist immer zugänglich, sagst du… und mit den Bäumen davor ziemlich abgeschieden. Trotzdem würde ich niemanden in einem Parkhaus umbringen wollen. Die Gefahr, dass jemand vorbeikommt – vielleicht Schreie hört.« Sie runzelte die Stirn und nahm sich ein Bild, das die Tote so zeigte, wie sie gefunden worden war, noch einmal vor. Sie lag, das Gesicht zum Geländer gewandt, so nahe an den Eisenstäben, als ob ihr Angreifer versucht hätte, die Leiche hinunterzuschieben, zwischen der Absperrung und ihrem eigenen Auto, der Rücken stark gekrümmt, die Beine angezogen, in Embryohaltung. »Was habt ihr bei ihr gefunden?«, fragte sie konzentriert. Rainer begann, die Papiere und Unterlagen auf dem Tisch zu durchwühlen. Als er ihren kritischen Blick auffing, murmelte er: »Wir hatten noch nicht viel Zeit, hier alles zu ordnen. Ich bin gestern um Mitternacht noch hier gewesen, um wenigstens den Dienstplan durchzugehen und einen Kurzbericht für den Chef zu verfassen, aber mehr ging einfach nicht mehr.«

»Ihre Sachen, Rainer«, ermahnte sie ihn in einem Ton, den man mit viel gutem Willen geduldig nennen konnte.

»Ihre Handtasche lag auf dem Boden, halb unter dem Auto. Drin war das Übliche, Geldbeutel, Schlüssel, Handy und Kleinkram.«

»Okay, ich will mir das noch genau ansehen, am besten

die Sachen selbst, sobald die Spurensicherung alles katalogisiert hat. Aber erst wird hier aufgeräumt. So kann man unmöglich vernünftig arbeiten.«

»Kein Problem. Wenn dich mein kreatives Chaos vom Denken abhält, kann ich dir vielleicht einen Kaffee anbieten, während ich Ordnung schaffe?«

»Ich dachte, der sei rationiert«, gab sie ohne jeden Anflug eines Lächelns zurück.

Er grinste. »Nur für die niederen Ränge. Wir dürfen weiterhin unsere hundertfünfzig Tassen pro Tag schlürfen.« Er starrte immer noch auf das Durcheinander von Papieren auf dem Tisch und schien endlich zu sehen, was er gesucht hatte. »Da hast du deine Liste«, rief er triumphierend und zog ein zweiseitiges Geheft hervor, das er ihr in die Hand drückte. »Um dir die Kaffeepause zu versüßen.«

Er war mit dem Versuch, Ordnung zu schaffen, nicht weiter gekommen, als ein paar Papierstapel zu verschieben, als Thorsten Holm wieder auftauchte. Er warf einen etwas verlegenen Blick auf Eva, die ihren Blick nur widerwillig von der Auflistung des Inhalts von Caroline Krögers Handtasche hob, und erklärte: »Also, das Parkhaus am Ellinger Tor hat eine Kamera über der Einfahrt installiert. Wir haben folglich eine ganze Reihe von Wagen, die da reingefahren sind, ich kann aber natürlich noch nicht sagen, wann der des Opfers abgestellt wurde.« Rainer nickte nachdenklich: »Und in den Parkebenen selbst?« Holm verzog den Mundwinkel. »Na ja, da gibt es auf jedem Parkdeck eine, und die nimmt abwechselnd den Fußgängeraufgang, die Rampe und verschiedene Teile der Ebene auf – und diese hinterste Ecke, wo die Tote gefunden wurde, wird von der Kamera nicht richtig erfasst.«

Rainer hatte nichts anderes erwartet. »Mist«, schimpfte er dennoch. »Und dann weiß man nicht, wer in den Autos sitzt, die da reinfahren. Das heißt, wir müssten echt viel

Glück haben, um auf diesem Weg auch nur irgendetwas zu erfahren.«

»Allerdings«, stimmte Eva zu. Es klang fast herablassend, vielleicht, weil ihre Aufmerksamkeit noch immer eher auf das Papier in ihrer Hand als auf die beiden Kollegen gerichtet schien.

Thorsten war noch nicht fertig. »Die Kamera an der Einfahrt hat allerdings gestern Abend, 18.19 Uhr, einen Mann aufgenommen, der zu Fuß über die Autoeinfahrt reingegangen ist.« Rainer sah überrascht auf, wandte aber ein: »Das muss nichts heißen. Vielleicht hat er den Fußgängereingang nicht gefunden, oder es war ihm zu umständlich.«

»Das stimmt«, gab Holm zu. »Aber komisch ist, dass der Mann – jedenfalls denke ich, dass es derselbe sein muss, er trägt eine Wollmütze – auf demselben Weg wieder raus ist aus dem Parkhaus, um 18.31 Uhr.«

»Ohne Auto, meinst du?«, vergewisserte sich Rainer, und als sein Kollege nickte, sagte er: »Das schau ich mir mal selbst an, vielleicht haben wir ja wirklich Glück. Ach, und Thorsten?« Der junge Beamte sah ihn fragend an, und Rainer wies auf den Wust von Papieren, Akten und vereinzelten leeren Kaffeebechern auf dem Tisch. »Bringst du ein bisschen Ordnung hier rein, sonst finden wir am Ende gar nichts mehr. Eva?« Sie hob unwillig den Kopf. »Willst du dir das Filmmaterial auch anschauen?«

»Wir sollten uns besser um das soziale Umfeld des Opfers kümmern«, gab sie kühl zurück. »Wir verschwenden Zeit.«

»Es ist halb zehn Uhr morgens, Eva«, gab er ein wenig scharf zurück. »Wie hätten wir bisher bitte schneller arbeiten können? Und ohne den Befund von der Pathologie und alles? Friedolin und Sandra sind ja schon damit beschäftigt. Was sollen wir denn noch machen?«

»Hat eure Spurensicherung gründlich gearbeitet?«, fragte sie anstelle einer Antwort zurück.

»Was denkst du denn?«, rief er ziemlich verärgert. »Dass die ein Picknick im Parkhaus abgehalten haben?«

»Ich will die Sachen in natura sehen«, erklärte sie in einem Tonfall, der keinen Widerspruch zuließ. Rainer begleitete sie zu Hertha Blum, einer grauhaarigen Mittfünfzigerin mit Igelfrisur, die gleichermaßen tatkräftig wie herzlich wirkte und die Beweisstücke aus dem Parkhaus katalogisiert hatte. »Die Handtasche, klar, hier haben Sie alles, was die Jungs gefunden haben.«

Eva streifte ein Paar Handschuhe über, ehe sie die Sachen in Empfang nahm. Caroline Krögers Handtasche hatte, den Geboten der augenblicklichen Mode entsprechend, die ungefähren Ausmaße eines Nikolaussacks, war allerdings entschieden schicker. Gemessen an ihrem Volumen, enthielt sie nicht viel. »Kein Handy«, bemerkte Eva mit einem tadelnden Blick auf Rainer, der sich erinnerte, vorhin ganz automatisch ein Mobiltelefon mit aufgezählt zu haben. Den Geldbeutel legte Eva erst einmal beiseite, ebenso einen kleineren Beutel mit ein paar Kosmetikartikeln und Haargummis. Dafür hielt sie den Schlüssel lange in der Hand und betrachtete ihn intensiv, aber was genau sie daran faszinierte, war Rainer nicht klar. Er vermutete, dass es nicht der pinkfarbene Schlüsselanhänger mit der Aufschrift *Sex and the City* war. »Das dürfte der Wohnungsschlüssel sein«, zählte Eva auf. »Hausschlüssel, Briefkasten, das hier …«

»Kellerschloss oder Fahrradschlüssel«, mutmaßte Rainer. »Dann sind da noch zwei, wofür könnten die sein? Büro vielleicht?« Aber die beiden letzten Schlüssel schienen Eva nicht weiter zu interessieren. Sie legte den Bund mit einem Stirnrunzeln beiseite und ging eilig die verbleibenden Fundstücke durch – ein Päckchen Taschentücher, einige zerknitterte Kassenbons, ein Kugelschreiber mit SPD-Werbung und ein IKEA-Bleistift –, die von einer gewissen Sammelleidenschaft zeugten. »Das war alles?«, vergewisserte sich Eva noch einmal. »War die Spurensicherung auch im Auto?«

»Eva«, bat Rainer, »könntest du mir bitte erklären, was genau du suchst?«

Ihr Blick war so ungläubig wie herablassend, aber ehe sie etwas sagen konnte, öffnete sich die Tür und Dr. Jöst trat ein, einen Pappordner in der Hand. »Hier sind sie, Herr Sailer«, sagte er freundlich. »Sie wollten schnell Ergebnisse, und ich habe etwas, was Sie wissen sollten, auch wenn meine Untersuchung noch nicht vollständig ist.«

Immerhin etwas Handfestes, selbst wenn es nur vorläufige Ergebnisse waren, dachte Rainer. Er machte den Pathologen mit Eva bekannt, dann sah er ihn erwartungsvoll an. »Nun?«

»Ich habe hier meinen vorläufigen Bericht in Druckform, aber ich fasse das Wichtigste kurz zusammen: Sie wollten natürlich den Todeszeitpunkt. Ich habe Ihnen gesagt, dass das nicht so einfach ist, und im vorliegenden Fall konnte ich mit der üblichen Methode – ich meine, mit der üblichen seriösen Methode, einer Kombination aus Körper- und Außentemperatur, Rigor Mortis und etlichen anderen Faktoren – nicht allzu weit kommen, denn dafür bräuchte ich eine konstante Umgebungstemperatur, und die habe ich nicht. Sie werden gleich verstehen, wo die Schwierigkeit liegt. Trotzdem kann ich Ihnen mit einiger Sicherheit sagen, dass die Frau schon etliche Stunden tot war, bevor man ihre Leiche fand. Nicht am gestrigen Abend, sondern womöglich schon in der Nacht zuvor, spätestens, würde ich sagen, in den Morgenstunden des Mittwoch.«

»So viel zu dem Typen, der gestern Abend zu Fuß ins Parkhaus gegangen ist.« Evas Stimme klang entschieden selbstgefällig.

Dr. Jöst räusperte sich und fuhr fort: »Zur Todesursache: Das Opfer hatte einige innere Verletzungen, gestorben ist sie an einer schweren Schädelverletzung, hervorgerufen durch einen Sturz oder Fall, wie ich annehme.«

»Nicht durch Schläge?«, erkundigte sich Rainer. Der Arzt schüttelte den Kopf. »Sie hat zweifellos einen Stoß erlitten, möglicherweise mit dem Ellenbogen, aber der hat sie nicht getötet. Nein, ich gehe davon aus, dass ihr Angreifer ihr einen Stoß versetzt hat, dass sie gefallen und mit dem Kopf unglücklich aufgeschlagen ist. Sie dürfte sehr schnell tot gewesen sein, und interessant für Sie ist wahrscheinlich noch, dass die Schädelverletzung hauptsächlich nach innen gewirkt hat – das heißt, dass nur sehr wenig Blut aus der Wunde ausgetreten ist.«

Rainer war im Moment noch nicht völlig klar, weshalb diese Information für ihn von besonderem Interesse sein sollte, aber etwas anderes beschäftigte ihn. »Ein Stoß und ein Fall – das heißt, dass der Angreifer sie möglicherweise nicht unbedingt töten wollte?«

»Das müssen Sie herausfinden«, erwiderte Jöst mit einem Lächeln. »Aber eines ist sicher: dass der Täter, egal, ob er mit Vorsatz handelte oder nicht, auf jeden Fall seine Tat vertuschen wollte.«

Eva nickte nachdenklich, als ob die Worte des Arztes mit ihren eigenen Überlegungen übereinstimmten. »Wo könnte der Angriff stattgefunden haben? Von was für einem Sturz reden wir? Von einer Treppe, aus einem Gebäude, oder vielleicht nur ein Fall aus Kopfhöhe auf einen Stein oder eine Stufe?« Es dauerte einen Moment, bis Rainer die Bedeutung von Evas Worten klar wurde. »Du meinst, sie ist nicht in dem Parkhaus gestorben? Dr. Jöst? Was sagen Sie?«

Der Pathologe lächelte Eva beeindruckt zu: »Sie haben schnell kombiniert. Ja, ich bin überzeugt davon, dass die Frau nicht im Parkhaus umgekommen ist, sondern dort nur abgelegt wurde. Ihre Haltung – so eigenartig verkrümmt, und in einem Zustand von fortgeschrittenem Rigor Mortis – hat mich von Anfang an irritiert. Ich denke, sie wurde in dieser Position transportiert und dann im Parkhaus abgelegt.«

»Transportiert!« Rainer fühlte sich völlig überrumpelt, und gleichzeitig hatte er ein nagendes Gefühl, dass ihm der Gedanke von selbst hätte kommen müssen. Immerhin schienen Evas Überlegungen schon länger in diese Richtung gegangen zu sein, auch wenn er sich fragte, wie sie ohne den Befund der Pathologie zu ihrem Schluss gekommen war. Er dachte darüber nach, wie sie über Caroline Krögers Handtascheninhalt gesessen hatte, und schlug sich gegen die Stirn, als ihm endlich auffiel, was seine Kollegin von Anfang an irritiert hatte: Sie hatten die Tote unmittelbar neben ihrem eigenen Auto gefunden, aber weder in ihrer Handtasche noch in ihrem Mantel noch im Auto selbst oder in seiner Nähe war der dazugehörige Schlüssel gefunden worden.

Der Arbeitstisch befand sich in einem Zustand geradezu penibler Ordnung, als sie aus der Spurensicherung zurückkamen, aber Rainer warf den Bericht des Pathologen achtlos auf die Tischplatte, schob zwei Stöße mit Unterlagen beiseite, um mehr Platz zu schaffen, und griff nach einem lose herumliegenden Computerausdruck, um sich auf der Rückseite Notizen zu machen zu den Informationen, die sie bislang über die Tote hatten. Caroline Kröger war Jahrgang 1985 gewesen, ihre Eltern hatten sich getrennt, als sie vierzehn Jahre alt gewesen war, sie hatte eine Ausbildung zur Reiseverkehrskauffrau gemacht und eine Zeitlang in einem Touristik-Callcenter gearbeitet, bevor sie eine Stellung in einem Reisebüro in Weißenburg bekommen hatte. »Ihr Vater ist Malermeister, lebt jetzt in Erlangen«, murmelte Rainer. »Tanja Kröger ist Verkäuferin, und ihr neuer Lebensgefährte – Arno Hertz – handelt mit Bodenbelägen. Dann ist da noch der Freund, von dem ihre Mutter gestern gesprochen hat, aber den müssen wir uns selbst ansehen. Tobias Galster heißt er jedenfalls und wohnt in Buchfeld.«

Eva stöhnte. »Muss ich jedes Mal in dieses Kaff zurück, wenn ich mit dir zusammenarbeite?«

Rainer hätte an dieser Stelle erwähnen können, was er ihr bislang vorenthalten hatte: dass sie nicht nur nach Buchfeld würden fahren müssen, sondern dass am vergangenen Abend auch noch Herwig Römer beim Fund der Leiche dabei gewesen war, aber er erwiderte lieber: »Tja, erst ins Kaff, dann ins Kaffeehaus, so ist das bei uns.«

Eva verbiss sich eine Antwort, aber ihr Blick sprach Bände. »Also, welche Motive könnte es geben, jemanden wie Caroline Kröger umzubringen?«, fragte sie. Sie nahm ein Foto in die Hand, das Frau Kröger den Polizisten mitgegeben hatte. Es zeigte ein rundes, frisches Gesicht mit hellem, rosigem Teint, honigblondem Haar, das in weichen Wellen fiel, Augen, die arglos wirkten, aber gekonnt geschminkt waren, um den Hals ein Silberkettchen mit einem halben Herzen. Rainer schaute sich das Bild ebenfalls an, dann meinte er: »Wenn wir annehmen, dass sie wirklich nicht im Parkhaus getötet wurde, wenn der Täter sie also in ihr eigenes Auto gepackt und dann dort hingelegt hat, dann kann es keine zufällige Gewalttat sein. Dann kannte sie den Täter, dann hat er die Leiche weggebracht, um – ja, warum?«

»Weil es offensichtlich verdächtiger gewesen wäre, sie zu lassen, wo sie war.« Eva starrte immer noch auf das Foto. »Als Erstes denke ich an eine Wohnung – seine Wohnung. Wenn sie da starb, konnte er sie natürlich nicht dortlassen.«

»Warum aber ausgerechnet das Parkhaus? Das ist doch wahnsinnig riskant«, gab Rainer zu bedenken. »Nein, ich glaube, es muss draußen gewesen sein. Sie war angezogen, mit Mantel und allem, und der Autoschlüssel muss bei der Hand gewesen sein. Ein Streit, eine handgreifliche Auseinandersetzung, sie stürzt unglücklich. Das Auto steht in der

Nähe. Und er konnte es nicht stehen lassen, weil es Verdacht erregt hätte … Ja, was ist?«

Friedolin Becker war wieder hereingekommen und schwenkte ein Blatt vor seiner Nase. »Von der Spurensicherung. Im Kofferraum des Fords haben sie Blutspuren gefunden.«

Rainer und Eva nickten einander zu. Es stimmte also: Caroline Kröger war in ihrem eigenen Auto abtransportiert worden. »Ihr eigenes Blut?«, vergewisserte Rainer sich dennoch. Friedolin nickte.

»Gut, sonst noch was? Pass auf, die Spurensicherung soll versuchen, alles zu finden, was uns einen Hinweis darauf geben könnte, wo das Auto war, bevor es im Parkhaus abgestellt wurde. Und wir sollten auf jeden Fall prüfen, ob vielleicht irgendwann zwischen vorgestern Abend und gestern Vormittag – nein, besser gestern Abend – ihr Auto offiziell registriert wurde –, wer weiß, vielleicht haben wir Glück, und es wurde geblitzt, oder es gibt einen Strafzettel oder so. Und – im Auto lagen eine Menge Zettel herum, stellt fest, ob vielleicht ein Parkschein dabei ist, der in diese Zeit fällt. Wir müssen herausfinden, wo dieses Auto gewesen ist, ehe es in das Parkhaus gefahren wurde.«

»Okay«, meinte Friedolin gedehnt. »Äh – warum?« Rainer fiel ein, dass der Rest des Teams noch nicht wusste, was sie über den Todeszeitpunkt erfahren hatten, und auch nicht, dass Caroline Kröger nicht im Parkhaus am Ellinger Tor gestorben war. Er erklärte die veränderte Sachlage. »Sag's den anderen, wenn du sie siehst, damit alle auf dem Laufenden sind.«

»Mach ich. Ich bring euch eine Cola vom Automaten mit.«

»Hm«, stimmte Rainer zu, der mit seiner Aufmerksamkeit schon wieder bei seinen Unterlagen war. »Wo waren wir?«

»Caroline Kröger und der Täter. Wenn es wirklich ein

Mann war.« Sie hatten Dr. Jöst gefragt, ob eine Frau als Täterin in Frage käme. Der Pathologe hatte eine Weile gezögert, ehe er geantwortet hatte: »Grundsätzlich ja. Es braucht nicht unbedingt viel Kraft, um jemandem den Ellenbogen in die Rippen zu stoßen und ihn damit zu Fall zu bringen. Den eigentlichen Schaden hat der Sturz angerichtet, der Aufprall auf eine Kante oder etwas in der Art. So weit ist eine Frau als Täterin ebenso denkbar wie ein Mann. Ich denke allerdings, dass eine Frau schon sehr verzweifelt und sehr entschlossen gewesen sein müsste, um die Leiche anschließend in den Kofferraum zu hieven. Das erfordert schon mehr Kraft und einen ganz starken Impuls.«

»Ich bin überzeugt, dass es ein Mann war«, erklärte Rainer. »Nicht nur wegen dem, was Jöst gesagt hat, sondern auch, wenn ich mir ansehe, was für eine Person Caroline Kröger war. Ich kann mir nicht vorstellen, dass es den geringsten Grund gab, sie umzubringen, außer einem: einen Beziehungskonflikt oder eine Familientragödie.«

»Sie kann genauso gut mit einer Frau in einen Beziehungskonflikt verwickelt gewesen sein«, erwiderte Eva. Rainer rümpfte die Nase. »Schon möglich. Aber sie hatte einen Freund. Wir sollten vielleicht erst die normalen Optionen abgrasen, bevor wir uns auf irgendwelche komischen lesbischen Theorien versteifen.«

Eva sah ihn an, als ob sie ihn wirklich gerne geschlagen hätte, beschränkte sich aber darauf, mit eisiger Miene zu antworten: »Deine Weltanschauung ist in diesem Jahrtausend nicht mehr gefragt.«

Rainer wurde rot. Ihm fiel erst jetzt – zu spät – wieder ein, wie empfindlich seine Kollegin bei dem Thema war. »Eh, sorry, so hab ich's nicht gemeint«, stammelte er. »Ich wollte bloß sagen, dass wir bisher nur von einem Freund was gehört haben und dass deswegen alles andere nur Spekulation ist. Ich wollte damit nicht sagen, dass...« Er verstummte, weil das Ende des Satzes sonst gelautet hätte: »Ich wollte damit nicht sagen, dass ich was gegen Lesben habe«, und er hatte das sichere Gefühl, dass das die Sache nur noch schlimmer machen würde. Zum Glück kam Friedolin in diesem Moment zurück, und die zwei Flaschen Cola, die er ihnen mitbrachte, boten eine höchst willkommene Ablenkung.

Eva trank schweigend ein paar Schlucke, dann zog sie Caroline Krögers Foto noch einmal zu sich heran. »Beziehungs- oder Familientragödie, sagst du«, sinnierte sie nüchtern. »Wen müssen wir uns dann vornehmen?«

»Den Freund«, meinte Rainer prompt.

»Was ist mit dem Vater?«

»Auch möglich. Der Hertz käme natürlich dann auch in Frage. Und vielleicht hatte sie sonst noch einen Typen, vielleicht eine flüchtige Bekanntschaft, wer weiß?«

»Eine Internetbekanntschaft? Könnte sein. Aber wir sollten uns nicht zu früh festlegen. Sie hatte einen Job, vielleicht gab es da Stress. Vielleicht ist sie auch in Dinge verwickelt gewesen, von denen wir nichts wissen.«

»Du weißt schon, dass ein Beziehungsdrama rein statistisch gesehen viel wahrscheinlicher ist«, murrte Rainer. Er mochte es nicht, wenn ein Fall zu viele Möglichkeiten bot.

»Wir fangen mit Freunden und Verwandten an«, meinte Eva schulterzuckend. »Wir brauchen ohnehin Leute, die uns was über die Kröger erzählen können.«

»Da ist die Frau von gestern, die dabei war, als die Leiche gefunden wurde, Linda Galster. Sie kannte das Opfer.«

»Und sie war am Tatort«, fügte Eva hinzu.

Das war eine Tatsache, die Rainer nicht kleinreden konnte: Wer beim Fund der Leiche dabei gewesen war und die Tote kannte, war immer potenziell verdächtig. In diesem Fall kam noch etwas hinzu. »Und sie heißt Galster«, sagte er. »Wie der Freund. Wie hängen die zwei zusammen?«

Eva nickte entschlossen. »Mit den beiden fangen wir an.«

Rainer zog eine Grimasse. »Du kannst es einfach nicht erwarten, nach Buchfeld zu kommen, oder?«

Über der Bäckerei hing ein langes Schild aus Kunststoff, das Aufmerksamkeit erregte mit seiner großen, fast klobigen Schrift. Künstlerisch sah es nicht aus, aber dafür war es nicht zu übersehen. »Biobäckerei Felberhof«, stand darauf, und darunter in kleineren Buchstaben: »Bäckermeister T. Galster«, und neben dem Namen war eine gescheckte Elster im Flug abgebildet. Herwig Römer nickte, als er das Schild ansah. Deshalb hatte er den Namen Galster am Abend zuvor nicht gleich einordnen können. Galsters lebten auf dem Felberhof, und unter diesem Namen waren sie ihm bekannt, wenn auch nicht besonders gut, weil sie zu den wenigen Katholiken im Dorf gehörten. Als er selbst vor einigen Jahren seine Pfarrstelle hier angetreten hatte, hatte es seine Frau, die, anders als er, nicht aus einer ländlichen und abgeschiedenen Gegend des fränkischen Jura kam, ziemlich verwirrt festzustellen, dass hier im Dorf immer noch die Tradition der Hausnamen gepflegt wurde, die mit den Familiennamen nichts gemein hatten. Familie Forster war gemeinhin als Schusterschneider bekannt, Schweinesbeins mussten an ihrem Namen nicht schwer tragen, weil ihr Hausname Bauernbeck lautete, und selbst die alteingesessenen Einwohner Buchfelds hatten Schwierigkeiten, sich darauf zu besinnen, wie der Familienname vom Lis lautete. Natürlich galt das nur für den alten Kern des 700-Seelen-Dorfes; am Ostrand von Buchfeld lag die Siedlung, und dort lebten junge Familien mit Kindern, »Zug'reiste«, die völlig andere Bezugsrahmen hatten als die Dorfgemeinschaft und nur am Rande daran teilnahmen.

Pfarrer Römer zögerte einen Moment, dann stieg er entschlossen die vier Stufen zur Bäckerei hinauf. Früher hatte seine Frau die Brötchen immer im Nachbardorf Emsfeld geholt, und jetzt war sie es, die gelegentlich die Biobäckerei aufsuchte; er selbst konnte sich nicht erinnern, sie schon einmal betreten zu haben.

Der Geruch von frischem Gebäck empfing ihn, als er die Tür aufzog, und die Wärme, die aus der Backstube heraufdrang, hatte etwas angenehm Behagliches. Römer bemerkte, dass der Laden neben den Backwaren auch ein Sortiment anderer Bio- und Naturprodukte enthielt. Neben der Tür standen auf einem schmalen Regal Kosmetik- und Haushaltsartikel mit Biosiegel, der Rest des Sortiments bestand hauptsächlich aus Lebensmitteln und einer kleinen Auswahl an Gemüse. Der Laden machte einen lichten, freundlichen Eindruck, allerdings blieb nicht viel freier Platz. Der Raum wurde ganz offensichtlich bis zur Grenze seiner Kapazitäten genutzt. Hinter der Theke führten einige Stufen in die tiefergelegene Backstube; von dort kam eine Frau in den Laden herauf: die Felberhoferin, Tobias Galsters Mutter. Sie war etwa Mitte fünfzig, ihr stahlgraues Haar war in einem straffen Knoten zusammengebunden, und sie trug eine blaue Schürze, eine Aufmachung, die zeigte, wie fest die ältere Generation der Dorfbewohner noch immer in ihrem bäuerlichen Hintergrund verwurzelt war. Die jungen Leute, die von zu Hause fortgingen, studierten, andere Berufe ergriffen, traten anders auf, selbst wenn sie später wieder an ihren Heimatort zurückkehrten. »Ah, Herr Pfarrer«, grüßte Frida Galster mit einem Nicken. »Schön, dass Sie sich auch einmal hier sehen lassen. Wir haben schon befürchtet, Sie kommen gar nicht, um sich den Laden mal anzuschauen.«

»Ja, ich wollte schon lange mal vorbeikommen«, sagte Römer rasch, um nicht den Eindruck zu erwecken, er sei vielleicht aus Neugier gekommen, nachdem er erfahren hatte, dass die Tote aus dem Parkhaus mit Tobias Galster befreundet gewesen war. »Meine Frau war schon ein paar Mal bei Ihnen. Die Brötchen, die sie mitgebracht hat, waren immer sehr lecker.«

»Kann ich Ihnen ein paar einpacken? Suchen Sie sich doch was aus.« Sie nahm eine Papiertüte, ohne eine Antwort abzuwarten, und legte ein halbes Dutzend Brötchen hinein. »Ich bitte Sie«, wehrte er ab, obwohl er wusste, dass er den Kürzeren ziehen würde. Keiner der alteingesessenen Dorfbewohner hätte je einen Pfarrer aus seinem Haus gelassen, ohne ihn entweder zum Essen dazubehalten oder ihm wenigstens etwas mitzugeben, ein paar Eier, ein Stück Kuchen oder ein Stück Schinken. »Und, gefällt Ihnen der Laden?«, fragte Frau Galster und legte die Brötchentüte auf die Theke. »Sie haben ja sonst immer beim Meyrink drüben gekauft. Der gehört ja auch zu Ihrer Gemeinde …«

Emsfeld, das Nachbardorf, lag etwa anderthalb Kilometer entfernt von Buchfeld und bildete einen Teil seines Pfarrsprengels. Als Römer seine Stelle angetreten hatte, hatte es in Buchfeld keinen Bäcker gegeben, und selbst wenn, hätte man von ihm erwartet, seine Brötchen nicht bei den Katholischen zu holen, sondern beim evangelischen Meyrink. Dass die Buchfelder in den letzten zehn Jahren in dieser Hinsicht etwas weniger dogmatisch geworden waren, lag nicht zuletzt an der beharrlichen Weigerung der Pfarrersfrau, sich an die ungeschriebenen Regeln zu halten. Der katholische Gemischtwarenhändler bot einfach das bessere Sortiment, hatte sie argumentiert. Die Dorfbewohner waren anfangs schockiert gewesen, aber da Herwig Römer peinlich genau darauf geachtet hatte, seine selteneren Einkäufe im Beisein von Zeugen bei dem protestantischen Ladeninhaber zu machen, hatte es kein böses Blut deswegen gegeben, und mit der Zeit hatte man sich daran gewöhnt. Heute kauften die meisten Leute weder bei dem einen noch bei dem anderen Händler, sondern in einem der großen Supermärkte außerhalb.

»Ihr Sohn betreibt die Bäckerei, oder? Sie haben immer noch den Hof mit Ihrem Mann zusammen?«, fragte er unvermittelt. Sie nickte. »Ja, noch können wir den Hof halten. Wir haben die Viehhaltung ganz stark zurückgenommen, das lohnt sich einfach nicht mehr, aber der Getreideanbau geht – mein Sohn baut sein Biogetreide an, so was lässt sich heute verkaufen.« Sie hielt inne und sah ihn aufmerksam an, als ob ihr auf einmal ein neuer Gedanke gekommen sei. »Sind Sie wegen dem Tobias gekommen, Herr Pfarrer? Wir haben gehört, Sie waren gestern dabei, als sie das arme tote Mädchen gefunden haben.«

Das klingt ja, als sei ich nur aus Sensationslust hier, dachte Römer peinlich berührt. Dass Neugier tatsächlich der Grund für seinen Besuch war, machte die Sache nicht besser. »Nun ja«, murmelte er. »Ich wollte eigentlich nur fragen, wie es geht. Nur, weil ich zufällig gestern da war, wissen Sie, ich wollte mich nicht etwa einmischen.«

»Unser Pfarrer Schubert ist noch nicht da gewesen«, warf die Felberhoferin mit einem leichten Unterton von Gekränktheit ein. Römer hob begütigend die Schultern. »Nun, der wohnt ja auch nicht hier. Wahrscheinlich hat er noch nicht einmal etwas von der Sache gehört.« Die wenigen Buchfelder Katholiken hatten zwar eine Kirche, aber der für sie zuständige Pfarrer hielt dort nur einmal im Monat den Gottesdienst ab. An den übrigen Sonntagen mussten die Gläubigen, wenn sie in die Kirche wollten, ins Nachbardorf fahren. Römer überlegte einen Moment, dann sagte er: »Ich wollte wirklich nur vorbeikommen und fragen, wie es geht. Vielleicht sagen Sie Ihrem Sohn, wie leid es mir für ihn tut.« Er griff mit einer Hand nach der Tüte mit den Brötchen, mit der anderen wollte er seinen Geldbeutel hervorholen. »Aber bitte, Herr Pfarrer«, protestierte die Felberhoferin entschieden. »Kommt nicht in Frage.« Römer musste einlenken, als er feststellte, dass er vergessen hatte, seine Börse einzustecken. Er bedankte sich und wandte sich gerade zum Gehen, als die Klingel der Ladentür zu hören war und ein Schwall kalter Luft hereindrang. »Guten Morgen«, grüßte die Bäuerin die Eintretenden.

Die antwortende Stimme kam Römer bekannt vor, und er verwünschte sich dafür, nicht ein paar Minuten früher gegangen zu sein. Eva Schatz verschränkte trotzig und verärgert die Arme, als sie ihn bemerkte, und Rainer Sailer, der ihr in den Laden gefolgt war, warf ihm einen finsteren Blick zu. »Sie können es nicht lassen, sich einzumischen, was?«, fragte er beißend. Pfarrer Römer sah ihn mit mildem Vorwurf an und erwiderte: »Ich wohne hier.«

»In der Bäckerei?«

Römer hob wie zur Erklärung die Tüte mit den Brötchen hoch. Er kam aber nicht dazu, etwas zu sagen, ebenso wenig wie Rainer und Eva, weil in diesem Augenblick durch die Tür zur Backstube Tobias Galster in den Laden trat, ein Blech mit Nussschnecken auf dem Arm, die den Raum mit einer neuen Woge von warmem Duft erfüllten. Der junge Mann stellte das Blech ab und ließ den Blick über die drei Besucher gleiten. Den Pfarrer grüßte er mit einem Nicken, dann sah er die anderen zwei fragend an. Eva musterte die hochgewachsene, etwas schlaksige Gestalt. Galster sah mitgenommen aus, vor allem die braunen Augen hatten einen unruhigen, gehetzten Ausdruck. Er wirkte nicht überrascht, als Eva sich und Rainer als die ermittelnden Beamten im Fall Caroline Kröger vorstellte und erklärte, sie wollten kurz mit ihm sprechen. Es war offensichtlich, dass er mit ihnen gerechnet hatte. Er bat seine Mutter, noch kurz in der Bäckerei zu bleiben, falls Kunden kämen, und bedeutete Eva und Rainer, ihm zu folgen. Pfarrer Römer hatte sich ostentativ zum Gehen gewandt, doch sobald die beiden Polizeibeamten außer Sicht waren, schien er sich eines Besseren zu besinnen. »Das muss ein ziemlicher Schock für Ihre Familie gewesen sein«, bemerkte er mitfühlend zur Felberhoferin. »Sie werden das Mädchen natürlich gekannt haben?«

TRACK 3

Lied des Harfners

Text: Johann Wolfgang von Goethe

Wer nie sein Brot mit Tränen aß,
wer nie die kummervollen Nächte
auf seinem Bette weinend saß,
der kennt euch nicht, ihr himmlischen Mächte.
Ihr führt ins Leben uns hinein,
ihr laßt den Armen schuldig werden.
Dann übergebt ihr ihn der Pein,
denn alle Schuld rächt sich auf Erden.

Die Treppe vom Laden führte auf einen tiefergelegenen Flur hinunter, von dem drei Türen abgingen; die in die Backstube stand halb offen; eine zweite gab den Blick in einen weiß gekachelten Raum frei, in dem außer einer großen weißen Getreidemühle mit einer gewaltigen Schütte mehrere massive Geräte standen, deren Verwendungszweck sich nicht unmittelbar erschloss. Tobias Galster öffnete die dritte Tür, die in einen düsteren, sehr kalten Hausflur führte: Offenbar hatte man einen direkten Durchgang vom Bäckereigebäude zum Wohnhaus des Felberhofs geschaffen. Das Bauernhaus selbst war ein massiges quadratisches Gebäude mit dicken Wänden, in denen jetzt im Winter die Kälte saß. »Kommen Sie in die Küche, da ist es warm«, murmelte der Bäcker und führte sie in eine geräumige Küche, durch deren Fenster man auf den Hof und eine riesige Scheune gegenüber blickte, die das niedrige einstöckige Haus überragte.

Eva und Rainer ließen sich auf der Eckbank am Esstisch nieder, während Galster zunächst in der Mitte des Raums stehen blieb, die Arme verschränkt. Ob seine Haltung mehr trotzige Abwehr oder eher ein Bedürfnis nach Halt und Trost ausdrückte, war nicht klar. Aber eines schien Eva sicher. »Sie wissen bereits, weshalb wir hier sind, nicht wahr? Sie haben schon gehört, dass Caroline Kröger…« Sie hielt einen Augenblick inne, um seine Reaktion abzuwarten, nur für den Fall, dass sie sich getäuscht hatte, doch sein stummes Nicken bestätigte ihre Überzeugung. »Sie wissen schon, dass Caroline Kröger tot ist«, schloss sie. »Von wem haben Sie es erfahren? Von ihrer Mutter?«

Wieder schüttelte er den Kopf, machte Anstalten, etwas zu sagen, brachte aber die Worte offenbar nicht heraus.

»Vielleicht von Pfarrer Römer?«, schaltete sich Rainer ein, um dem jungen Mann Zeit zu geben, seine Fassung wiederzugewinnen. »Er war gestern im Konzert«, erklärte er, an Eva gewandt, »und ich habe ihn mitgenommen, als wir der Mutter die Nachricht überbracht haben.« Seine Kollegin verdrehte die Augen.

Galster setzte sich den beiden gegenüber auf einen Stuhl. »Meine Cousine hat mich heute Morgen angerufen«, sagte er mit einer Stimme, die heiser und brüchig klang. »Linda Galster«, fügte er erklärend hinzu. »Sie war gestern dabei.«

Rainer nickte. »Ich weiß. Wir wollten Sie ohnehin nach ihr fragen. Also, Sie waren mit Caroline Kröger befreundet? Sie waren ein Paar?«

»Wir waren seit – seit fast vier Jahren zusammen«, erwiderte er. »Können Sie mir bitte… können Sie mir sagen, was passiert ist?«

»Wir wissen selbst noch nicht viel«, antwortete Eva rasch, ehe Rainer vielleicht zu viel sagen konnte. »Sicher ist eigentlich nur, dass sie eines gewaltsamen Todes starb und dass wir sie im Parkhaus am Ellinger Tor gefunden haben. Haben Sie eine Vorstellung davon, was sie dort gemacht haben könnte? Was sie in den letzten Tagen vorhatte, ob sie jemanden treffen wollte?«

Galster schluckte. »Dann meinen Sie, dass sie nicht einfach überfallen wurde, von einem Fremden?«

»Das ist nicht auszuschließen.« Rainers Stimme klang freundlich, gab aber nichts preis von dem, was sie sich zuvor überlegt hatten. »Im Moment ist noch alles offen, aber je mehr Sie uns über sie erzählen können, umso eher können wir uns ein Bild von den Umständen machen. Wann haben Sie Caroline zuletzt gesehen oder mit ihr gesprochen?«

Der junge Mann dachte kurz nach. »Ich habe sie gestern nicht gesehen, und sie hat auch nicht angerufen.« Rainer und Eva wechselten einen unauffälligen Blick. Am vergangenen Tag war Caroline Kröger bereits nicht mehr am Leben gewesen.

»Wir haben telefoniert, am Montag, glaube ich«, fuhr der Bäcker fort. »Gesehen habe ich sie am Freitagabend, da sind wir zusammen mit Freunden ausgegangen.«

»Und gestern haben Sie den ganzen Tag nichts von ihr gehört? Hat Sie das nicht gewundert?«

Er erwiderte nichts, eine leichte Falte auf der Stirn. »Hatten Sie einen Streit?«, fragte Eva rasch. Galster schüttelte den Kopf, aber er sah sie nicht an. »Nein, wir sehen uns unter der Woche öfter mal nicht, und mittwochs bin ich fast den ganzen Tag unterwegs – viele von unseren Backwaren verkaufe ich außerhalb, ich habe einen Stand in Nürnberg.«

»Also gab es zwischen Ihnen beiden keinen Streit«, wiederholte Eva, noch immer in fragendem Ton. Etwas an der Beziehung der beiden schien ihr nicht ganz stimmig, ihr war nur noch nicht klar, was. »Sie sagten, Sie beide waren seit fast vier Jahren zusammen. Aber trotzdem haben Sie nicht zusammengewohnt. Warum das?«

Etwas wie Irritation zuckte über Tobias Galsters angespanntes Gesicht, aber er antwortete ruhig: »Es hat sich noch nicht ergeben. Das Bauernhaus ist zu klein – das heißt, es wäre schon Platz, aber nicht für eine abgeschlossene Wohnung für uns. Und eine Zeitlang hat meine Cousine hier gewohnt ... es wäre nicht gegangen. Wir wollten im Nachbarhaus eine Wohnung einrichten – und im Erdgeschoss die neue Bäckerei. Sie haben ja gesehen, dass der Laden eigentlich zu klein ist. Bis wir mit den ganzen Bauvorhaben so weit waren, wollte sie lieber ihre eigene Wohnung in Weißenburg behalten.«

»Es wäre nicht gegangen?«, wiederholte Rainer stirnrunzelnd, ohne auf die letzten Ausführungen einzugehen, die sich ein wenig zu sehr nach Ablenkung vom eigentlich Wichtigen anhörten. »Wegen Ihrer Cousine?«

»Das meinte ich nicht.« Tobias Galster klang jetzt ungeduldig, fast gereizt, und er schaute auf seine Hände hinunter – kräftige, aber schön geformte Hände, an denen ein Rest Mehlstaub klebte –, bevor er betont ruhig antwortete: »Linda und Caroline haben sich gut verstanden. Sie haben sich sogar mal ein Zimmer geteilt, als Linda noch studiert hat. Aber hier wäre das etwas anderes gewesen ... Sie wollte einfach nicht, dass wir hier alle aufeinandersitzen, die Eltern und wir.«

»Da fällt mir ein: Kennen Sie Carolines Mutter, Tanja Kröger?« Der Bäcker nickte, etwas überrascht von dem plötzlichen Themenwechsel. »Natürlich.«

»Ihren Vater auch? Und wie ist es mit Arno Hertz, dem Stiefvater?«

»Er ist nicht Caros Stiefvater«, erwiderte Galster mit Nachdruck. »Wir kennen beide; Andi Kröger ist ein guter Freund, wir besuchen ihn regelmäßig.« Eva entging die Andeutung, die in dieser Erklärung mitschwang, nicht, aber gerade waren draußen auf dem Flur Schritte zu hören. »Komm rein, Vater«, rief Tobias Galster. »Ist das in Ordnung?«, wollte er von Eva wissen, als der Bauer etwas zögernd eintrat. Er war ebenso hochgewachsen wie sein Sohn, aber schwerer gebaut, und strahlte, obgleich er über sechzig war, eine ungebrochene Vitalität aus, die noch verstärkt wurde durch den Geruch nach Stall, Erde und Kühen, den er mitbrachte. Er bestand darauf, den beiden Beamten die Hände zu schütteln, nachdem Tobias ihm rasch erklärt hatte, wer sie waren – in einem so starken Dialekt, dass Rainer Schwierigkeiten hatte, seinen Worten zu folgen. Die Hände des Bauern waren hart, trocken und schwielig, die Hände eines Mannes, der sein Leben lang schwer gearbeitet hatte.

»Weißt du, ob Caro gestern hier angerufen hat, als ich nicht da war?«, fragte der Bäcker. Sein Vater schüttelte den Kopf. »Am Aftermadi, aber da warst du unterwegs.«

»Dienstag«, übersetzte Eva, als Rainer ein verständnisloses Gesicht machte. »Da haben Sie mit ihr am Telefon gesprochen? Wissen Sie noch, wann das war?« Anton Galster antwortete, ohne zu zögern: »Am Nachmittag, vorm Melken.« An seinen Sohn gewandt, fügte er erklärend hinzu, dass er ihm diesen Anruf nicht ausgerichtet hatte, weil er selbst weder am Dienstagabend noch am Mittwoch da gewesen war. Zumindest glaubte Rainer, das verstanden zu haben. Eva, die mit dem bäuerlichen Dialekt im fränkischen Jura aufgewachsen war, hatte keine Zweifel. »Gestern waren Sie wie immer mit Ihren Backwaren unterwegs«, sagte sie, zu Tobias Galster gewandt. »Können Sie uns auch sagen, wo Sie am Dienstagabend waren?«

Die Frage schien ihn einen Moment lang aus der Fassung zu bringen; er wurde ein wenig rot, antwortete dann aber bereitwillig: »Ich war im Kirchenchor, wir proben in Emsfeld, und danach sitzen wir meistens noch ein bisschen im

Hirschen bei einem Bier zusammen.« Er lächelte ein etwas schiefes Lächeln. »Ich bin meistens der Erste, der geht, weil ich morgens um drei Uhr schon wieder aufstehen muss.« Eva hatte das nicht bedacht; es erklärte vielleicht, warum der junge Bäcker nicht mit Caroline Kröger zusammen in ihrer Weißenburger Wohnung gelebt hatte. Vom Gasthaus aus sei er dann nach Hause gefahren, antwortete er auf Rainers Frage hin. »Gut, zwei Sachen noch«, meinte Eva, »dann lassen wir Sie erst mal in Ruhe – obwohl es sein könnte, dass wir wieder vorbeikommen, wenn wir noch etwas wissen müssen.« Galster nickte steif.

»Sie sagten, Sie waren am Freitag aus? Können Sie uns sagen, wer noch dabei war? Wir müssen wissen, mit wem Caroline Kröger in ihren letzten Lebenstagen zu tun hatte.«

Der Biobäcker holte tief Luft, es wirkte beinahe wie ein Aufseufzen. »Im Kino waren Caro und ich und meine Cousine. Danach haben wir noch ein paar andere Leute getroffen. Da waren zwei Freundinnen von Caro, Angelika Rapp und Anna-Luise Schöneberg, fragen Sie Linda nach den zweien, und ein Freund von Anna-Luise: Jonas Hofer …« – »Der Sänger?«, hakte Rainer sofort nach. »Sie kennen ihn?«

Galster zuckte die Schultern. »Ein bisschen. Netter Kerl, aber ich bin ihm nur ein paar Mal begegnet. Die Mädchen kannten ihn besser, glaube ich. Später kam dann noch ein alter Schulfreund von mir dazu, und wir haben noch ein paar Leute getroffen, die wir kannten. Sie wissen ja, wie es hier am Wochenende abends ist, da sieht man die halbe Bevölkerung.« Eva nickte, während Rainer sich alles aufschrieb, was gesagt wurde, und fragte dann: »Und an dem Abend ist nichts Besonderes passiert? Es gab keine Auseinandersetzung, keine außergewöhnlichen Vorfälle oder so etwas?«

»Außergewöhnliche Vorfälle? Nein.« Er runzelte die Stirn, dann wiederholte er langsam: »Nein.«

Eva sah ihn fragend an und wartete, ob er noch etwas hinzufügen würde, und nach einer Weile erklärte er mit einem Schulterzucken: »Anna-Luise hat ein bisschen viel getrunken und der Jonas gar nichts, wegen seiner Stimme. Der Christian hat die ganze Zeit von seiner Exfreundin geredet und darüber dann auch zu tief ins Glas geschaut und versucht, mit Linda anzubandeln.« Er stieß ein verächtliches Schnauben aus, dann schüttelte er den Kopf. »Nein, tut mir leid, das war alles. Nichts Außergewöhnliches.«

Eva und Rainer verabschiedeten sich und verließen das Bauernhaus – durch die Eingangstür, nicht durch die Bäckerei, und deshalb bemerkten sie auch nicht, dass Pfarrer Römer, den sie längst wieder in seinem Pfarrhaus glaubten, fast im gleichen Moment durch die Ladentür auf die Dorfstraße hinaustrat, noch immer seine Tüte mit Brötchen in der Hand. Er wanderte nachdenklich die Emsfelder Straße entlang und bog dann in den Kirchenweg ein, ließ seine Kirche St. Koloman links liegen und blieb vor seinem Haus stehen, als könne er sich nicht recht entschließen einzutreten. Sechs Semmeln sollten zwar für ein zweites Frühstück reichen, aber er fühlte nach seinem Gespräch mit der Felberhoferin den Drang, auch noch die Bäckerei Meyrink in Emsfeld zu besuchen. Mit der Qualität der Brötchen hatte das nichts zu tun, mehr mit dem Eindruck, den er bei Galsters im Laden gewonnen hatte, dass zwischen dem Biobäcker und seinem Berufsgenossen in Emsfeld ein ziemlich gespanntes Verhältnis herrschte. Ein überlegenes Lächeln erhellte sein Gesicht: Er wusste, welche Motive Eva Schatz zweifellos für sein Interesse verantwortlich machen würde, wenn sie davon erfuhr, aber ihre Vermutungen würden ihn nicht abhalten. Als Pfarrer hatte er schließlich die Verpflichtung, Spannungen in seiner Gemeinde auf den Grund zu gehen, da konnte auch Frau Kriminalkommissarin Schatz nichts ausrichten. Herwig Römer summte gut gelaunt vor sich hin, als er die Tür zum Pfarrhaus öffnete, beschloss aber dennoch, erst einmal etwas zu essen und einen Kaffee zu trinken, ehe er sich nach Emsfeld begab.

Tobias Galster fasste mit beiden Händen in den Sack mit Weizen, ergriff eine Handvoll Körner und ließ sie sich langsam durch die Finger rinnen. Das Geräusch erinnerte an Regen und hatte etwas beruhigend Monotones. Der Fliesenboden glänzte, während das Weiß der großen Getreidemühle stumpf wirkte. Der Bäcker ließ noch eine Handvoll Weizen durch seine Finger gleiten. Seine Hand sah ruhig aus, aber innerlich zitterte sie. Sein Blick fiel auf die große Wanne der Teigmaschine, ein Gerät, das gerade mit ungeheurem Kraftaufwand kiloweise Teig rührte. Im Augenblick wünschte er sich, die Zutaten für seine Backwaren mit der Hand kneten zu müssen, so wie er es einmal gelernt hatte, kneten, bis einem die Arme wehtaten von der Anstrengung, bis der Teig nicht länger an den Fingern klebte, sondern glatt und geschmeidig war, bis man an nichts anderes mehr denken konnte als an Mehl und Sauerteig und Wasser und an das Brot, das daraus werden würde. Davon, einer Maschine bei der Arbeit zuzusehen, ließen sich die Gedanken nicht vertreiben. Auch nicht der Schmerz, weder der seelische noch der in seinem Arm … Er schob den Ärmel seines Hemds zurück und sah stirnrunzelnd auf die Wunde herab. Er hätte sie nähen lassen sollen, aber dann hätte er verraten müssen, wie es dazu gekommen war. Das wäre auch besser gewesen, gestand er sich mit zusammengebissenen Zähnen ein. Aber jetzt war es dafür schon fast zu spät, wie sollte er das jetzt noch erklären? Jetzt musste er damit leben. Wahrscheinlich würde eine Narbe zurückbleiben, wenn die Wunde nicht behandelt wurde, aber es gab Schlimmeres. Der Tod war schlimmer. Verrat war schlimmer. Sie würden mit Linda sprechen in der Hoffnung, von ihr mehr über Caroline zu erfahren. Er fragte sich, ob sie ihnen wohl etwas von dem Streit erzählen würde. Vielleicht würde sie es tun. Er hatte es nicht fertiggebracht. Wozu auch? Dieser Streit hatte nichts mit Caros Tod zu tun, versicherte er sich selbst trotzig. Er konnte – er durfte nichts damit zu tun haben. Die Mischmaschine drehte sich langsam, aber unaufhörlich, und Tobias Galster ließ eine weitere Handvoll Weizen mit einem Geräusch, das an Regen erinnerte, durch seine Finger zurück in den Getreidesack rinnen.

Ein wenig Schnee fiel durch die blasse, kalte Novemberluft, als Eva ihr Auto auf dem Besucherparkplatz vor dem Weißenburger Krankenhaus abstellte, aber es sah nicht so aus, als würde er liegen bleiben. Rainer schüttelte mit einem übertriebenen Stöhnen den Kopf, als seine Kollegin eine Schachtel Zigaretten aus ihrem Handschuhfach nahm. »Ich hatte gehofft, du hättest dir dieses Laster in der Zwischenzeit abgewöhnt«, bemerkte er mit leidender Stimme und stieg aus. Sie folgte ihm und zündete sich im Gehen eine Zigarette an. Am Eingang trafen sie auf zwei weitere Leute, die sich gerade eine Rauchpause gönnten. Eine von ihnen war eine Krankenschwester, die in ihrem weißen Kittel offensichtlich jämmerlich fror. »Da gewinnt die Warnung ›Raucher sterben früher‹ doch gleich eine ganz neue Dimension«, stichelte Rainer, »an Lungenentzündung nämlich.« Er stellte sich demonstrativ abseits und wartete, bis Eva ihre Zigarette im Aschenbecher ausgedrückt hatte, um dann gemeinsam mit ihr in die Eingangshalle des Krankenhauses zu treten. Sie sah zu, wie er sich aufmerksam umsah, um Linda Galster zu entdecken, mit der sie sich telefonisch an der Rezeption verabredet hatten, und fühlte sich auf einmal an eines ihrer ersten Treffen mit Irene erinnert, die sie damals direkt vom Dienst im Ansbacher Krankenhaus abgeholt hatte. Das war freilich fast zehn Jahre her, und die Frau, die einige Minuten später auf sie zutrat, war ein völlig anderer Typ als Irene. Dafür konnte man in ihren Gesichtszügen eine entschiedene Ähnlichkeit mit ihrem Cousin entdecken; wie der Biobäcker war auch sie groß und schlank, wirkte allerdings nicht so schlaksig wie er. Ihr Haar war ebenso dunkel wie seins, aber ihre Augen waren nicht braun, sondern von einem klaren, kühlen Grau. Und genau wie Tobias Galster hatte auch sie die Arme abweisend oder schützend vor der Brust verschränkt. »Geht es Ihnen wieder besser?«, fragte Rainer höflich. »Sie waren gestern ziemlich mitgenommen.«

»Danke«, erwiderte sie brüsk. »Es geht. Kommen Sie in die Cafeteria … Kaffee und Limo, das dürfte man hier gar nicht anbieten«, murmelte sie, ehe sie an der Getränketheke einen Tee wählte und sich damit an einen der runden Tische in der bescheidenen Cafeteria setzte.

»Sie arbeiten hier?«, fragte Eva, um das Gespräch unverfänglich zu beginnen.

»Ja. Ich bin Diätassistentin.« Ihr Ton klang so bemüht neutral bei diesen Worten, dass Eva geschworen hätte, dass Linda Galster ihren Beruf nicht mochte. Rainer kam mit einem kleinen Tablett an den Tisch und stellte grinsend zwei Tassen Kaffee und einen Zuckerstreuer ab. »Tut mir leid«, meinte er gut gelaunt. »Aber ohne eine regelmäßige Dosis Koffein geht in unserem Beruf gar nichts.« Ihr Gesicht hellte sich für einen Moment auf, als ob sie beinahe in Erwägung zöge zu lächeln, sie entschied sich aber dagegen und sagte nur trocken: »Sie sind ja auch keine Patienten, aber wenn Sie sehen würden, was manche Kranke so zu sich nehmen … Aber Sie wollten mit mir nicht über Ernährungsfragen reden.«

»Sie waren mit Caroline Kröger befreundet, ist das richtig?« Eva nahm den Zuckerstreuer, der allerdings verstopft war, und beschloss notgedrungen, ihren Kaffee schwarz zu trinken. »Und Ihr Cousin, Tobias Galster, war mit ihr zusammen?«, fuhr sie fort. Frau Galster nickte auf beide Fragen nur. »Wir möchten gerne mehr über die Tote wissen«, erklärte Eva. »Wir hoffen, dass Sie uns weiterhelfen können.«

»Warum?«, fragte die junge Frau erschrocken. »Ich dachte …«

»Sie dachten was?«

»Ich dachte, Caro sei überfallen worden – ich meine, von irgendeinem Fremden angegriffen …«

Rainer wunderte sich darüber, dass alle, die sie in diesem Fall bislang befragt hatten, genau das Gleiche gesagt hatten. Natürlich glaubten die Menschen grundsätzlich lieber, dass ein Unbekannter für eine Gewalttat verantwortlich war, aber es klang fast so, als ob Caroline Krögers Verwandte und Freunde Angst davor hatten, die Wahrheit könnte ganz anders aussehen – eine Angst, die wahrscheinlich berechtigt war. Er jedenfalls zweifelte kaum mehr daran, dass die Tote den Täter gekannt hatte.

»Wir können nichts ausschließen«, antwortete Eva, wie sie es auch schon zu Tobias Galster gesagt hatten. »Könnte Caroline eine Internetbekanntschaft geschlossen haben, die sich als gefährlich erwiesen hat? Hatte sie Streit mit ihrem Freund? Hatte einer von beiden vielleicht Grund zur Eifersucht? Gab es Probleme in ihrer Arbeit, etwas, was zu Konflikten führen konnte? Könnte irgendjemand sie gehasst haben? War sie jemandem im Weg? Wir wissen auf nichts von alledem eine Antwort.« Die junge Frau sah die Beamten verstört an, dann legte sie die Stirn in Falten und sagte: »Ich weiß nicht, ob sie sich mit jemandem getroffen hätte, den sie nicht kannte. Sie hat viel übers Internet kommuniziert, aber die meisten Leute kannte sie auch in Wirklichkeit.« Sie trank einen Schluck Tee und verzog das Gesicht, weil er bitter war. »Ihre beste Freundin war Anna-Luise Schöneberg;

wir beide haben mal zusammengewohnt, und momentan sind wir sozusagen Nachbarinnen.«

»Sozusagen?«

Sie zuckte die Schultern. »Das Haus gehört Annas Vater, sie hat dort ein Apartment, in dem sie wohnt, wenn sie hier ist – in den Semesterferien oder am Wochenende. Sonst ist sie in Würzburg. Sie studiert Musik, wissen Sie?«

»Anna-Luise Schöneberg war vergangenen Freitag mit Ihnen, Ihrem Cousin und Caroline Kröger unterwegs, ist das richtig?«

»Ja, aber sie ist danach für ein paar Tage weggefahren. Falls Sie mit ihr sprechen wollen, müssen Sie warten … Sie ist am Sonntag losgefahren«, fügte sie hinzu, als ob sie befürchtete, sie könnten diese Freundin sonst sofort des Mordes verdächtigen.

»Was ist mit Jonas Hofer? Woher kannte sie den, und wie gut?«

Linda Galster lächelte. »Ach, über Anna-Luise. Die war lange mit dem Jonas Hofer zusammen, den haben Sie ja gestern … der war gestern auch dabei, im Parkhaus.« Sie zog die Schultern hoch, als ob sie fröstelte. »Ich hab ihn in den letzten Jahren nicht mehr so oft gesehen, weil er ja in Würzburg lebt, aber als ich mit Anna-Luise in Nürnberg gewohnt habe, war er oft da. Wenn er nach Weißenburg oder in die Gegend kommt, unternehmen wir meistens alle etwas zusammen.«

»Aber er hatte keine persönliche Beziehung zu Caroline Kröger?«

»Um Himmels willen, nein!« Sie schien aufrichtig erheitert von der Vorstellung, aber gleich darauf verdüsterte sich ihr Blick. »Wieso wollen Sie unbedingt darauf hinaus, dass jemand zwischen Caro und Tobias stand? Die beiden waren seit Jahren zusammen, und sie wollten heiraten.«

»Davon hat Ihr Cousin nichts gesagt«, wandte Eva ein.

Linda Galster zuckte die Schultern. »Es stimmt trotzdem. Nicht, dass sie akute Heiratspläne gehabt hätten, aber sie waren sicher, dass es irgendwann dazu kommen würde. Die Pläne für den neuen Laden und die gemeinsame Wohnung waren der erste Schritt in die Richtung.«

»Also bei keinem der beiden auch nur die geringsten Zweifel?«, vergewisserte Eva sich in einem Ton, der deutlich machte, dass sie nicht überzeugt war. Sie ließ die Sache dennoch erst einmal auf sich beruhen und fragte weiter: »Und sonstige Konflikte – andere Streitereien oder Probleme, gab es da etwas? Sie kannten Caroline gut, hätte sie Ihnen erzählt, wenn etwas sie beunruhigt hätte?«

»Ich denke schon. Zumindest hat sie eigentlich immer über alles geredet, was sie beschäftigt hat.«

»Wie war ihr Verhältnis zu ihrer Familie? Zu ihren Eltern und zu Arno Hertz?«

Linda nahm einen weiteren Schluck Tee, der ebenso wenig nach ihrem Geschmack schien wie der erste. Sie stellte die Tasse sorgfältig wieder ab, bevor sie sprach. »Am besten hat sie sich eigentlich mit ihrem Vater verstanden. Aber sie ist trotzdem bei ihrer Mutter geblieben nach der Scheidung – sie wollte damals nicht weg aus Weißenburg.«

»Haben Sie sie damals schon gekannt?«

»Wir waren nicht auf derselben Schule, und sie war zwei Jahre jünger als ich. Ich hatte nicht viel mit ihr zu tun, aber sie war mit Anna-Luise befreundet, und daher kannte ich sie.«

»Ihr Cousin sagte, Sie beide hätten einmal zusammengewohnt.«

»Das war während meines Studiums an der FH in Nürnberg. Anna-Luise und ich waren im selben privaten Wohnheim; sie hat Musik studiert, ich Biologie. Das war gerade die Zeit, als Caros Mutter Arno Hertz kennengelernt hat. Als er bei ihnen eingezogen ist, hatte Caro genug. Wir haben zusammengewohnt, bis sie eine eigene Wohnung fand.«

»Sie mochte den Lebensgefährten ihrer Mutter nicht«, sprach Eva das Offensichtliche aus. Linda nickte: »Ich glaube, sie hat es ihr übelgenommen, dass sie auf einmal wieder einen Mann hatte. Und dann alle zusammen in der kleinen Wohnung – sie war damals achtzehn, ich denke, sie war ganz froh, einen Anlass zu haben wegzugehen.«

»Also, was hältst du von ihr?«

Von Schnee war nichts mehr zu sehen, als die beiden wieder zu ihrem Auto zurückkehrten, und die aufreißende Wolkendecke gab ihnen Grund zu der Hoffnung, dass sie später vielleicht sogar die Sonne sehen würden. Rainer warf sich mit Schwung auf den Beifahrersitz und zuckte die Schultern. »Wenn man den Typ Frau mag...« Eva holte tief Luft und sah ihn kalt an. »Ich versuche hier, mich auf unseren Fall zu konzentrieren. Ist es zu viel, dasselbe von dir zu erwarten?«

Er lachte leise. »Ich kann dir gar nicht sagen, wie sehr ich deine sonnige Gegenwart vermisst habe, oh weiseste aller Kolleginnen. Wohin fahren wir? In Caroline Krögers Wohnung?«

»Ja, solange der Kollege von der Spurensicherung uns dort erwartet. Und danach vielleicht in ihre Arbeit, falls es da doch etwas herauszufinden gibt.« Sie startete den Motor und setzte rückwärts aus der Parklücke. »Obwohl ich sicher bin, dass hinter dem Tod der Kröger etwas Privates steckt. Glaubst du den ganzen Beteuerungen, dass diese Beziehung zwischen ihr und dem Bäcker völlig in Ordnung war?«

»Sollte ich nicht?«, gab Rainer zurück. »Wie kommst du darauf? Bislang habe ich noch nichts gehört, was mir wirklich komisch vorgekommen wäre. Okay, die zwei haben nicht zusammengewohnt, aber die Gründe dafür klangen für mich ganz plausibel.«

»Ich sage nicht, dass das alles nicht stimmt«, erklärte Eva knapp. »Aber da gibt es bestimmt noch mehr. Weißt du, was mich auch irritiert?« Sie wartete keine Antwort ab, sondern fuhr fort: »Alle betonen sie, dass sie überzeugt sind, die Kröger sei einem fremden Gewalttäter zum Opfer gefallen. Aber niemand fragt auch nur, ob sie vergewaltigt wurde – das wäre doch naheliegend, findest du nicht?«

Rainer starrte unverwandt die rote Ampel an, vor der sie gerade angehalten hatten, während er sich ihre Worte durch den Kopf gehen ließ. »Das ist wirklich ein bisschen komisch«, stimmte er zu. »Aber manche Leute verdrängen solche Gedanken, solange sie können. Und Linda Galster hat die Leiche natürlich gesehen, angekleidet, mit Mantel und allem, vielleicht geht sie deshalb davon aus, dass die Kröger nur getötet wurde ... Grün, du kannst fahren.« Eva gab Gas und bog in eine Seitenstraße ein. »Ich möchte mit dieser Freundin reden, Anna-Luise Schöneberg oder wie sie heißt. Die kann uns vielleicht noch mehr erzählen«, erklärte sie. Rainers Augenbrauen zuckten überrascht nach oben. »Ich hätte jetzt gedacht, wichtiger sind der Galster und vielleicht auch Arno Hertz.« Eva konzentrierte sich gerade auf die Hausnummern und sagte erst wieder etwas, nachdem sie einen Parkplatz gefunden und den Motor abgestellt hatte. »Das denke ich auch. Die könnten beide einen Grund gehabt haben, sie umzubringen. Aber ein paar Dinge finden wir über die Freundin vielleicht leichter heraus. Hier sind wir. Mitten in der Stadt, die hätte gar kein Auto gebraucht.«

Rainer stieß ein kurzes Lachen aus. »Das hätte die Dinge vereinfacht. Ein Täter, der das Opfer in seinem Fahrradkorb durch die Gegend fährt, wäre bestimmt jemandem aufgefallen.« Er gab Eva keine Zeit, etwas Unfreundliches zu erwidern, sondern fügte ernsthafter hinzu: »Aber nach Buchfeld raus wird sie das Auto benutzt haben.«

Eva achtete nicht darauf, sondern folgte ihrem eigenen Gedankengang weiter. »Und Jonas Hofer, den Sänger, will ich mir auch näher ansehen – er kannte sie, Rainer«, fügte sie hinzu, als sie sein Stirnrunzeln bemerkte. »Und er war dabei, als die Leiche gefunden wurde. Wir sollten das nicht einfach ignorieren.« Das Haus, in dem Caroline Kröger gewohnt hatte, war ein grün gestrichenes Mehrfamilienhaus, weder modern noch historisch, und wenn es auch keineswegs heruntergekommen war, hätte es doch einige Schönheitsreparaturen nötig gehabt, um einladend auszusehen. »Kröger« stand auf der Klingel für den ersten Stock links. Ein Beamter in Uniform ließ sie ein. »Wir haben Fotos gemacht und uns umgesehen«, erklärte er. »Sie müssen nicht allzu vorsichtig sein, es gibt keinen Hinweis darauf, dass der Täter hier drin war.«

»Ich bin davon überzeugt, dass er hier war«, widersprach Eva grimmig. »Aber das wird uns nichts nützen, denn es wird jemand sein, der öfter in der Wohnung war.«

»'tschuldigung«, verbesserte sich der Beamte. »Ich wollte sagen, hier in der Wohnung hat kein Kampf oder so stattgefunden. Die Frau ist nicht hier drinnen gestorben. Sie werden also keine Tatortspuren zerstören.«

»Wie sieht es draußen aus? Gibt es einen Anwohnerparkplatz? Eine Tiefgarage?« Als der Kollege verneinte, sagte sie: »Okay, wir sehen uns um. Fragen Sie mal bei den Nachbarn nach, ob die etwas gesehen haben seit Dienstag. Ob sie uns Informationen über das Kommen und Gehen um den Tatzeitpunkt herum geben können. Und vielleicht wissen sie etwas darüber, was für Besucher sie überhaupt hatte. Wenn einer etwas zu erzählen hat, sagen Sie uns Bescheid.« Sie nickte Rainer auffordernd zu. »Sehen wir uns um.«

Caroline Krögers Wohnung war klein, gemütlich und nicht übertrieben ordentlich. Im Schlafzimmer stand ein ungemachtes Doppelbett, auf dem Nachttisch lagen Taschentücher und ein paar Tablettenschachteln und Hautcremetuben neben einem halbvollen Wasserglas und mehreren zerlesenen Magazinen. Ein niedriger Rattansessel in der Ecke schien hauptsächlich als Kleiderablage zu dienen. Darüber hing ein Filmplakat von *Sex and the City*. Im Rahmen der Spiegeltür des Kleiderschrankes steckten eine Reihe Postkarten, Grüße aus Venedig und Tunesien, witzige Spruchkarten und ein Valentinstagsgruß. Rainer zog diese letzte Karte heraus und drehte sie um. »Von Tobias«, las er im Tonfall leichter Enttäuschung. Eva schüttelte den Kopf. »Wenn sie von jemand anderem Valentinskarten bekommen hätte, hätte sie die wohl kaum für ihren Freund sichtbar hier aufgehängt«, erinnerte sie ihn. »Nein, falls es noch einen anderen gab, müssen wir schon da suchen, wo der Galster ihn nicht ohne Weiteres gefunden hätte.«

Sie verließen das Schlafzimmer und warfen einen Blick in die Küche, die alt, aber viel ordentlicher war als erwartet und den Eindruck erweckte, dass Caroline gerne gekocht hatte. Kochbücher – und ein paar Diätratgeber – standen in ordentlicher Reihe auf einem Bord über dem Tisch, und ein Regal war gut gefüllt mit sauber beschrifteten Vorratsbehältern. Die Kühlschranktür war bedeckt mit einem Durcheinander von bunten Kühlschrankmagneten und damit befestigten Papieren. »Wochenenddiät, Müllabfuhr, Pizzaservice, Johnny Depp, Gottesdienste im November, die gesündesten Lebensmittel, Kinoprogramm ...« Rainer runzelte zornig die Stirn, als er dieses bunte Sammelsurium ansah. In fast allen Ermittlungen gab es einen Moment, in dem er die Personen, die Opfer und Verdächtigen und Täter, mit denen er zu tun hatte, auf einmal intensiv als Menschen wahrnahm, mit ihren Eigenheiten und Wünschen, mit einer Vergangenheit und Zukunft. In diesem Augenblick war Caroline Kröger nicht nur ein Fall, sondern ein Mensch, dem irgendjemand die Zukunft geraubt hatte. Wir finden ihn, nahm er sich grimmig vor, dann konzentrierte er sich wieder auf die Wohnung. Eva war bereits ins Wohnzimmer weitergegangen und hatte dort auf dem weichen, niedrigen Sofa den Laptop der Toten entdeckt. Rainer warf einen Blick in das Bücherregal neben der Tür, während seine Kollegin den Computer hochfahren ließ. Eine große Leserin war Caroline Kröger nicht gewesen, die meisten Bücher sahen ungelesen aus, aber ein paar Krimis, ein englischer *Harry-Potter*-Band mit handschriftlichen Notizen und der neueste Ken Follett hatten Eselsohren und brüchige Buchrücken. »Gar keine Fotos«, bemerkte Rainer, indem er sich umsah.

»Die werden alle hier drin sein«, antwortete Eva. Der Windows-Anmeldeton erklang. »Ah, da haben wir sie…« Rainer setzte sich zu ihr aufs Sofa und blickte auf den Desktophintergrund, der drei Menschen zeigte: Caroline Kröger in der Mitte zwischen Linda Galster und einer anderen jungen Frau. »Die Schöneberg?«, vermutete Eva. Das Bild musste auf einer Party entstanden sein: Alle drei Frauen hielten Gläser hoch und hatten Papphüte, drapiert mit Luftschlangen, auf dem Kopf. Eva öffnete Outlook und wartete, bis »fünf neue Mails« im Posteingang landeten. Falls sie etwas Spektakuläres erwartet hatte, wurde sie enttäuscht. »Ihre Bestellung bei Amazon«, las sie vor, »Tageslosung vom 25. November, Teppiche und Bodenbeläge günstig, suchen Sie Arbeit?, Ihre DSL-Rechnung, eine neue Mail im Spamverdachtordner.«

Rainer nahm ihr den Laptop ab und öffnete den Windows Explorer. »Mal sehen, wie es im Netz aussieht«, meinte er. »Lesezeichen… eBay, Amazon, Youtube, Spiegel Online, Facebook… vielleicht haben wir hier mehr Glück… Ah, sieh mal, Outlook war gestern, hier hat sie mit ihren Freunden kommuniziert.«

»Das ist eine von diesen Social Networking Websites, oder?«, fragte Eva zweifelnd, als Rainer die Profilseite der Toten aufrief. »Und da braucht man kein Passwort?«

Rainer grinste. »Du hast echt keine Ahnung, oder? Das ist alles gespeichert.«

War Outlook wenig ergiebig gewesen, bot Caroline Krögers Profilseite eher zu viele Informationen. »Vierundachtzig Freunde!«, rief Eva schockiert aus. »Ich hoffe, wir müssen die nicht alle überprüfen.«

»Keine Angst«, gab Rainer lachend zurück. »Hier, schau, Bella Swan, Italien, ich glaube, die können wir schon mal streichen.«

»Aber da kann doch jeder dahinterstecken«, wandte seine Kollegin ein, »das werden ja alles nicht die echten Namen der Leute sein … also, zum Beispiel ›Iceland Warrior‹ – woher wollen wir wissen, ob da nicht unser Gewaltverbrecher dabei ist?«

»Wir nehmen den Computer mit, soll sich einer unserer Leute da reinknien«, schlug Rainer vor. »Ich denke, bei den meisten Freunden wird man herausfinden können, wer sie sind. Und im Zweifelsfall fragen wir die Galster noch mal, oder die Schöneberg.« Das Profilbild von »Caro Krög« zeigte sie mit Sonnenbrille in einer Hängematte unter Palmen. Ihre letzte Statusmeldung hatte sie am Montagabend geschrieben: »Caro Krög – die Woche dauert schon wieder viel zu lang.« Zwei Freunde hatten die Meldung kommentiert, eine Kerstin A. mit den Worten: »Wem sagst du das? Auf meinem Schreibtisch türmen sich die Akten. Ich will nach Malle«, und »HeiKro« schrieb: »Na, lass das mal bloß nicht den Herrn Chef hören, Süße. Bis morgen. Heißes Foto übrigens.«

Eva zog die Augenbrauen hoch, als sie das gelesen hatte. »Was sagst du jetzt?«

Rainer schüttelte den Kopf. »Vergiss es. Das ist bloß so dahingeschrieben. Das kann schließlich jeder lesen, der ihr Profil sehen kann – vielleicht hat sogar der Galster Zugriff darauf.«

»Ja, aber dieser Typ ist anscheinend ein Kollege und Freund der Toten. Der könnte durchaus was mit ihr gehabt haben.«

»Wenn das der Fall ist und es ein Kollege war, finden wir es schon heraus«, nickte Rainer. »Aber glaub mir, du bist auf dem Holzweg.«

Seine Kollegin starrte mit einem Stirnrunzeln auf Caroline Krögers Profilseite. »Wie bescheuert das ist, sich so eine Seite anzulegen. Die Leute geben alles von sich preis, ohne die geringsten Vorsichtsmaßnahmen, und dann wundern sie sich, wenn sie zu leichten Opfern werden.« Sie schüttelte unwillig den Kopf. »Und wenn der Typ nur ein Kollege und kein geheimer Liebhaber ist, ist seine Bemerkung zumindest sexistisch. Warum lässt sich eine vernünftige Frau so blöd anreden?«

Rainer wunderte sich nicht zum ersten Mal darüber, wie sehr sie sich über solche Kleinigkeiten aufregte, fand aber, dass es unklug wäre, sie schon wieder zu verärgern – zumindest vor dem Mittagessen –, und sagte nur: »Ich verstehe dich nicht.«

Eva verdrehte die Augen, erklärte aber nachdrücklich: »Wenn eine Frau Respekt erwartet, sollte sie sich nicht wie ein Objekt behandeln lassen, auch nicht mit Worten. Sonst ist sie längst ein Opfer, dazu muss sie nicht erst tot in einem Parkhaus liegen gelassen werden.«

»Bist du nicht etwas hart?« Rainer hatte das unbehagliche Gefühl, dass seine Kollegin im Moment alles andere als sachlich urteilte, und das tat in einer Ermittlung nie gut. »Ich meine, soweit wir bisher wissen, war die Kröger ein nettes Mädchen, das vielleicht an den Falschen geraten ist und deshalb …«

»Siehst du, das ist genau das, was ich meine«, fiel Eva ihm heftig ins Wort. »Ein nettes Mädchen! Wenn ich das schon höre! Sie war dreiundzwanzig Jahre alt. Wieso muss sie in dem Alter ein nettes Mädchen sein? Weil die Männer keine Frau vertragen, die entsprechend behandelt werden will, nicht als Objekt und schon gar nicht als Opfer?«

»Hm, ja, aber Eva …« Er konnte nicht leugnen, dass an ihren Worten etwas dran war, doch sein Unbehagen wurde dadurch nicht geringer. »Trotzdem, finde ich, sollten wir nicht vergessen, dass Caroline Kröger tot ist. Ich meine, egal, ob sie als nettes Mädchen auftrat oder als selbstbewusste Frau. Es hat keinen Sinn, sich über sie aufzuregen. Selbst wenn sie noch so töricht gewesen wäre – das gibt niemandem das Recht, sie umzubringen.«

Sie wurden von dem uniformierten Beamten unterbrochen, der ihnen mitteilte, dass die Nachbarn nebenan vielleicht etwas zu erzählen hätten. »Ein älteres Ehepaar, die sind viel zu Hause. Sie könnten gleich mit ihnen reden. Die anderen Leute im Haus sind fast alle in der Arbeit, bei denen versuche ich es später noch einmal.«

»Der Nachbar war's, ich spür's!«, rief Rainer enthusiastisch. »Gehen wir ihm die Daumenschrauben anlegen.«

Jonas Hofer hielt den Hörer noch in der Hand, nachdem die Verbindung beendet war. Er fragte sich, ob es richtig gewesen war, Anna-Luise vom Tod ihrer besten Freundin zu erzählen, noch dazu am Telefon. Sie war so schockiert gewesen, dass sie eine Minute lang gar nichts gesagt hatte. Und dann hatte sie mit einer Stimme, die nach mühsam unterdrückter Hysterie klang, gesagt, dass sie zurückkommen würde. Aber hätte er sie denn nicht anrufen sollen, um ihr die fürchterlichen Ereignisse möglichst schonend beizubringen? Es ließ ihn selbst immer noch nicht los – die erstarrte Gestalt, die Kälte der Haut, die er kurz berührt hatte, die Gewissheit des Todes. Er verstand nicht mehr, wie man den Tod mit einem Schlaf vergleichen konnte. Es wäre unmöglich gewesen, sich darüber zu täuschen, dass der Mensch, der einst in dem zusammengekrümmten Körper gewohnt hatte, nicht mehr da war. Als er die Beamten den Namen der Toten hatte sagen hören, war es ein Schock für ihn gewesen, spürbar wie ein Schlag in den Magen. Er hatte nicht auf das Gesicht geachtet, als er sich im Parkhaus über die Leiche gebeugt hatte; es war halb abgewandt gewesen, halb unter ihrem Haar verborgen. Bewusst wahrgenommen hatte er vor allem die durchscheinende, eiskalt wirkende Haut. Was hatte ihren Tod wohl verursacht? Die Verletzung am Kopf? Oder ein gebrochener Halswirbel? Es war das Einzige, was er sich vorstellen konnte – da war so wenig Blut gewesen, so wenig offensichtlicher Schaden, nur dieses feine Netz getrockneten Blutes an ihrer Schläfe. Wo sie jetzt wohl war, Caroline Kröger mit ihrer Vergangenheit, ihren Plänen und ihrer jäh abgeschnittenen Zukunft? Gab es einen Ort, einen Zustand jenseits des Todes, oder war da nur die große, dunkle Leere? Jonas Hofer schauderte. Caroline Krögers Schicksal schien ihm auf einmal wie ein Spiegel. Ein Spiegel, der ihm ein Bild zurückwarf von seinem eigenen Tod.

»Ich nehme den Fisch.« Eva Schatz schob die Karte von sich und warf, ebenso wie die Kellnerin, einen ungeduldigen Blick auf Rainer, der das Menü mit einem Ausdruck so tiefer Konzentration studierte, als suche er in einer der heiligen Schriften nach Antwort auf die existenziellen Fragen des Menschseins. »Ich – äh … der Feta beim griechischen Salat, ist das echter Schafskäse, oder ist der aus Kuhmilch?«, fragte er schließlich.

»Muss ich in der Küche klären«, antwortete die Bedienung durch zusammengebissene Zähne und ging erst mal zum Nachbartisch, um das Paar dort nach seinen Wünschen zu fragen.

Eva verkniff sich den Kommentar, der ihr auf der Zunge lag, und öffnete ihr Notizbuch. »Also, was haben wir?«

Rainer kramte aus seiner Jackentasche eine Ansammlung winziger Zettel und breitete sie auf seinem Platz aus. »Also, wir wissen jetzt, dass die Kröger öfter Besuch hatte, den Tobias Galster kannten die Nachbarn. Am Dienstag, also am Tag vor ihrem Tod, war am Nachmittag jemand bei ihr, ein Mann, aber ob es ihr Freund war oder ein anderer, konnten uns die Nachbarn nicht sagen. Wenn der Galster die Wahrheit gesagt hat, war er es nicht.«

»Der war abends im Kirchenchor und davor in seiner Bäckerei und auf dem Hof.«

»Ihr Fisch.« Die Bedienung schien ihre Höflichkeit eingebüßt zu haben, seit Rainer ihr den Gang in die Küche aufgebürdet hatte, und ihre Laune besserte sich nicht, als er sich trotz des echten Schafskäses im Salat dann doch für die Suppe entschied. »Sag mal, machst du das eigentlich mit Absicht?«, wollte Eva wissen, gab ihm aber dann keine Gelegenheit zu antworten. »Also, Besucher am Todestag«, resümierte sie stattdessen. »Und wir haben gerade erfahren, dass Caroline Krögers Auto in der Nacht von Dienstag auf Mittwoch zwischen Mitternacht und ein Uhr ins Parkhaus gefahren wurde, aufgezeichnet von der Kamera an der Einfahrt. Zu dem Zeitpunkt war sie schon tot, wir wissen nicht, wie lange, aber nicht mehr als ein paar Stunden.«

»Also könnte der Besucher vom Nachmittag der Täter sein, oder das Opfer ist später noch einmal weggegangen.« Rainer schob hastig seine Zettel zur Seite, als die Bedienung seine Suppe vor ihm abstellte. »Wahrscheinlich Letzteres.«

»Du meinst, weil sie in ihrem Auto wegtransportiert wurde«, sann Eva. »Wenn der Besucher sie getötet hätte, meinst du, es wäre in ihrer Wohnung passiert, und dann hätte er sie einfach dortgelassen. Das muss aber nicht der Fall sein. Sie könnten zusammen weggegangen sein.«

»Das stimmt«, gab Rainer scheinbar beeindruckt zu.

»Wenn du mir jetzt noch verrätst, wer es war, spendiere ich dir einen Pfefferminztee.«

»Schön«, erklärte Eva ein wenig pikiert. »Dann denk mal über Folgendes nach: Caroline Kröger erscheint am Mittwoch nicht zur Arbeit. Wir haben nachgefragt, und ihr Chef sagt, sie hätte sich nicht krankgemeldet. Er ruft einmal bei ihr an, aber niemand nimmt ab.«

»Das kann ich erklären!«, rief Rainer enthusiastisch. »Sie war schon tot, deshalb ist sie nicht ans Telefon gegangen.«

»Ich bin so froh, dass du das gesagt hast«, meinte Eva trocken. »Damit hast du deine Tagesration an dummen Witzen aufgebraucht, und wir können vielleicht endlich vernünftig an die Arbeit gehen. Ihr Chef ruft also einmal bei ihr an – aber obwohl sie unentschuldigt fortbleibt und obwohl sie sich nicht meldet, unternimmt er keine weiteren Schritte.«

Rainer runzelte die Stirn. »Was hätte er denn machen können? Mir erscheint das völlig normal. Er hat auch gesagt, wenn er noch länger nichts gehört hätte, hätte er natürlich Nachforschungen angestellt.«

»Hat er gesagt«, wiederholte Eva nachdrücklich. »Aber eins ist mir aufgefallen, dir nicht? Er hatte schon einen Entwurf für eine Stellenanzeige neben sich auf dem Schreibtisch liegen. Obwohl er erst heute Vormittag erfahren haben will, dass seine Mitarbeiterin tot ist.«

Das war Rainer tatsächlich entgangen, aber während er Evas Aufmerksamkeit für Details bewunderte, fand er, dass sie ihnen zu viel Bedeutung beimaß. »Das zeigt vielleicht, dass er kurz entschlossen ist. Vielleicht braucht er schnell einen neuen Mitarbeiter. Vielleicht wollte er die Kröger feuern, weil sie gestern einfach nicht aufgetaucht ist. Vielleicht war es nicht das erste Mal, wer weiß? Das bedeutet doch nichts für unseren Fall.«

»Meinst du«, murmelte Eva. »Hast du auf seinen Namen geachtet?«

Rainer zog die Stirn in nachdenkliche Falten. »Krommer war das, oder?«

»Johann Heiko Krommer«, bestätigte Eva ernst. »Vielleicht der Name hinter unserem HeiKro von ihrem Profil?«

»Nichts deutet daraufhin, dass sie mit dem Typen was hatte, nur weil er sie einmal Süße nennt – in einem Kommentar, den jeder lesen kann! Ich fürchte, wenn wir in der Richtung weitersuchen, verschwenden wir nur unsere Zeit.«

»Ich sage nicht, dass er ihr Geliebter war, und ich sage nicht, dass er sie umgebracht hat«, erklärte Eva eindringlich. »Jedenfalls haben wir dafür noch keine Anhaltspunkte. Aber wenn er sie privat gekannt hat, und danach sieht es aus, müssen wir uns um ihn kümmern.«

»Gut, okay, okay.« Er seufzte. »Aber lass ihn uns weiter unten auf unsere Prioritätenliste setzen, ja? Wann sprechen wir mit dem Sänger?«

Eva zuckte die Schultern. »Von mir aus gleich. Danach können wir zurück zur Inspektion, alles für morgen vorbereiten und Feierabend machen. Mehr bringen wir heute kaum unter, solange wir keine neuen Informationen haben.«

Aber Jonas Hofer war gerade nicht im Haus seiner Eltern, bei denen er übernachtet hatte, und die beiden Beamten hinterließen lediglich die Nachricht, dass sie dem Sänger gerne ein paar Fragen stellen wollten und im Laufe des nächsten Tages wiederkommen würden. Siegbert Hofer war Stuckateur, ein massiger Mann mit rotem, derbem Gesicht. Das einzig Ungewöhnliche an ihm war seine laute, aber wohlklingende Bassstimme; vielleicht kam das Gesangstalent seines Sohnes von ihm. »Schlimme Sache, das arme junge Ding«, dröhnte er, als ihm Rainer erklärt hatte, worum es ging. »Und der Junge kannte sie auch noch. Wahrscheinlich läuft er gerade irgendwo herum, um wieder einen klaren Kopf zu kriegen. Das macht er immer, laufen, laufen, laufen, wenn ihn was beschäftigt.«

»Wissen Sie, ob Ihr Sohn Caroline Kröger gut kannte?« Es konnte sicher nicht schaden zu fragen, fand Rainer. Doch Hofer zuckte die breiten Schultern. »Kann ich Ihnen nicht sagen. Aber er hat diese Freundin, die kleine Musikstudentin, die Tochter vom Schöneberg. Obwohl, vielleicht ist das auch vorbei. Bei den jungen Leuten heutzutage weiß man ja nie, was los ist. Und der Junge wohnt ja nicht bei uns, da kriegt man nicht so viel mit.«

»Aber in den letzten Tagen hat er bei Ihnen übernachtet? Oder war er in einem Hotel?«

»Hier«, antwortete Hofer. »Wir haben sein altes Zimmer als Gästezimmer eingerichtet, und die letzten Nächte hat er hier verbracht.«

Rainer und Eva fuhren zur Polizeiinspektion zurück, beide mit dem Gefühl, eine Menge begonnen und nichts erreicht zu haben. Fast alle Personen in dem Drama um Caroline Kröger waren für sie noch Unbekannte, Menschen, bei denen man noch nicht wissen konnte, was sich hinter ihren Worten verbarg und ob sie etwas zu verbergen hatten.

Rainer setzte sich an seinen Schreibtisch und blätterte durch die Schriftstücke, die dort lagen. »Von den Nachbarn noch nichts Neues«, erklärte er. »Hoffentlich hat da überhaupt jemand etwas zu sagen. Wenn wir keinen einzigen Zeugen finden können, wird es schwierig.«

»Wir müssen uns auch ums Parkhaus kümmern, ob jemand da etwas gesehen hat. Und sobald wir eine Ahnung davon haben, wer im Umfeld der Toten vielleicht etwas gegen sie gehabt haben könnte, müssen wir deren Bewegungen unter die Lupe nehmen …«

Rainer versuchte gerade, verschiedene Papiere gleichzeitig in unterschiedliche Mappen einzuordnen, als sein Handy klingelte. »Kannst du mal schauen, wer es ist?«, bat er und fluchte, da ihm ein Packen Computerausdrucke aus der Hand gerutscht war.

Eva nahm das Telefon und warf einen Blick auf das Display. »Klara W.«, sagte sie trocken. »Soll ich rangehen?«

Er ließ die Blätter, wo sie waren, griff nach dem Telefon und verließ damit das Büro. Als er ein paar Minuten später zurückkam, hatte Eva sich ein paar Notizen zum Fall gemacht. Sie blickte auf, als er das Telefon wieder auf den Tisch legte. »Klara Weiß«, sagte sie nachdenklich, »hatte sie vielleicht noch etwas zum Fall Kronauer beizutragen?«

»Sehr witzig«, erwiderte Rainer. Er war ein wenig rot geworden.

»Ich habe mich bloß gewundert, dass ihr noch Kontakt habt«, antwortete sie ausdruckslos. »Ich dachte, die ist vergeben.« Rainer unterdrückte einen Seufzer. »Hör zu, ich weiß, das ist eigentlich dein Text, aber könnten wir uns vielleicht auf Caroline Kröger und unseren Fall konzentrieren?«

»Siehst du jetzt, wie störend diese ständigen unpassenden Zwischenbemerkungen sind? Also gut: Irgendetwas muss in der Vergangenheit der Kröger oder in ihren Beziehungen zu finden sein, was ihren Tod erklärt. Nur was?«

»Moment, da habe ich doch gerade etwas gesehen«, fiel es Rainer ein. Er wühlte sich durch den Papierhaufen, den er zuvor hatte fallen lassen, bis er fand, was er suchte. Er überflog die erste Seite, dann pfiff er leise durch die Zähne.

»Was?«

»Caroline Kröger ist vor zwei Jahren vom Amtsgericht Weißenburg zu einem Fahrverbot von sechs Monaten und einer Geldstrafe verurteilt worden.« Er blickte auf.

»Der Grund?«, fragte Eva, als er nicht weitersprach.

»Ein Unfall, bei dem Alkohol im Spiel war«, sagte er abwesend, den Blick schon wieder auf das Dokument gerichtet. Eva dachte über die Implikationen dieser Information nach. Ein Unfall, Alkohol am Steuer, eine recht milde Strafe… Konnte darin ein Motiv liegen, Rache zu nehmen, zumindest in einen Streit zu geraten, der dann vielleicht tödlich endete? Sie war in Gedanken bereits ein halbes Dutzend möglicher Szenarien durchgegangen, als Rainer, der sich in die Einzelheiten des Falles vertieft hatte, ein leises »Oh!« hören ließ.

»Was?«, fragte Eva wieder. Er sah auf. Die Enttäuschung stand ihm ins Gesicht geschrieben: »Es ist nichts passiert«, erklärte er. »Hier steht, dass sie nachts unterwegs war und nicht mehr ganz nüchtern ein parkendes Auto gerammt hat. Zum Glück war sie offensichtlich nicht so dumm, Fahrerflucht zu begehen, und weil nichts weiter passiert war, ist sie billig davongekommen.«

»Mist«, murmelte Eva, die ihre Theorien zusammenstürzen sah. »Also keine Opfer, deren Hinterbliebene Rache nehmen wollen … sie war allein im Auto?«

»Das nicht, sie kam mit Freunden von einer Faschingsparty zurück, sie hatte drei Leute im Wagen. Aber die sind völlig unverletzt geblieben und haben keinerlei Ansprüche geltend gemacht, nicht mal das mildeste Schleudertrauma scheint sich eingestellt zu haben.«

Eva nahm ihm die Papiere aus der Hand und las selbst nach, als ob sie dadurch zu einem anderen Ergebnis kommen könnte. »Hm, aber die Leute, die im Wagen saßen, haben alle mit ihr zu tun: Linda und Tobias Galster und Anna-Luise Schöneberg.« Sie zog die Stirn in Falten, überflog die Gerichtsakte ein weiteres Mal, aber zuletzt musste sie zugeben: »Ich fürchte, du hast recht. Das gibt nichts her. Aus einem Sachschaden an einem Auto können wir keinen Mordfall konstruieren.« Sie seufzte ärgerlich.

»Vielleicht saß unter dem Auto ja Frau Schröters geliebte Miezekatze und ist dabei umgekommen. Und Frau Schröter hat sich in den letzten beiden Jahren jeden Tag geschworen, Rache zu nehmen. Endlich trifft sie im Parkhaus auf Caro Kröger und nutzt ihre Chance …«

»Ja, nur dass die Kröger nicht im Parkhaus umgekommen

ist«, erinnerte Eva ihren Kollegen. »Können wir für heute Schluss machen, oder willst du die ganze Nacht hindurch schwachsinnige Hypothesen erfinden?«

Rainers Augen verrieten einen gewissen Enthusiasmus für die Idee, aber dann musste er plötzlich gähnen. »Also schön«, murmelte er. »Fahr heim, du hast den längeren Weg, ich fasse noch zusammen, was wir heute gemacht haben ... ach, und Eva?« Sie drehte sich auf der Schwelle des Büros noch einmal um. »Ja?«

»Das finde ich schon traurig, dass du Frau Schröters Liebe zu ihrer Katze nicht richtig ernst nimmst.«

Irene war in ein Buch vertieft, als Eva nach Hause kam; sie saß mit angezogenen Beinen auf dem Sofa, zu ihren Füßen hatte sich der Kater zusammengerollt, und auf dem niedrigen Beistelltisch stand ein dampfender Becher mit Tee. Die Szene glich einem Bild, einem friedlichen, schläfrigen, zufriedenen Bild. Ihre Ankunft zerstörte den Frieden. Der Kater hob den Kopf, sprang vom Sofa und strich in die Küche hinüber, wo er mit lautem Miauen verkündete, dass genau jetzt der Augenblick für sein Abendessen gekommen war, und Irene legte ihr Buch mit einem kleinen, widerstrebenden Zögern zur Seite. Sie kam selten dazu, einmal in Ruhe zu lesen, und ihre Stimme hatte einen leicht abwesenden Klang, als ob ein Teil von ihr sich immer noch mit ihrer Lektüre beschäftigte. »Du bist früh dran«, bemerkte sie. »Haben sie dich mal rechtzeitig gehen lassen?«

Eva setzte sich müde aufs Sofa und streckte die Beine aus. »Wir wären heute nicht mehr weitergekommen«, erklärte sie. Irene hielt ihr den Teebecher entgegen, aber Eva rümpfte die Nase, als sie die exotischen Gewürze darin roch. Der Kater schrie in der Küche, und die beiden Frauen sahen einander an.

»Ich geh ihn füttern«, seufzte Irene schließlich und stand

auf. »Ich habe ohnehin etwas zu essen vorbereitet, das schieb ich dann gleich in den Ofen.«

»Großartig, ich habe schon wieder Hunger«, rief Eva ihr zu, aber sie musste sich bemühen, ihrer Stimme den richtigen Klang zu geben. Es war die Friedlichkeit und Häuslichkeit der Szene, in die sie hineingekommen war, die in diesem Moment an ihren Nerven nagte. Warum, hätte sie kaum sagen können, vielleicht, weil sie im Kontrast stand zu dem, was sie seit dem Morgen beschäftigt hatte, Tod und Gewalt und Rainers notorisch unpassende Scherze. »Was ist los?«, fragte Irene, die gerade wieder zur Tür hereinkam. »Du siehst unzufrieden aus. Passt dir dein neuer Fall nicht?« Ihr Klang war gleichzeitig leicht und mitfühlend, Eva kannte ihn gut, aber jetzt schien es ihr, als ob ein falscher Ton darin mitschwang. Vielleicht war das die Folge davon, wenn man den ganzen Tag damit zubrachte, Zeugen zu befragen und nach verborgenen Unstimmigkeiten oder zurückgehaltenen Informationen zu suchen. Sie zwang sich zu einem Lächeln: »Ach, der Fall könnte ganz interessant werden. Allerdings auch ziemlich kompliziert. Und wahrscheinlich werde ich Rainer Sailer eines Tages den Hals umdrehen müssen. Und wie war es bei dir im Krankenhaus?«

Irene schmunzelte. »Genau das Gleiche. Nur würde ich unsere Stationsvorsteherin nicht erwürgen, das ist nämlich gar nicht so einfach, wie es klingt.«

»Du solltest auf jeden Fall dafür sorgen, dass es wie ein Unfall aussieht«, riet Eva. Dann runzelte sie die Stirn, als sie an Caroline Kröger denken musste. War ihr Tod ein Unfall gewesen? Der Pathologe schien dieser Ansicht zu sein: ein Streit, ein Handgemenge, ein Fall mit fatalen Folgen, und dann die entsetzte Frage: Wohin mit der Toten? »Vielleicht eine vereiste Treppe oder ein Bordstein«, murmelte sie leise. Das könnte erklären, wie es zu dem Sturz gekommen war. Sie gingen ja ohnehin davon aus, dass sich die

Szene irgendwo im Freien abgespielt hatte, in der Nähe ihres Autos.

»Danke für den Tipp«, sagte Irene laut und brachte Eva wieder in die Gegenwart zurück. »Ich bin froh, dass unser Urlaub in den Süden geht, da kann uns so etwas wenigstens nicht passieren.«

Der Kater kam aus der Küche zurück, leckte sich das Maul und sprang wieder auf das Sofa, wo er sich ausgiebig zu putzen begann. Eva strich ihm über das getigerte Fell. Eine Katze war so einfach zufriedenzustellen.

TRACK 4

Wanderers Nachtlied

Text: Johann Wolfgang von Goethe

Der du von dem Himmel bist,
Alles Leid und Schmerzen stillst,
Den, der doppelt elend ist,
Doppelt mit Erquickung füllest,
Ach! ich bin des Treibens müde!
Was soll all der Schmerz und Lust?
Süßer Friede,
Komm, ach komm in meine Brust!

Herwig Römer verließ die Bäckerei Meyrink in Emsfeld mit einer Tüte Brötchen, einem Stück Käsekuchen und einem nachdenklichen Gesicht. Die Luft des Novembermorgens war frostig, die Bäume waren mit weißem Reif bedeckt. Die Landstraße zwischen Emsfeld und Buchfeld führte ziemlich gerade über die Jurahöhe hinweg, und in einiger Entfernung sah er zwei Windkrafträder sich langsam drehen – ihn störte der Anblick der gemächlich rotierenden Flügel nicht, auch wenn es eine Reihe von Leuten gab, die sich über die Verschandelung der Landschaft ereiferten. Zu Fuß machte er sich auf den Rückweg in sein Dorf und ließ sich dabei durch den Kopf gehen, was er gerade gehört hatte. Am Vortag hatte er den Eindruck gewonnen, dass zwischen dem alteingesessenen Bäcker Meyrink und dem Biobäcker Tobias Galster ein gespanntes Verhältnis herrschte. Kein Wunder, die beiden waren Konkurrenten, und die Tatsache, dass die Buchfelder nicht mehr länger ins Nachbardorf fahren mussten, um frische Brötchen zu holen, hatte den Emsfelder natürlich einige Kunden gekostet. »Der Galster ist ein anständiger Kerl«, hatte Meyrink jedoch versichert, als ihn Römer auf die Situation angesprochen hatte. Sie beide, erläuterte er, sängen schon seit Jahren im Emsfelder Kirchenchor und unterhielten sich nach der Probe öfter bei einem Bier im *Hirschen*. Viel größeren Schaden als die neue Bäckerei in Buchfeld richteten ohnehin die Bäckereiketten an, die in den großen Supermärkten ihre Filialen betrieben. Die Leute machten auf dem Weg von der Arbeit mit dem Auto beim Discounter Halt, und dort würden sie auch immer häufiger ihre Brötchen kaufen. Tobias Galster habe Ideen und einen guten Geschäftssinn, hatte Meyrink erklärt, und man müsse ihm seinen Erfolg gönnen. Es klang ein bisschen zu harmonisch, als dass Römer es so ganz geglaubt hätte. Aber vielleicht gab es wirklich keine echte Feindschaft zwischen den beiden Männern. Anders als im Kirchenchor, wo Reibereien anscheinend an der Tagesordnung waren. Da gab es das ständige Gerangel zwischen dem Organisten und dem Chorleiter, die einander nicht ausstehen konnten, und dann die Rivalitäten zwischen einigen jüngeren Chormitgliedern untereinander, und am Dienstag war es nach der Probe im *Hirschen* zu einem handfesten Krach gekommen. Herwig Römer gratulierte sich gerade im Stillen dazu, dass es in seiner Gemeinde keinen Kirchenchor gab, als neben ihm ein Auto anhielt, das hinter ihm die Landstraße heraufgekommen war. »Kann ich Sie mitnehmen, Herr Pfarrer?«, fragte der Mann durchs geöffnete Fenster. Römer zögerte nur einen Moment: Buchfeld lag schon in Sichtweite, Laufen war zweifellos auch die gesündere Option, aber Konrad Barthel war der Wirt des *Hirschen* in Emsfeld, und er konnte der Versuchung nicht widerstehen, vielleicht noch etwas über den Streit zu erfahren, der nach der Chorprobe am Dienstag im Gasthaus ausgebrochen war. »Furchtbar nett von Ihnen«, dankte er deshalb und wollte die Beifahrertür öffnen, doch Barthel rief: »Ich fürchte, Sie müssen hinten rein, hier vorn habe ich den Hund.«

Römer stieg in den Fond und beugte sich neugierig nach vorn, wo er im Fußraum des Beifahrersitzes etwas ausmachte, was mehr nach einem Haufen Lumpen aussah als nach einem Hund. »Ich bringe ihn zum Tierarzt«, erklärte der Wirt. »Nicht, dass ich glaube, das wird was bringen«, fügte er grimmig hinzu. »Wahrscheinlich muss ich ihn einschläfern lassen.«

An dieser Stelle fiel dem Pfarrer ein, dass seine Kinder in letzter Zeit die leidige Hundefrage wiederbelebt hatten, diesmal noch dazu unterstützt von seiner Frau. Er wurde nicht gerne daran erinnert, dass er mit seinen Argumenten gegen einen Hund wahrscheinlich auf verlorenem Posten stand, deshalb wechselte er, nachdem er etwas Passendes erwidert hatte, rasch das Thema: »Ich habe gehört, die Leute vom Kirchenchor haben neulich bei Ihnen für Ärger gesorgt.«

»Nicht nur die«, erwiderte Barthel düster. Von dem Fellbündel vor dem Beifahrersitz, das ein Hund sein sollte, kam ein leises, schmerzerfülltes Fiepen.

Rainer Sailer war es gewohnt, dass die meisten Leute, die er im Laufe eines Falls befragte, ihm mit Argwohn und Misstrauen begegneten. Selbst wenn sie aufrichtig daran interessiert waren, bei den Ermittlungen zu helfen, spürte er ihr Unbehagen im Gespräch mit ihm. Die wenigsten Menschen hatten gerne mit der Polizei zu tun, egal, ob sie schuldig waren oder unschuldig, ob sie etwas verbargen oder nicht. Deswegen wusste er nicht recht, was er davon halten sollte, als ihn am Freitagmorgen in der Inspektion die

Nachricht erwartete, dass Anna-Luise Schöneberg angerufen habe. Sie sei in ihrer Wohnung in Ellingen erreichbar und jederzeit bereit, mit den Kriminalbeamten zu sprechen, wenn die Aussicht bestünde, dass sie ihnen irgendetwas mitteilen könnte, was sie in ihren Ermittlungen weiterbringen würde. »Na so was«, brummte er und setzte sich mit einem Becher Kaffee und einem Croissant an seinen Schreibtisch, um seine Gedanken zu ordnen und auf Eva zu warten, die wahrscheinlich wieder im Stau vor Ansbach steckengeblieben war. Im Nebenraum erlitt gerade jemand einen so heftigen Hustenanfall, dass Rainer glaubte, die Viren müssten durch die Wand hindurch bis zu ihm dringen. Sein Hals begann sofort zu kratzen, und als Sandra Schneider ein paar Minuten später mit einem Schal um den Hals und einer Duftwolke von Eukalyptus hereinkam, musste er prompt husten. »Auch erkältet?«, fragte sie mit rauer Stimme. Er zuckte die Schultern. »Das ist diese Siechenhausatmosphäre, da wird man schon aus lauter Angst vor all den Keimen krank.«

»Kann es sein, dass du ein Hypochonder bist? Ich hab was für dich«, fügte sie hinzu.

»Grippeviren?«

Sie verdrehte die Augen. »Informationen über das Auto.« Sie musste husten, ehe sie fortfahren konnte. »Sie könnte über einen Feldweg gefahren sein, oder es muss auf einem nichtasphaltierten Platz gestanden haben, bevor es ins Parkhaus gebracht wurde, denn die Reifen waren voll Sand und Lehm.«

Das war wenig hilfreich, solange sie keinen Anhaltspunkt hatten, wo sie suchen mussten, aber das konnte ja noch kommen. »Okay, danke, hast du sonst noch was?«

»Der Thorsten ist gerade am Telefon, vielleicht weiß der was.«

Sie zog ein Taschentuch hervor und schnäuzte sich lautstark, bevor sie ging. Rainer versuchte, nicht zu atmen, und öffnete sofort für fünf Minuten das Fenster, um hoffentlich gesündere Luft hereinzulassen.

Rainer vertiefte sich in den Bericht, den Gollwitzer für ihn verfasst hatte. Besonders interessierte ihn die Zusammenfassung des Gesprächs mit Hertz und Tanja Kröger. Sie hatten beschlossen, die beiden genauer zu befragen, vor allem, nachdem sie erfahren hatten, dass Caroline Kröger und Tobias Galster offensichtlich kein gutes Verhältnis zu dem neuen Freund der Mutter gehabt hatten. Im Gespräch hatte Hertz darüber allerdings nichts gesagt, sondern nur geäußert, die jungen Leute hätten sich halt abgrenzen und ihr eigenes Leben leben wollen. Er habe Caroline deshalb nur selten gesehen. Es habe aber keine Konflikte gegeben. Tanja Kröger hatte ihm zugestimmt. Sie hatte den Mittwochabend wie immer mit einer Freundin in der Sauna verbracht. Hertz war bis etwa halb acht in seinem Büro gewesen und dann nach Hause gefahren. Am Vortag? Beide hatten nachgefragt, warum sich die Polizei für den Dienstag interessiere. Routine, hatte Gollwitzer geantwortet. Am Dienstag, hatte Frau Kröger erklärt, habe sie bis halb sieben gearbeitet und sei dann heimgefahren. Sie arbeitete als Verkäuferin in einem kleinen Supermarkt in Weißenburg. Arno Hertz gab an, ebenfalls bis nachmittags gearbeitet zu haben. Danach habe er noch ein geschäftliches Treffen gehabt, in Nürnberg. Er und seine Lebensgefährtin planten nämlich, sich endlich ein eigenes Haus zu bauen, und da müsse er ständig organisieren und Angebote vergleichen und so weiter. Es sei dann spät geworden, und er habe einen Freund angerufen und bei ihm übernachtet. Die Kröger hatte dies bestätigt, aber Gollwitzer war bei der Information, dass Caroline Krögers Stiefvater am Abend der Tat außer Haus gewesen war, nicht wohl gewesen, deshalb hatte er nach dem Namen des Freundes gefragt. Hertz war ärgerlich geworden und hatte gemeint, die Polizei solle sich lieber darum kümmern, dass keine Gewaltverbrecher frei herumliefen, hatte aber die Nummer seines Freundes angegeben. Dieser hatte bestätigt, dass Hertz gegen halb acht am Abend angerufen und später in seiner Wohnung übernachtet hätte. Rainer legte den Bericht stirnrunzelnd zur Seite, aber diese Aussage mussten sie wohl akzeptieren. Gollwitzer war gründlich vorgegangen.

»Brrr, ist das kalt bei Ihnen«, bemerkte sein Vorgesetzter Beyerlein, der gleich darauf hereinkam, und begann zu niesen. »Ihnen macht der Winter wohl gar nichts aus, Sie Glücklicher?«

Rainer berichtete ihm kurz, wie die Ermittlungen am Vortag gelaufen waren, und Beyerlein sprach mit ihm ab, was sie der Presse mitteilen sollten. »Sehen Sie zu, dass Sie weiterkommen in der Sache«, meinte er dann noch. »Die Leute werden nervös, wenn so eine junge Frau zum Opfer einer Gewalttat wird … ehrlich gesagt, macht mich das auch nervös. Und – na ja, halten Sie die Kollegen bei der Stange, zum Glück hat sich noch keiner krankgemeldet, große personelle Reserven haben wir zur Zeit nicht.«

Ein weiterer heftiger Hustenanfall war aus dem Nebenraum zu hören, und Rainer fragte sich, wie er stark erkältete Beamte »bei der Stange« halten sollte. Ein guter Witz … Natürlich behielt er seine Gedanken für sich, nickte mit ernsthaftem Gesicht und versprach, sein Bestes zu geben.

Der Nächste, der hereinkam, war Friedolin Becker, der erstaunlicherweise weder hustete noch verschnupft war. »Pass auf«, sagte er ohne Umstände. »Wir haben Galsters Angaben nachgeprüft, der war wirklich am Dienstagabend im Kirchenchor und danach noch im Gasthaus. Allerdings nur so bis zehn, und das Auto der Kröger wurde ja erst nachts ins Parkhaus gefahren.«

»Okay«, sagte Rainer. »Ich nehme an, wir wissen noch

nichts Neues über den Besucher vom Dienstag? Die Nachbarn nebenan sagten, es war ein Mann, aber sie wussten nicht, wer.«

»Nichts«, erklärte Friedolin bedauernd. »Aber wir sehen heute zu, ob wir die übrigen Leute im Haus erwischen, vielleicht hat von denen jemand etwas gesehen oder gehört. Sonst noch Anweisungen für den Moment?«

»Ja, halte dich von Sandra fern«, riet Rainer mit Grabesstimme. »Und von unserem Chef.« Durch die Wand drang erneut ein rasselndes Husten.

Als Eva kurz darauf eintraf, schimpfte sie über die Kälte, aber Rainer war froh, hinauszukommen und der eukalyptus- und keimgeschwängerten Atmosphäre zu entgehen, auch wenn die Luft frostig war. Die beiden beschlossen, Anna-Luise Schöneberg beim Wort zu nehmen und sie als Erste zu besuchen. Eva versprach sich von dem Gespräch Aufschlüsse darüber, wie Caroline Kröger wirklich gewesen war. »Dann wissen wir, welcher Art ihre Beziehungen gewesen sind, und können vielleicht darauf schließen, wer ihren Tod gewünscht hat.« Rainer empfand auch eine gewisse Neugier auf die beste Freundin der Toten. Sicher, sie hätten in jedem Fall mit ihr geredet, aber es war so ungewöhnlich, dass sie angerufen und ihnen von sich aus ihre Hilfe angeboten hatte. »Ob sie wohl irgendwas Konkretes weiß?«, rätselte er, während Eva den Dienstwagen auf die Weißenburger Straße nach Ellingen lenkte. Am nordwestlichen Rand des Städtchens lag das Haus, das sie suchten, ein zweistöckiges Gebäude, das sich mit seinem frischen weißen Putz ein wenig von den anderen Häusern in der Straße abhob. Eva ließ den Blick über die fünf Namensschilder am Eingang schweifen. Eine Wohnung im Erdgeschoss schien leerzustehen, die anderen waren bewohnt. »L. Galster« stand auf dem linken Schild im ersten Stock, und darüber lag die Dachgeschosswohnung, die Anna-Luise Schöneberg gehörte. Rainer drückte auf die Klingel, und gleich darauf meldete sich eine Frauenstimme über die Sprechanlage. Der Summer für die Haustür wurde betätigt, sobald Eva erklärt hatte, wer sie waren, und die beiden Beamten stiegen die Treppen zu Anna-Luise Schönebergs Wohnung hinauf. Ein Apartment, hatte Linda Galster gesagt, aber Studio hätte es eher getroffen. Ein großer, lichter Raum erwartete sie, spärlich eingerichtet, mit einer integrierten Holztreppe, die zu einer Dachterrasse hinaufführte. Ein Klavier stand an einer Wand, der Deckel war geschlossen, aber ein paar Notenblätter lagen darauf. Die kleine, moderne Küche war Teil des großen Raums. An den Wänden hingen einige Gemälde, die hauptsächlich aus Blautönen und konturlosen Flächen zu bestehen schienen. Die Wohnung sagte ganz klar »Geld«, trotzdem wirkte sie weder ungemütlich noch geschmacklos, wenn auch ein wenig kühl. Aber das lag vielleicht auch daran, dass sie nicht ständig bewohnt wurde. Anna-Luise Schöneberg empfing die beiden Polizisten mit einem matten Lächeln. Sie war ziemlich groß und sehr schlank, mit schulterlangem kastanienbraunem Haar, schmalen, sehr gepflegten Händen und so geschickt geschminkt, dass sie völlig natürlich aussah. Der Typ Frau, den sich Rainer automatisch in cremefarbenem Rollkragenpulli und teuren Reitstiefeln vorstellte. Tatsächlich trug sie Jeans und ein kariertes Hemd, aber der Effekt war so ziemlich der gleiche. »Ich bin froh, dass Sie gekommen sind«, sagte sie und bedeutete den beiden, an dem polierten Küchentisch Platz zu nehmen. Ihre Stimme war tief und leise. »Ich kann Ihnen überhaupt nicht sagen, wie sehr es mich getroffen hat, von Caros Tod zu hören.« Rainers Befremden wuchs bei diesen Worten. Sie klangen so unpassend in dieser Situation, wie die Beileidsbekundungen bei einer Beerdigung, dass er geschworen hätte, sie könnten nicht aufrichtig gemeint sein, wenn er ihr Gesicht nicht gesehen hätte. Aber er hatte keinen Zweifel daran, dass Anna-Luise Schöneberg tatsächlich erschüttert war.

»Wir hoffen, dass Sie uns vielleicht weiterhelfen können bei unseren Ermittlungen«, erklärte Eva ruhig. Es war unmöglich zu sagen, was sie dachte. »Wir haben gehört, dass Sie und Caroline Kröger befreundet waren.«

Die junge Frau nickte nur. »Möchten Sie vielleicht etwas zu trinken?«, fragte sie. Rainer zog die Augenbrauen hoch und schüttelte den Kopf.

»Stört es Sie, wenn ich …?« Sie schenkte sich ein Glas Wasser ein und trank einen Schluck. Erst dann sah sie die beiden Beamten an. »Was ist passiert? Jonas Hofer hat mich angerufen, er hat gesagt, sie wurde im – im Parkhaus in Weißenburg gefunden. Wurde sie überfallen?«

»Möglicherweise«, erklärte Rainer. »Herr Hofer war bei der Gruppe von Leuten, die die Leiche gefunden haben. Können Sie uns sagen, wie gut er Frau Kröger kannte? Sie sind ebenfalls mit ihm befreundet, ist das richtig?«

Anna-Luise Schöneberg schluckte und holte tief Luft. »Es ist so furchtbar«, sagte sie schnell und leise. »Vor ein paar Tagen habe ich sie noch gesehen, und jetzt soll sie tot sein.« Wieder war Rainer über ihre Reaktion erstaunt. Ihre Stimme und ihre Hände zitterten leicht, und sie stand rasch auf und ging ins Nebenzimmer. Als sie zurückkam, trug sie eine Packung Tabletten in der Hand. »Beruhigungsmittel«, erklärte sie und nahm eine ein. Sie trank einen großen Schluck Wasser nach, dann fasste sie sich wieder. »Wahrscheinlich haben Sie schon mit Jonas gesprochen – wir beide waren zusammen, und dadurch kannten er und Caroline sich. Wir haben manchmal gemeinsam etwas unternommen – Linda war auch oft dabei, und Tobias ebenfalls, nicht so oft, er geht abends nur selten weg.«

»Aber letzten Freitag war er dabei?«, fragte Eva. Sie warf

Rainer einen Blick zu, um sicherzugehen, dass er aufmerksam zuhörte und seine Aufzeichnungen parat hatte.

»Ja, wir sind alle zusammen unterwegs gewesen. Es ist ziemlich spät geworden.«

Sie fragten, ob an jenem Abend etwas Außergewöhnliches vorgefallen war, ohne sich davon viel zu versprechen, doch zu ihrer Überraschung nickte die junge Frau zögernd. »Ich weiß nicht, ob es etwas zu bedeuten hat«, murmelte sie, »aber der Abend war ein bisschen – na ja, angespannt.«

»Es gab Streit?« Evas Stimme klang gelassen, aber Rainer wusste, dass sie dasselbe dachte wie er: Davon hatten sie noch nichts gehört.

»Na ja, Streit nicht gerade«, wich sie aus, dann runzelte sie die Stirn. »Es war ein bisschen seltsam, die Stimmung war irgendwie gereizt. Jonas hat die ganze Zeit über fast kein Wort gesagt. Dann kam ein alter Schulfreund von Tobias und hat mit Linda anbandeln wollen, und sie und Tobias haben sich die ganze Zeit über ihn lustig gemacht, und das hat Caro geärgert. Später ist Caros Chef aufgetaucht und hat sich ein bisschen zu uns gesetzt, und das hat Tobias nicht gepasst, glaube ich.« Rainer weigerte sich, seine Kollegin anzuschauen. Ihr Blick würde sagen: »Ich hab's dir gesagt«, und darauf konnte er gut verzichten. Außerdem glaubte er noch immer, dass an dieser Sache nichts dran war. »Das war der Herr Krommer vom Reisebüro, oder?«, fragte er stattdessen. »Wir sind auf Caroline Krögers Netzwerkseite auf einen Kommentar von ihm gestoßen. Gab es eine Beziehung zwischen den beiden? War das der Grund, weshalb ihr Freund verärgert war?«

Anna-Luise zuckte die Schultern. »Könnte schon sein, dass Tobias eifersüchtig war«, vermutete sie. »Aber er hatte keinen Grund dazu.«

»Da sind Sie sich sicher?« Evas Stimme verbarg ihren Zweifel nicht.

»Ganz sicher, Caro hätte mir erzählt, wenn da etwas gewesen wäre. Aber sie kennt den Heiko halt vom Büro, und einmal ist sie mit ihm auf eine Tagung gefahren. Er ist ziemlich locker mit den Leuten, die bei ihm arbeiten, das galt nicht nur für Caro.«

»Aber ihr Freund war sich da nicht so sicher?«, meinte Rainer. »Sie sagten, Tobias Galster sei eifersüchtig gewesen?«

»Ich habe gesagt, es könnte sein«, verbesserte sie. »Vielleicht war er bloß schlecht gelaunt. Auf jeden Fall hat er es sehr deutlich gemacht, dass ihn Krommer genervt hat.«

»Wir haben mit Tobias Galster und mit seiner Cousine gesprochen, und keiner der beiden hat davon etwas erwähnt.«

Anna-Luise lachte leise. »Das wundert mich nicht. Linda würde niemals etwas erzählen, was Tobias nicht im allerbesten Licht erscheinen lassen würde.«

»Natürlich, die zwei sind verwandt«, murmelte Rainer. »Kein Wunder, wenn die zusammenhalten.«

»Es ist ein bisschen mehr als das«, antwortete die junge Frau und goss sich noch ein Glas Wasser ein. Dann schien ihr erst aufzufallen, wie eigentümlich diese Bemerkung klang, und sie beeilte sich zu erklären: »Wissen Sie, Linda ist praktisch bei den Galsters aufgewachsen. Seit sie dreizehn war, hat sie bei ihrer Tante gewohnt; sie hat nicht gerade das beste Verhältnis zu ihrer Mutter. Als Anton Galster vor vier Jahren schwer krank wurde und die Familie in finanzielle Schwierigkeiten geriet, hat Linda ihr Studium aufgegeben und einen Job im Krankenhaus angenommen, um ihren Teil beizutragen.«

»Ich dachte, Tobias Galster hat große Pläne für eine neue Bäckerei und einen Umbau im Nachbarhaus«, meinte Eva verwundert. »Wie kann das sein, wenn es solche finanziellen Probleme gab?«

»Tobias hat den Hof damals wohl gerettet«, erklärte Anna-Luise, »mit Hilfe von Linda und seiner Mutter. Und seit sein

Vater wieder gesund ist, kommen sie ganz gut zurecht. Ich glaube, Geld macht er mit seiner Bäckerei. Wer kann heute schon von der Landwirtschaft leben? Aber sein Laden geht wohl ziemlich gut.«

Unwillkürlich ließ Rainer den Blick durch den Raum schweifen. Er zeugte von einer Welt, in der es nicht vorgesehen war, dass eine junge Frau ihr Studium aus finanziellen Gründen aufgab.

»Es gab also Unstimmigkeiten am Freitag«, resümierte Eva. »Tobias Galster war möglicherweise eifersüchtig, oder er war nicht gut drauf, wie man so sagt. Gab es zwischen ihm und seiner Freundin einen Wortwechsel?«

Ihr Gegenüber biss sich auf die Lippen. »Er ist ein bisschen sarkastisch geworden«, antwortete sie. »Streit kann man es eigentlich nicht nennen. Er hat gesagt, wenn sie sich ohne ihn besser amüsieren würde, solle sie es sagen, dann würde er nämlich heimfahren und ins Bett gehen.« Sie dachte nach. »Ehrlich gesagt, ich glaube, dass ihm der Abend einfach keinen Spaß gemacht hat und dass das der Grund für seinen Ärger war.«

»Hm.« Eva schien sich ihren Teil zu denken, wechselte aber das Thema, bevor Rainer etwas sagen konnte. »Wir haben noch ein paar Fragen. Erstens über Jonas Hofer, nur der Vollständigkeit halber: Er hat Sie informiert über Caroline Krögers Tod? Warum?«

Die Frau zog die Schultern hoch. »Sie war meine beste Freundin. Wie hätte er es mir *nicht* sagen können?«

»Sie beide – wenn ich es richtig verstanden habe, sind Sie kein Paar mehr? Aber Sie sind noch Freunde, so dass Herr Hofer Sie deshalb angerufen hat?«

Sie nickte nur, und Rainer fragte weiter: »Gab es zwischen Caroline Kröger und Jonas Hofer irgendeine Beziehung?« Seine Hoffnung, die Schöneberg würde etwas anderes sagen als Linda Galster am Vortag, wurde enttäuscht.

»Nein«, sagte sie und schüttelte den Kopf. »Ich meine, es war okay, dass wir alle zusammen mal etwas unternommen haben, aber wenn ich nicht mit beiden befreundet wäre, hätten sie sicher nichts miteinander zu tun gehabt. Jonas ist – ich meine, er ist durch und durch ein Künstler, die zwei haben sich gegenseitig eher gelangweilt, weil sie einfach nichts gemeinsam hatten.«

Ein Lächeln zuckte um Rainers Mund. »Das muss ja nichts heißen, ich meine, wenn es um Beziehungen geht, ist schon alles vorgekommen.«

Sie erwiderte sein Lächeln, aber es wirkte eher traurig. »Das stimmt natürlich. Aber bei Jonas und Caro war da nichts. Und glauben Sie mir, Caro hätte mir das gesagt, sie hat keine Geheimnisse gehabt, sie hat so gut wie alles erzählt, was bei ihr los war.«

»Auch über ihre Beziehung mit Tobias Galster?«, hakte Eva nach. »Wie sah es da aus – ich meine jetzt, abgesehen von diesem Freitagabend, was immer da los war. Hatten Sie das Gefühl, dass die beiden Probleme hatten? Oder war alles in Ordnung?«

Anna-Luise Schöneberg ließ sich Zeit mit der Antwort, dann aber sagte sie: »Die beiden waren schon auch ziemlich unterschiedlich, wissen Sie? Nicht das Paar, von dem man sofort gesagt hätte, die sind füreinander geschaffen. Aber sie waren seit vier Jahren zusammen, und sie hatten Pläne für die Wohnung und alles. Manchmal hat Caro erzählt, wo sie ihre Hochzeit gerne feiern würde, lauter exotische Orte, aber dass es wahrscheinlich doch bloß die große Scheune vom Felberhof werden würde …« Sie schwieg, und die beiden Polizeibeamten sagten auch nichts. Manchmal war das die sicherste Methode, jemanden zum Weiterreden zu bringen. Tatsächlich fuhr die junge Frau nach einer Weile nachdenklich fort: »Wenn es überhaupt Differenzen gab, dann war es vielleicht das: Tobias ist ein Buchfelder, er lebt auf dem Hof wie schon seine Eltern und Großeltern, und solange er mit seinem Laden dort sein Geld verdienen kann, wird er nie weggehen. Caro hat das gewusst, und sie war bereit, sich ihm zuliebe darauf einzulassen, aber das Dorfleben war nicht wirklich ihr Ding. Sie war ganz froh, dass sich die Sache mit der Renovierung ein bisschen verzögert hat und sie ihre Wohnung in Weißenburg noch behalten konnte.«

Rainer bekam allmählich Durst und wünschte sich, er hätte das Angebot, etwas zu trinken, nicht abgelehnt. Außerdem spürte er ein Kratzen im Hals, sicherlich das erste Anzeichen der Erkältung, die er sich in der virenverseuchten Luft der Wache früher oder später einfangen musste.

»Trotzdem, sagen Sie, gab es keine echten Probleme zwischen den beiden?«, vergewisserte sich Eva. »Und sie hatte keine andere Beziehung, nichts, was entweder für Eifersucht gesorgt hätte oder sie in Gefahr hätte bringen können? Wie sah es eigentlich mit ihrem Stiefvater aus, Arno Hertz? Wir haben den Eindruck gewonnen, dass sie kein gutes Verhältnis zu ihm hatte.«

Anna-Luise Schöneberg musste plötzlich husten. Sie nahm einen tiefen Schluck Wasser, stand dann auf und stellte ihr leeres Glas in die Spüle. Sie setzte sich nicht wieder, als sie antwortete, sondern blieb gegen die Spüle gelehnt stehen: »Sie mochte ihn nicht. Tobias auch nicht, sie haben beide jahrelang vermieden, etwas mit ihm zu tun zu haben. Allerdings hat sich das in der letzten Zeit etwas gebessert.«

»Ah. Ich verstehe. Frau Kröger hat die Wohnung ihrer Mutter ungefähr zu der Zeit verlassen, als Hertz zu ihr zog. Linda Galster sagte, sie sei für eine Weile zu ihr gezogen, bis sie eine eigene Wohnung beziehen konnte.«

Die junge Frau lachte rau auf. »Das ist wieder typisch Linda – das Understatement des Jahres.« Auf die fragenden Blicke der beiden Beamten hin erläuterte sie: »Geflüchtet trifft es besser, Frau Schatz. An dem Abend damals saß ich mit Linda in ihrem Zimmer – wir beide haben im selben Wohnheim gewohnt, das war, bevor ich nach Würzburg gewechselt bin –, und Caro tauchte auf, einen kleinen Koffer mit Sachen bei sich, und fragte, ob sie für ein paar Tage bei einer von uns bleiben könnte. Wir wollten wissen, was los war, aber sie sagte bloß, sie würde keinen Tag länger unter einem Dach mit Arno Hertz wohnen.«

Rainer und Eva tauschten einen raschen Blick. Endlich begann es einmal, interessant zu werden. »Hat sie Ihnen einen Grund genannt? Ich meine, bloße Reibereien mit dem neuen Freund der Mutter erklären eine so heftige Reaktion nicht, würde ich sagen.«

»Darüber hat sie nichts gesagt«, antwortete sie sofort, und Eva hatte das sichere Gefühl, dass sie nicht alles verriet, was sie wusste. Sie sah, wie Rainer ebenfalls den Mund aufmachen wollte, um nachzuhaken, und schüttelte unauffällig den Kopf. Sie würden später noch einmal darauf zurückkommen, wenn das nötig war. »Frau Schöneberg, wir sind Ihnen wirklich dankbar für alles, was Sie uns bislang erzählen konnten«, sagte sie freundlich. »Wir haben nur noch ein oder zwei Fragen, dann lassen wir Sie wieder in Ruhe.«

»Natürlich.« Sie klang erleichtert. Wahrscheinlich war sie froh, dass sie das Thema Arno Hertz nicht weiterverfolgten.

»Sie waren in den letzten Tagen fort und sind wiedergekommen, als Sie vom Tod Ihrer Freundin gehört haben, ist das richtig?«

Sie nickte. »Ich wollte ursprünglich schon am Dienstag wieder hier sein und vielleicht auch am nächsten Tag in das Konzert gehen, das Jonas gegeben hat. Aber dann ist etwas dazwischengekommen … ich habe Caro eine SMS geschrieben, dass es doch nicht klappt, sie wollte mich ursprünglich vom Bahnhof abholen …«

»Am Dienstag?«, unterbrach Rainer scharf. Anna-Luise

Schöneberg nickte verwundert. »Ja. Ich wollte am Dienstagabend zurückkommen, aber dann …« Sie zögerte einen Augenblick, dann erklärte sie: »Ich bin nach London geflogen, ich kann dort vielleicht bei einem Geschäftspartner meines Vaters ein Praktikum machen, das wäre eine große Sache.«

Auf Evas Stirn stand eine Falte, sie dachte intensiv nach. »Wann haben Sie Ihrer Freundin geschrieben, dass Sie doch nicht kommen würden?«

»So … da war ich gerade am Flughafen …«, antwortete sie bedächtig. »Am Nachmittag irgendwann.« Sie sah die Polizeibeamtin fragend an. »Warum wollen Sie das wissen, ich dachte – ich meine … wann ist Caroline denn getötet worden? Ich dachte – am Mittwoch, wo das Konzert war … Haben Sie nicht gesagt, Caro ist am Mittwoch im Parkhaus umgekommen?«

Evas Gesicht war unbewegt, als sie antwortete: »Wir haben Anlass, uns mit ihren Bewegungen am Tag zuvor zu befassen. Also, Sie waren in London bei einem Vorstellungsgespräch …« Sie runzelte die Stirn. »Ich dachte, Sie studieren in Würzburg?«

Anna-Luise zuckte die Schultern. »Musik, ja. Aber ich höre damit auf. Ich wäre immer nur eine zweitklassige Pianistin, und wenn man so ein Künstlerleben führen will, muss man hundertprozentig dahinterstehen.«

»So wie Jonas Hofer?«

»Ja, Jonas würde seine Musikerkarriere nie aufgeben, und wenn er damit noch so wenig verdient. Allerdings unterrichtet er in Würzburg noch Musik, davon kann er ganz gut leben.« Die junge Frau zog ein Gesicht, das keinen Zweifel daran ließ, dass die Vorstellung, sich als freier Musiker durchzuschlagen und dann auch noch als Lehrer arbeiten zu müssen, um sich das Vergnügen überhaupt leisten zu können, nicht nach ihrem Geschmack war.

»Sie wollten ursprünglich mit dem Zug fahren. Wo wären Sie ausgestiegen, wenn Sie nicht umdisponiert hätten?«

»In Ellingen an der Bahnstation.«

Eva versank in schweigendes Nachdenken, das sie mit der Frage abbrach: »Frau Schöneberg, hat Ihnen Caroline Kröger von etwas Ungewöhnlichem erzählt oder geschrieben, von einem Streit, von einer neuen Bekanntschaft, von Plänen, jemanden zu treffen, kurz, von irgendetwas, was vielleicht mit ihrem Tod zu tun haben könnte? Egal, ob es Ihnen wichtig erscheint oder nicht.«

»Ich würde Ihnen wirklich gerne helfen«, erklärte sie mit Nachdruck. »Es würde alles leichter machen, wenn ich dazu beitragen könnte, ihren Tod aufzuklären.« Ihre Augen schwammen plötzlich in Tränen. »Ich weiß wirklich nicht, wie ich heute Nacht schlafen soll, mit diesen Gedanken. Ich – ich werde Ihnen einfach alles sagen, was mir Caro in den letzten Tagen so mitgeteilt hatte, auch wenn ich kaum glaube, dass etwas Nützliches dabei ist.«

Rainer empfand wieder ein Gefühl von Unstimmigkeit zwischen den allzu wohlgesetzten Worten der Schöneberg und ihrer offensichtlichen Erschütterung. Sie blinzelte die Tränen fort und begann nach kurzem Zögern: »Sie hat vor ein paar Tagen Arno Hertz angerufen – ich sagte ja schon, dass das Verhältnis zu ihm in der letzten Zeit besser war als früher. Sie wollte ihn am Mittwoch treffen. Er arbeitet in einem kleinen Unternehmen für Bodenbeläge, und sie und Tobias wollten sich an ihn wenden mit ein paar Fragen, wegen ihrer Baupläne. Tobias hat ihr ein Musterbuch mit Bodenfliesen vorbeigebracht, das sie Arno am nächsten Tag zeigen wollte, aber der hat dann geschrieben, dass er am Mittwoch doch keine Zeit hätte.«

»Wann hat er das Buch vorbeigebracht, sagten Sie?«, fragte Rainer überrascht nach. Sie runzelte die Stirn: »Das sagte ich doch gerade, am Dienstag, damit Caro es Arno zeigen konnte. Sie hat mir eine Facebook-Nachricht geschrieben, weil es sie genervt hat, dass Arno dann plötzlich doch keine Zeit hatte. Und, na ja, dann hat sie noch geschrieben, dass sie sich über Linda geärgert hat.«

»War das ungewöhnlich?«, fragte Eva rasch. Anna-Luise Schöneberg zuckte die Schultern. »Ungewöhnlich – nein, das nicht. Die beiden waren Freundinnen, aber sie konnten einander auch gehörig auf die Nerven gehen. Vor allem …« Sie brach ab und fuhr auf Rainers auffordernden Blick hin unsicher fort: »Ich – Sie denken vielleicht jetzt, ich will Linda schlechtmachen, weil ich das gesagt habe. Aber der Streit zwischen ihr und Caro war nicht schlimm.«

»Streit«, wiederholte Eva ausdruckslos. »Sie haben nicht gesagt, dass es einen Streit zwischen den beiden gab.«

Die junge Frau biss sich auf die Lippen, als ob sie zu viel gesagt habe. »Es war auch nichts«, beteuerte sie rasch »Es gab schon einen Streit, aber … Linda hat sich bloß aufgeregt, dass Caro sich mit Arno Hertz treffen wollte. Sie konnte ihn nicht leiden und fand, Caro sollte ihn nicht in den Umbau mit einbeziehen. Sie meinte, sie hätte besser überhaupt nichts mit ihm zu tun, und hat ihr Vorwürfe gemacht, und Caro hat ihr gesagt, sie solle sich um ihre eigenen Angelegenheiten kümmern und sie in Ruhe lassen.«

Von alldem hatten weder Linda Galster noch ihr Cousin auch nur ein Wort gesagt. Eva fragte sich, was sie von dieser Schweigsamkeit halten sollte. »Sie haben uns vorhin erzählt, dass Caroline Kröger die Wohnung ihrer Mutter fast fluchtartig verlassen hat, nachdem Arno Hertz dort eingezogen war. Könnte es sein, dass Linda Galster von ihr mehr über die eigentlichen Gründe dafür wusste als Sie? Vielleicht war sie davon überzeugt, dass es besser – vielleicht sogar sicherer – für ihre Freundin wäre, weiterhin nichts mit ihm zu tun zu haben?«

»Linda hat sich vor allem aufgeregt, weil es Tobias auch

nicht wirklich recht war, mit Arno Hertz zu tun zu haben«, antwortete Anna-Luise in einem Tonfall, der beinahe etwas Gekränktes an sich hatte. Wahrscheinlich wurmte sie die Andeutung, Caroline Kröger könnte Linda etwas erzählt haben, wovon sie nichts wusste. »Ich habe Ihnen ja schon gesagt, dass Linda immer auf Tobias' Seite stand. Dass Caro ihre eigene Meinung hatte, hat Linda viel mehr geärgert als alles andere, darauf können Sie sich verlassen.«

»Hm. Das war ja mal eine sprudelnde Informationsquelle«, bemerkte Rainer und schnallte sich an. Eva saß am Steuer, hatte aber ihr Handy in der Hand. »Hallo? Schatz hier, die sollen jemanden von der Spurensicherung zur Bahnstation hier in Ellingen schicken und dort das Umfeld absuchen. Vielleicht hat die Kröger die SMS der Schöneberg nicht rechtzeitig gelesen«, fügte sie, an Rainer gewandt, hinzu. »Dann ist sie möglicherweise am Dienstagabend dort gewesen, um sie vom Zug abzuholen. Wenn wir einen Anhaltspunkt hätten, wo ihr Auto stand, bevor es um Mitternacht ins Parkhaus gefahren wurde, wären wir einen Schritt weiter. Blöd, dass wir ihr Handy nicht gefunden haben.«

»Wenn wir an der Station wirklich Anhaltspunkte dafür finden, dass ihr Auto dort war, dann ist das Handy vielleicht nicht weit weg«, meinte Rainer. »Was jetzt?«

»Nachdenken«, schlug Eva vor.

»Okay. Muss das im kalten Auto sein, oder tut ein Café es vielleicht auch?«

Sie reichte ihm schweigend eine Thermoskanne und einen Becher. Rainer seufzte theatralisch, kam aber dann wieder zu seiner ersten Bemerkung zurück: »Die Schöneberg hat ziemlich viel erzählt, vor allem, wenn man bedenkt, dass sich Tobias Galster und seine Cousine so bedeckt gehalten haben.«

»Ja«, stimmte Eva zögernd zu. »Aber was für Schlussfolgerungen ziehen wir aus alledem? Was meinst du? Hat sie uns die Wahrheit erzählt?«

»Jep«, antwortete Rainer prompt. »Alle Fakten, die sie uns erzählt hat, nehme ich ihr ohne Weiteres ab.«

»Wie du das sagst, folgt gleich ein großes Aber.«

»Bei dir etwa nicht?«

»Doch, aber ich will erst hören, was du denkst.«

»Ich weiß nicht so ganz, was ich von der Frau halten soll«, erklärte er deshalb. »Sie schien wirklich erschüttert über Caroline Krögers Tod, aber ich glaube, sie hat ihre Erschütterung auch irgendwie inszeniert, wenn du verstehst, was ich meine. Als ob sie uns zeigen wollte, was für dicke Freundinnen sie und die Kröger waren und wie schrecklich mitgenommen sie ist. Und sie scheint nicht so besonders viel von Linda Galster zu halten.«

»Linda Galster«, wiederholte Eva nachdenklich. »Ich frage mich, was die uns sonst noch alles nicht erzählt hat, und vor allem, warum. Warum hat sie uns nichts von dem Streit zwischen ihr und der Kröger gesagt?«

»Sie hatte Angst, sich verdächtig zu machen«, schlug Rainer vor. »Streit mit der Ermordeten, das klingt nie gut.«

Eva schüttelte energisch den Kopf. »Unsinn. Die Schöneberg hat erzählt, es ging um Arno Hertz, darum, dass die Kröger nichts mit ihm zu tun haben sollte. Das ist nicht die Art von Streit, die Linda Galster belasten würde. Wenn sie sich Sorgen um die Sicherheit ihrer Freundin gemacht hat, spricht das doch nur für sie, egal, ob sie damit nun recht hatte oder nicht.« Sie starrte die Straße hinunter, in der nichts Aufregenderes zu sehen war als ein paar parkende Autos und eine Krähe, die sich in den Ästen eines kahlen Baumes niedergelassen hatte.

Rainer dachte nach. »Na gut, dann will sie vielleicht Arno Hertz decken. Das ist der Einzige, den der Streit belasten könnte.«

»Kann sein, aber ich bin felsenfest überzeugt, dass die einzige Person, die Linda Galster decken würde, ihr Cousin ist. Du hast gehört, was die Schöneberg über das Verhältnis zwischen den beiden gesagt hat.«

»Ich habe vor allem gehört, was sie angedeutet hat«, antwortete Rainer unbehaglich. »Und das gefällt mir nicht.«

»Was gefällt dir nicht? Die Andeutung oder der Gedanke, dass sie zutreffen könnte?«

Er schnaubte. »Beides nicht. Wenn da was dran ist, dass die Galster eine besondere Beziehung zu ihrem Cousin hat, dann war die Kröger ihr vielleicht im Weg. Ich kann mir allerdings nicht vorstellen, dass sie sie umgebracht hat ... man weiß natürlich nie. Aber wenn die Schöneberg so eine Andeutung macht und nichts dran ist, dann wirft das kein gutes Licht auf sie. Dann könnte man meinen, dass sie selbst etwas gegen Linda Galster hat.«

»Ja, aber es ist nicht die Galster, die getötet wurde, sondern Caroline Kröger«, wandte Eva fröstelnd ein. Sie schaltete die Zündung ein und drehte die Heizung auf.

Rainer runzelte die Stirn. »Stimmt, das ergibt nicht viel Sinn ... außer: Wenn nun die Schöneberg es heimlich auf den Galster abgesehen hat, dann hätte sie Caroline Kröger als Rivalin empfunden. Aber sie könnte gleichzeitig eifersüchtig auf das gute Verhältnis zwischen ihm und seiner Cousine sein.«

»Eine großartige Theorie«, meinte Eva beißend. »Leider ist sie unhaltbar. Erstens ist die Schöneberg zur Tatzeit in England gewesen ...«

»Bislang nicht bewiesen!«

»Zweitens hätte sie uns nicht von dem geplanten Treffen an der Bahnstation erzählt, wenn sie dort gewesen wäre. Das würde sie dann ja verdächtig machen.«

»Vielleicht musste sie es erzählen, weil noch jemand anderes davon wusste.«

»Okay!«, rief Eva genervt. »Drittens – und dagegen kannst du nichts sagen – ist die Anna-Luise-Schöneberg-liebt-Tobias-Galster-Hypothese völlig abwegig.«

»Dagegen kann ich nichts sagen?«, fragte Rainer ehrlich überrascht. »Du bist dir deiner Sache ja ziemlich sicher. Es könnte immerhin sein, dass sie was von dem Galster wollte, auch wenn es nicht unbedingt die naheliegendste Möglichkeit ist. Worauf basiert deine Überzeugung? Weibliche Intuition?« Eva warf ihm einen verächtlichen Blick zu. »Ich brauche keine weibliche Intuition«, erklärte sie eisig. »Ich weiß auch so, dass ich recht habe.«

Anna-Luise Schöneberg ließ sich auf den Klavierhocker sinken, aber sie öffnete den Deckel des Instruments nicht. Die Beruhigungstabletten hatten keine besondere Wirkung entfaltet, sie fühlte sich noch immer so nervös und aufgewühlt wie zuvor. Gesprächsfetzen der letzten Tage gingen ihr durch den Kopf. »Glad to meet you, I hope you had a good flight?« – »Ich möchte nicht, dass du es auf anderem Weg erfährst. Etwas Schreckliches ist passiert – Caroline …« – »Ich glaube, er will's einfach nicht kapieren.« – »So, you've had enough of studying the piano?« – »Kommst du denn wenigstens zum Konzert?« – »Diese ganze Renoviererei und das alles nervt mich einfach. Ferien wären toll, dann könnte ich in die fertige Wohnung einziehen.« – »Es hätte doch nie funktioniert mit euch beiden.« – »Caroline ist tot. Es tut mir so leid für dich.« – »Ich habe deswegen mit Arno was ausgemacht.« – »Wenn ihr euch ohne mich besser amüsiert, kann ich ja auch gehen, ich brauche meinen Schlaf.« – »Sie haben uns nicht gesagt, dass es Streit gab.« – »Kommst du mit dem Zug?« –»Sag mir, dass das nicht dein Ernst ist, das kannst du doch nicht tun.« – »Caroline ist tot.« Anna-Luise spürte, wie ihre Augen sich mit Tränen füllten. Caroline war tot, und jemand, den sie gekannt und dem sie vertraut hatte, war schuld daran. Sie hätte gerne mit jemandem über alles gesprochen, wirklich alles erzählt, was sie dachte und fühlte, aber wem? Ihr Notebook lag eingeschaltet auf ihrem Bett; sie öffnete den Deckel und warf einen Blick in ihren Posteingang – noch keine Rückmeldung aus London –, dann auf ihre Facebook-Seite. »Was machst du gerade?« Gute Frage. »Bin schockiert und traurig«, tippte sie in die Zeile neben ihrem Foto. Achtundfünfzig Freunde zeigte ihr die Seite an, und niemand dabei, mit dem sie reden konnte, nicht jetzt zumindest, nicht heute. Aber ihr Status würde ihr ganz sicher einige mitfühlende Kommentare einbringen, und das war vielleicht im Augenblick das Wichtigste. Hoffentlich würde die Sache mit London klappen. London, New York, Rom, das waren die Orte gewesen, an denen sie sich gesehen hatte, wenn sie an ihre Karriere als Pianistin dachte – bis ihr klar geworden war, dass ihr Studium vor allem eines bedeutete: Arbeit, Arbeit und noch mehr Arbeit ohne jede Garantie eines Erfolges. Sie brauchte sich nur Jonas anzusehen. Er war gut, aber das waren viele. Vielleicht würde er es sogar schaffen, als Sänger Karriere zu machen, aber wo war er jetzt? Weißenburg, Würzburg, Stopfenheim, Bamberg, Burgfarrnbach, Roth … Sie klickte sich auf Lindas Seite vor – notorisch vernachlässigt, die letzte Statusmeldung war vom vergangenen Dienstag: »Linda G. fragt sich, wieso die Leute Diätassistenten einstellen, wenn doch niemand auf sie hört.« Ein weiterer Klick brachte Anna-Luise auf die Seite ihrer toten Freundin. Caroline würde nie wieder ihr Profilbild ändern – ein Spaß, den sie sich häufig gegönnt hatte –, aber ihre Pinnwand war voller Nachrichten, die seit ihrem Tod verfasst worden waren. »Du wirst uns fehlen« – »Es tut mir so leid« – »Warum?«

Ja, warum? Sie räusperte sich, um den Kloß in ihrem Hals loszuwerden, und merkte da erst, dass ihr das Schlucken wehtat. Na großartig, dachte sie, eine Erkältung war wirklich das Letzte, was sie jetzt brauchen konnte. Sie klappte das Notebook zu und ging auf die Suche nach Vitamin-C-Präparaten und Halstabletten.

Eva Schatz kannte die Arbeitsmethoden ihres Kollegen und hatte ihm demonstrativ einen leeren DIN-A4-Block auf den Schreibtisch gelegt, ehe sie zum Kaffeeholen ging. Ihr Handy klingelte, als sie mit zwei Bechern die Treppe hinaufstieg. »Irene?«, fragte sie, während sie versuchte, beide Tassen in einer Hand zu halten, ohne den Inhalt zu verschütten. »Was ist los, irgendwas nicht in Ordnung?«

»Ich wollte bloß deine Stimme hören«, lautete Irenes Antwort, aber sie klang angespannt. »Hier im Klinikum ist heute die Hölle los. Es gibt Tage, da frage ich mich, was ich hier eigentlich mache.«

Eva bemühte sich, gleichzeitig die Kaffeebecher gerade zu halten und ihrer Stimme einen aufmunternden Klang zu verleihen: »Lass dich nicht stressen und denk an unseren Urlaub. Ein paar Tage noch, dann kannst du das alles erst mal vergessen. Du weißt doch, Schlammsauna und Champagner …«

Irene schwieg eine Weile, dann sagte sie ruhig: »Natürlich. Also bis heute Abend. Soll ich Wein zum Abendessen mitbringen?«

»Ja, großartig«, stimmte Eva abwesend zu und stützte die Kaffeebecher auf ihrem Knie ab. Zur Hälfte war sie schon wieder beim Fall Kröger, aber zugleich ertappte sie sich bei einem Gedanken, den sie mit einem trotzigen Ja beantwortete, wann immer er ihr ins Bewusstsein drang: War das wirklich das Leben, das sie sich wünschte? Was denn sonst?, fragte sie sich sarkastisch. Jetzt noch mal ein ungebundenes Singleleben führen, bei dem einem alle Möglichkeiten offenstanden? Dem Namen nach, und in Wirklichkeit abends völlig fertig aus der Arbeit kommen, ein Fertiggericht heißmachen und vor dem Fernseher essen.

»He, bist du unterwegs eingeschlafen?«, riss Rainers Stimme sie aus ihren Gedanken. »Ich bin schön genug, ich möchte meinen Kaffee nicht kalt trinken müssen.«

»Ich dachte, ich geb dir eine Chance, bis zu meiner Rückkehr mal einen sinnvollen Gedanken zu entwickeln«, erwiderte sie. »Hast du schon herausgefunden, wer Caro Kröger umgebracht hat?«

Er nahm ihr einen der Kaffeebecher ab und machte ein nachdenkliches Gesicht. »Also, wenn ich mir so anschaue, wer in diesen Fall verstrickt ist, glaube ich, es war nicht der Gärtner … Aber wenn du ins Büro kommst, zeige ich dir meine Tabelle mit Möglichkeiten«, fügte er eilig hinzu.

»Der Hertz, ja, der kommt mir auch nicht so ganz koscher vor«, stimmte Eva, über das handgeschriebene Blatt gebeugt, zu. Rainers Schrift war so winzig, dass sie Mühe hatte, sie zu entziffern. »Nach einem Alibi haben wir ihn noch nicht gefragt, aber er hatte mit Caroline Kröger kurz vor ihrem Tod Kontakt, und da ist diese seltsame Geschichte – warum hat sie vor Jahren fluchtartig die Wohnung ihrer Mutter verlassen und ist bei ihrer Freundin untergeschlüpft? Und der Galster – als wir ihn nach Carolines Vater und nach Hertz gefragt haben: ›Andi Kröger ist ein guter Freund von uns‹ – Arno Hertz hingegen offensichtlich nicht.«

»Warum hat Caroline Kröger dann wieder Kontakt mit ihm aufgenommen?« Rainer seufzte. Hatte sich die junge Frau tatsächlich leichtgläubig zum Opfer gemacht? »Wir müssen herausfinden, was damals eigentlich passiert ist. Von wem können wir das erfahren? Anna-Luise Schöneberg weiß wahrscheinlich mehr, als sie uns verraten hat, und die Galster vielleicht auch. «

»Ja, aber die müssen wir erst mal zum Reden bringen«, erklärte Eva grimmig. »Sie und ihren Cousin. Einer von denen verbirgt etwas … oder beide.«

»Wir könnten versuchen, sie unter Druck zu setzen. Indem wir ihnen sagen, dass wir von dem Streit gehört haben, und fragen, warum sie uns nichts davon erzählt haben.«

»Wir haben noch etwas erfahren«, erinnerte ihn Eva. »Tobias Galster hat behauptet, seine Freundin seit Freitag nicht mehr gesehen zu haben, aber er ist am Dienstag bei ihr gewesen, um ihr das Musterbuch für die Bodenbeläge zu bringen. Wahrscheinlich ist er der Besucher, von dem die Nachbarn gesprochen haben. Wenn er mit ihrem Tod nichts zu tun hat, warum hat er das nicht erwähnt? Bislang weiß niemand, dass sie nicht erst am Mittwoch gestorben ist – niemand außer uns und dem Täter.«

»Ein mögliches Motiv?«

»Eifersucht«, schlug Eva vor. »Was ist am Freitag wirklich vorgefallen? Es gab Streit oder zumindest Unstimmigkeiten zwischen Galster und seiner Freundin. Aber dafür haben wir bislang nur die Aussage der Schöneberg, und Linda Galster wird uns wahrscheinlich nichts sagen, was ihren Cousin belastet – also würde ich sagen, wir sprechen erst mit den anderen, die am Freitag anwesend waren, allen voran mit Jonas Hofer, den wollten wir ohnehin befragen, und auf die Übrigen setzen wir mal die Kollegen an.«

Linda Galster hatte das Krankenhaus am Mittag verlassen. Die Kopfschmerzen, die sie als Grund angab, waren nicht einmal erfunden, aber sie waren trotzdem nur ein Vorwand. Sie war Richtung Buchfeld gefahren und dann zum Burgus hinüber. Das Fundament der einstigen römischen Truppenunterkunft hatten die Dorfkinder früher als Spielplatz genutzt – manchmal waren die niedrigen Steinmauern eine Burg gewesen oder ein Schiffsdeck, oder sie hatten einander darübergejagt, bis sie sich außer Atem ins Gras fallen ließen. An diesem Novembertag strich ein frostiger Wind über die braunen, flachen Felder. Linda hatte sich auf die Steine gesetzt in der Hoffnung, dass er ihr die Gedanken aus dem Kopf blasen würde, aber tatsächlich wurden nur ihre Kopfschmerzen schlimmer. Auf dem Felberhof herrschte Stille, als sie dort ankam, die Haustür war abgesperrt, ein sicheres Zeichen, dass Anton und Frieda beide fort waren. In der Küche aber fand sie Tobias, der am Tisch saß und in einem Kaffeebecher rührte. Er zuckte zusammen, als er ihre Schritte hörte. »Hast du mich erschreckt«, lächelte er und versuchte, seiner Stimme einen normalen Klang zu geben. Sie fragte sich, ob er geweint hatte. »Magst du einen Tee?«

»Ich mach ihn schon selbst«, antwortete sie, froh, am Herd mit dem Rücken zu ihm hantieren zu können. Das Schweigen, das folgte, war unbehaglich, voll von Ungesagtem. Auf der Suche nach einem unverfänglichen Gesprächsthema fielen Linda die Schwierigkeiten ein, die sie auf dem Weg in die Arbeit gehabt hatte. »Heute Morgen hat mein Auto total komische Geräusche gemacht, wenn ich den Gang eingelegt habe – der Motor hat aufgeheult. Ich habe schon gedacht, ich muss es in die Werkstatt fahren.«

»Wenn du willst, schau ich es mir nachher mal an«, schlug er vor. »So was hatte ich auch schon mal, als das Auto noch mir gehört hat, vielleicht ist es wieder das Gleiche.«

»Danke«, erwiderte sie mit einem matten Lächeln. »Gut, wenn wenigstens einer in der Familie ein bisschen Ahnung von solchen Sachen hat.«

»Du hättest mal Caro sehen müssen, die hat vier Jahre gebraucht, bis sie die Einfülltülle für das Kühlwasser gefunden hat«, scherzte er, doch er wurde sofort wieder ernst. »Sie wollte zur Eröffnung vom Christkindlesmarkt«, erklärte er schwer. »Sie hat sich auf den Glühwein und das Gedränge gefreut. Heute hätten wir runterfahren wollen nach Nürnberg.«

Was konnte sie antworten? Nicht einmal, dass es ihr leidtat; sie hatte Angst vor dem Klang ihrer eigenen Stimme. Zu deutlich klang ihr der Streit mit Caroline in den Ohren, die Anschuldigungen, ihr eigener Ärger über Caros typische Unbekümmertheit – »Na wenn schon, was ist denn dabei? Kein Grund, gleich hysterisch zu werden, und Tobi muss es ja nicht erfahren…« Und dann später, in der Backstube, als sie zufällig das Licht gesehen hatte. Er hatte fast genau das Gleiche gesagt wie eben: »Hast du mich erschreckt, was machst du hier mitten in der Nacht?« Und sein Gesicht, so weiß und starr.

»Hat… weiß man schon, wann die Beerdigung ist?«, fragte Linda nervös, weil sie alles andere nicht fragen konnte, was ihr auf der Zunge lag.

Er schüttelte den Kopf. »Die Polizei hat nichts darüber gesagt. Wahrscheinlich wird es noch dauern.« Er sah zu ihr auf, doch sie wich seinem Blick aus, und er verschluckte, was immer er noch hatte hinzufügen wollen. Linda brauchte nichts von dem zu hören, was er vielleicht zu sagen hatte. Sie wünschte sich, die Worte vergessen zu können, die er an dem Morgen zu ihr gesagt hatte, nachdem sie ihn in der Backstube getroffen hatte: »Ich hab gestern was Dummes gemacht, Linda.« Worte, die für sich allein genommen vielleicht unverfänglich waren. Aber er wusste nicht, dass sie auch das Hemd gesehen hatte, das er in der Backstube ausgezogen und erst später weggeschafft hatte. Ein Hemd mit Blutspuren am Ärmel. Linda fröstelte, obwohl es in der Küche des Felberhofs immer warm war. Wenn es einen Ort auf der Welt gab, den sie mit dem Wort ›Heimat‹ verband, dann war es dieser Raum. Doch durch die Ereignisse der letzten Tage war alles unsicher geworden. Die beiden schwiegen; Carolines Tod stand zwischen ihnen und machte sie stumm. Lindas Gedanken kreisten um die Gespräche der letzten Tage, um alles, was sie gehört hatte, und auf einmal fiel ihr die Nachricht ein. Sie hatte überhaupt nicht mehr daran gedacht, aber jetzt atmete sie erleichtert auf, als ihr bewusst wurde, dass das vielleicht die Rettung war. Vielleicht würde doch noch alles gut werden.

TRACK 5

Eifersucht und Stolz

Text: Wilhelm Müller

Wohin so schnell, so kraus und wild, mein lieber Bach?
Eilst du voll Zorn dem frechen Bruder Jäger nach?
Kehr um, kehr um, und schilt erst deine Müllerin
Für ihren leichten, losen, kleinen Flattersinn.

Sahst du sie gestern Abend nicht am Tore stehn,
Mit langem Halse nach der großen Straße sehn?
Wenn vom den Fang der Jäger lustig zieht nach Haus,
Da steckt kein sittsam Kind den Kopf zum Fenster 'naus.

Geh, Bächlein, hin und sag ihr das; doch sag ihr nicht,
Hörst du, kein Wort von meinem traurigen Gesicht.
Sag ihr: Er schnitzt bei mir sich eine Pfeif' aus Rohr
Und bläst den Kindern schöne Tanz' und Lieder vor.

»Streit? Ich weiß nicht, ob ich so weit gehen würde.« Jonas Hofer zog die Brauen zusammen, während er überlegte. Eva beobachtete ihn unauffällig. Seine Kleidung war von nachlässiger Eleganz, und etwas an seiner Erscheinung – vielleicht das ein wenig länger als üblich getragene dunkle Haar, das sich über seiner Stirn ganz leicht wellte – schien ihn als Künstler oder mindestens als anspruchsvollen Schöngeist auszuweisen. Sie reagierte mit instinktivem Misstrauen auf den Hauch von Charisma, der ihn umgab.

»Es war kein sehr entspannter Abend«, sagte er schließlich. »Niemand schien sich wirklich zu amüsieren, obwohl alle versuchten, witzig und geistreich zu sein. Aber es waren ein paar scharfe, falsche Töne dabei.«

»Frau Schöneberg hat uns gesagt, es habe einen handfesten Streit zwischen Caroline Kröger und Linda Galster gegeben«, teilte Rainer ihm mit. Der Sänger schien überrascht. »Das muss dann später gewesen sein, davon habe ich nichts gehört. Alles, was ich Ihnen sagen kann, ist, dass Caroline ein wenig bissig zu ihrem Freund war und dass er immer sarkastischer wurde. Auf Krommer, das ist der Chef des Reisebüros, in dem Caroline arbeitet, war er offenbar nicht sehr gut zu sprechen.«

»Aus den naheliegenden Gründen?«, wollte Eva wissen. »Gab es einen Flirt zwischen den beiden?«

Hofer schüttelte den Kopf. »Überhaupt nicht. Ehrlich gesagt, ich war an dem Abend ziemlich mit meinen eigenen Gedanken beschäftigt und habe vielleicht etwas nicht mitbekommen, aber ich hatte den Eindruck, dass sie die meiste Zeit über die Arbeit redeten.«

»Ohne erotischen Subtext?«, hakte Rainer nach. Hofer musste lächeln: »Der müsste dann schon sehr ›sub‹ gewesen sein.«

»Wie gut haben Sie Caroline Kröger gekannt?«

Die Frage schien ihn unvorbereitet zu treffen, obwohl sie so nahelag. Ein Ausdruck von Zorn überflog sein Gesicht, Eva hätte gerne gewusst, worüber.

»Sie war Annas beste Freundin«, antwortete er, und irgendetwas schien in seiner anziehenden Stimme auf einmal zu fehlen – Mitgefühl? »Wir hatten nicht viel gemein. Sie war schon in Ordnung, ein nettes Mädchen, aber ich habe nie wirklich verstanden, was Anna-Luise an ihr fand. Sie hatte überhaupt kein Verständnis für Musik – richtige Musik, meine ich … und Anna hat diese große Begabung.« Er schüttelte irritiert den Kopf.

»Sie haben die Tote doch gefunden«, fiel es Eva wieder ein. »Warum haben Sie der Polizei da nicht gesagt, dass Sie die Frau kannten?«

»Ich habe sie nicht erkannt«, antwortete er mit einem Stirnrunzeln. Er sah Rainer an. »Sie wissen ja, wie sie dalag, man konnte ihr Gesicht nicht richtig sehen.«

Eva erinnerte sich an die Fotos vom Tatort und akzeptierte die Erklärung als plausibel.

»Anna-Luise Schöneberg und Sie waren früher zusammen?«, wechselte sie unvermittelt das Thema. Diese Information hatten sie zwar schon mehrfach erhalten, sie wollte aber wissen, wie er dazu stand.

»Wenn es nach mir ginge, wären wir das wahrscheinlich immer noch«, erwiderte er mit einem etwas selbstironischen Lächeln. »Aber Sie wissen ja, wer als Künstler je übers Mittelmaß hinauswill, braucht eine große Enttäuschung in der Liebe, sonst wird er überhaupt nicht ernst genommen. Wenigstens gehören Wahnsinn und Syphilis nicht mehr zu den Anforderungen, sonst würde ich mir vielleicht doch noch einen anderen Beruf suchen.«

»Dann schon lieber Liebeskummer, ja?«, fragte Rainer. »Da besteht wenigstens eine Hoffnung auf Heilung.«

»Sicher«, stimmte Hofer ein wenig zynisch zu. »Denken Sie nur an Schubert: ›Die Liebe liebt das Wandern, Gott hat sie so gemacht, von einem zu dem andern, mein Liebchen, gute Nacht.‹«

»Und haben Sie schon überlegt, wo Ihre Liebe hinwandert?«, fragte Eva kühl, »oder kosten Sie erst noch die Enttäuschung richtig aus, damit es sich auch lohnt?«

»Sie denken wahrscheinlich gerade, das ist purer männlicher Chauvinismus«, bemerkte der Musiker mit einem unerwartet anziehenden Lächeln. »Aber vielleicht kann man über eine Trennung ehrlich enttäuscht sein, auch wenn man nicht für immer… na ja, untröstlich ist, wie man so schön sagt.«

Sein Charme ließ Eva ziemlich unbeeindruckt, aber seine Worte hatten ihre eigenen Gedankenketten ausgelöst. Beziehungen – in diesem Fall schien sich alles darum zu drehen. Ihre nächste Frage war motiviert von dem Wunsch, einer anderen Beziehung näher auf den Grund zu gehen. »Wie ist das mit Linda Galster?«, begann sie, doch zu ihrer Überraschung reagierte Jonas Hofer mit offenkundiger Verlegenheit.

»Oh«, meinte Eva trocken. »Ich wollte eigentlich fragen, ob sie einen Freund oder so etwas hat, aber vielleicht erübrigt sich das.«

Er wurde ein wenig rot. »Wir waren nur ein-, zweimal zusammen aus. Sie ist jedenfalls ein sehr nettes Mädchen.«

Rainer grinste still in sich hinein, weil Eva die Formulierung »ein nettes Mädchen« mit steifer Missbilligung aufnahm. Es erstaunte ihn auch immer wieder, dass Menschen, wenn sie mit der Polizei sprachen, oft viel mehr erklärten, als sie eigentlich mussten. Immerhin bot sich eine gute Gelegenheit, unauffällig weiterzubohren: »Linda Galster und ihr Cousin verstehen sich ziemlich gut, oder? Wir haben gehört, dass sie viele Jahre lang bei seiner Familie gelebt hat.«

Wenn an Anna-Luise Schönebergs Andeutung über das Verhältnis zwischen den beiden etwas Wahres war, wusste Jonas Hofer offensichtlich nichts davon. Sein Tonfall war offen und unbefangen: »Oh ja, Linda betrachtet die Galsters wohl als ihre eigentliche Familie. Ihre Tante und ihr Onkel haben ihr ein Zuhause gegeben, als ihre Mutter ständig mit neuen Freunden herumzog, und im Gegenzug hat sie ausgeholfen, als die Familie in finanzielle Schwierigkeiten geriet. Sie hat angefangen zu arbeiten, anstatt weiter zu studieren.« Seine Miene verdüsterte sich einen Augenblick lang wieder. »Ich glaube, ich kann verstehen, was das für sie bedeutet hat. Sie hat eine Menge Opfer gebracht für die Menschen, die ihr nahestehen. Ich kenne nicht viele Leute, die das tun würden.«

»Da haben Sie recht«, meinte Eva nachdenklich, wieder mit ihren eigenen Gedankengängen beschäftigt. »Wie weit würde man gehen für die Menschen, die man liebt?«, überlegte sie, mehr für sich. Wie viel in diesem Fall mochte von der Antwort auf diese Frage abhängen? Jonas Hofers Blick ging in die Ferne, als ob er etwas erblickte, was nur er sehen konnte. »Wie weit? Das weiß keiner, bevor es so weit ist.«

Rainer bestand darauf, in der Kantine zu essen. »Sonst schließen sie uns die noch, du weißt ja, die Zeiten sind schlecht.«

»Der Kaffee auch«, antwortete sie mit einem angewiderten Blick in ihren Becher. Sie legte ihre Notizen neben sich auf den Tisch und studierte sie mit konzentriertem Blick, während sie gleichzeitig versuchte, ihre Nudeln auf der Gabel zu behalten. »Tobias und Linda Galster«, murmelte sie. »Arno Hertz ... Wer noch?«

»Jonas Hofer?«, schlug Rainer vor. Sie runzelte die Stirn: »Ich weiß nicht. Es scheint mir nicht so, als ob er einen Grund gehabt haben könnte, sie umzubringen.«

Er musste über ihren Gesichtsausdruck lachen. »Ich glaube wirklich, du bedauerst das. Sein Charme ist bei dir wohl nicht gut angekommen. Du kannst ihn nicht leiden, was?«

Sie zuckte die Schultern. »Ich würde einfach niemandem trauen, der charismatisch und begabt und gutaussehend ist und außerdem ...«

»... und außerdem noch ein Mann«, unterbrach Rainer grinsend. Er wartete auf einen genervten Kommentar, aber erstaunlicherweise schüttelte sie nur den Kopf und sagte ernsthaft: »Der Mann hat etwas an sich, was mir Unbehagen bereitet. Diese Intensität ... hast du seine Augen gesehen?

Und du kannst sicher sein, dass er ein Egomane ist… Allerdings glaube ich nicht, dass er die Kröger umgebracht hat, weil es so offensichtlich ist, dass sie ihm völlig egal war.« Sie wollte noch etwas hinzufügen, aber sie wurden von Bernd Gollwitzer unterbrochen, der sich zu ihnen an den Tisch setzte. Rainer sah ihn prüfend nach Hinweisen auf eine Erkältung an, stellte aber erleichtert fest, dass sein Kollege offenbar noch keine Gefahrenquelle darstellte. »Gibt's was Neues?«, fragte er.

»Tobias Galster«, nickte Gollwitzer. »Einer von den Nachbarn des Opfers hat ausgesagt, dass er am Dienstag im Haus war, am Spätnachmittag oder gegen Abend.«

Rainer und Eva warfen sich einen Blick zu. Anna-Luise Schöneberg hatte recht. Und Caroline Krögers Freund hatte von diesem Besuch nichts gesagt. »Wie lange?«, erkundigte sie sich, doch das hatte der Nachbar nicht sagen können. »Er hat ihn bloß hereinkommen sehen. Aber das ist noch nicht alles«, fuhr Gollwitzer fort. »Wir sollten ja sein Alibi für den Dienstagabend nachprüfen. Galster ist den Tag über in der Bäckerei gewesen, das wissen wir, das ist auch bestätigt worden von seinem Lehrling. Abends war er ab 19 Uhr 30 bei der Chorprobe und anschließend im *Hirschen* in Emsfeld. Danach, hat er ausgesagt, ist er heimgefahren. Aber der Metzger in Buchfeld, ein…« – Gollwitzer sah in seinen Unterlagen nach – »Fritz Schulz ist der Name, der hat erzählt, dass er den Bäcker am Dienstag spätnachts hat heimkommen sehen, so kurz nach Mitternacht, sagt er.«

»Kurz nach Mitternacht«, wiederholte Rainer gedehnt. Das klang nicht nach Unschuld und passte zu der Tatsache, dass Galster ihnen den Besuch am Nachmittag ebenso verschwiegen hatte wie den Streit mit seiner Freundin. Allerdings irritierte die Zeitangabe, da Caroline Krögers Auto um null Uhr achtunddreißig in das Parkhaus am Ellinger Tor gefahren worden war. »Hat er ihn erkannt?«, erkundigte sich Eva angespannt. »Ist er sicher, dass es der Bäcker war?«

»Er fährt einen weißen Kombi«, nickte der Kollege. »Der ist im Dorf bekannt. Schulz hat ausgesagt, dass er selbst gerade draußen stand, um den Hund rauszulassen, der dauernd gewinselt hätte, und dass es ihn verwundert habe, das Auto zu sehen, weil der Galster eben immer so früh rausmuss. Deswegen wollte er nachfragen, ob etwas passiert sei. Er ist ihm nach, Richtung Bäckerei, und sagt, er hätte den Galster aus dem Auto steigen sehen, aber er sei im Haus verschwunden, bevor er ihn ansprechen konnte.« Er kam dem Einwand der beiden anderen zuvor: »Er war sich sicher, dass er es war, und außerdem ist Tobias der Einzige in der Familie, der dieses Auto fährt.«

Rainer gefiel diese Entwicklung nicht. Beziehungstragödien wie die, die sich hier abzuzeichnen begann, begegneten ihm in seinem Beruf häufig, aber er fand sie immer wieder deprimierend. Außerdem war ihm der Biobäcker sympathisch gewesen. Er seufzte. »Das heißt dann wohl, dass wir ihn auf unserer Verdächtigenliste auf Platz eins setzen müssen.«

Bernd Gollwitzer grinste. »Wieso, wen hättet ihr denn gerne ganz oben gesehen?«

»Arno Hertz«, antwortete Eva prompt.

»Frau Schröter und ihre Katze«, behauptete Rainer, was ihm einen verständnislosen Blick seines Kollegen eintrug. Eva klopfte mit den Fingerspitzen auf die Tischplatte, während sie nachdachte. »Die Zeit kommt nicht hin. Wenn der Galster das Auto des Opfers ins Parkhaus gefahren hat, hätte er später nach Buchfeld zurückkommen müssen. Ist sich der Zeuge sicher, was die Zeit betrifft?«

Gollwitzer nickte: »Aber das heißt natürlich nicht, dass er sich nicht getäuscht haben kann.«

»Bringen wir es hinter uns«, meinte Rainer. »Vielleicht erzählt er uns jetzt die Wahrheit, wenn wir ihn mit den Aussagen von diesem Metzger und Anna-Luise Schöneberg konfrontieren.«

In Rainer Sailers Büro fanden sie Friedolin Becker vor, der, die Füße auf dem Schreibtisch, offenbar eingenickt war. Er fuhr auf, als er sie kommen hörte.

»War wohl eine lange Nacht gestern?«, fragte Rainer mokant.

Gollwitzer lächelte hintergründig. »Ich dachte, die Sandra ist erkältet«, bemerkte er. »Mit wem sollte er denn da eine lange Nacht verbracht haben?«

Rainer sah den Kollegen überrascht an. »Sandra Schneider? Ich hatte keine Ahnung! Ich dachte, sie und der Thorsten wären zusammen …«

Friedolin öffnete die Augen und warf beiden einen finsteren Blick zu, und Eva stellte sich mit vor der Brust gekreuzten Armen und einem Gesichtsausdruck, der alle eilig das Thema wechseln ließ, in die Mitte des Raums. »Die Spurensicherung lässt ausrichten, dass der Ford von der Kröger wahrscheinlich wirklich am Ellinger Bahnhof gestanden hat«, teilte der junge Beamte den anderen mit. »Sicher ist es noch nicht, aber die Sand- und Kiesspuren an den Reifen passen dazu. Wir versuchen jetzt herauszufinden, ob jemand dort etwas gesehen hat. Die Zeitung bringt morgen auch einen Aufruf, dass wir Zeugen dafür suchen.«

»Das Handy der Toten haben sie aber nicht gefunden?«, vergewisserte Eva sich.

Friedolin schüttelte den Kopf. »Nichts dergleichen. Okay, was haben wir noch? Anna-Luise Schöneberg hat angerufen und mitgeteilt, sie hätte eine Liste von allen Facebook-Freunden der Kröger, die sie selbst kennt, getippt, wo draufsteht, wer sich hinter den Namen verbirgt. Ich habe ihr gesagt, sie solle sie uns mailen, keine Ahnung, ob das brauchbar ist für uns …« Er zuckte die Schultern.

Rainer schnitt eine Grimasse. »Wenn sie nichts Besseres zu tun hat.«

»Sie schien aufrichtig daran interessiert, uns zu helfen«, erklärte Friedolin ein wenig besorgt, und Eva nickte zögernd. »Ja«, meinte sie, »das glaube ich, den Eindruck hatten wir auch. Trotzdem … ich glaube, du hattest recht heute Morgen, Rainer, irgendwie ist ihre Haltung ein bisschen merkwürdig.«

Gollwitzer sah die Kollegin interessiert an. »Das ist die Tochter vom Unternehmer Schöneberg, oder? Ich habe gehört, der hat auch einen Batzen Geld mit Immobilienspekulationen verloren.« Er verzog das Gesicht. »Wie gut, dass unsereiner kein Geld hat, das er in faulen Papieren anlegen kann. Und was genau ist mit der Schöneberg-Tochter los?«

»Ach, die ist bloß ein bisschen strange«, antwortete Rainer abwesend. »Okay, wir fahren nach Buchfeld. Falls ein Bekennerschreiben abgegeben wird, ruf uns an.«

»Warum ist da eigentlich eine Elster auf dem Ladenschild?«, wunderte sich Rainer, als sie zum zweiten Mal vor Tobias Galsters Biobäckerei standen. Der Himmel hatte sich wieder leicht bewölkt, und das Licht wurde schon schwächer; eine frühe Dämmerung zog herauf.

»Galster, das ist der Zauberer, der Gleißner«, erklärte Eva. »Das Wort ist mit dem alten fränkischen Begriff für Elster verwandt, deshalb wahrscheinlich.«

»Oh«, machte Rainer, der eigentlich keine Antwort erwartet hatte, überrascht. »Was du nicht alles weißt.« Sie zuckte die Schultern und stieg zum Eingang der Bäckerei hinauf. Die Klingel über der Tür ertönte, als sie eintraten. »Niemand da?«, wunderte sich Rainer, doch gleich darauf hörten sie jemanden aus der Backstube heraufkommen. Es war Linda Galster, die ein leeres Blech in der Hand hielt. Sie zuckte merklich zurück, als sie die beiden Polizisten erkannte, fing sich dann aber wieder und sah sie an, ohne etwas zu sagen. Ihre Augen waren umschattet und wirkten dunkel und verschreckt. »Gut, dass wir Sie antreffen«, begann Eva. »Wir sind eigentlich gekommen, um mit Ihrem Cousin zu sprechen, aber wir haben auch an Sie noch einige Fragen.«

Linda öffnete den Mund, um etwas zu sagen, hielt inne und nickte dann resigniert. »Was wollen Sie wissen?«

Die Farbe wich aus ihrem Gesicht, als sie ihr mitteilten, was sie alles von anderen erfahren hatten – über Galsters Besuch bei seiner Freundin am Dienstag, über Caroline Krögers Flucht aus der Wohnung ihrer Mutter, über den Streit wegen Arno Hertz und über den Freitagabend, der so voller Spannungen gewesen war. Von der Aussage des Metzgers, der Galsters Kombi in der Tatnacht hatte heimkommen sehen, sagten sie vorerst nichts.

»Warum haben Sie uns von alledem nichts erzählt?«, erkundigte sich Eva eindringlich. »Was glauben Sie, welche Schlüsse wir aus Ihrem Schweigen ziehen müssen? Sagen Sie uns bitte alles, was Sie wissen.«

Linda Galster nickte wieder, den Blick starr auf die Ladentheke gerichtet, auf der Marmeladengläser aufgereiht waren. »Erdbeer-Lavendel« stand auf einem der Labels. »Von dem Besuch am Dienstag weiß ich nichts«, begann sie auf einmal leise. »Tobias ist normalerweise bis nachmittags hier in der Bäckerei, und danach fährt er nach Emsfeld zur Chorprobe. Ich war an dem Tag in der Arbeit, und danach bin ich nach Nürnberg gefahren, um jemanden zu besuchen. Ich wusste nicht, dass Tobias zu Caro gefahren ist – wenn es überhaupt stimmt.« Der Gedanke schien sie ein wenig zu beunruhigen.

»Ein Nachbar hat ihn dort gesehen«, versicherte Eva. »Wir fragen uns nur, warum Ihr Cousin uns nichts davon gesagt hat, als wir ihn gefragt haben, wann er Caroline Kröger zum letzten Mal gesehen habe. Können Sie uns das sagen?«

»Ich weiß es nicht«, antwortete Linda. Sie tat Rainer auf einmal leid, wie sie weiß und verloren vor ihnen saß. »Er hat mir nichts davon gesagt.«

»Haben Sie Ihren Cousin am Dienstag gesehen?«, bohrte Eva weiter nach. Die junge Frau zögerte und wandte den Blick ab. »Frau Galster, antworten Sie bitte. Wann haben Sie ihn gesehen?«

Angst stand in den grauen Augen. Linda Galster wirkte wie ein in die Enge getriebenes Tier. Sie stützte den Kopf in die Hände und rieb sich die Stirn, als ob sie schmerzte. »Ich bin von Nürnberg aus hierhergefahren«, erklärte sie, ihre Stimme kaum mehr als ein widerstrebendes Flüstern. »Es war spät. Ich sollte Frieda – meiner Tante –, ich sollte ihr ein Buch mitbringen, deshalb bin ich nach Buchfeld gekommen. In der Backstube war Licht, ich dachte, der Lehrling hätte vergessen, es auszumachen. Aber es war Tobias.«

»Um welche Zeit war das?« Evas Stimme klang fast behutsam, jetzt, wo ihre Zeugin endlich redete.

Wieder ein ängstlicher, gequälter Blick. »Ich glaube, ungefähr um ein Uhr nachts. Tobias muss schon da gewesen sein, jedenfalls stand sein Auto im Hof, als ich ankam.«

Das stimmte mit der Aussage des Metzgers überein, wonach der Biobäcker kurz nach Mitternacht zurückgekommen war. Es passte noch immer nicht zu der Zeit, in der Caroline Krögers Ford ins Weißenburger Parkhaus gefahren worden war. »Was hat er um die Zeit dort gemacht?«, fragte Rainer. »Und wo war er gewesen?«

»Ich weiß nicht«, antwortete Linda rasch. »Vielleicht war er gar nicht weg. Er hat mir nichts gesagt.«

»Haben Sie ihn nicht gefragt? Es war doch ungewöhnlich, dass er zu dieser Zeit auf war. Ist Ihnen nichts aufgefallen?«

»Nein«, behauptete sie tonlos. »Ich habe ihn schon gefragt, er hat gesagt, er konnte nicht schlafen.«

Eva beschloss, das Thema zu wechseln; mehr würden sie

von ihr über diese Nacht nicht erfahren, zumindest nicht jetzt. »Arno Hertz«, sagte sie deshalb abrupt. »Was war los zwischen den beiden? Wieso wollte Caroline von ihm fort? Und erzählen Sie uns nicht, dass Sie nichts darüber wissen, das glaube ich Ihnen nämlich nicht.«

Linda Galster seufzte, aber es klang beinahe nach Erleichterung. Ganz offensichtlich war es ihr viel lieber, über Carolines Stiefvater zu reden als über ihren Cousin. Ihre Hand schloss sich um eines der Marmeladengläser auf der Theke, und sie begann, es abwesend in den Fingern zu drehen. Rainer schielte unauffällig zu den ausgelegten Gebäckstücken hinüber; er hatte schon wieder Hunger.

»Caro konnte Arno am Anfang eigentlich ganz gut leiden«, begann Linda zögernd. »Er war ziemlich jung, und er hatte Geld. Sie sind mit ihm zum ersten Mal seit Jahren in ein tolles Hotel in den Urlaub gefahren; vorher war das Geld immer knapp …« Sie sah die beiden Beamten beinahe anklagend an. »Sie können sich doch denken, was passiert ist«, sagte sie. »Nach einer Weile hat er angefangen, sich an sie heranzumachen. Eine Weile lang war das wohl ziemlich harmlos, zumindest hat sie es nicht sehr ernst genommen – sie war ja erst neunzehn!«, erklärte sie, als ob sie das Gefühl hatte, das Verhalten ihrer Freundin rechtfertigen zu müssen. »Aber eines Abends war sie mit ihm auf einer Party, sie hatte schon etwas getrunken, und irgendwann fand sie sich dann draußen mit ihm allein, und …« Linda schaute auf, ihre grauen Augen wirkten jetzt sehr klar. »Hören Sie, ich weiß wirklich nicht genau, was vorgefallen ist. Caro hat nur einmal mit mir darüber geredet, und da hat sie bloß gesagt, dass er sie begrapscht hätte – das war ihr Wort. Sie ist in ihr Auto gestiegen und nach Hause gefahren – ihre Mutter schlief schon –, hat ein paar Sachen gepackt und ist weggefahren. Es war drei Uhr nachts, als sie bei uns im Wohnheim auftauchte. Ich kannte sie nicht so gut damals, aber an dem Abend hat sie mir so leidgetan, und gleichzeitig – wissen Sie, Caroline und ich, wir sind uns manchmal gehörig auf die Nerven gegangen, aber an dem Abend habe ich sie bewundert. Sie stand da und sagte nur, dass sie keinen Tag mehr unter demselben Dach wohnen würde wie Arno, und ob sie ein paar Tage bei uns unterkommen könnte. Sie hat zwei Monate bei mir im Zimmer gewohnt, und in der Zeit hat sie Tobi kennengelernt. Seitdem sind die beiden zusammen.«

»Warum hat sie nicht mit Anna-Luise Schöneberg zusammengewohnt?«, fragte Rainer mit ziemlich müßigem Interesse. Linda zuckte die Schultern. »Anna-Luise hat Caroline sehr gemocht«, erklärte sie. »Aber Sie haben sie doch gesehen. Können Sie sich vorstellen, dass sie in einem engen Wohnheimzimmer sitzt und wochenlang jeden Morgen über eine Luftmatratze und einen Haufen Kleider steigen muss, die im Weg herumliegen? Sie hätte Caro wahrscheinlich eher ein Hotelzimmer gezahlt, wenn es nötig gewesen wäre.«

Eva bemerkte den kaum hörbaren Tonfall von Geringschätzung in der Stimme der jungen Frau und musste daran denken, wie Anna-Luise über sie gesprochen hatte. »Mögen Sie Anna-Luise Schöneberg?«, wollte sie wissen.

»Ja, natürlich«, erwiderte Linda prompt und führte aus: »Anna ist witzig und intelligent, sehr großzügig …« Sie schien zu merken, dass ihre Lobeshymne nicht völlig ehrlich klang, denn sie fügte mit einem etwas schiefen Lächeln hinzu: »Sie hat halt einfach immer alles gehabt, was sie wollte, ohne dafür einen Finger krumm machen zu müssen. Ihr Vater hat Geld, und sie ist sein Ein und Alles. Als wir in Nürnberg studiert haben, war sie Feuer und Flamme für ihr Musikstudium und wollte unbedingt auf eigenen Füßen stehen, ihren eigenen Weg gehen. Und dann hat sie gemerkt, dass das unheimlich viel Arbeit und Mühe bedeutet hätte, und deshalb hat sie aufgehört. Es ist ihr einfach zu anstrengend geworden, und sie hat es ja nicht nötig.«

»Sie haben Ihr Studium ebenfalls aufgegeben, haben wir gehört«, sagte Eva, »allerdings aus anderen Gründen.«

Ein bitteres Lächeln zuckte um Linda Galsters Mund. »Ich musste Geld verdienen. Mein Onkel war schwer krank, und der Hof stand vor dem finanziellen Aus. Ich hätte nicht guten Gewissens weiterstudieren können.«

»Und seitdem arbeiten Sie im Krankenhaus«, fügte Rainer hinzu.

Ein freudloses Lachen antwortete ihm. »Ja, aber vielleicht streichen sie die Stelle«, antwortete sie. »Dann werde ich ein Opfer der Wirtschaftskrise …« Ihrem Tonfall nach zu urteilen, schien ihr die Aussicht, ihren Job zu verlieren, nicht ganz unwillkommen zu sein. Ihr Blick verlor sich in der Dämmerung vor den Scheiben, dort, wo die verlassene Dorfstraße lag. »Manchmal wünschte ich mir, ich hätte es nicht getan«, murmelte sie, mehr zu sich selbst, wie es schien. »Ich wollte fertig studieren und vielleicht sogar meinen Doktor machen, und jetzt ist es wahrscheinlich zu spät dafür.«

»Sie haben Ihre Karriere geopfert, um der Familie Ihres Onkels zu helfen. Oder?«, warf Eva ein. Linda Galster riss sich aus ihren Gedanken los und sah die Beamtin an. Als sie weitersprach, klangen ihre Worte trotzig entschlossen – wie ein Mantra, das sie sich selbst schon oft vorgesagt hatte: »Nein, das habe ich nicht. Ich werde nicht mein ganzes Leben lang Diätassistentin bleiben. Und selbst wenn«, fügte sie mit einer gewissen Inkonsequenz hinzu. »Wenigstens hat es was Gutes gehabt. Sie haben den Hof halten können. Ich nehme an, jeder hat Menschen in seinem Leben, für die er fast alles tun würde.«

»Auch jemanden töten?«, fragte Eva fast unwillkürlich.

Lindas Augen weiteten sich erschrocken. »Nein«, murmelte sie. »Das nicht.« Sie sah die beiden Polizisten eindringlich an und sagte: »Ich weiß, was Sie denken. Sie glauben, Tobias war es. Aber er hat Caro nichts angetan. Ich weiß nicht, warum er den Besuch am Dienstag nicht erwähnt hat, und auch nicht, was er nachts in der Backstube wollte, aber …« Sie schüttelte den Kopf. »Er hat sie nicht umgebracht, ich – einen Moment lang habe ich es selbst geglaubt«, verriet sie auf einmal; die Worte kamen plötzlich schnell, als ob sie sich keine Zeit geben wollte nachzudenken. »Das heißt, nicht geglaubt, aber ich hatte Angst, er könnte es gewesen sein, weil er ihr Freund war, und weil er am Freitag dazukam, als ich mit Caro gestritten habe, es ging um Arno, aber ich glaube, er dachte, es ginge um jemand anderen, dass sie vielleicht einen anderen hätte. Dabei wollte ich nur nicht, dass sie sich mit Arno traf, allein, ich dachte, so wie er sich früher aufgeführt hat, sollte sie überhaupt nicht mehr mit ihm reden, und ich bin laut geworden. Es wäre Tobias gegenüber nicht fair, sagte ich, und ob sie überhaupt nicht an ihn denke, und sie hat geantwortet, er müsste ja nichts davon erfahren – und in dem Moment stand er in der Tür, und sein Gesichtsausdruck war schrecklich, zumindest fand ich das in dem Moment. Es hat mir Angst gemacht, später, als ich wusste, dass sie tot ist. Einen Moment lang habe ich geglaubt, dass er es war. Wie er in der Nacht am Dienstag in der Backstube stand … Aber ich weiß, dass es nicht stimmt. Es war nicht Tobias.«

»Wie können Sie sich so sicher sein?«, wollte Rainer wissen. »Sie haben es ja selbst geglaubt, obwohl Sie Ihren Cousin kennen. Wieso sind Sie jetzt überzeugt davon, dass er es nicht war? Haben Sie mit ihm gesprochen?«

Sie biss sich auf die Lippen. »Ich konnte nicht mit ihm sprechen«, erwiderte sie. »Nicht, solange ich Zweifel hatte. Aber … erstens habe ich nachgedacht. Er könnte so etwas nicht tun. Ich weiß, Sie meinen, das denkt man immer von Menschen, die man kennt, und es stimmt so oft nicht. Aber – ich kenne Tobias sehr gut. Ich glaube nicht, dass er jemanden umbringen könnte. Aber selbst wenn es einen Streit geben würde und er plötzlich, im Affekt ... wenn er sie umgebracht hätte, dann hätte es ihm leidgetan. Er hätte sich gestellt, er hätte sie nicht einfach liegen lassen. Außerdem ...« Linda zögerte, unsicher, ob sie weitersprechen sollte, dann fuhr sie fort: »Außerdem war das am Dienstag, als ich ihn nachts traf, und Caroline ist erst am Mittwoch getötet worden, und da war Tobias den ganzen Tag unterwegs, und abends war er hier, das können alle bestätigen. Und Caro hat mir am Mittwoch noch eine SMS geschickt.«

Eva bedeutete Rainer mit einem warnenden Blick, keine Überraschung zu zeigen und nicht zu viel zu sagen. Er nickte unauffällig. »Sind Sie sich ganz sicher, Frau Galster?«, fragte sie eindringlich. »Caroline Kröger hat Ihnen am Mittwoch eine SMS geschickt?«

»Ja, ich bin mir sicher. Es ist mir erst wieder eingefallen, aber ich weiß, dass es am Mittwoch war.«

»Können Sie uns die Nachricht auf Ihrem Handy zeigen?«, erkundigte sich Rainer mit einer Stimme, die nichts von dem verriet, was in ihm vorging. Linda wurde ein wenig rot. »Ich – ich fürchte, ich habe sie gleich wieder gelöscht. Caro hat nur gefragt, ob ich mit auf irgendeine Party gehe, ich wusste nicht einmal, welche, und am Abend war eh das Konzert, sie hatte eigentlich vorgehabt mitzukommen ...«

Das war es, dachte Eva: nach den vielen verschwiegenen Wahrheiten die eine Lüge, die ihnen einen Grund zum Handeln gab. Selbst wenn es keine Lüge war, änderte es nichts an dem, was sie jetzt tun mussten. Sie unterdrückte einen Anflug von Mitleid für die blasse junge Frau, die ihr gegenüberstand, die Arme auf die gläserne Theke gestützt. Aber zuerst konnte sie ebenso gut versuchen, noch etwas zu erfahren, was vielleicht ein Licht auf das Motiv werfen würde. »Sie haben erzählt, dass Sie einen Streit mit Caroline Kröger hatten, weil sie den Kontakt zu Arno Hertz wieder aufnehmen wollte. Warum hat sie das getan, nach allem, was vorgefallen war, nach den Jahren, in denen sie nichts mit ihm zu tun haben wollte? Frau Schöneberg hat ausgesagt, es ginge um die Bodenbeläge für die Renovierung des Nachbarhauses, also um eine geschäftliche Angelegenheit. Aber Sie sagten vorhin, sie hätte vorgehabt, sich allein mit ihm zu treffen. Ging es wirklich um den Bau, oder war da noch etwas anderes?«

Linda wollte gerade antworten – sie schien nicht gemerkt zu haben, was sie gerade angerichtet hatte –, als jemand ihren Namen rief. Tobias Galster kam die Stufen zur Bäckerei herauf und stoppte abrupt, als er die beiden Beamten erblickte. Sein Gesicht verlor alle Farbe.

»Guten Abend, Herr Galster«, sagte Eva. »Gut, dass Sie kommen. Ich fürchte, wir müssen Sie bitten, mit uns auf die Polizeiinspektion zu kommen, um unsere Fragen zum Tod von Caroline Kröger zu beantworten.«

Linda zog scharf die Luft ein, doch der Biobäcker war sehr ruhig. Er nickte, fast, als habe er nichts anderes erwartet. Er reichte Linda einen Autoschlüssel. »Ich bin ein bisschen rumgefahren damit. Hört sich schlimmer an, als es ist. Wahrscheinlich bloß wieder der Kupplungsregler oder wie das Ding heißt. Nichts Großes. Du kannst damit fahren, aber du solltest es irgendwann richten lassen«, erklärte er. Seine Stimme klang etwas heiser, aber gefasst, als er sich an die Polizeibeamten wandte: »Wir fahren auf die Wache? Darf ich danach hierher zurückkommen?«

»Das kann ich noch nicht mit letzter Sicherheit sagen«, antwortete Eva. »Wir werden jemanden herschicken, um sich hier umzusehen. Falls wir hier auf etwas stoßen sollten – ich kann es Ihnen nicht sagen, es hängt von Ihnen ab. Und davon, ob wir etwas finden.«

Linda Galster wich vor den Beamten zurück. Ihr Gesicht war so weiß wie die Wand, an die sie sich lehnte. Ihr Cousin wich ihrem Blick aus und sagte ruhig: »Kümmerst du dich um den Laden, bis ich wieder zurück bin? Und um die Eltern?«

Sie reagierte nicht auf seine Worte, sondern wandte sich entsetzt an Rainer. »Warum?«

Eva gab ihm keine Zeit zu antworten. »Bleib du hier, bis unsere Leute da sind«, ordnete sie an. Jemand musste ein Auge auf die junge Frau haben. Sie würde wahrscheinlich nicht zögern, Beweisstücke zu vernichten, falls es welche gab. »Kommen Sie, Herr Galster«, sagte sie zu dem Bäcker. Er folgte ihr ohne ein Wort, doch ehe sie durch die Tür auf die mittlerweile dunkle Straße traten, wandte er sich zu seiner Cousine um. Sie wechselten einen fragenden, verzweifelten Blick, aber was die Frage war, die er enthielt, darüber konnte Rainer sich nicht klar werden.

Tobias Galster kehrte an diesem Abend nicht in sein Dorf zurück. In der Scheune des Felberhofs entdeckte einer der Beamten ein Hemd mit Blutspuren am Ärmel. Da war die Aussage des Metzgers, der den Biobäcker in der Tatnacht hatte in den Ort fahren sehen, und Linda Galsters Behauptung, Caroline habe ihr am Mittwoch, zu einem Zeitpunkt, zu dem sie bereits seit über zwölf Stunden tot war, eine SMS geschickt, und Eva entschied, dass sie es nicht verantworten konnte, ihn gehen zu lassen. Zufrieden war sie aber nicht mit der Lage der Dinge. Einen Verdächtigen zu haben war schön und gut, wenn man sich seiner Sache sicher war und Beweise finden konnte. Tobias Galster war zweifellos verdächtig, aber war er schuldig? Und wenn, war er allein schuldig? Sie stellte ihm diese Frage und eine Menge weiterer, bis sie heiser war und ihr Kopf schmerzte und Bernd Gollwitzer, der bei der Vernehmung anwesend war, nach einer Zigarette lechzte, aber Galster weigerte sich, etwas zu sagen. Sie konfrontierte ihn mit Fritz Schulz' Aussage vom Dienstag und mit dem Fund seines Hemdes, mit dem Streit zwischen Caroline Kröger und seiner Cousine, in den er hineingeplatzt war, und mit dem möglichen Motiv, das sich daraus ergab, aber der junge Mann schwieg beharrlich. In seiner Bäckerei saß Linda Galster auf dem Boden, solange die Polizei anwesend war, starrte auf die kalten Fliesen und schwieg auch.

Der Morgenverkehr um Ansbach war weniger chaotisch als in den letzten Tagen, als Eva Schatz sich am nächsten Tag auf den Weg machte. Es war Samstag, aber sie hatten einen Verdächtigen auf der Polizei sitzen, der nicht reden wollte. Keine Zeit für ein geruhsames Wochenende. Der Gedanke daran, dass sie bald Urlaub haben würde, heiterte sie ein wenig auf; ansonsten war ihre Stimmung nicht die beste. Irene war niedergeschlagen gewesen, als sie am Abend nach Hause gekommen war. Beim Abendessen hatten sie wenig geredet, beide mit ihren Gedanken beschäftigt. Im Krankenhaus hatte es einen tragischen Todesfall gegeben, der die ganze Belegschaft schockiert hatte, auch deshalb, weil die Frage aufgekommen war, ob jemand seine Pflicht vernachlässigt hatte. Und Eva hatte über die Galsters nachgedacht und über Caroline Kröger. Sie wünschte sich, dass sie der Klärung ihres Falles nahe wären, aber insgeheim hatte sie Zweifel daran, dass sie den Biobäcker so einfach würden überführen können. Was schlimmer war: Sie war sich nicht einmal sicher, dass er es gewesen war. Es gab gewiss einiges, das dafür sprach, aber es blieben Fragen offen. Wie konnte er die Leiche achtunddreißig Minuten nach Mitternacht ins Parkhaus am Ellinger Tor gebracht haben, wenn er beinahe zur gleichen Zeit in Buchfeld gesehen worden war? Dieses Zeitproblem ließ sich nur durch die Theorie lösen, dass jemand anders, nachdem Galster die Tat begangen hatte, Caroline Krögers Ford mit seiner toten Besitzerin im Kofferraum fortgeschafft hatte, während er sich in seinem Dorf sehen ließ. Zugegeben, es war nicht schwer, der hypothetischen Komplizin einen Namen zu geben. Linda Galster hatte selbst erklärt, dass sie für ihren Cousin und seine Familie praktisch alles tun würde. Während sie den Altmühlsee passierte, überlegte Eva, weshalb dieses Szenario sie dennoch nicht völlig überzeugte. Die junge Frau schien nicht der Typ für eine solche Tat, aber was sagte das schon? Wenn Menschen nicht überraschende Taten begehen würden, die man ihnen nie zugetraut hätte, gäbe es keine Kriminalpolizisten. Aber die Angelegenheit war schlecht eingefädelt. Wenn Tobias Galster seine Freundin getötet und mit seiner Cousine zusammen die Tat vertuscht hatte, hätten die zwei nicht ein geschickteres Alibi ausgekocht? Wie groß war die Wahrscheinlichkeit, dass jemand den Bäcker um Mitternacht heimkommen sehen würde? Eva dachte an ihre Jugend auf dem Dorf, wo die Nachbarn immer alles gewusst hatten. Ihr erstes Treffen mit einem Jungen – damals hatte sie noch gemeint, es müsste eben ein Mann sein – hatte innerhalb weniger Stunden die Runde gemacht. »Also schön«, sagte sie laut zu sich selbst, »wahrscheinlich sieht ihn jemand. Aber würde er damit rechnen, wenn er gerade jemanden umgebracht hat? Wenn er weiß, dass er gesehen werden muss, um nicht in Verdacht zu geraten?« Sie fuhr jetzt durch Gunzenhausen, aber sie bemerkte die schmucken Barockhäuser kaum, weil sie hinter einem Lastwagen herfuhr, der unendlich langsam über die Straße rollte. Sie schimpfte auf den Fahrer und auf ihre eigene Dummheit, durch den Ort zu fahren, um eine winzige Ecke Bundesstraße abzukürzen, nestelte sich eine Zigarette aus dem Handschuhfach, blies den Rauch in die kühle, aber klare Novemberluft und versuchte, sich wieder auf ihren Gedankengang zu konzentrieren. Nein, dachte sie, der Galster war nicht dumm. Wenn er ein Alibi brauchte, hätte er sich in einem Gasthaus blicken lassen und nicht darauf vertraut, dass Fritz Schulz ihn ins Dorf einfahren sähe und das dann auch noch im Zweifelsfall der Polizei erzählen würde. Außer er ging davon aus, dass niemand herausfinden würde, wann und wo Caroline Kröger wirklich gestorben war. Sie trommelte ungeduldig aufs Lenkrad, aber dann hatte sie den Ort endlich hinter sich gelassen und gab Gas. Am Straßenrand blitzte es grellrot auf, und sie warf einen Blick auf den Tacho, um zu entscheiden, ob sie heftig oder nur ein wenig fluchen sollte. Ein Fahrverbot würde es schon nicht gleich geben, entschied sie und musste dabei wieder an die Kröger und ihren Autounfall unter Alkoholeinfluss denken. Ein Unfall ohne Folgen, bei dem niemand zu Schaden gekommen war. Aber was sagte eine Gerichtsakte aus über die tatsächlichen Folgen, die eine Handlung hatte? Arno Hertz' Verhalten seiner Stieftochter gegenüber war sicherlich schwerwiegender und hatte dennoch in keine Akte Eingang gefunden. Durften sie ihn einfach unbeachtet lassen, nur weil Linda Galster ihren Cousin mit ihrer dummen Lüge den Ermittlern quasi auf dem Silbertablett als Verdächtigen präsentiert hatte? Erst in diesem Moment fiel Eva auf, warum die Hypothese von Linda als Mitwisserin und Helferin ihr so verkehrt vorgekommen war: Wenn die junge Frau für den Bäcker die Beseitigung der Leiche übernommen hatte, dann wusste sie, dass Caroline bereits am Dienstag gestorben war. Dann hätte sie auch wissen müssen, dass ihre Behauptung, am Mittwoch noch eine SMS von der Toten erhalten zu haben, erst recht verdächtig sein würde. Eva runzelte die Stirn. Warum dann die Lüge? Ganz einfach, gab sie sich selbst die Antwort, sie wollte ihren Cousin schützen, den Beamten zeigen, dass er nicht schuldig sein konnte, und sie hatte es mit einer denkbar ungeschickten Lüge angefangen. Außer ... wenn es nun keine Lüge gewesen war?

Kaum hatte Eva die B13 erreicht, musste sie schon wieder bremsen. Vor ihr hatte sich ein Stau gebildet, dessen Ursache sie nicht ausmachen konnte. Ausgerechnet an dem einen Morgen, an dem sie nicht in der Riesenbaustelle vor Ansbach stecken geblieben war. Ärgerlich zog sie ihr Handy aus der Handtasche und wählte Rainers Nummer.

»Sailer?«

»Morgen«, grummelte sie. »Ich stehe im Stau.«

»Na großartig«, erwiderte er düster. »Heißt das, ich trete allein vor den Chef und erzähle ihm, dass wir unseren bislang einzigen Verdächtigen wieder gehen lassen mussten? Das wird ihn freuen.«

»Wieso, was ist los?« Trotz ihrer Überlegungen gefiel ihr diese Neuigkeit nicht. »Er hat doch nicht etwa endlich geredet?«

»Kein Wort«, brummte er. »Aber wir haben nichts Brauchbares gegen ihn vorliegen, ich hatte keine Wahl.«

»Ach verflixt! Und Linda Galster?«

»Hat ein Alibi, falls du sie als Verdächtige in Betracht ziehst.«

»Pah, Alibi«, rief Eva verächtlich. »Wer sagt uns, dass es echt ist? Wenn sie uns für ihren Cousin alles Mögliche erzählt, um seinen Kopf aus der Schlinge zu ziehen, könnte jemand das Gleiche für sie tun und ihr ein falsches Alibi verschaffen.« Sie glaubte nicht, dass die Galster ihre Freundin getötet hatte, aber sie war zu ärgerlich, um Rainers Sicherheit nicht ein wenig erschüttern zu wollen.

Er sagte einen Moment lang gar nichts, dann meinte er: »Selbst wenn, das gibt uns keinen Grund, ihn festzuhalten, solange wir keine Beweise haben.«

»Die Aussage des Metzgers?«, fragte Eva wütend. »Immerhin war der Galster in der Tatnacht unterwegs, und wir wissen nicht, wo und warum! Und was ist mit dem Besuch bei Caroline Kröger, den er verschwiegen hat?«

Rainer seufzte. »Sollen wir darauf eine Anklage aufbauen? Willst du das wirklich riskieren?« Zu ihrer Überraschung klang seine Stimme, als ob er die Frage ernst meinte. Er fragte sie tatsächlich nach ihrer Meinung. Sie verbiss sich die scharfe Entgegnung, die sie schon auf der Zunge gehabt hatte, und holte tief Luft. »Nein. Wenn wir Anklage erheben, dann auf einer sicheren Grundlage. Was ist mit dem Blut auf dem Hemd?«

Ein weiterer Seufzer antwortete ihr. »Sein eigenes. Keine Spur von Caroline Krögers Blut an dem Ding.«

»Aber verdammt, wenn er es nicht war, warum sagt er dann nichts?«

»Frag mich was Leichteres, Eva. Ich sag ja nicht, dass ich ihn für unschuldig halte, aber was soll ich denn machen?«

Sie schaltete den Motor ab: Vor ihr auf der Straße ging jetzt überhaupt nichts mehr. »Schon gut«, murmelte sie ungnädig. »Brauchst du mich heute überhaupt? Es sieht nämlich so aus, als ob ich den Tag im Stau verbringen würde.«

»Wie blöd für dich«, erklärte er, und sie hatte das sichere Gefühl, dass er dabei still grinste. »Lass dir ruhig Zeit, ich trinke derweil erst mal einen Kaffee.«

Der Wald um die Steinerne Rinne war verlassen und sehr still, und Linda atmete unwillkürlich freier, während sie auf dem hölzernen Steg stand und auf den steinernen Damm blickte, den sich das kalkhaltige Wasser des Baches gebaut hatte. Sie erinnerte sich daran, wie sie dieses ungewöhnliche Naturdenkmal zum ersten Mal gesehen hatte, zusammen mit Tobias und ihrer Tante, in einem Frühling, der zehn Jahre zurückliegen mochte. Sie waren durch den Märzenbecherwald gekommen und hatten die Blütenteppiche bewundert, die dort den Waldboden überwucherten, und dann waren sie zur Steinernen Rinne gewandert und hatten später gepicknickt. Damals war sie glücklicher gewesen als heute, selbst wenn sie Carolines Tod und die Ereignisse des vergangenen Abends nicht mitrechnete.

»Es ist friedlich hier«, bemerkte Jonas Hofer. Sie hatten nicht viel geredet, seit sie am Parkplatz ausgestiegen waren und ihren Weg durch den Wald genommen hatten. Linda nickte. Sie hätte selbst nicht sagen können, warum sie sich von ihm hatte überreden lassen, mit auf diesen Ausflug zu kommen. Als Tobias von der Polizei zurückgekehrt war, hatte sie den Felberhof verlassen und war in ihre Wohnung gefahren, weil sie spürte, dass sie jetzt noch viel weniger mit ihrem Cousin reden konnte als zuvor. Die Frage würde unerträglich zwischen ihnen stehen: »Was hast du getan?« Sie hatte die Frage in seinen Augen gesehen, bevor er mit den Polizisten mitgegangen war, nachdem sie alles versucht hatte, um die Ermittler und sich selbst zu überzeugen, dass er unschuldig war. Sie wusste, dass ihr Blick dasselbe gefragt hatte. Nein, er hatte sie verraten oder sie ihn, und sie wollte nicht wissen, was er vielleicht zu sagen haben könnte. Vielleicht konnte sie eher mit dem Zweifel leben als mit der Wahrheit. Als Jonas angerufen und gefragt hatte, ob sie mit zur Steinernen Rinne kommen wollte, hinaus in die Natur, wo man frei atmen konnte, hatte sie spontan ja gesagt. Ganz wohl fühlte sie sich dann aber nicht in seiner Gesellschaft, dazu war die Situation zu unbehaglich. Nicht über Carolines Tod zu sprechen war eine Art stillschweigender Übereinkunft zwischen ihnen gewesen, aber es schien ebenso unmöglich, über etwas Alltäglicheres zu reden.

Linda sah von der Steinernen Rinne auf und ließ ihren Blick durch den Wald streifen, die kahlen Zweige der Laubbäume und das Grün von Fichten und Tannen. »Es tut gut, mal rauszukommen«, gab sie ihm recht.

Er lächelte sein anziehendes Lächeln. »Ich sehe, du hast immer noch keine große Liebe zum Krankenhaus entwickelt.« Seine Arme lagen auf der Brüstung des Holzstegs, die Hände gefaltet. Den Kragen seines dunklen Mantels – der Anblick hatte sich ihr eingebrannt, wie er in demselben Mantel im Parkhaus neben Carolines erstarrtem Körper gekniet hatte – hatte er hochgeschlagen gegen die Kälte. Unwillkürlich lächelte sie zurück: »Nein, wirklich nicht. Ich glaube, ich muss mir andere Wirkungsstätten suchen.«

»Geh doch zurück an die Uni«, schlug er vor. Sein Gesicht verriet echtes Interesse, und der Anblick tat Linda gut. »Zu spät«, erwiderte sie. »Jetzt habe ich mich schon daran gewöhnt, Geld zu verdienen. Und auch wenn ich die Arbeit nicht mag – zurückgehen will ich nicht mehr.« Nach kurzem Zögern fuhr sie fort: »Ich habe mir überlegt, mich selbstständig zu machen. Tobias hat schon eine Weile lang Pläne, etwas aus dem Hof zu machen – vielleicht mit einem Biogasthaus, Vorträgen und Erlebnisbauernhof, da gäbe es vielleicht auch für eine Ernährungswissenschaftlerin etwas zu tun.« Ihr Blick verlor sich im Wasser des Baches, der rasch murmelnd über sein erhöhtes Bett aus Kalkstein rieselte. »Aber wer weiß, was jetzt wird«, murmelte sie. Das Thema Caroline ließ sich nicht zurückdrängen aus ihren Gedanken. Ihr Tod beeinflusste nicht nur die Menschen um sie herum, sondern auch ihre eigenen Pläne.

Jonas legte leicht seine Hand auf ihre. Er hatte seine Handschuhe vor einer Weile abgestreift, und seine Finger waren kühl, aber angenehm. Trotzdem war Linda froh, dass er sie nur kurz berührte, eine flüchtige Geste des Mitfühlens. Sie mochte Jonas, doch dieser Ausflug, inmitten polizeilicher Ermittlungen und ihrer persönlichen Zweifel, war definitiv nicht als Date gedacht – selbst wenn sie sich darüber im Klaren gewesen wäre, wie weit ihre Sympathie für ihn ging. Seine Gedanken mochten in eine ähnliche Richtung gehen, jedenfalls fragte er unvermittelt: »Wie geht es Anna-Luise? Ist sie schon zurück nach Würzburg gefahren?«

»Sie ist noch hier«, antwortete Linda nach einem kurzen Schweigen, in dem sie versucht hatte, sich über den Grund für seine Frage klar zu werden. Sorgte er sich um Annas Reaktion auf den Tod ihrer besten Freundin? Oder betonte er, dass er nicht mehr mit Anna zusammen war, indem er fragte, wo sie war? »Sie ist total erkältet und hat beschlossen, erst mal im Bett zu bleiben.«

Jonas nickte, die Brauen zusammengezogen. »Hat es sie sehr mitgenommen? Als ich mit ihr gesprochen habe, schien sie so erschüttert.«

Linda zuckte die Schultern. Natürlich war sie erschüttert gewesen. Wer wäre das nicht? Aber Anna-Luise war leicht zu erschüttern, und sie selbst war sich im Vergleich mit ihr immer wie ein gefühlloser Klotz vorgekommen, obwohl sie gleichzeitig Zweifel an der Tiefe der so deutlich zur Schau getragenen Emotionen gehegt hatte. »Sie ist sehr aufgewühlt«, antwortete Linda dann doch.

»Du sicher auch«, erwiderte er freundlich, aber ein Blick von ihr ließ ihn verstummen. Sie wollte nicht über ihre Empfindungen reden, nicht, solange Tobias im Verdacht stand, Caroline getötet zu haben, nicht, solange alles so ungewiss war wie im Moment.

»Morgen singe ich drüben in Stopfenheim, in der Vogtei«, wechselte er das Thema. »Zusammen mit einem jungen, sehr begabten Pianisten. Hoffentlich hat er eine ebenso brillante Karriere vor sich wie ich«, fügte er mit grimmigem Humor hinzu.

Linda lächelte. »Deine Karriere beschränkt sich zumindest nicht auf die vier Wände eines Krankenhauses. Wer weiß, vielleicht singst du noch mal in der Scala.«

»Sehr wahrscheinlich«, spottete er. »Der neue deutsche

Rolando Villazón, dem die Welt zu Füßen liegt – zumindest die Damenwelt.«

»Klar, und an deiner Seite Anna-Luise Netrebko – Anna Netrebko, wollte ich sagen.« Sie hatte es als Scherz gemeint, aber Jonas zuckte heftig zusammen und sah sie mit einem Ausdruck an, den sie nicht so schnell wieder vergaß.

»Sorry«, murmelte sie, bestürzt über seinen Blick, »tut mir leid«; aber er war schon wieder ruhig, bevor sie fertig gesprochen hatte, und lächelte.

»Nein, ein großer Klassikstar werde ich bestimmt nicht. Ich wäre schon mit weniger zufrieden. In ein paar Tagen kommt meine CD heraus – *Jonas Hofer singt Schubert.*« Und Linda fragte sich, ob sie sich getäuscht hatte. Für einen Moment hatte sie geglaubt, Trauer über einen Verlust und bittere Enttäuschung in den Augen gesehen zu haben, die sie jetzt mit offensichtlicher Zuneigung ansahen. »Würdest du …« Er räusperte sich, starrte in das Wasser des Bächleins und fragte dann leise und rasch: »Ich weiß, du warst schon im Konzert, aber würdest du morgen noch mal mitkommen wollen? Vielleicht können wir danach etwas essen gehen, warst du schon mal in der *Silbermühle*?«

Sie antwortete nicht gleich, und in ihr Schweigen hörte sie ihn leise eine Melodie summen, die sich in das Raunen des Baches mischte, als ob beide Geräusche zusammengehörten. Warum schließlich nicht, überlegte sie, während das Gluckern des Wassers und das Summen ihre Ohren füllten. Einmal nicht nachdenken, sondern der Richtung folgen, die sich öffnete, und sehen, wohin es sie führen würde.

»Worüber denkst du nach?«, wandte sich Jonas auf einmal mit einem Lächeln an sie, das ansteckend war. Er war bedrückt und schweigsam gewesen, als sie gemeinsam hier herausgefahren waren, aber die Kühle und Abgeschiedenheit des Waldes schienen auch auf ihn einen wohltuenden Einfluss zu haben. Linda zuckte leicht die Schultern und erwiderte das Lächeln. »Was steht denn auf dem Programm?«

»Oh, lauter traurige Lieder«, gab er leichthin zurück. *»Des Baches Wiegenlied,* das den betrogenen Müller zur Ruhe singt. Will betten dich kühl auf weichem Pfühl in dem blauen kristallenen Kämmerlein.« Wieder begann er leise zu summen. Der Wald um die Steinerne Rinne war sehr still bis auf das Geräusch des Wassers und die Töne des Liedes.

TRACK 6

Der Wegweiser

Text: Wilhelm Müller

Was vermeid' ich denn die Wege,
Wo die ander'n Wand'rer gehn,
Suche mir versteckte Stege
Durch verschneite Felsenhöh'n?

Habe ja doch nichts begangen,
Daß ich Menschen sollte scheu'n, –
Welch ein törichtes Verlangen
Treibt mich in die Wüstenei'n?

Weiser stehen auf den Straßen,
Weisen auf die Städte zu,
Und ich wand're sonder Maßen
Ohne Ruh' und suche Ruh'.

Einen Weiser seh' ich stehen
Unverrückt vor meinem Blick;
Eine Straße muß ich gehen,
Die noch keiner ging zurück.

»Was ist das?« Rainer Sailer stand in der Mitte des Besprechungszimmers und machte einen Schritt nach vorn, dann schlug er plötzlich die Hände vors schmerzverzerrte Gesicht.

»Ein Polizeibeamter, der sich lächerlich macht?«, fragte Eva, die gerade rechtzeitig eingetroffen war, um Zeugin dieser kleinen Pantomime zu werden. Rainer strahlte, als er sie bemerkte: »Nein, das ist ein Fernsehkommissar, der gegen eine Mauer des Schweigens stößt.«

Sie fand keine Worte, die ihre Verachtung zur Genüge ausdrückten, deshalb sagte sie gar nichts. Friedolin Becker hingegen lachte, was ihrer Meinung nach von sehr schlechtem Geschmack zeugte.

»Man sollte annehmen, dass ihr die Tatsache, dass wir einen ungelösten Fall haben und unseren Verdächtigen wieder gehen lassen mussten, etwas ernster nehmen würdet«, schimpfte sie. »Was gibt es heute? Was machen wir mit dem Galster, und wen haben wir sonst noch?«

Rainer setzte sich prompt an den Tisch und breitete einige Papiere vor sich aus. »Also, Tobias Galster ist dubios, aber im Moment können wir nicht viel machen. Ich habe Bernd Gollwitzer noch mal zum Metzger geschickt, um seine Aussage zu überprüfen und vielleicht noch einen Zeugen zu finden. Wenn der Bäcker aber wirklich um kurz nach Mitternacht mit seinem Auto nach Buchfeld gefahren ist, kann er nicht derjenige gewesen sein, der Caroline Krögers Leiche ins Parkhaus gebracht hat. Er könnte sie aber trotzdem umgebracht haben.«

»Ich habe über diese SMS nachgedacht, von der Linda Galster geredet hat«, erklärte Eva und setzte ihm ihre Überlegungen auseinander. »Deswegen kann ich sie auch nicht als Komplizin sehen. Es sieht mehr so aus, als ob sie weiß oder glaubt, dass er schuldig ist, und ihm ein Alibi verschaffen wollte, indem sie die SMS erfunden hat. Allerdings haben wir eine Möglichkeit nicht bedacht…«

Rainer nickte. Auch ihm war dieser Gedanke gekommen: »Die SMS könnte echt sein«, sagte er. »Wir haben das Handy der Toten nicht gefunden, auch an der Bahnstation in Ellingen nicht, also könnte der Täter es mitgenommen und die SMS verschickt haben. Aber solange wir es nicht haben …«

»Können wir nicht rausfinden, wo das Ding ist?«, murrte Eva. »Wozu ist denn diese ganze Technik nütze, wenn wir nicht mal dieses blöde Handy aufspüren können?«

»Das geht halt nicht so schnell. Also, und dann das Hemd – die Blutspuren darauf stammen vom Galster selbst, und er wollte uns nicht sagen, was passiert ist. Aber es sieht nicht so aus, als ob es eine Art von Verletzung wäre, die man bekommt, wenn man eine Frau eine Treppe herunterstößt oder ihr den Ellenbogen gegen die Brust rammt. Und dann sind die Kollegen heute Morgen schon zu Caroline Krögers Haus, da waren noch zwei oder drei Leute, mit denen sie zuvor nicht geredet hatten … Ach, ich habe total vergessen, der Galster hat ja doch etwas gesagt, und zwar über den Besuch in ihrem Haus am Dienstag: dass er der Kröger dieses Buch mit den Bodenbelägen oder was es war vorbeibringen wollte, und dass sie gar nicht da war, deshalb hätte er es einfach vor ihre Tür gelegt und sei wieder gegangen. Und deshalb habe er daran nicht gedacht, als wir ihn fragten, wann er sie zum letzten Mal gesehen hätte.«

»Hm«, machte Eva zweifelnd. »Und glauben wir ihm das?«

Ein heftiges Niesen kam von der Tür her. Sandra Schneider wartete mit einem Beutel und einem Zettel in der Hand auf eine Gesprächspause. Rainer nickte ihr zu: »Was gibt es?«

Sie schnäuzte sich und verkündete mit heiserer Stimme: »Wenn das so weitergeht, lege ich mich mit meiner Erkältung ins Bett. Ich fühl mich furchtbar.«

»Unmöglich«, rief Rainer. »Du hast gehört, was der Chef gesagt hat: keine Krankmeldungen. Reiß dich zusammen, wenn's irgendwie geht. Morgen ist Sonntag, da kannst du meinetwegen schlafen. Und was wolltest du sagen?«

»Die Kröger ist am Dienstag um kurz nach vier am Nachmittag mit jemandem zusammen aus ihrer Wohnung weggegangen. Das hat eine Frau aus dem Nachbarhaus gerade erzählt, die hatten wir vorher nicht gesprochen. Sie kannte sie vom Sehen ganz gut, sie sagt, als sie an dem Tag aus der Arbeit heimkam, stieg die Kröger gerade in ihr Auto, und sie war nicht allein, jemand saß schon im Wagen, aber sie hat nicht auf die Person geachtet.«

Rainer verdrehte die Augen. »Mann!«, rief er aus. »Ich dachte immer, Frauen achten auf alles! Hat sie wenigstens gesehen, ob es ein Mann oder eine Frau war?«

»Sie hat bloß die Caroline gegrüßt«, schniefte Sandra. »Aber sie meint, dass es wohl ein Mann war.«

»Galster!«, rief Eva triumphierend, die einen Augenblick lang vergessen hatte mitzudenken, weil sie endlich durch das Geflecht von Unwahrheiten und Halbwahrheiten blicken wollte, das ihnen der Freund der Toten und seine Cousine aufgetischt hatten. Rainer schüttelte den Kopf. »Eben nicht!«, widersprach er. »Den hat doch der andere Nachbar gegen achtzehn Uhr an der Tür des Hauses gesehen. Wenn die Kröger wirklich um vier schon weg ist, dann hat er wahrscheinlich die Wahrheit gesagt, dass er sie nicht angetroffen hat und gleich wieder gegangen ist. So viel zu unserem Verdächtigen Nummer eins!«, rief er bitter. »Und wer rückt jetzt an seine Stelle?«

»Wir haben immer noch das mögliche Gespann Tobias und Linda Galster«, erinnerte Eva ihn, aber sie war selbst nicht überzeugt. Gegen die beiden sprachen das mögliche Motiv und ihr verdächtiges Verhalten, aber was nützte das, wenn die Indizien einfach nicht zu den Fakten passen wollten?

»Ich hab auch noch was«, verkündete Friedolin, der soeben eine Mail erhalten hatte. »An der Bahnstation in Ellingen haben wir endlich Hinweise darauf gefunden, was Dienstagnacht passiert ist. Das heißt, nicht direkt an der

Station, sondern ein Stück weiter weg, vielleicht ist sie ein bisschen auf und ab gegangen. Jedenfalls ist sie mit dem Kopf auf einen Stein gefallen, es gibt Blutspuren. Der Boden war an der Stelle zu dem Zeitpunkt wahrscheinlich vereist. Die Spurensicherung ist auch noch mal alles durchgegangen, was sie im Auto und bei der Leiche gefunden haben, und da ist ihnen eine Zugfahrkarte mit Ziel Nürnberg aufgefallen, die Dienstag am Fahrscheinautomaten gelöst wurde.«

»Die Kröger fährt mit dem Auto von Weißenburg, wo es schließlich auch einen Bahnhof gibt, nach Ellingen und nimmt dann einen Zug nach Nürnberg?«, fragte Rainer mit einem so verwirrten Gesicht, dass Friedolin lachen musste. »Das ergibt keinen Sinn.«

»Vielleicht doch«, meinte Eva langsam, während sie nachdachte. »Zumindest kann ich mir vorstellen, warum sie nach Ellingen gefahren ist: Sie wollte ursprünglich am Abend die Schöneberg von dort abholen, da war es nur sinnvoll, das Auto dort stehen zu haben.«

»Aber warum nimmt sie überhaupt den Zug?«, wollte Rainer wissen. Eva zuckte ratlos mit den Schultern.

»Frau Schatz?«, meldete sich Gollwitzer auf einmal, der mit einem Becher Kaffee in den Raum trat. »Caroline Krögers Vater ist unten und will Sie sprechen, wenn Sie Zeit haben.«

»Haben wir mit dem noch nicht geredet?«, fragte sie stirnrunzelnd zurück. Der Kollege schüttelte den Kopf. »Er wurde informiert, war aber seit Mittwoch geschäftlich unterwegs und ist erst vor kurzem zurückgekommen.«

Andreas Kröger hatte mit dem neuen Partner seiner Exfrau wenig gemein. Er war ein kleiner, drahtiger Mann mit einem zerfurchten Gesicht, das unter normalen Umständen wahrscheinlich eine Mischung aus Witz, Geschäftssinn und etwas derber guter Laune ausdrückte. Er sprach mit dem starken fränkischen Akzent eines Menschen, der fest in seiner Heimatgegend verwurzelt war und es nicht nötig hatte, sich noch eine zweite Sprechweise für Geschäftspartner oder feine Bekanntschaften anzueignen. Von der sorgfältig kultivierten Attraktivität eines Arno Hertz besaß er nichts, aber auf Rainer wirkte er echter und folglich sympathischer. Im Augenblick sah man ihm die Trauer über den Tod seiner Tochter an, und seine Augen, klein, hell und wach, hatten einen verlorenen Ausdruck. »Ham Sie scho was Neus?«, fragte er ohne Umschweife. »Wenn S' ner den Kerl krieng tätn, der des gmacht hat.«

»Kommen Sie mit ins Büro, Herr Kröger«, bat Eva, »da sind wir ungestörter.« Rainer folgte den beiden. Als er dem Mann sein Beileid aussprechen wollte, wehrte der ab. »Naa, lassen S'. Ich will doch bloß, dass Sie den Kerl erwischen und dass er eigsperrt wird.«

Eva nickte. »Vielleicht können Sie uns helfen«, erklärte sie. »Wann haben Sie Ihre Tochter zum letzten Mal gesehen?«

»Am Dienstag«, antwortete er knapp. Es schien ihm schwerzufallen, mehr zu sagen, aber die Überraschung auf den Gesichtern der beiden Polizeibeamten ließ ihn mit etwas belegter Stimme erklären: »Mir ham uns in Nürnberg troffen.«

Rainer und Eva konnten einander nur einen stummen und völlig perplexen Blick zuwerfen. All die Ermittlungen und Fragen, und erst jetzt fanden sie heraus, dass die Frau am Tag ihres Todes mit ihrem Vater aus gewesen war. Was würde noch alles kommen?

»Wir haben gehört, dass Ihre Tochter ein gutes Verhältnis zu Ihnen hatte, auch nach der Scheidung«, meinte Eva bemüht. »Ihr Freund, Tobias Galster, hat erzählt, sie hätte Sie öfter besucht.«

»Armer Kerl«, brummte Kröger mit belegter Stimme. »Ich

hab nern gern mögen, und die Caro... des ist etzer alles vorbei. Mir ham oft was zu dritt unternommen, des warn schöne Zeiten.«

»Aber am Dienstag war er nicht dabei?«

Ihr Gegenüber schüttelte entschieden den Kopf. »Um Gotts Willen, naa. Ich glaub, die Caro hat ihm überhaupt nix dervoo erzählt, sonst wär er die Wänd nauf. Sie hat doch gwusst, dass er'n partout net leiden kann.«

»Entschuldigung?«, fragte Rainer verwirrt. »Ich komme nicht mehr mit. Wen konnte Tobias Galster nicht ausstehen?«

Jetzt sah Andi Kröger verwundert drein. »Na, ihm Stiefvater, den Arno Hertz.«

Als Pfarrer Herwig Römer zu der kleinen Gruppe von Leuten auf dem Kirchhof trat, verstummte das Gespräch abrupt. Sonntage waren normalerweise friedliche Tage in Buchfeld für alle außer dem Geistlichen, der sich kurz vor dem Gottesdienst meist mit der Tatsache konfrontiert sah, dass seine Beffchen noch in der Wäsche waren oder dass der Organist Schwierigkeiten machte. Doch an diesem Morgen war die Unruhe seiner Gemeinde greifbar gewesen. Die erste Adventskerze hatte da auch nicht geholfen. Jetzt standen sie beisammen und schwiegen sich an, weil der Pfarrer neben ihnen stand und sie ihre Unterhaltung nicht gut weiterführen konnten. Herwig Römer wusste natürlich, was das Thema gewesen war. Das ganze Dorf redete über die tote Caroline Kröger und darüber, dass Tobias Galster zweimal von der Polizei vernommen worden war. Das ganze Dorf fragte sich, ob der Biobäcker seine Freundin getötet hatte. Römer war unwohl beim Anblick der Leute. Sie waren verunsichert, sie zweifelten, natürlich, er fragte sich ja selbst – aber er wusste auch, wie schädlich es sein konnte, wenn der Dorfklatsch erst einmal in Gang kam. Aber was konnte er schon dagegen tun? Gegen das Gerede anpredigen … Einer der alten Bauern wandte sich auf einmal an ihn. »Herr Pfarrer, schlimm ist das, dass so was passiert. Und hier bei uns … das arme Mädchen.«

Herwig Römer wusste nicht, ob er ärgerlich sein sollte oder nicht. »Nichts ist bei uns im Dorf passiert«, entgegnete er fest. »Und wir sollten nicht so schnell bereit sein zu glauben, dass jemand aus unserer Gemeinschaft so etwas tun könnte.« Leider hielt sich Tobias Galster an die Sonntagsruhe, sonst hätte Pfarrer Römer an diesem Morgen bei ihm seine Brötchen geholt. Er kannte die Leute, die hier lebten. Es hätte sie vielleicht nicht davon abgehalten zu reden, aber sie hätten die Geste durchaus registriert und verstanden.

»Ja, natürlich sind die Felberhofer gute Leute«, nuschelte der Alte ein wenig beschämt. »Auch wenn sie katholisch sind. Aber – aber Herr Pfarrer, wo doch der Schmausner den jungen Galster nachts die Emsfelder Straße herkommen hat sehen, und um Mitternacht, und wo er sonst nie so lange drüben im *Hirschen* bleibt.«

Schmausner war der Hausname von Fritz Schulz, und Pfarrer Römer beschloss, dass er unbedingt zum Abendessen ein Stück Fleisch brauchte. Zwar hielt auch der Metzger seinen Laden am Sonntag geschlossen, aber seinen Geistlichen würde er schon hereinlassen. Und danach würde er noch einmal nach Emsfeld fahren, überlegte Römer weiter. Und dann – sollte er mit Pfarrer Schubert sprechen? Streng genommen war der für Tobias Galsters seelisches Wohlergehen zuständig. Aber andererseits war es nicht Pfarrer Schubert von der katholischen Gemeinde gewesen, der im Parkhaus am Tatort dabei gewesen war, sondern er selbst. Nein, beschloss Römer, er würde den Biobäcker selbst aufsuchen und herausfinden, was er am Dienstagabend getrieben hatte. Was auch immer die Dörfler sagten, Herwig

Römer war sich ziemlich sicher, dass Tobias Galster etwas ganz anderes getan hatte, als seine Freundin umzubringen. Allerdings etwas, worüber er nicht sprechen wollte. Nun, er würde sehen, was er ausrichten konnte.

Jonas Hofer hatte den Morgen in der Kirche in Weißenburg verbracht, gemeinsam mit seinen Eltern, die regelmäßige Kirchgänger waren, aber es war ihm schwergefallen sitzen zu bleiben. Er hatte nicht geahnt, wie unerträglich es sein würde, die Adventsbotschaft hören zu müssen, während seine Gedanken immer wieder zu Caroline Kröger abschweiften. Er hatte sie nicht gut gekannt und auch nicht besonders gemocht, aber sie daliegen zu sehen, zu wissen, dass sie tot war, Anna-Luises erschütterte Stimme zu hören, Lindas verlorenes Gesicht zu sehen und zu begreifen, dass dieser eine Tod sie alle anging, jedes Leben, das mit ihm in Berührung kam, veränderte, hatte ihn dennoch bewegt. Er dachte mit einem Anflug von Mitgefühl, das er zuvor nicht empfunden hatte, an das tote Mädchen, aber noch mehr taten ihm die Lebenden leid. Wie konnte er die Verwirrung ansehen, die der Tod hinterlassen hatte, und gleichzeitig von der Ankunft des Herrn singen? »Oh Heiland, reiß die Himmel auf«, spielte der Organist, aber die Worte erstickten Jonas Hofer beinahe. Nein, er konnte nicht mehr an einen Heiland glauben, der den versperrten Himmel aufschloss, an den »Trost der ganzen Welt«. Wenn Gott kam, dann würde er zum Gericht kommen, dann würde er keine trennenden Mauern einreißen, sondern die Welt in Trümmer legen.

Linda Galster schaute in Anna-Luises Wohnung vorbei, bevor sie sich für das Konzert und das Abendessen mit Jonas umzog. Es war ihr aus irgendeinem Grund wichtig, ihrer Freundin von ihren Plänen für den Abend zu erzählen. Sie wusste, dass Anna mit Jonas abgeschlossen hatte, aber sie hätte trotzdem ein schlechtes Gewissen gehabt, wenn sie ihr nichts davon gesagt hätte, dass sie mit ihm verabredet war.

Anna-Luise hörte ihr zu, aber sie interessierte sich ganz offensichtlich nicht weiter für die Information. Soweit es sie betraf, mochte Linda mit Jonas ins Bett gehen, solange niemand von ihr erwartete, deswegen aus ihrem eigenen Bett aufzustehen. Sie war matt vom Fieber und hustete schwach vor sich hin. »Schön, dass du gekommen bist, aber kannst du bitte wieder gehen?«, murmelte sie müde. »Ich möchte schlafen.«

»Okay«, erwiderte Linda mitfühlend. »Kann ich was für dich tun?« Zu ihrem Erstaunen bemerkte sie, dass eine Träne über Anna-Luises Wange rann. »Nein, ich rufe später meinen Dad an. Ich… arme Caro, ich kann's immer noch nicht begreifen.« Sie starrte einen Moment lang mit Tränen in den Augen auf die gegenüberliegende Wand, doch dann schlief sie plötzlich ein. Linda verließ leise die Wohnung und ging sich umziehen. Tobias hatte am Vormittag kurz angerufen, hatte sie gefragt, ob es ihr gut gehe. Sie hatte die ungewohnte Zurückhaltung in seinen Worten schmerzlich gefühlt. Sie hatten immer über alles geredet, doch jetzt gingen sie miteinander um wie zwei Fremde, die nicht wussten, ob sie einander trauen konnten. Danach hatte sie mit Frieda telefoniert, aber auch bei ihr hatte sie die gleiche Befangenheit gespürt. Solange der Zweifel bestehen blieb, würde keiner von ihnen frei sein. Einen Moment lang lehnte sich Linda gegen die Fensterscheibe und schloss die Augen, als könnte sie so die schreckliche Einsamkeit aussperren, die sie umfing. Am Tag zuvor, an der Steinernen Rinne, war sie sich nicht sicher gewesen, was sie wollte, aber in diesem Augenblick wusste sie, dass sie nicht nein sagen würde, egal ob Jonas nur mit ihr essen oder ihre Hand halten, sie küssen oder mit ihr schlafen wollte. Sie sehnte sich danach, sich fallen zu lassen und nicht mehr nachdenken zu müssen.

TRACK 7

Die Nebensonnen

Text: Wilhelm Müller

Drei Sonnen sah ich am Himmel stehn,
hab lang und fest sie angesehn.
Sie auch, sie standen da so stier,
als wollten sie nicht weg von mir.

Ach, meine Sonnen seid ihr nicht!
Schaut andern doch ins Angesicht.
Ja, neulich hatt' ich auch wohl drei,
nun sind hinab die besten zwei.
Ging nur die dritt' erst hinterdrein!
Im Dunkeln wird mir wohler sein.

Es wurde schon wieder dämmrig, als Tobias Galster seinen Kombi vor dem Haus parkte, in dem Linda lebte. Er blieb einen Moment lang hinter dem Steuer sitzen, unschlüssig, ob er wirklich aussteigen sollte. Warum war er hier? Sein Leben war völlig durcheinandergeraten seit Carolines Tod, aber es konnte – ja, es konnte noch schlimmer werden. Was, wenn er die Frage stellte, die er stellen musste, und die Antwort erhielt, die er fürchtete?

Tobias stieg trotzdem aus und ging langsam auf die Eingangstür zu. Pfarrer Römer hatte ihn am Nachmittag aufgesucht und ihm zugeredet, der Polizei endlich zu erzählen, was er am Dienstag getan hatte. »So schlimm kann es nicht sein, dass Sie lieber riskieren, wegen Totschlags angeklagt zu werden«, hatte er gesagt.

»Was wissen Sie schon?«, hatte er düster geantwortet. »Vielleicht habe ich das Gefühl, ich verdiene Strafe.«

»Die verdienen wir alle«, hatte Römer barsch erwidert. »Haben Sie nicht zugehört in der Kirche? Wer ohne Sünde ist, der werfe den ersten Stein. Das ist aber kein Grund, sich von der Polizei für eine Tat verdächtigen zu lassen, die Sie nicht begangen haben. Denken Sie daran, wie das Ihre Eltern jetzt schon belastet.«

Tobias war völlig verblüfft gewesen, und Römer hatte hinzugefügt: »Ich weiß, dass Sie Ihre Freundin nicht getötet haben. Tatsächlich glaube ich zu wissen, was Sie Dienstagnacht angestellt haben, auch wenn ich wirklich keine Ahnung habe, warum.«

»Kann – kann ich Ihnen alles erzählen?«

Römer verzog das Gesicht. »Eva Schatz bringt mich um, wenn ich mich noch mal in ihre Ermittlungen einmische«, meinte er, aber dann zuckte er mit den Schultern. »Sei's drum. Fangen Sie an.«

Es war eine gewisse Erleichterung gewesen, sich die Sache von der Seele zu reden, aber auch wenn er deswegen ein schlechtes Gewissen hatte, auch wenn ihn seine eigene Erzählung noch einmal schockiert hatte – der Grund, weshalb er der Polizei nichts davon gesagt hatte, war ein anderer. Er seufzte, aber es gab keine andere Möglichkeit. Gerade, als er auf die Klingel drücken wollte, sah er eine Gestalt neben sich an der Haustür auftauchen.

»Oh, hallo, Jonas«, grüßte er, als er den Sänger erkannte. »Willst du zu Anna-Luise?«

Hofer runzelte die Stirn. »Nein, ich hole Linda ab«, antwortete er. »Wir wollen nach dem Konzert essen gehen.«

»Ah.« Tobias war sich nicht sicher, ob er diese Neuigkeit begrüßen sollte oder nicht. Auf jeden Fall kam Jonas in diesem Augenblick seinem Vorhaben in die Quere. »Habt ihr es eilig?«, fragte er. »Ich wollte nämlich mit Linda reden, nur ein paar Minuten, ich möchte das gerne gleich erledigen, es ist wichtig.«

Jonas schaute auf seine Armbanduhr. »Kein Problem«, erwiderte er freundlich. »Wir haben noch Zeit genug.« Sein Blick verriet Neugier, aber er war zu wohlerzogen, um zu fragen, worum es ging.

Linda trug einen langen Rock und die Kette, die er ihr vor einigen Jahren zu Weihnachten geschenkt hatte. Sie stutzte, als sie ihn an der Tür sah. »Tobias«, sagte sie überrascht und, wie ihm schien, besorgt.

»Hast du einen Moment Zeit?« Er wartete ihre Antwort nicht ab, sondern trat in die Wohnung. Es schmerzte ihn, als er sah, dass sie einen Schritt zurückwich. Als hätte sie Angst vor ihm. Oder vor dem, was er sagen würde.

»Es tut mir leid«, begann sie hastig. »Ich wusste einfach nicht, was ich sagen sollte … dass ich das Falsche gesagt habe … ich …«

»Linda!« Er legte ihr eindringlich die Hand auf den Arm und sah sie an. »Hör zu, Linda, ich habe gestern nichts gesagt, ich habe die ganze Zeit geschwiegen. Aber das kann ich nicht mehr, ich muss meine Geschichte erzählen. Aber – ich will deine vorher kennen. Linda, wir halten zusammen, oder? Du und ich und die Eltern? Egal, was passiert?«

Sie nickte, die Augen weit. Tobias ertrug den Blick nicht und sah weg. »Linda«, nahm er schließlich seinen Mut zusammen, »was hast du am Dienstag gemacht? Wo warst du?«

Sie riss sich los und starrte ihn fassungslos an. »Du weißt, wo ich war«, antwortete sie heiser. »Bei Katja und Frank, den ganzen Abend, und dann habe ich dich nachts in der Backstube getroffen.«

»Und am Mittwoch? Am Mittwoch warst du im Konzert? Und zuvor in der Arbeit?«

Sie sah ihn an wie einen Fremden, schlimmer, wie einen Verräter. »Wie kannst du mich das fragen?«, flüsterte sie. »Wie kannst du?« Ihm wurde klar, dass sie erst jetzt begriff, warum er am vergangenen Abend vor der Polizei geschwiegen hatte. Dass er gefürchtet hatte, seine Aussage könnte sie verraten, dass er ihr das hatte ersparen wollen. »Du – du hast nichts zu verbergen?«, vergewisserte er sich. »Du hast Caroline gar nicht gesehen?«

»Als sie getötet wurde, meinst du?« Linda versuchte, ihre Stimme kalt klingen zu lassen, aber er hörte nur die Verletztheit dahinter. »Das hast du von mir geglaubt?« Und dann sagte sie halb erstickt, aber heftig: »Geh jetzt. Geh weg.«

Er sagte nicht, dass er schließlich einen Grund für seinen Zweifel gehabt hatte; und wenn ihre Enttäuschung und ihr Zorn ihn auch schmerzten, so war doch die Erleichterung übermächtig. Er konnte gehen und seine Geschichte erzählen, es spielte keine Rolle mehr. Sie sah ihn nicht an, als er sich zur Tür wandte. Trotzdem war sein Herz leichter, als es seit Tagen gewesen war, zumindest, bis er an Caroline dachte. Die Frage, über die er zuletzt nicht mehr hatte nachdenken wollen, weil er die Antwort gefürchtet hatte, drängte wieder in sein Bewusstsein zurück. Wer hatte sie getötet? Hin- und hergerissen zwischen Erleichterung und Bedrückung, stieg Tobias wieder in seinen Kombi, um nach Buchfeld zurückzufahren, doch dann dachte er an die Blicke der Dörfler, an sein leeres Bett, an die Alpträume, die er in den letzten Nächten gehabt hatte, und überlegte es sich anders. Er wollte Menschen sehen, Menschen, die nichts mit ihm zu tun hatten, und kurz erwog er sogar, nach Stopfenheim ins Konzert zu fahren, aber der Gedanke an Linda hielt ihn davon ab. Sie würde ihn gerade jetzt nicht sehen wollen, und außerdem war sie mit Jonas verabredet. Nein, was er jetzt brauchte, war etwas zu trinken. Im *Hirschen* in

Emsfeld konnte er sich allerdings nicht blicken lassen, und in Buchfeld würden die Leute ihn anstarren und sich fragen, ob er ein Mörder war; das war das Letzte, was er heute noch vertragen konnte. Aber knapp vor Emsfeld lag ein weiteres kleines Dorf, und dorthin fuhr er, um seine Erleichterung, seine Trauer und die Erinnerungen an die letzten Tage in Bier zu ertränken.

Wie spät es genau war, als er die *Krone* verließ, wusste er nicht genau, und auch nicht, wie viele Biere es schließlich geworden waren, die er getrunken hatte. Wahrscheinlich hätte er sich dennoch wieder ans Steuer gesetzt, wenn alles gewesen wäre wie immer – die paar Kilometer würde er schon schaffen; aber in einem der Dörfer war Kirchweih, da war die Wahrscheinlichkeit, in eine Kontrolle zu geraten, doch ziemlich hoch. Und er hatte in den letzten Tagen wirklich genug Ärger mit der Polizei gehabt. Er ließ den Kombi stehen, entschied sich gegen ein Taxi und lief los durch die frostige Nachtluft. Der Himmel war tiefdunkel und klar und stand voll blinkender Sterne. Er hatte schon lange keinen Sternenhimmel wie diesen gesehen, und unter dem Einfluss des ganzen Bieres, das er getrunken hatte, begann er plötzlich zu singen. Als er durch Emsfeld lief, verstummte er rücksichtsvoll, aber sobald er wieder auf die Landstraße gelangte, begann er wieder mit seinem Lied. »Unterm schneebeglänzten Zelt wandern wir, wandern wir durch die weiße, weite Welt.«

Er hörte die Schritte hinter sich nicht, aber die Stimme, die plötzlich nah an seinem Kopf erklang, drang in sein Bewusstsein. Seine Reaktionen waren verlangsamt, aber er hörte die wütenden Beschimpfungen und wusste, was kommen würde.

Ein Schlag traf ihn hart in die Seite und ließ ihn stolpern. Er fühlte den Schmerz in seinem ohnehin verletzten Arm und stöhnte. Der Himmel und die frostigen Sterne waren verschwunden, plötzlich von Dunkelheit verschluckt, und die Dunkelheit blieb.

Das Licht gar nicht erst einzuschalten, die Tür im ungewissen Schein der Straßenlampe aufzusperren und im Dunkeln einzutreten schien der nächste logische Schritt. Lindas Hand lag schon auf dem Lichtschalter, aber sie ließ sie fallen. Warum etwas sehen? Der ganze Abend war wie ein dunkler, verführerischer Strom gewesen, die schönen und schwermütigen Lieder, die Klaviersoli, die den Konzertsaal mit perlenden, brausenden Tönen erfüllt hatten, der Wein später im Restaurant, und dann die Fahrt zurück im Dunkeln. Dahinter der Schmerz, der sie nicht losgelassen hatte seit ihrem Gespräch mit Tobias. Sie hatte geglaubt, schlimmer könne es nicht kommen, als dass sie fürchten musste, er könnte schuldig sein. Jetzt wusste sie es besser, aber um welchen Preis? Er hatte sie für schuldig gehalten. All die Jahre, in denen sie einander alles erzählt hatten, und doch hatte er sie für fähig gehalten, so etwas zu tun. Sie wollte nichts sehen und ganz sicher auch nichts denken, nichts planen, nichts wollen. Sich wie eine Verlorene dem Dunkel zu überlassen war das Einzige, wonach sie verlangte.

Wenn sie dabei nicht allein war, umso besser. Sie hatten nichts gesprochen auf dem Rückweg im Auto, und sie sagten auch jetzt nichts. Linda trat nur wortlos in die Wohnung, ohne die Tür zu schließen, und fühlte mehr, als sie es hörte, dass Jonas ihr folgte. Umso besser, dachte sie, als sie seinen Atem an ihrem Hals spürte. Sie wollte sich ins Dunkel stürzen, und dies war ein Abgrund, in den sie nicht allein fallen musste.

Eva Schatz wachte auf, bevor das Telefon klingelte. Die Vorhänge vor dem Fenster waren nicht sorgfältig zugezogen, und ein bleicher Schein von Mondlicht fiel durch den Spalt auf ihre Bettdecke. Mit einem Schlag lag sie hellwach da, ohne zu wissen, was sie geweckt hatte, und starrte auf den dünnen Lichtstreifen. Es war kalt im Zimmer; die Heizung hatte sich ausgeschaltet, und die Stille war die der tiefsten Nachtstunde. Ihr Wecker zeigte kurz nach drei in grünem, fahlem Licht an, das einen gespenstischen Schein auf die Nachttischplatte warf. Eva lag eine Weile mit offenen Augen da, ohne den Versuch, wieder einzuschlafen, und ohne zu denken, als das Läuten des Telefons erklang. Sie erschrak und richtete sich abrupt mit klopfendem Herzen auf. Ihr erster Gedanke galt Irene, die im Nachtdienst in der Klinik war, ihr zweiter ihrer eigenen Arbeit und dem Fall, mit dem sie zu tun hatte.

Sie kannte die Stimme nicht, die sich meldete, aber sie erkannte den Namen. Thomas Beyerlein von der Polizeidienststelle Weißenburg war Rainers direkter Vorgesetzter. »Was ist passiert?«, fragte sie in plötzlicher Furcht, ihrem Kollegen sei etwas zugestoßen. Aber Beyerlein hatte andere Nachrichten.

»Anna-Luise Schöneberg ist tot«, sagte er.

TRACK 8

Der Tod und das Mädchen

Text: Matthias Claudius

Das Mädchen:
»Vorüber! ach, vorüber!
Geh, wilder Knochenmann!
Ich bin noch jung, geh Lieber!
Und rühre mich nicht an.«
Der Tod:
»Gib deine Hand, du schön und zart Gebild',
Bin Freund und komme nicht zu strafen.
Sei gutes Muts! Ich bin nicht wild,
Sollst sanft in meinen Armen schlafen.«

Die Gesichter der Polizisten und des Pathologen wirkten grau, und Rainer kämpfte gegen das Gähnen an, was ihn in Kombination mit den ungekämmten Haaren fast wie einen Jungen wirken ließ, den man zu früh aus dem Bett geholt hatte. Der Unternehmer Andreas Schöneberg, ein schwer gebauter Mann mit zurückweichendem Haaransatz, der mitten in der Nacht voller Sorge um seine Tochter bei der Polizei angerufen hatte, saß auf einem Stuhl in der offenen Küche von Anna-Luise Schönebergs Wohnung und hatte den Kopf in die Hände gestützt. »Wie konnte sie mir das antun?«, stöhnte er.

Als Eva eintraf, ebenfalls müde, aber hellwach, erklärte Beyerlein ihr knapp, was geschehen war. Anna-Luise Schöneberg hatte den Tag mit einer schweren Erkältung im Bett verbracht, am Abend hatte sie noch mit ihrem Vater telefoniert. Als er später noch einmal versucht hatte, sie zu erreichen, war sie nicht ans Telefon gegangen, doch er hatte angenommen, sie schlafe. Aber wenig später hatte eine ihrer Freundinnen angerufen und gefragt, ob Anna-Luise sich bei ihm aufhalte. Sie habe versucht, sie anzurufen, sie aber weder in Würzburg noch in ihrer Wohnung in Ellingen erreicht. Sie mache sich Sorgen, denn Anna-Luise habe in ihrer letzten Statusmeldung so fertig geklungen. Jemand sollte mit ihr reden. Der Geschäftsmann hatte ihr von Anna-Luises schwerer Erkältung erzählt, dass sie sicher schlafe und deshalb nicht ans Telefon ginge, aber es hatte ihm dann doch keine Ruhe mehr gelassen. Er hatte wiederholt vergeblich versucht, seine Tochter anzurufen, war immer aufgeregter geworden, und zuletzt war er nach Ellingen gefahren. Er hatte mit seinem Wohnungsschlüssel aufgesperrt, und dann hatte er sie gefunden. »Ich begreife es nicht«, wiederholte er immer wieder.

Anna-Luise Schöneberg war in ihrem Bett gestorben, die leere Medikamentenschachtel stand auf dem Nachttisch. Ihre letzte Statusmeldung bei Facebook, die ihre Freundin so alarmiert hatte, dass sie aus Köln angerufen hatte, lautete: »Anna-Luise hält das alles nicht mehr aus. Lebt wohl.« Sie war um einundzwanzig Uhr elf verfasst worden.

Die Stimmung bei der Weißenburger Polizei war gedrückt, als sie sich im Morgengrauen im Besprechungszimmer trafen. Sandra Schneider fehlte; selbst Beyerlein hatte es nicht über sich gebracht, sie aus dem Schlaf zu reißen. Wenn sie sich nicht ohnehin krankmeldete, würde sie früh genug von der neuen Entwicklung hören. »Es ist ja auch nicht so, als ob wir irgendwas tun könnten«, murmelte Rainer, der seinen Kaffeebecher umklammert hielt. Ihm war kalt. »Verdammt«, rief er mit unterdrückter Heftigkeit. »Warum muss so was jetzt auch noch passieren?«

Eva sah ihn an, eine Falte auf der Stirn, aber sie sagte erst einmal nichts. Beyerlein wandte sich an die Beamten: »Ich nehme an, dass es sich hierbei um einen tragischen Zwischenfall handelt, möchte Sie aber alle bitten, diese ganze Sache mit Fingerspitzengefühl zu behandeln, schließlich ist der Vater der Toten ein einflussreicher Mann.« Er hustete, hielt sie an, den Fall Kröger möglichst schnell abzuschließen, und verließ den Raum.

»Hm, du hattest ja gesagt, die Schöneberg sei komisch«, meinte Gollwitzer. Er fühlte sich offensichtlich unbehaglich. »Aber wer denkt denn gleich, dass so was passiert?«

Die anderen nickten zustimmend, alle mit ernsten Gesichtern, alle bedrückt. Nicht, als ob sie sich schuldig fühlten, aber wahrscheinlich fragten sie sich doch alle, ob sie etwas hätten tun können, um das zu verhindern. »Was sollen wir heute machen?«, erkundigte sich Friedolin, der erst vor ein paar Minuten eingetroffen war. Rainer überlegte kurz, warf Eva einen fragenden Blick zu, aber sie hüllte sich in Schweigen. »Hm, weiter, wo wir am Samstag aufgehört haben«, meinte er. »Arno Hertz befragen, ob er ein Alibi hat, sehen, ob wir in der Richtung noch was herausfinden, den Galster noch mal überprüfen – es stimmt wohl, dass er die Kröger am Dienstag in ihrer Wohnung gar nicht angetroffen hat, aber das heißt nicht, dass er es nicht doch gewesen sein könnte …«

Evas Schweigen begann ihn zu verunsichern; er verstummte und warf ihr einen fragenden Blick zu. »Was ist los?«, wollte er wissen, als sie zu zweit in seinem Büro standen, während die anderen sich an ihre Berichte und die Computer gesetzt hatten, weil es noch zu früh war, um Zeugen zu befragen. »Was passt dir nicht?«

Eva ließ sich Zeit mit ihrer Antwort, aber dann sagte sie:

»Dass hier alle so schnell bereit sind, von einem Selbstmord zu sprechen.«

»Niemand hat gesagt, dass es ein Selbstmord ist«, korrigierte Rainer. »Und wir behandeln die Angelegenheit genau wie jeden anderen ungeklärten Todesfall, aber wir haben auch die Umstände, die alle auf einen Suizid hindeuten. Was willst du also genau?« Er setzte sich müde auf den nächstbesten Stuhl, doch das stellte sich als taktischer Fehler heraus, denn Eva dachte nicht daran, sich ebenfalls zu setzen, sondern blieb herausfordernd vor ihm stehen. »Ihr geht alle davon aus, dass sich die Frau umgebracht hat, anstatt die Sache unvoreingenommen anzupacken.«

»Ich weiß nicht, was du mit *unvoreingenommen* meinst«, erwiderte Rainer verärgert. Er persönlich nahm zwar tatsächlich an, dass sich Anna-Luise Schöneberg das Leben genommen hatte, aber deshalb fand er ihren Vorwurf dennoch unangebracht. »Darum führen wir doch eine Untersuchung, damit wir Klarheit haben. Wenn dabei etwas herauskommt, irgendetwas, was nicht ins Bild passt, dann gehen wir dem nach, aber zunächst mal können wir ja wohl das in Betracht ziehen, was wir schon wissen, und das sieht nach einem Suizid aus.«

»Du glaubst doch nicht ernstlich, dass es ein Zufall ist, wenn mitten in unseren Ermittlungen die beste Freundin der Toten stirbt.«

»Wer hat was von Zufall gesagt?«, protestierte er. »Wenn sie sich umgebracht hat, dann ist der Zusammenhang mit unserem Fall doch klar: Sie wurde mit dem Verlust ihrer Freundin konfrontiert, sie war möglicherweise labil.« – Seine Kollegin machte Anstalten, etwas einzuwenden, doch er beharrte: »Sie hat Tabletten genommen, wir selbst haben sie welche nehmen sehen, und es liegt auf der Hand, dass sie sich mit einer Überdosis Tabletten umgebracht hat.«

»Wir wissen noch nicht mal genau, ob sie an den Medikamenten gestorben ist, geschweige denn, ob sie sie selbst eingenommen hat«, grollte Eva.

Rainer verwünschte seine ungenaue Formulierung. »Sie hat eine Abschiedsnachricht hinterlassen«, erinnerte er sie.

»Auf Facebook«, höhnte Eva. »Du weißt genau, dass sie die nicht selbst geschrieben haben muss.«

Er runzelte die Stirn. »Das heißt, du gehst davon aus, dass ein Fremdverschulden vorliegt?«

»Ich bin mir sicher«, antwortete sie überlegen.

»Sie hat aber schon zwei Tage vorher etwas Ähnliches geschrieben wie ihre Abschiedsnachricht, nämlich, dass sie deprimiert war. War sie das auch nicht, deiner Meinung nach?«

»Wahrscheinlich schon. Sie war ja wirklich durcheinander durch Caroline Krögers Tod. Da ist es unheimlich geschickt, einen Selbstmord vorzutäuschen, weil alles zusammenzupassen scheint.«

»Eva, es *passt* alles zusammen«, stöhnte Rainer. »Warum suchst du krampfhaft nach krummen Motiven, wo es eine ganz einfache, wenn auch traurige Erklärung gibt?«

»Du und die anderen, ihr wollt bloß nicht genau hinschauen, weil wir dann zugeben müssten, dass wir vielleicht einen Fehler gemacht haben.«

Rainer zuckte zusammen. Das war eine entschieden unfaire Art zu argumentieren. »Wenn du den kleinsten Hinweis darauf hast, dass es etwas zu sehen gibt, bitte, dann raus damit«, rief er böse. »Aber du hast genauso wenig in der Hand wie ich, und solange wir keine Anhaltspunkte haben, brauchen wir darüber gar nicht zu diskutieren und sollten besser zusehen, dass wir im Fall Kröger weiterkommen.«

»Vielleicht lösen wir den schneller, wenn wir versuchen, diesen neuen Todesfall mit in die Rechnung aufzunehmen.«

»Na gut«, gähnte er. »Wie sieht dein Szenario aus? Jemand bringt erst die Kröger und dann ihre beste Freundin um und tarnt das als Suizid, weil …?«

»Nun, man könnte sich vorstellen, dass sie etwas gewusst hat, was nicht rauskommen durfte«, erklärte Eva. »Sie hätte eine Zeugin sein können.«

»Von London aus?«

»Vielleicht vom Internet aus«, wischte Eva ungeduldig den Einwand beiseite. »Vielleicht hat sie auch seither etwas gesehen, was sie für ihn gefährlich gemacht hat... Wer immer er ist.«

»Arno Hertz«, erinnerte Rainer sie, »steht seit Samstag ganz weit oben auf der Liste verdächtiger Personen. Allerdings haben wir keinen Anhaltspunkt dafür, dass er die Schöneberg überhaupt gekannt hat.«

»Verdammt, hoffentlich war er es nicht«, rief Eva mit unterdrückter Heftigkeit aus. »Wir haben Krögers Aussage gehört und den Hertz trotzdem den ganzen Sonntag herumlaufen lassen. Wenn er in der Zeit die Tat begangen hat...«

Rainer schauderte bei dem Gedanken, aber er wandte ein: »Ich kann's mir nicht vorstellen. Also, erstens haben wir keine Verbindung zwischen den beiden, und zweitens kann ich mir nicht denken, dass die Schöneberg umgebracht wurde. Mal ganz abgesehen von den Indizien, die auf einen Suizid hindeuten: Wir haben bei der Kröger einen Täter, der ziemlich brutal zuschlägt und dann kaltblütig die Leiche woandershin schafft. Wenn die beiden Fälle zusammenhängen würden, wieso finden wir dann bei dem zweiten Opfer eine Tote im Bett, die Tat getarnt als Selbstmord, keine offensichtliche Gewalt, nichts?

»Weiß ich doch auch nicht, aber auch wenn wir uns auf die Kröger konzentrieren, lass uns wenigstens die Nachbarn der Schöneberg befragen, ob jemandem etwas aufgefallen ist. Und vergiss nicht, dass Linda Galster im selben Haus wohnt.«

»Klar«, murmelte Rainer. »Und ich werde auch bei dem Biobäcker noch mal nachfragen, was er gestern gemacht hat.

Aber das ist alles, was ich in der Sache unternehme, solange wir nicht mehr wissen als jetzt.« Sein Gesichtsausdruck verfinsterte sich. »Und dann machen wir dem Arno Hertz die Hölle heiß.«

Bevor Eva bereit war aufzubrechen, bestand sie darauf, einen Abstecher zur Pathologie zu machen. Rainer begleitete sie, aber er hielt sich im Hintergrund. Er nahm an, dass Dr. Jöst nicht unbedingt entzückt sein würde, wenn sie ihm besondere Sorgfalt bei der Untersuchung ans Herz legte. Tatsächlich sah er die Beamtin mit einem leichten Stirnrunzeln an. »Sie wissen, dass wir einen ungeklärten Todesfall immer untersuchen«, erwiderte er kurz angebunden. »Haben Sie einen bestimmten Grund, mich um besondere Gründlichkeit zu bitten, oder trauen Sie mir einfach nicht zu, dass ich meine Arbeit ordentlich mache?«

Er sah bei seinen Worten auch Rainer an, der sich um ein distanziertes Gesicht bemühte.

»Ich möchte lediglich sichergehen, dass sich niemand vom äußeren Anschein in diesem Fall zu falschen Schlüssen verleiten lässt«, erklärte Eva kühl. »Es war nämlich keinesfalls ein Suizid.«

Der Arzt stutzte und warf Rainer einen fragenden Blick zu. »Verstehe ich recht, dass es Anhaltspunkte dafür gibt, dass ein Fremdverschulden vorliegt?«

»Mein Kollege und ich sind in dieser Sache nicht ganz einer Meinung«, erklärte Eva gelassen. »Aber ich nehme an, Sie werden etwas finden, was genau darauf hinweist.«

»Ja, suchen Sie so lange, bis Sie etwas finden«, sagte Rainer ungnädig. »Wenn Sie nichts finden sollten, liegt es keinesfalls daran, dass es nichts zu finden gibt, sondern an Ihrem eigenen Unvermögen.«

»Falls es etwas zu finden gibt, finde ich es«, versprach der Pathologe.

»Also, dann machen wir uns auf den Weg«, rief Eva zufrieden. Ihr Kollege grummelte etwas Unverständliches.

Sie fingen mit dem Haus an, in dem Anna-Luise Schöneberg gelebt hatte, aber von allen Nachbarn im Haus trafen sie nur einen kleinen Jungen von etwa zehn Jahren und Linda Galster an, die schon erfahren hatte, was vorgefallen war. Sie habe sich krankgemeldet, erklärte sie, und Rainer fand, dass sie danach aussah. »Wir halten Sie nicht lange auf«, versprach Eva knapp. »Aber da wir während des Falls Kröger auch Frau Schöneberg aufgesucht haben, sind wir natürlich daran interessiert festzustellen, ob ihr … Suizid im Zusammenhang damit steht.«

»Kommen Sie herein«, forderte sie die beiden rau auf und führte sie in eine kleine Küche, wo ein Wasserkessel gerade Teewasser erhitzte. »Was wollen Sie wissen?«

»Eigentlich nur, ob Sie in den Tagen seit Frau Krögers Tod mit ihr gesprochen haben und ob Sie uns etwas über ihre Gemütsverfassung sagen können.«

»Sie war erschüttert«, antwortete Linda sofort. »Caro war ihre beste Freundin, und es hat sie sehr mitgenommen. Außerdem hat sie dann noch diese Erkältung bekommen, ich glaube, sie war ziemlich fertig.«

»Fertig mit dem Leben?«, wollte Eva wissen. Linda goss das Teewasser in einen Becher und rührte einen großen Löffel Honig hinein, bevor sie antwortete: »Das weiß ich nicht. Ich hätte nie gedacht, dass sie so etwas tun würde, aber das denkt man wahrscheinlich immer. Ich habe gestern Abend noch bei ihr vorbeigeschaut, da war sie …« Die junge Frau zuckte die Schultern. »Ehrlich gesagt, war sie vor allem müde. Sie wollte sich nicht unterhalten, sie wollte bloß schlafen, und alles andere schien ihr in dem Moment egal … das heißt …« Sie dachte nach. »Sie hat Caros Tod erwähnt und gesagt, dass sie es nicht begreifen könnte. Da klang sie schon deprimiert. Ich hätte vielleicht später noch mal nach ihr geschaut, aber ich war im Konzert in Stopfenheim, und wir sind erst sehr spät wiedergekommen.«

»Wir?«, fragte Rainer interessiert.

»Jonas Hofer, wir waren dann auch noch essen.«

»Und Sie sind dann beide hierhergekommen? Wann war das?« Rainer war sich nicht einmal sicher, warum er das wissen wollte. Da er nicht an Evas Theorie glaubte, hätte es ihm herzlich egal sein können, wann und mit wem Linda Galster nach Hause gekommen war.

Sie wurde ein wenig rot und runzelte die Stirn. »So um eins, denke ich, vielleicht halb zwei. Spielt das eine Rolle?«

»Berufskrankheit«, antwortete Rainer mit einem Schulterzucken. »Wir wollen immer alles genau wissen … also, so genau auch wieder nicht«, fügte er eilig hinzu, weil ihn beide Frauen mit sehr kaltem Gesichtsausdruck ansahen. »He, Sie haben angefangen«, verteidigte er sich. »Sie hätten uns ja nicht erzählen müssen, dass Sie nicht allein heimgekommen sind. Ich hoffe, es hat sich wenigstens gelohnt, dafür zweimal ins gleiche Konzert zu gehen.«

»Rainer, ich brauche dich hier nicht mehr«, erklärte Eva eisig. »Vielleicht wartest du im Auto.«

»Vielleicht entschuldigen Sie sich«, schlug Linda Galster ihrerseits kühl vor, und Rainer zuckte unter der geballten Missbilligung zusammen und flüchtete. Eva auf die Palme zu bringen war eine Sache, aber das hatte er nun doch nicht gewollt.

Eva kam nur wenige Minuten später nach, und sie ignorierte den Vorfall völlig. Der Grund dafür wurde Rainer klar, sobald sie im Auto saßen. »Beide Galsters und der Hofer, alle drei waren gestern hier im Haus«, murmelte sie eindringlich. »Vergiss die Selbstmordtheorie.«

»Wieso?«, fragte er schlecht gelaunt. »Sie hat uns bestätigt, dass die Schöneberg deprimiert war, und wir haben keinen Grund, einen der drei zu verdächtigen.«

»Sie hat auch gesagt, dass sie von der Schöneberg keinen Suizid erwartet hätte. Und dass sie total erschöpft war durch ihre Erkältung. Wer bringt denn da genug Entschlusskraft auf, um Selbstmord zu begehen? Ich will den Galster sprechen, aber vielleicht nehmen wir erst mal den Hertz in die Zange.«

»War der gestern auch im Haus?«, erkundigte sich Rainer mit müdem Sarkasmus, der an seiner Kollegin völlig abprallte. »Würde mich nicht wundern«, erklärte sie energisch. »Wenn ja, werde ich es schon herausfinden.«

»Es steht Ihnen völlig frei, nicht mit uns zu reden.« Die kühle Professionalität, mit der Eva die Worte äußerte, verbarg die Drohung dahinter nicht.

Arno Hertz hatte sie in sein Büro geführt, mit Blick auf den Marktplatz in Weißenburg, und saß mit abweisendem, verschlossenem Blick hinter dem Schreibtisch, einer modernen Konstruktion aus Metall. Er war wütend, aber er war auch vorsichtig und hatte seine Reaktionen gut im Griff. »Ich weiß nur nicht, was Sie jetzt noch von mir wollen, nachdem ich bereits alle Fragen der Polizei beantwortet habe«, erklärte er höflich mit einem Lächeln, das seine Augen nicht erreichte; sie wirkten weiterhin ärgerlich und wachsam. »Aber ich bin natürlich zu jeder Kooperation bereit, wenn ich irgendwie weiterhelfen kann.«

»Das hoffe ich«, gab Eva hart zurück. »Vor allem möchte ich gerne wissen, warum Sie, wie Sie sagen, alle unsere Fragen beantwortet haben, aber nicht einmal erwähnt haben, dass Sie Caroline Kröger am Dienstag gesehen haben?«

»Wie kommen Sie darauf?«, gab Hertz angriffslustig zurück. Rainer zog die Augenbrauen hoch. »Ist es etwa nicht wahr?«, fragte er.

Der andere zögerte, und Eva nutzte ihren Vorteil, indem sie sagte: »Wir haben eine Aussage, nach der Sie am Dienstag mit Frau Kröger von ihrer Wohnung aus weggefahren sind. Wenn Sie uns nichts erzählen wollen, steht Ihnen das frei, aber dann werden wir mit anderen Mitteln an Beweise kommen. Ich nehme an, in dem Auto der Toten werden Sie Spuren hinterlassen haben.«

»Beweise wofür?«, krächzte Hertz, der auf einmal unter seiner Solariumsbräune blass geworden war. Sollte er wirklich noch nicht auf den Gedanken gekommen sein, dass sie ihn verdächtigen könnten? »Genau das möchten wir wissen«, antwortete die Beamtin kalt. »Tatsache ist, dass Caroline Kröger getötet wurde, und zwar von jemandem, den sie kannte. Und dass jemand ihre Leiche in ihrem eigenen Auto ins Parkhaus am Ellinger Tor transportiert hat.« Es war deutlich zu sehen, dass der Mann jetzt wirklich Angst hatte, auch wenn er versuchte, sie zu verbergen. Feine Schweißperlen standen auf seiner Stirn, und sein Blick wanderte unruhig zwischen Schreibtisch, Fenster und Tür hin und her. »Wenn das heißen soll, dass Sie mich beschuldigen, Caroline getötet zu haben, dann werde ich erst mit einem Anwalt reden, bevor ich irgendetwas sage«, erklärte er.

»Verdächtigen«, verbesserte Rainer automatisch. »Bislang beschuldigen wir niemanden. Aber wenn Sie dieses Verbrechen nicht begangen haben, dann wäre es besser, Sie würden uns Antworten geben. Sie haben das Recht zu schweigen, wenn Sie sich sonst durch Ihre Worte belasten würden.«

»Natürlich bin ich unschuldig an diesem Verbrechen«, erwiderte Hertz heftig. »Aber ich weiß auch, dass das nichts nützt, wenn man erst einmal in den Mühlen der Justiz gelandet ist. Ich bin Geschäftsmann, ich habe meinen Ruf zu verlieren, meine finanzielle Existenz. Die werde ich nicht aufs Spiel setzen, indem ich drauflosrede, ohne mir Rat zu holen.« Er schluckte einmal trocken, als ob ihm diese Strategie auch nicht gefiele, aber dann bekräftigte er: »Ehe ich mit Ihnen spreche, um meine Unschuld zu beweisen, will ich einen Anwalt konsultieren.«

Und dabei mussten sie es bewenden lassen.

»Großartig«, schimpfte Rainer bitter, als sie sich im *Café Pflaumer* niedergelassen hatten, um sich aufzuwärmen. »Jetzt hat er Angst bekommen.«

»Der *soll* Angst haben«, erklärte Eva nachdrücklich, was ihr einen verwunderten Blick der Bedienung einbrachte. Rainer wartete, bis sie ihre Getränke abgestellt hatte, ehe er antwortete: »Ja, aber jetzt igelt er sich ein und schweigt, und wir können sehen, wie wir an Antworten kommen. Das wird ewig Zeit kosten.«

»Na ja, wenn er schuldig ist, kannst du nicht verlangen, dass er sich selbst belastet, nur um uns die Arbeit zu ersparen.«

»Das heißt, du meinst, er war es?« Sie zuckte die Schultern. »Wir haben eine Reihe von Verdachtsmomenten, das ist das eine. Und sein Schweigen klingt auch nicht unbedingt nach gutem Gewissen, aber das kann auch andere Gründe haben.«

»Du meinst wegen der Story mit Caroline Kröger? Wenn rauskommt, dass er sich an sie rangemacht hat? Du meinst, davor hat er Angst?«

»Wir wissen ja nicht, was genau passiert ist«, nickte Eva. »Linda Galster zufolge hat die Kröger ihr die Sache verhältnismäßig harmlos dargestellt, aber wer weiß, ob sie alles erzählt hat? Die Angelegenheit könnte strafrechtlich relevant sein, da riskiert ein Typ wie der Hertz sicher nichts.« Sie presste wütend die Lippen aufeinander, und Rainer glaubte zu ahnen, was sie dachte.

»Falls sich herausstellt, dass er sie nicht getötet hat, wird es fast unmöglich sein, ihn wegen dieser Sache zu belangen, egal ob sie strafrechtlich relevant ist oder nicht«, meinte er. »Die Kröger ist tot, und wahrscheinlich war sie die Einzige außer ihm, die die ganze Wahrheit kannte.«

»Ja«, stieß Eva zwischen den Zähnen hervor. »Weiß ich selbst. Aber vielleicht war er's ja. Wenn es zur Anklage kommt, steht die sexuelle Belästigung, oder was auch immer es war, mit auf der Anklageschrift.«

Rainer schob seine heiße Schokolade zur Seite und legte ein paar kleine Notizzettel vor sich auf den Tisch. Die meisten waren schon wieder ziemlich zerknittert und kaffeefleckig. »Okay, wie stehen die Aktien?«, fragte er und begann, ohne eine Antwort abzuwarten: »Am Dienstag haben wir den Hertz, mit dem sie seit Jahren nichts zu tun haben will, in Caroline Krögers Auto. Die zwei fahren mit dem Zug von Ellingen nach Nürnberg…« Er stutzte. »Warum nicht gleich mit dem Auto, wo sie schon drin saßen?«

Eva verdrehte die Augen. »Ganz einfach, sie hatte nicht die Absicht, eine Stunde mit ihm allein im Auto zu verbringen, nachdem er sich ja schon mal als Meister im Grapschen bewiesen hat.«

»Oh«, machte Rainer, der daran wirklich nicht gedacht hatte. »Klingt sinnvoll, ja. Also, die beiden fahren nach Nürnberg und treffen sich dort mit Andreas Kröger, wie der uns am Samstag erzählt hat. Dessen Geschäfte gehen nicht so gut, und seine Tochter weiß, dass Hertz einen größeren Auftrag an der Hand hat, bei dem Krögers Malergeschäft mit einsteigen könnte. Sie will ihrem Vater helfen, deshalb überwindet sie ihre Abneigung gegen den bösen Stiefvater und tut alles, damit die zwei Männer ins Geschäft kommen.«

»Ja, aber etwas stimmt an der Story nicht«, unterbrach Eva mit einer ungeduldigen Geste und warf der Kellnerin, die in Hörweite stand, einen finsteren Blick zu, der sie dazu bewegte, sich zurück zur Kuchentheke zu begeben. »Ich kann verstehen, warum Hertz uns das alles gerne verschweigen wollte, wenn er wirklich am Tag der Tat noch mit dem Opfer zusammen war. Dabei fühlt sich keiner wohl, schon gar nicht jemand, der möglicherweise ein Motiv für die Tat hat. Aber Hertz ist nicht dumm. Er hätte doch genau wissen müssen, dass der Kröger uns von dem Treffen erzählen würde, sobald wir mit ihm reden, und dass es ihn umso verdächtiger machen würde, wenn er uns nichts davon sagte.«

»J-a«, meinte Rainer gedehnt, weil sie offensichtlich eine Reaktion von ihm erwartete, aber dann merkte er selbst, worauf sie hinauswollte. »Du denkst, er hatte Grund anzunehmen, dass Andreas Kröger über das Treffen ebenfalls schweigen würde?«

»Ja, fragt sich nur, warum?«

»Krumme Geschäfte?«, schlug er vor. »Das können unsere Leute sicher herausfinden.« Er suchte nach einem Zettel, auf dem noch Platz für eine weitere Notiz war, fand keinen und wollte gerade auf die Serviette kritzeln, als Eva ihm ihr Notizbuch reichte. »Wir leben im Zeitalter von BlackBerrys und elektronischen Terminkalendern, und du schaffst es nicht einmal, einen ordentlichen Notizblock zu benutzen«, sagte sie entnervt.

Er grinste entschuldigend und riss eine Seite aus ihrem Ringbuch. »Kröger – dunkle Geschäfte?«, murmelte er, während er schrieb. »Das sollen die anderen machen, wir sehen besser zu, was für ein Alibi uns der Hertz auftischt, sonst nützt uns das alles gar nichts. Wenn er nachweislich anderswo war, als seine Stieftochter getötet und ihr Auto ins Parkhaus gefahren wurde, dann haben wir ein Problem.«

Eva hatte mit ihrem Handy hantiert, während er redete; jetzt sah sie auf und meinte: »Wir sollten auch nachprüfen, ob sich bei Anna-Luise Schöneberg etwas findet über Arno Hertz – vielleicht über seine Geschäfte, falls da etwas nicht ganz sauber sein sollte.«

Rainer verbarg sein Gesicht in den Händen und schüttelte den Kopf. »Bitte, Eva«, stöhnte er, bevor er mit zerzausten Haaren wieder auftauchte. »Du glaubst wirklich, dass die Schöneberg umgebracht wurde, weil sie zu viel wusste?«

Seine Kollegin hielt triumphierend ihr Telefon hoch. Sie hatte offensichtlich gerade eine Textmeldung erhalten. »Weißt du, was die Väter der beiden Opfer gemeinsam haben?«, fragte sie.

»Ja, sie haben den gleichen Vornamen«, grummelte Rainer.

Sie ignorierte ihn. »Sie haben beide geschäftlich mit Arno Hertz zu tun gehabt. Ich habe das extra in Erfahrung bringen lassen.«

So wenig das Rainer gefiel, er musste zugeben, dass das möglicherweise eine Bedeutung haben konnte. Er tat es nicht gerne, weil seine Kollegin ohnehin schon viel zu sehr von ihrer eigenen Theorie überzeugt war; aber es sollte noch schlimmer kommen. Sein Handy klingelte, als Eva ihres gerade wieder eingesteckt hatte. »Ja, Sailer hier?« Er rührte in seiner Tasse, während er hörte, was Friedolin zu berichten hatte. »Das ist nicht wahr!«, rief er aus, es folgte ein Fluch und dann eine Reihe von knurrenden »Ja« und »Hm«.

»Verdammt«, schimpfte er, als das Telefonat beendet war. Eva sah ihn auffordernd an, aber ihm war nicht danach zu wiederholen, was er eben gehört hatte.

»Neuigkeiten?«, fragte sie schließlich, was er mit einem unwilligen Nicken bestätigte. Sie zog die Brauen hoch. »Über Caroline Kröger?«

Er warf ihr einen Blick voll stummer Erbitterung zu, den sie auf ihre Weise interpretierte: »Über Anna-Luise Schöneberg?«, riet sie. »Jetzt sag schon endlich!«

»Die Pathologie hat sich gemeldet.« Rainer sprach die Worte so aus, als ob jedes davon eine bittere Pille sei. »Im Körper der Schöneberg haben sie die Medikamente gefunden, die wir erwartet haben nach den Schachteln auf ihrem Nachttisch.«

»Aber?«, erkundigte sich Eva gespannt.

»Sie ist nicht an den Tabletten gestorben«, gab er widerwillig zu. »Sieht so aus, als hättest du recht«, fügte er an, nur weil er sie das nicht auch noch sagen hören wollte.

»Ich hab's dir gesagt«, murmelte sie voll grimmiger Befriedigung.

Arno Hertz blickte von seinem Büro aus auf den Marktplatz hinunter, die vertrauten alten Häuser, die Adventsbeleuchtung, die jedes Jahr üppiger auszufallen schien, die wenigen Menschen, die um diese Zeit zu Fuß in der Innenstadt unterwegs waren. Die liefen da unten herum und kümmerten sich um nichts als ihre Einkäufe und Besorgungen, während er in der Tinte saß. Er verwünschte die Passanten, dann dachte er voller Zorn an Caroline, die ihm das alles eingebrockt hatte, den ganzen Schlamassel. Er schlug mit der flachen Hand auf den Fenstersims, um seiner Frustration ein wenig Luft zu machen; lieber hätte er ein Boxkissen vor sich gehabt, um sich abzureagieren. Ihretwegen hatte er jetzt die Polizei am Hals, und die würden nicht ruhen, bis sie ihm irgendetwas angehängt hatten. Sie würden alle ihre geschwätzigen Freundinnen befragen, und bestimmt hatte sie einer von ihnen alles erzählt, natürlich eine völlig übertriebene Horrorstory, und dann würde Tanja alles erfahren – was hieß überhaupt »alles«? Was war schließlich groß passiert? Die Galle kam ihm hoch, wenn er nur daran dachte. Was sollte man von einem Mann erwarten, wenn er wochenlang mit einem Teenager unter einem Dach lebte, und dann noch in den Ferien am Strand, wo sie ständig vor seinen Augen im Bikini herumgelaufen war? War es da verwunderlich, dass er mal einen schwachen Moment gehabt hatte, noch dazu nachts auf einer Party, bei der eine Menge

Alkohol geflossen war? Als ob das ein Grund gewesen wäre, gleich ein Riesendrama zu veranstalten, ihn stehenzulassen und dann bei Nacht und Nebel zu verschwinden. Schließlich hätte er ihr nie etwas angetan, und sie war immerhin erwachsen gewesen. Mit neunzehn sollte eine Frau ja wohl wissen, wie es in der Welt zuging. Es machte ihn ungeheuer wütend, dass er ihretwegen jetzt in der Klemme saß. Er wollte nicht, dass Tanja etwas von der Sache erfuhr, und er wollte verdammt noch mal erst recht nicht vor Gericht landen, nur weil er sich in einer Nacht einen Moment lang mal nicht im Griff gehabt hatte.

Dann dachte er daran, was die Polizeibeamtin von seinen Spuren in Carolines Auto gesagt hatte, und die Wut wurde wieder weggewischt von der Angst vor dem, was ihn der kurze Moment kosten würde.

»Okay, Arno Hertz' Alibi: Nach dem Treffen mit Kröger hat er angeblich bei einem Freund übernachtet, weil es zu spät war, um noch heimzufahren. Das hatte er uns schon vorher so erzählt, aber weil wir da noch nicht wussten, dass er am selben Tag Caroline Kröger gesehen hatte, haben wir das nicht allzu intensiv nachgeprüft. Von gestern noch nichts; Verbindung Hertz – Anna-Luise Schöneberg bisher Fehlanzeige, aber er ist ein Geschäftsfreund von Papa Schöneberg. Andreas Kröger …« Rainer Sailer blickte vom Computerbildschirm hoch. Sie waren in die Inspektion zurückgefahren, um dort weiterzuarbeiten und vor allem Genaueres über den Tod von Anna-Luise Schöneberg in Erfahrung zu bringen. »Das ist wahrscheinlich Blödsinn«, meinte er nachdenklich, »aber den Kröger haben wir noch gar nicht untersucht. Ich wüsste zwar nicht, warum der seine Tochter umbringen sollte, aber es könnte ja sein, dass er einen Grund hatte, von dem wir noch nichts wissen …«

Eva runzelte die Stirn und begann in ihrem Notizblock zu blättern. »Hm. Ich setz Friedolin mal darauf an.«

Beyerlein hatte sich zuvor zu ihnen gesellt. Er schien schockiert über die neuesten Erkenntnisse zu Anna-Luise Schönebergs Tod und mehr als besorgt darüber, was die Presse und die Öffentlichkeit aus ihrem Fall machen würden. »Sind Sie sicher, dass die beiden Fälle zusammenhängen?«, hatte er gefragt. Die beiden Beamten hatten genickt. Sie waren überzeugt davon, dass beide Taten im Zusammenhang standen. »Wenn rauskommt, dass es ein zweites Opfer gab, während wir noch im ersten Fall ermittelt haben, machen uns die Leute die Hölle heiß«, hatte Rainers Vorgesetzter gemurmelt. Auch dem hatten sie zustimmen müssen, aber Rainer hatte dennoch zu bedenken gegeben: »Wir wissen aber wirklich nicht, wie es möglich gewesen wäre, das zu verhindern. Es gab keine Anhaltspunkte dafür, dass so etwas passieren könnte, und wir hatten keinerlei Beweise und folglich keine Berechtigung, jemanden festzuhalten.«

»Sie meinen Ihren Verdächtigen, den Sie wieder haben gehen lassen«, hatte Beyerlein gegrummelt. Dann hatte er geniest und war gegangen.

Eva spielte mit dem Pathologiebericht, der vor ihr auf dem Tisch lag. »Weißt du was, in einer Sache hast du recht«, bemerkte sie; es klang eher, als ob sie mit sich selbst redete, und sie verstummte gleich wieder, eine steile Falte auf der Stirn.

»Wahrscheinlich sollte ich ja froh sein, auch mal recht zu haben«, meinte Rainer, als sie nicht weitersprach, »aber ich wüsste doch gerne, in welchem Fall.«

»Die beiden Frauen sind auf so unterschiedliche Weise umgebracht worden. Ein Stoß und Sturz bei der Kröger – dann eine ziemlich kaltblütige Transportaktion in ein Parkhaus. Und die andere – in ihrer Wohnung umgekommen, im Bett, das Ganze getarnt als Suizid …«

»Du meinst, es könnten doch zwei verschiedene Täter

sein?« Die Vorstellung allein machte ihn müde; das würden sie nie aufklären, wenn sie so wenige Leute hatten.

»Ich weiß nicht«, überlegte Eva laut. »Wir können das ja nicht ausschließen. Wenn es nur ein Täter ist, verrät es uns vielleicht etwas über die Art von Verbrechen, mit dem wir zu tun haben. Über das Motiv oder über die Beziehung des Täters zu den Opfern.«

»Ein Stoß, ein Sturz, wie du gesagt hast«, spann Rainer den Gedanken weiter. »Und eben kein Mord, sondern nur ein Streit, der tragisch endete. Mit wem könnte Caroline Kröger so in Streit geraten sein?«

»Lassen wir das mal, das fragen wir uns ja jetzt schon seit Tagen. Es könnte der Hertz sein, weil sie droht, etwas von seinem früheren Verhalten zu verraten, ihn vielleicht doch noch anzuzeigen. Tobias Galster, weil er eifersüchtig ist. Linda Galster aus irgendwelchen komplizierten Gründen, vielleicht jemand anderes … Vergiss das für den Augenblick. Wie sieht es bei der Schöneberg aus? Sie ist erstickt worden, aber nicht auf die übliche Art, Kissen auf den Mund gedrückt, sondern wahrscheinlich unter einer großen Tüte; sie hatte zuvor Medikamente eingenommen, vielleicht schlief sie sogar schon, auf jeden Fall hat sie ihr eigenes Kohlenstoffdioxid eingeatmet. Sanfter kannst du jemanden kaum umbringen. Was sagt es uns, dass sie so gestorben ist?«

»Du weißt schon, dass es vielleicht gar nichts bedeutet«, erinnerte Rainer sie. »Wenn jemand zwei Menschen umbringt und nicht erwischt werden will, muss er eben die Methoden anwenden, die sich gerade anbieten, und die Schöneberg lag schon mit einer Erkältung im Bett, und Caroline Kröger nicht.« Aber das Bild der Toten in ihrem Bett schob sich vor sein inneres Auge. In einem hatte Eva sicher recht: Eine ruhigere Art zu sterben konnte man sich kaum vorstellen. »So würde man jemanden umbringen, den man geliebt hat«, behauptete er.

»Dachte ich mir auch«, stimmte Eva zu, aber dann schüttelte sie den Kopf. »Aber ich fürchte, damit verrennen wir uns.«

»Wieso? Wir wissen zum Beispiel, dass Anna-Luise Schöneberg mit dem Hofer zusammen war. Und dass sie mit ihm Schluss gemacht hat.«

»Hast du nicht zugehört heute Morgen?«, winkte Eva ab. »Der hat zur Tatzeit in Stopfenheim im Konzert gesungen.«

»Er war im Haus«, beharrte Rainer, der sich für seine Hypothese zu erwärmen begann. »Und er hat eine starke Verbindung zu dem Opfer.«

»Aber nicht zur Kröger, soweit wir wissen.«

»Er muss ja nicht der Einzige gewesen sein, der eine Liebesbeziehung mit der Schöneberg gehabt hat«, verfolgte er seinen Gedanken auf anderem Wege weiter. »Überhaupt, haben wir den Hofer je nach einem Alibi für den Dienstag gefragt?« Eva wollte die Frage mit einem genervten Blick abtun, aber Rainer beharrte darauf.

»Okay«, seufzte sie und ging die Unterlagen des Falls durch. »Er hat bei den Eltern im Gästezimmer übernachtet, ist am Nachmittag angekommen, länger weg gewesen, im Laufe des Abends haben wir ein Treffen mit seinem Pianisten. Das ist alles noch nicht bestätigt, aber das ist ohnehin egal, denn was er gestern den ganzen Abend getan hat, wissen wir genau. Außerdem scheint er sich ja mit der Galster über den Verlust hinweggetröstet zu haben.«

»Vielleicht hat er sich auch bloß an sie rangemacht, um freie Hand zu haben«, vermutete Rainer, dem der Sänger aus irgendeinem Grund seit dem Gespräch mit Linda Galster am Morgen viel weniger sympathisch war als zuvor.

»Ich sehe einfach nicht, wie wir den Hofer mit den beiden Taten in Zusammenhang bringen sollen«, antwortete Eva. »Im einen Fall fehlt uns ein Motiv, im anderen die Gelegenheit.«

»Dann sind es halt doch zwei unterschiedliche Täter.« Rainer fragte sich einen Moment lang, ob seine Beharrlichkeit vielleicht damit zu tun hatte, dass seine Kollegin am Morgen ebenso stur an ihrer Meinung festgehalten hatte. Sie schüttelte nur den Kopf: »Selbst wenn, es wäre das falsche Verbrechen, für das er die Gelegenheit hatte.«

»Hm.« Stirnrunzelnd saß er am Schreibtisch und dachte die Sache durch, aber dazu fiel ihm tatsächlich nichts mehr ein. »Was nun?«

»Ich dachte mir, wir fahren raus zum Galster«, schlug sie vor.

»Haben wir nicht hier noch zu tun?«, wandte Rainer ein, dessen Magen knurrte. »Wäre es nicht besser zu warten, die Tatsachen auszuwerten und zu sehen, ob sich beim Hertz was machen lässt? Herztätigkeit prüfen sozusagen.«

»Du kannst gerne hierbleiben«, gab sie kurz angebunden zurück.

»Ach, du willst bloß nicht, dass ich deinen verklärten Gesichtsausdruck beim Anblick der heimatlichen Gefilde des schönen Buchfeld sehe«, erklärte er salbungsvoll.

»Noch ein Wort, Rainer, und ich nehme den Gollwitzer mit.«

Er machte ein unschuldig gekränktes Gesicht. »Du würdest mich doch nicht allein lassen mit dem ganzen Papierkram. Das wäre sehr unkollegial von dir.«

»Bis später!«, sagte sie pointiert und machte Anstalten, den Raum zu verlassen.

»Du Eva, frag den Galster nach …« Aber er besann sich eines Besseren und winkte ab. Wenn er selbst nicht herausfand, was er wissen wollte, konnte er sie später immer noch anrufen. Manchmal war es praktisch, dass Eva so einfach auf die Palme zu bringen war, dachte er, während er mit einem Ohr auf ihre Schritte und dann auf ihre Stimme im Besprechungszimmer lauschte. Er wartete, bis er sicher war, dass seine Kollegin mit Bernd Gollwitzer losgefahren war, dann blickte er auf die Uhr. Er sammelte ein paar Unterlagen zusammen, die er dann ins Besprechungszimmer trug. »Thorsten, hast du gerade zu tun?«, fragte er, legte ihm dann aber, ohne eine Antwort abzuwarten, die Akten auf den Tisch. »Fass mal alles zusammen, was wir haben, und schau, ob du irgendwo Ungereimtheiten entdeckst oder eine Zeugenaussage zu einem der Alibis, die wir bislang noch nicht bedacht haben.«

»Toll, und was machst du?«, fragte der junge Kollege argwöhnisch.

»Ich geh was essen«, grinste Rainer, »arbeite schön fleißig.«

Aber es dauerte nicht lange, da saß er mit den Laptops der beiden Toten und der Freundesliste, die ihnen die Schöneberg gemailt hatte, in seinem Büro und begann mit grimmiger Entschlossenheit, belanglose Pinnwandeinträge, Kommentare und Nachrichten zu durchforsten. In dem ganzen Wust musste es doch einen Hinweis geben auf die Fragen, die ihn beschäftigten.

Eva bedeutete Gollwitzer, das Auto etwas weiter unten an der Emsfelder Straße stehen zu lassen und das letzte Stück zum Felberhof zu Fuß zu gehen. Sie stiegen aus, und ihr Kollege sah sich interessiert um. »Hier bin ich, glaub ich, bloß mal durchgefahren«, bemerkte er. »Meine Frau und ich überlegen uns schon, ob wir uns in der Gegend ein Haus kaufen sollen … Nett hier, finde ich.«

Eva schnaubte verächtlich. Was sie betraf, so hatte sie nicht die Absicht, jemals wieder in einem Dorf wie Buchfeld zu leben. Selbst der Geruch war immer noch derselbe wie früher, ein Geruch nach Feldern, Tieren, Mist, nicht besonders stark an einem kühlen Tag wie diesem, aber immer da. Der Kirchturm von St. Koloman ragte wuchtig in den leicht verhangenen grauen Himmel. Ein wenig Schnee war spät in der Nacht gefallen, und ein paar schmutzig graue Haufen waren noch vom letzten Schneefall übrig geblieben. Sie stapfte wortlos die Straße entlang, und ihr grimmiges Gesicht verfinsterte sich noch weiter, als sie auf der Höhe der Metzgerei Pfarrer Römer entdeckte, der einen warmen Anorak und eine Schirmmütze trug und aussah, als ob er schon eine ganze Weile hier draußen auf- und abgegangen sei.

»Sag mal, hast du nicht irgendwann in deinem Leben mal etwas zu arbeiten?«, ereiferte sich Eva, als sie herangekommen waren. »Ich weiß ja, dass ein Pfarrer nicht viel zu tun hat, aber …«

»Ein Arbeiter ist seines Lohnes wert«, erwiderte Römer mit seinem hintergründigen Lächeln, das in diesem Augenblick mehr wie eine Waffe war, mit der er ihren Angriff parierte. »Zumindest war das zu Paulus' Zeiten noch so, heute beherrscht ja die Krise alles, da muss sogar ein armer Pfarrer wie ich sich dem Wettbewerb stellen und sein Wirkungsfeld ausweiten, wenn ich mal so sagen darf.«

»Mit anderen Worten, du hast dich mal wieder in Dinge eingemischt, die dich nichts angehen«, mutmaßte sie. Der Pfarrer zog eine Augenbraue hoch. »So würde ich das nicht nennen«, widersprach er. »Auch wenn ich zugeben muss, dass ich dich erwartet habe. Mich interessiert aber nur die seelsorgerische Seite der Affäre.«

Ihre Augen waren schmal vor Misstrauen und Ärger. »Wenn ich mich recht erinnere, dann sind Galsters katholisch. Also erzähl mir nicht, dass es dir hier um Seelsorge geht.«

»Das ist ein sehr unökumenischer Standpunkt, Eva«, kritisierte er milde, und nur seine Augen verrieten sein Vergnügen. »Du weißt doch, die Schafe aus dem anderen Stall und so weiter …«

»Ich habe keine Ahnung«, fauchte Eva ihn an. »Komm mir bloß nicht mit der Bibel. Ich habe jedenfalls etwas Sinnvolles zu tun.«

»Gehen wir zur Bäckerei«, schlug Gollwitzer vor, um das Gespräch zum Ende zu bringen. »Wiederschaun, Herr Pfarrer«, fügte er noch höflich hinzu.

»Moment mal. Wollt ihr mit dem Galster reden?«, fragte der zurück. »Dann solltet ihr …«

»Herwig«, funkelte Eva ihn an. »Geh mir aus den Augen.«

Der Pfarrer sah aus, als wollte er einen Einwand vorbringen, dann aber zuckte er mit den Schultern, nickte den beiden Beamten freundlich zu und ging langsam in Richtung Pfarrhaus zurück.

Die Klingel über der Tür der Biobäckerei erklang, und wieder empfing sie der Duft von frischem Gebäck, der Evas Magen leise knurren ließ. Schon im Auto war ihr der Verdacht gekommen, dass Rainer sie extra verärgert hatte, nur damit sie ohne ihn fuhr und er in aller Ruhe zum Essen gehen konnte. Auf der Theke stand ein Adventskranz mit einer brennenden Kerze. Ein sehr junger Mann, vermutlich der Lehrling, schichtete gerade Semmeln in verschiedene Auslagen. »Morgen, wissen Sie schon, was Sie möchten?«, fragte er die beiden über seine Schulter hinweg, ohne sich umzublicken.

Frau Galster aber war im gleichen Moment die Stufen vom Haus heraufgekommen. Sie trug ihr Haar auch an diesem Morgen in einem festen Dutt, und ihrem Gesicht konnte man nicht ansehen, dass sie und ihr Mann sich wahrscheinlich große Sorgen machten, höchstens, dass es noch gefasster war als sonst. »Ist gut«, sagte sie zu dem Lehrling. »Geh zurück an deine Arbeit, ich mach das hier.« Sie wandte sich an Eva, sobald der junge Mann mit den leeren Backblechen gegangen war. »Was kann ich für Sie tun?«, fragte sie höflich. »Wie ich sehe, haben Sie diese schlimme Sache immer noch nicht aufgeklärt.«

»Wir müssen Ihren Sohn noch einmal sprechen«, erklärte Eva. Die Bäuerin nickte, aber jetzt schienen die Falten auf ihrem Gesicht schärfer als zuvor, auch wenn sie noch immer ruhig blieb. »Er ist nicht hier, Frau Schatz«, erklärte sie. Ihre Augen, ein etwas dunkleres Braun als die von Tobias Galster, verrieten Beunruhigung.

»Können Sie mir sagen, wo er ist?«, fragte Eva angespannt, doch sie ahnte die Antwort bereits.

»Ich weiß es selber nicht«, erwiderte die Galsterin. »Ich glaub, er ist vergangene Nacht gar nicht nach Hause gekommen.«

Zwei gleichermaßen unerfreuliche Möglichkeiten jagten durch Evas Gedanken, und auch Gollwitzer sah bestürzt aus.

Er fragte: »Wo war er denn gestern? Könnte ihm etwas zugestoßen sein?«

Schrecken zuckte über das Gesicht der Frau, aber sie schüttelte den Kopf: »Er hat heute Morgen angerufen, da war ich aber gerade beim Melken. Er hat eine Nachricht hinterlassen, dass ihm etwas dazwischengekommen ist, es gäbe aber keinen Grund zur Sorge.« Sie seufzte unwillkürlich auf. »Ein Kreuz ist das. Man macht sich ja doch Gedanken, nach allem, was passiert ist.« Dann sah sie den beiden Polizeibeamten offen ins Gesicht. »Der Tobias ist ein guter Junge. Ich weiß, dass er nichts Unrechtes getan hat.«

Eva ging nicht auf ihre Worte ein. Was sollte sie auch sagen, solange sie nicht wusste, ob sich diese Worte einer fürsorglichen Mutter als die Wahrheit oder als Selbstbetrug herausstellen würden? »Könnte er sich bei seiner Cousine aufhalten?«

»Ich habe bei Linda angerufen. Sie hat gesagt, bei ihr wäre er nicht.«

»Danke«, murmelte Eva, deren Gedanken weit voraus waren. »Wenn er heimkommt, richten Sie ihm bitte aus, er möge sich melden.« Und sobald sich die Bäckereitür hinter ihr und ihrem Kollegen geschlossen hatte, fügte sie hinzu: »Verdammt. Wenn sich der Galster abgesetzt hat, wenn er es doch war?« Gollwitzer stieß ein freudloses Lachen aus: »Dann sitzen wir in der Scheiße, mit Verlaub gesagt. Wir hatten ihn und haben ihn wieder gehen lassen, und danach ist ein zweiter Mord passiert.«

»Dann können wir einpacken«, stimmte Eva zu. »Dabei hätten wir gar keine Anklage erheben können aufgrund der Beweislage. Aber das wird natürlich niemanden interessieren… Jetzt schleicht der immer noch da rum!«, rief sie entnervt aus, als sie sich der Kirche näherten. »Der« war natürlich Pfarrer Römer, der sich eine Schneeschaufel geholt hatte und vorgab, den Gehsteig vor der Kirche zu räumen. Er sagte aber nichts, als sie näher kamen, und hatte offenbar die Absicht, sie wortlos ziehen zu lassen, wenn sie das wollten. Doch Eva konnte sich nicht verkneifen, spitz zu bemerken: »Das ist ein miserables Alibi, das du dir da ausgedacht hast, um beschäftigt auszusehen. Die drei Schneeflocken, die hier herumliegen, müsste man schon mit der Lupe suchen.«

Herwig Römer stützte sich gelassen auf seine Schneeschaufel und fragte träge: »Da wir gerade von Alibis reden – hast du erreicht, was du wolltest?«

»Du weißt doch genau, dass ich nichts erreicht habe!«, erwiderte sie heftig. »Oder bist du nicht schon den ganzen Morgen unterwegs gewesen und hast die Leute ausgehorcht?«

»Hm, nein, ich dachte es mir, dass ihr nichts erreicht habt«, gab er nachdenklich zu. »Dafür wart ihr nicht lange genug im Laden.«

Seine Ruhe brachte sie in Rage, vor allem, weil sie auf sich selbst wütend war, dass sie den Galster hatten gehen lassen und für diesen Fehler würden zahlen müssen.

»Du kannst ja dastehen in deiner Selbstgefälligkeit und dich über deine Cleverness freuen«, fuhr sie ihn an. »Wir stecken mitten in einem undurchsichtigen Fall, wir wissen nicht, wo wir noch suchen können, und heute Nacht hat es eine weitere Gewalttat gegeben …« Sie verstummte abrupt, denn das hatte sie natürlich nicht sagen wollen; bislang durfte niemand erfahren, dass Anna-Luise Schönebergs Tod kein Suizid war. Zu ihrer Verblüffung nickte der Pfarrer jedoch: »Ja, ich weiß, das ist ziemlich ernst«, stimmte er zu.

»Woher weißt du das?«, drängte Eva, die ihre Wut plötzlich über dieser Erklärung vergaß. Wer außer der Polizei und dem Täter wusste schon davon, dass die Schöneberg sich nicht selbst umgebracht hatte? Wenn sie herausfanden, wie der Pfarrer an diese Information gekommen war, würde sie das vielleicht weiterbringen. »Wer hat dir das erzählt?«

Jetzt machte Römer ein verwirrtes Gesicht. »Na, der Tobias selbst«, antwortete er, als sei es das Selbstverständlichstc auf der Welt.

»Wann?«, fragte Eva schwach. Wie nahe war Römer dem Moment gewesen, in dem sie den Fall hätten abschließen können? »Warum hast du uns das nicht alles vorhin erzählt?«

»Wollte ich ja, aber du hast ja nicht zugehört«, meinte er mit mildem Vorwurf in der Stimme. »Der Tobias hat mich heute Nacht aus dem Schlaf geklingelt und mir erzählt, was passiert war. Er wollte natürlich nicht, dass seine Mutter etwas davon erfährt, die Eltern sorgen sich ohnehin schon halb zu Tode …«

»Und er hat dir erzählt, dass Anna-Luise Schöneberg getötet wurde?«

Verständnislosigkeit, Erschrecken und Verwirrung wechselten sich auf Römers Gesicht ab, dann fragte er betroffen: »Wer wurde … hat es einen weiteren Mord gegeben?«

»Davon rede ich doch die ganze Zeit«, rief Eva, zwischen Ärger und leichter Verwirrung schwankend.

Gollwitzer war dem Gespräch schweigend gefolgt, jetzt wandte er sich an den Pfarrer: »Wovon haben Sie denn die ganze Zeit gesprochen?«

»Na, von Tobias Galster…« Verständnis dämmerte auf seinem Gesicht herauf. »Sie haben das noch gar nicht gewusst?«

Gegen Mittag hatte Linda das Gefühl, ersticken zu müssen, wenn sie länger im Raum blieb. Sie hatte versucht weiterzumachen, als ob nichts gewesen wäre; war am Morgen ins Krankenhaus gefahren und hatte ihre ungeliebte Arbeit mit widerspenstigen Patienten getan, die sich nicht an ihre Diätvorschläge halten wollten, und den ewigen Kampf mit dem völlig überarbeiteten Küchenpersonal weitergeführt, das ihre Empfehlungen auch nicht ausführen wollte oder konnte. Am liebsten wäre sie nach Hause gegangen, aber sie hatte das Gefühl, dass sie das nicht tun durfte. Sie musste durchhalten, sonst würde sie zu Hause sitzen und heulen, und irgendwann würde sie vielleicht auch zu Beruhigungsmitteln greifen, um das alles nicht mehr fühlen zu müssen. Am Ende würde es ihr noch genauso gehen wie Anna-Luise. Wer konnte von sich sagen, dass er so etwas nie tun würde, dass er immer stark genug sein würde, um das Leben zu ertragen, egal, was es brachte? Der Gedanke an die Tote, an das matte, fiebrige Gesicht in den Kissen verfolgte sie. Anna-Luise war ihr nicht so nahegestanden wie Caroline, aber alles, was sie an ihr je genervt und mit Ungeduld erfüllt hatte, war jetzt weit fortgerückt. Sie war tot. Die Unausweichlichkeit, die dieses Wort begleitete, ließ Linda keine Ruhe. Sie musste hinaus an die Luft, wenigstens ein paar Minuten lang allein sein mit sich und ihren Gedanken, wenn sie ihnen schon nicht entfliehen konnte. Eilig lief sie die Treppe hinunter, doch als sie im Eingangsbereich angelangt war, blieb sie abrupt stehen. Am Empfang stand der Kerl von der Polizei, diesmal ohne seine Kollegin. Sie hätte am liebsten kehrtgemacht, aber ein Blick verriet ihr, dass er sie schon bemerkt hatte.

Rainer wurde klar, dass seine Anwesenheit alles andere als willkommen war, sobald er Linda Galsters Gesicht sah.

»Was wollen Sie denn schon wieder?«, fragte sie müde und ohne einen Versuch, höflich zu sein.

»Sie sehen ziemlich fertig aus«, erwiderte er, mehr auf den Ton als auf ihre Worte eingehend.

»Was wollen Sie?«, wiederholte sie und wandte sich zum Gehen. Die Geste war deutlich: Sollte er folgen, wenn er unbedingt wollte; sie würde ihn bestimmt nicht dazu einladen, wenn sie ihn schon nicht daran hindern konnte.

»Gibt es hier einen Ort, wo man ein paar Minuten lang ungestört ist?«, fragte er, während er hinter ihr herlief.

»Den suche ich auch«, gab sie unfreundlich zurück.

»Haben Sie's schon mal auf der Damentoilette probiert?«, schlug er vor.

Sie blieb stehen und wandte sich zu ihm um. »Also gut, sagen Sie, was Sie wollen«, forderte sie ihn auf.

»Na, ich sollte mich doch entschuldigen«, erklärte er prompt. »Ein bisschen verspätet, aber besser als nie, oder?«

»Besonders zerknirscht sehen Sie nicht aus.«

»Glauben Sie mir, wenn ich so zerknirscht aussähe, wie ich mich fühle, wäre ich ein Häufchen rauchender Asche … Sie können ja doch noch lachen.«

Sie wurde sofort wieder ärgerlich. »Und das ist sicher verdächtig, oder?«, fragte sie heftig, und dann traten ihr plötzlich Tränen in die Augen, die sie trotzig fortblinzelte.

»Sie sind fertig«, bemerkte Rainer in spontanem Mitgefühl. »Sie sollten nach Hause gehen. Das alles hat Sie natürlich sehr mitgenommen.«

»Ich begreife nur nicht, warum sie das getan hat«, sagte Linda leise, ohne auf seinen Rat einzugehen.

»Anna-Luise Schöneberg?«, nahm er das Thema dankbar auf. Dass sie selbst damit angefangen hatte, erleichterte ihm die Sache. »Das muss ein Schock gewesen sein. Sagen Sie, ich weiß, dass Ihre Freundin erschüttert war über Caroline Krögers Tod, aber war da möglicherweise noch mehr, was sie belastet haben könnte? Ein Streit, eine Auseinandersetzung? Vielleicht das Ende der Beziehung mit Jonas Hofer? Oder gab es einen anderen Mann, mit dem es nicht so lief, wie es sollte? Und beruflich – sie hat doch ihr Musikstudium abgebrochen, hat das Probleme nach sich gezogen?« Linda Galster würde dies wohl als Frage nach möglichen Gründen für den vermeintlichen Selbstmord ihrer Freundin verstehen, aber vielleicht würde ihre Antwort ihm auch einen Hinweis auf ein mögliches Tatmotiv geben.

»Warum wollen Sie das wissen?«, fragte Linda scharf zurück, und Rainer erinnerte sich, dass sie selbst in der Nacht von Anna-Luise Schönebergs Tod mit Jonas Hofer zusammen gewesen war, dass die beiden sogar im selben Haus gewesen waren, in dem die junge Frau gestorben war. »Wenn Anna die Trennung mit Jonas nahegegangen ist, hat sie es sich jedenfalls nie anmerken lassen«, erklärte sie schließlich. Sie klang bedrückt und so, als wollte sie sich mit ihren Worten selbst überzeugen. »Ich wäre sicher nicht mit ihm … ich meine, wenn es ihr etwas ausgemacht hätte, hätte ich doch nichts mit Jonas angefangen. Aber sie hat nie etwas gesagt.« Rainer glaubte zu verstehen, welche Angst hinter diesen Beteuerungen stand: Wenn Anna-Luise Schöneberg ihrem Freund nachgetrauert hätte, wenn sie aus diesem Grund ihrem Leben ein Ende gesetzt hätte, würde sich Linda dann nicht mitschuldig fühlen müssen? Er hätte sie beruhigen können, indem er ihr verriet, dass es nicht Anna-Luises eigene Verzweiflung gewesen war, die ihren Tod verursacht hatte, aber Eva und er waren übereingekommen, diese Information noch nicht weiterzugeben. »An dem Bruch mit ihrem Freund lag es also nicht«, sagte er deshalb nur. Linda zuckte die Schultern: »Ich weiß nur, dass sie Jonas den Laufpass gegeben hat, und ich glaube nicht, dass ihr das sehr nahegegangen ist. Als die beiden sich kennengelernt haben, war sie total begeistert von ihm; wir waren damals ja beide im selben Studentenwohnheim und haben alles mitgekriegt, was so vor sich ging. Die beiden wollten als Musikergespann Karriere machen, sie am Piano und er als Sänger, aber ich glaube, ihr ist das alles bald zu viel gewesen. Sie haben ständig geprobt, und sie hatten ein gemeinsames Konzert geplant, aber eigentlich war das alles nichts für Anna. Die Musik hat ihr Spaß gemacht, solange es nicht zu ernst damit wurde, und sie war ganz gut, aber nicht wirklich das große Genie, dem alles andere egal ist, solange es nur die Musik gibt. Das wollte sie auch nicht sein. Mit der Zeit ist ihr das zu anstrengend geworden ...«

»Dic Musik oder Jonas?«

»Beides, würde ich sagen. Auf mich wirkte sie erleichtert, als sie diesen Teil ihres Lebens abgeschlossen hatte. Sie wollte ein Praktikum machen, vorzugsweise in einer Metropole, und dann vielleicht in die Modebranche gehen oder in den Journalismus, oder vielleicht auch in der Firma ihres Vater arbeiten ... Sagen Sie mal, ist das eigentlich wichtig, was ich Ihnen da erzähle? Spielt es eine Rolle, aus welchem Grund Anna-Luise ... warum sie es getan hat?«

Er ging nicht auf die Frage ein, sondern bemerkte nachdenklich: »Sie war entschlossen, Musikerin zu werden ... am Anfang? Warum? Als wir mit ihr gesprochen haben, hat sie nicht den Eindruck gemacht, als ob sie ... Wie soll ich das sagen? Sie kam mir ein bisschen so vor wie eine Tochter aus reichem Haus in einem von diesen Filmen, wissen Sie ... oder vielleicht noch mehr in einer Serie ...« Er brach mit einem Schulterzucken ab, unfähig, seine Gedanken in Worte zu kleiden, doch Linda schien zu verstehen, was er mit seinem vagen Vergleich meinte: »Das stimmt«, bestätigte sie. »Manchmal ist sie mir auch so vorgekommen. Aber warum wollen Sie das alles wissen? Sie ist tot, spielt es eine Rolle, warum sie es getan hat?« Sie sah ihn mit leicht verengten Augen nachdenklich an. »Sie haben sich wohl für sie interessiert?«, vermutete sie.

Rainer zuckte überrascht zurück, machte den Mund auf und klappte ihn dann wieder zu. Diese Frage hatte er nun wirklich nicht erwartet, und er wusste auch nicht sofort, was er darauf sagen sollte. Es war sicher kein professioneller Instinkt, der ihn fast etwas gekränkt zurückfragen ließ: »Und Sie und Jonas Hofer? Warum sind Sie mit ihm zusammen?« Das war, wie er sich eingestehen musste, eine Angelegenheit, die ihn schon seit dem vergangenen Morgen irritierte, obwohl sie ihn hätte kaltlassen müssen. Im Rahmen eines Ermittlungsgesprächs hätte er die Frage jedenfalls besser nicht stellen sollen, sagte er sich.

Linda Galster sah ihn erbost an. »Was soll das?«, fragte sie scharf. »Vielleicht bin ich verrückt nach ihm, vielleicht schon die ganzen Jahre, und habe die erstbeste Gelegenheit ergriffen, ihn zu bekommen, als Anna-Luise genug von ihm hatte. Vielleicht habe ich die beiden auseinandergebracht, um ihn für mich zu haben. Vielleicht hat sich Anna-Luise deshalb umgebracht, ist es das, was Sie wissen wollen? Was für eine Art Polizist sind Sie eigentlich? Sie tauchen in unserem Leben auf und richten möglichst viel Unheil an, Sie haben Tobias verdächtigt und mich auch, geben Sie es ruhig zu, und jetzt kommen Sie und wollen – was zum Teufel wollen Sie eigentlich?«, endete sie wütend.

Die Frage war durchaus berechtigt, fand Rainer, aber da die Antwort weniger mit dem Fall Kröger-Schöneberg als mit Linda Galster persönlich zu tun hatte, konnte er nichts

Passendes darauf sagen. Schließlich war er hierhergekommen, um etwas über mögliche Tatmotive zu erfahren. Er biss sich auf die Lippe, dann sagte er zögernd: »Hören Sie, ich kann Ihnen das jetzt nicht erklären. Ich weiß, dass die Frage Ihnen komisch vorkommen muss, aber es war nicht … es hat mit dem Fall zu tun, nicht mit Ihnen.«

»Ach, tatsächlich?«, gab sie schneidend zurück. »Sie kommen mir mit Fragen nach meinem Privatleben, die Sie nichts, aber auch gar nichts angehen, aber mit mir hat das Ganze nichts zu tun, ja?« Sie holte tief Atem, schien weiterreden zu wollen, drehte sich dann aber ohne ein weiteres Wort um und ging rasch den Korridor entlang von ihm weg.

Rainer nannte sich selbst einen Idioten, folgte ihr aber dann kurz entschlossen. Er hatte schließlich immer noch nichts von dem erfahren, was er eigentlich hatte wissen wollen. Linda hatte Anstalten gemacht, in einen leeren, ungestörten Gang einzubiegen, doch als sie ihn hinter sich bemerkte, wählte sie eine andere Strategie und schwenkte nach links, wo zwei alte Damen in geblümten Morgenmänteln eine der Sitzecken der Station nutzten. Die eine hatte ein Gehwägelchen neben sich stehen, die andere hielt eine Tasse in der Hand. Die Diätassistentin setzte ein freundliches Gesicht auf und wandte sich an die Kaffeetrinkerin: »Also, Frau Brehm, sehe ich da Kaffee in Ihrer Tasse? Sie wissen doch, dass Ihre Medikamente nicht richtig wirken können, wenn Sie Kaffee trinken!«

»Ah, Frau Galster«, rief die andere Frau mit altersdünner Stimme aus. »Schön, Ihr fröhliches junges Gesicht zu sehen. Wir alten Leute sind immer so griesgrämig, da wärmt mir Ihr Anblick richtig das Herz.«

Rainer kämpfte gegen das Lachen an. Wenn die alte Dame Lindas Gesicht ein paar Minuten zuvor gesehen hätte, hätte sie nichts von herzerwärmender Fröhlichkeit gesagt. »Wenn Blicke töten könnten«, wäre als Kommentar eher angebracht gewesen. Er hustete, um das Lachen zu überspielen, das sich nicht ganz unterdrücken ließ. Linda drehte sich nicht nach ihm um, aber man konnte sehen, dass es sie einige Selbstbeherrschung kostete. Sie wandte sich ernsthaft an die Kaffeesünderin und wiederholte ihre Ermahnung. Rainer fand, es klang, als ob sie durch zusammengebissene Zähne spräche. Frau Brehm erwiderte den Blick mit einem freundlichen, schuldbewussten Lächeln und antwortete: »Ja, ja, ich weiß schon, aber wissen Sie, die Schrift auf den Kannen hier, die ist so klein, da hab ich halt das Falsche eingeschenkt.«

»Das ist aber auch ein Skandal, wenn die Leute in einem Krankenhaus keine Beschriftungen in anständiger Größe hinkriegen«, stimmte Rainer zu. Er erntete einen freundlichen Blick von den alten Damen und einen eisigen von der Diätassistentin. »Ich begreife nicht, wieso Sie Carolines Mörder noch nicht gefasst haben, wenn Sie schon für solche Belanglosigkeiten so viel Energie aufbringen«, erklärte sie sarkastisch, sobald sie außer Hörweite der beiden Patientinnen waren.

»Kommen Sie«, erwiderte Rainer mit einer Stimme, in der noch immer ein unterdrücktes Lachen mitschwang. »Sie werden doch die nette alte Frau Brehm nicht als belanglos bezeichnen.«

»Ich würde gerne wieder an meine völlig belanglose Arbeit gehen, das ist alles«, sagte sie erbittert. »Aber da Sie anscheinend noch etwas ungeheuer Wichtiges zu sagen haben, spucken Sie es aus. Was immer ich tun kann, um der Polizei bei ihrer Arbeit zu helfen …«

»Wissen Sie, die Dame hatte recht. Was für ein herzerwärmendes Gesicht Sie der Welt im Allgemeinen und mir im Besonderen präsentieren!« Rainer grinste, als er ihr Gesicht sah. »Jetzt sehen Sie genauso aus wie meine Kollegin, wenn sie sich über mich ärgert«, bemerkte er. »Aber: Ja, ich habe noch eine Frage… eine, die für die Lösung des Falls bedeutsam sein könnte.«

Sie sah ihn nicht an, sondern beobachtete stattdessen, wie sich ein paar Meter weiter eine Zimmertür öffnete und rückwärts ein Nachtstuhl herausrollte. Darin saß eine Frau von vielleicht sechzig Jahren, die aber nichts von der liebenswürdigen Altersruhe der beiden von der Sitzgruppe an sich hatte. Sie war drahtig und energisch, und die Tatsache, dass ihr rechtes Bein geschient und gegipst war, hatte bemerkenswert wenig Auswirkung auf ihre Bewegungsfähigkeit. Rainer, der bereits den Mund aufgemacht hatte, um seine Frage zu stellen, sah fasziniert zu, wie die Frau sich mit ihrem gesunden Bein abstieß und mit einer Geschwindigkeit rückwärts über den Korridor raste, die er nicht für möglich gehalten hätte. »Fehlen nur noch die Passanten, die sich in Todesangst zur Seite werfen«, kommentierte er verblüfft. »Wer ist die Frau? 007 in geheimer Mission?«

Linda musste tatsächlich lächeln. »Uns hat sie sich als Frau Rumpf vorgestellt, aber wir haben uns auch schon gefragt… Vielleicht sollten Sie Ihre Kollegen von der Verkehrspolizei bitten, hier eine Radarfalle aufzustellen«, regte sie an.

»Die erfassen nur Geschwindigkeiten unter vierhundert Stundenkilometern«, winkte er trocken ab. »Aber da wir gerade bei dem Thema sind…« Er sah, wie das Misstrauen und die Ablehnung, die einen Moment lang vergessen gewesen waren, in ihre Haltung zurückkehrten. Es schien, als wappne sie sich gegen das, was er als Nächstes sagen würde. Aber ihr Gesicht verriet völlige Verblüffung, als er fragte: »Hören Sie, erinnern Sie sich an den Unfall vor zwei Jahren, für den Caroline Kröger per Strafbefehl zu einer Geldstrafe und einem Fahrverbot verurteilt wurde?«

TRACK 9

Die Wetterfahne

Text: Wilhelm Müller

Der Wind spielt mit der Wetterfahne
Auf meines schönen Liebchens Haus.
Da dacht ich schon in meinem Wahne,
Sie pfiff' den armen Flüchtling aus.
Er hätt' es eher bemerken sollen,
Des Hauses aufgestecktes Schild,
So hätt' er nimmer suchen wollen
Im Haus ein treues Frauenbild.
Der Wind spielt drinnen mit den Herzen
Wie auf dem Dach, nur nicht so laut.
Was fragen sie nach meinen Schmerzen?
Ihr Kind ist eine reiche Braut.

»Wo zum Teufel hast du denn gesteckt?« Rainer war nicht in seinem Büro gewesen, als Eva zurückkam, und auch in der Kantine, wo sie ihn eigentlich vermutet hatte, hatte sie ihn nicht finden können. Thorsten hatte ihr schließlich erzählt, dass er weggefahren war. Sie hatte die Zeit genutzt und Irene angerufen, ohne daran zu denken, dass sie Nachtdienst gehabt hatte. »Tut mir leid, ich hab vergessen, dass du schläfst«, murmelte sie, als Irene nach längerem Läuten antwortete.

»Ist schon gut«, erwiderte sie. Ihre Stimme klang überraschenderweise nicht so, als ob sie aus dem Schlaf aufgeschreckt worden sei. »Kommt ihr voran?«

Eva seufzte. »Ich hoffe es. Ah, da kommt Rainer zurück, dem muss ich die Leviten lesen. Bis heute Abend.«

»Wenn du spät heimkommst, werde ich schon weg sein, ich habe heute noch Nachtdienst.«

Rainer betrat das Büro. In seinem Haar schmolzen ein paar Schneeflocken, und sein Gesicht war rot von der Novemberkälte, als sei er gerade ein gutes Stück zu Fuß gegangen. Eva beendete ihr Gespräch, ohne besonders auf ihre Worte zu achten, und wandte sich ihrem Kollegen zu: »Also, wo warst du?«

Er rutschte unbehaglich auf seinem Stuhl hin und her, verschob ein paar Unterlagen und begann dann, mit einem Stift herumzuspielen.

»Rainer!«

»Also, wenn du es wissen willst, ich hab mich gerade ganz schön zum Narren gemacht«, knurrte er.

Ihre Augenbrauen zuckten in die Höhe. »So?«, fragte sie ungerührt.

»Aber ich habe etwas erfahren«, fügte er trotzig hinzu. Eva nickte knapp. »Wir auch.«

»Ich auch«, kam Friedolins Stimme von der Tür her. Der junge Polizist trat ein. »Dem Hertz sein Alibi nämlich und noch mehr.«

»Das ›noch mehr‹ sind hoffentlich die Semmeln oder Krapfen oder was auch immer du da in der Tüte hast«, meinte Rainer. »Gib mal her … hmm, Nussschnecken, großartig!«

»He, das ist meine!«, protestierte Friedolin, als Rainer sich bediente, doch der begann ungerührt, seine Beute zu verzehren. »Da sind ja noch mindestens zwei drin. Was willst du mehr?«

»Du Verbrecher! Warte, bis die Presse davon Wind bekommt.«

»Hm, ja, ich sehe schon die *Bild*-Schlagzeile vor mir:

›Nussschneckenmobbing bei der Polizei. Junger Beamter zur Schnecke gemacht.‹«

Eva räusperte sich mit einem Gesichtsausdruck, der die beiden sofort verstummen ließ. Friedolin warf einen letzten bedauernden Blick auf den Rest seines Gebäckstücks, das gerade in Rainers Mund verschwand. »Nun?«, fragte sie. Rainer grinste: »Ladies first. Der Tobias Galster ist also nicht durchgegangen …?«

Eva lachte freudlos auf. »Glaub mir, ich war nahe daran zu glauben, wir hätten den größten Fehler gemacht, den man machen könnte, und einen Schuldigen laufen lassen, der dann gleich ein zweites Verbrechen begangen hätte. Ich hab mich schon eine Fahndungsmeldung herausgeben sehen, dem Zorn unserer Vorgesetzten und der Öffentlichkeit ausgesetzt, und dann das!«

»Dann was?«, fragte Rainer vorsichtig nach. »Ich entnehme deinen Worten, dass unser Biobäcker nicht mehr auf der Verdächtigenliste steht.«

Ein weiteres wütendes Schnauben. »Nachdem ich den Mann vergeblich in seiner Bäckerei gesucht habe, hören musste, dass nicht einmal seine Mutter wusste, wo er war, mich gefragt habe, was in aller Welt ich falsch gemacht habe, wo finde ich ihn, was meinst du?«

»Keine Ahnung«, murmelten Rainer und Friedolin, da sie offenbar eine Antwort erwartete.

Ihre Augen waren dünne, zornige Schlitze, als sie antwortete: »Auf dem Wohnzimmersofa von Herwig Römer, mit einem blauen Auge, mehreren Prellungen und so gut wie keiner Stimme, nachdem er vergangene Nacht zwischen Emsfeld und Buchfeld auf der Landstraße verprügelt wurde und sich dann nach einer Weile ausgerechnet zum Römer geschleppt hat. Und dieser Mistkerl« – es dauerte einen Moment, bis Rainer begriff, dass sie von Herwig Römer sprach – »hätte mich seelenruhig wieder wegfahren lassen, ohne ein Wort zu sagen. ›Du hast mich ja nicht ausreden lassen‹!«

Wäre Rainer dabei gewesen, hätte er sich wahrscheinlich ebenso sehr über den Pfarrer geärgert, aber so fand er die ganze Angelegenheit eher amüsant. »Nun ja«, tröstete er sie. »Das nächste Mal wird er dir bestimmt alles erzählen, was er weiß, egal ob du es hören willst oder nicht.«

Sie sah ihn kalt an. »Wenn es einen Gott gibt, Rainer, wovon ich nicht überzeugt bin«, erklärte sie mit Nachdruck, »dann wird er mich davor bewahren, dass es ein nächstes Mal gibt. Buchfeld! Dieses Dorf ist eine einzige Sackgasse!«

»Okay, also der Galster war's nicht. Zumindest gestern nicht. Aber wer hat ihn überfallen? Und hat er dir endlich erzählt, was er am Dienstag wirklich gemacht hat?«

Sie verdrehte die Augen. »Anscheinend hat er einen Hund umgebracht.«

»'tschuldigung«, meinte Rainer. »Hab ich mich eben verhört, oder hast du wirklich gesagt, er hat einen Hund umgebracht?«

Mit einem unwilligen Kopfschütteln erzählte Eva, was sie von Tobias Galster erfahren hatte.

Der *Hirsch* in Emsfeld war nach den Dienstagsproben wie immer gut besetzt. Die Sänger vom Kirchenchor kehrten dort auf ein, zwei Bier ein, und meist waren ein paar Stammtischler da, die schafkopften. An dem bewussten Dienstag aber brachen sich die latenten Unstimmigkeiten unter den Sängern Bahn, und es kam zum Streit. Tobias Galster hörte sich das eine Weile an, trank sein Dunkles aus und wollte sich auf den Heimweg machen, als ihm der Weg von Georg Wergl versperrt wurde, mit dem er schon in der Schule nie ausgekommen war. »Ich weiß genau, wosd hinwillst«, behauptete er und blies dem Bäcker seinen Bieratem ins Gesicht. »Ich sag's dir etzat, lass gefälligst die Marie in Frieden!«

Tobias schüttelte halb genervt, halb belustigt den Kopf. »Hör mal, Schorsch, wie oft denn noch, ich hab nichts mit deiner Marie. Ich weiß überhaupt nicht, wie du auf den Gedanken kommst.«

»Ich hab dich gesehen, Galster«, beharrte er. »Damals auf dem Dorffest, mit deinem Kopf in ihrem Schoß.«

»Mann, ich war ein bisschen betrunken, und das ist Monate her. Sei froh, dass ich bloß meinen Kopf in ihrem Schoß hatte.« Diese Bemerkung war ein Fehler. Georg schob ihn grob hinaus in die Dunkelheit. Er war erheblich schwerer und folglich im Vorteil. »Verschwinde, Galster, und geh mir bloß aus dem Weg, sonst gibt's Prügel.« Er gab ihm einen Stoß, der ihn stolpern ließ. Wütend rappelte Tobias sich wieder auf und starrte dem breiten Rücken hinterher, der sich ins Wirtshaus entfernte. Ihm gingen verschiedene grobe Schimpfwörter durch den Kopf, aber dann überlegte er, dass es das Sinnvollste sein würde, die Sache auf sich beruhen zu lassen und heimzufahren. Schließlich musste er früh raus, und sein Kontrahent war es ja wohl nicht wert, dass er sich über ihn aufregte. Es war sein zweiter Fehler, dass er diesem vernünftigen Impuls nicht folgte, sondern sich trotz allem so gekränkt fühlte, dass er beschloss zu warten, bis Georg wieder herauskam, um ihm die Meinung zu sagen. In die Gaststube wollte er deswegen nicht gehen, schon weil sich da alle stritten und weil er keine Lust hatte, diese stupide Angelegenheit vom ganzen Dorf diskutiert zu wissen. Die Gaststube leerte sich ungewöhnlich früh an diesem Abend – wahrscheinlich hatte Konrad Barthel die Streithähne kurzerhand hinausgeworfen. Georg konnte er allerdings nicht entdecken, dafür tauchte auf einmal die Marie aus der Dunkelheit auf. »Ja, grüß dich«, sagte sie gut gelaunt. Sie war eine fröhliche Person, und Tobias begriff nie so ganz, wie sie mit einem Menschen wie Georg zusammen sein konnte. Ein unmöglicher Kerl, dachte der Bäcker, und der Teufel ritt ihn, sich jetzt gerade mit der jungen Frau zu unterhalten, schon um sich selbst zu beweisen, dass er keine Angst vor dem Grobian hatte. »Suchst den Georg? Der ist schon weg heute.« Dann begann er, nach ihren Eltern zu fragen und nach dem Geschäft und über das Wetter zu reden, bis sie schließlich erklärte, sie müsse jetzt gehen und schauen, ob der Schorsch nicht doch schon wieder zu Hause sei.

Sie war gerade in der Dunkelheit verschwunden, als Georg wieder neben ihm auftauchte, groß und drohend. »Dich muss man echt einsperren«, schimpfte er, und dann tat er genau das: Er stieß den Bäcker zu einem steinernen Schuppen hinüber, der zum *Hirschen* gehörte, aber normalerweise nicht benutzt wurde, und gab ihm einen Stoß in die Rippen, dass ihm die Luft wegblieb. Diesen Moment nutzte er, um ihn über die Schwelle zu schubsen und die Schuppentür mit dem großen Riegel zu verschließen. »Schlaf gut!«, hörte Tobias ihn noch knurren, dann entfernten sich seine Schritte.

Das Ganze wäre eine ärgerliche, aber auch ein wenig lächerliche Affäre gewesen, grob, aber völlig im Rahmen dessen, was man auf dem Dorf von zwei alten Kontrahenten erwarten konnte, hätte Konrad Barthel, der Wirt vom *Hirschen,* nicht ausgerechnet an diesem Abend seinen Hund in den Schuppen gesperrt, weil der sich in irgendetwas Ekelhaftem gewälzt hatte und erbärmlich stank. Tobias Galster hatte sich noch kaum an die Dunkelheit gewöhnt, geschweige denn die Anwesenheit des Tieres bemerkt, als es ihn plötzlich mit einem Knurren anfiel.

Eva zuckte die Schultern, als sie an dieser Stelle ihres Berichts angekommen war, und Rainer konnte nicht anders, er musste lachen. »Das ist stark«, meinte er. »Fast wie in einem schlechten Heimatfilm. Und dann hat er den Hund umgebracht?«

»Na ja, er musste sich wohl wehren«, erklärte Eva. »Das Tier hat ihn ziemlich böse in den Arm gebissen, und er hat nach ihm getreten, bis es sich nicht mehr gerührt hat.«

»Ich kapiere nicht, wieso er uns das nicht erzählt hat. Das war ja wohl zumindest verständlich, er hätte ja kaum etwas anderes machen können.«

»Ja, aber der Hund war eigentlich kein Wachhund, sondern der Schoßhund von der Wirtstochter, und sie hat das Tier total geliebt und wahrscheinlich nicht mal gewusst, dass es Zähne in seinem Maul hat, die gefährlich sein könnten. Der Galster hat gesagt, ihm sei das unglaublich peinlich gewesen, und als er dann ein Fenster gefunden hätte, durch das er hinausklettern konnte, sei er, so schnell er konnte, davongelaufen, ohne nachzudenken. Und später hat er sich dann nicht mehr getraut.«

»Und die Geschichte ist wahr?«, vergewisserte sich Rainer mit einem Anflug von Skepsis.

»Nun, der Hund war jedenfalls halbtot und musste eingeschläfert werden«, antwortete Eva. »Und es passt alles zusammen.«

»Warum hat der Typ den Galster dann gestern Nacht noch mal angegriffen – wenn er es war?«

»Weil er ein Mann ist«, antwortete sie kopfschüttelnd, »ein Idiot. Der Galster natürlich auch, der ist nämlich am nächsten Tag im Dorf vorbeigefahren und hat dem Wergl ein Zeichen vor die Tür gehängt, das ihn rasend gemacht hat.«

»Bitte?«

Sie schnaubte verächtlich. »Da gibt's auf den Dörfern noch so'n paar ganz alte Bräuche aus früheren Zeiten. Zum Beispiel kam das zu meiner Zeit noch vor, dass man, wenn einer geheiratet hat, in der Nacht eine Spur zu seiner Exfreundin an die Tür gelegt hat, damit wirklich jeder wusste, dass der Bräutigam sie sitzen gelassen hat für eine andere.«

»Oh«, machte Rainer überrascht. »Klingt ein bisschen frauenfeindlich, oder?«

»Klar. Obwohl es wohl eigentlich eine Art von Ohrfeige für den jungen Mann sein sollte – so dass seine Zukünftige weiß, was sie von ihm zu halten hat, und ihm das Leben zur Hölle machen kann. Jedenfalls haben die immer noch ein paar solcher Brauchtümer, und eines zeigt eben, dass in diesem Haus ein gehörnter Ehemann sitzt. Der Galster war wütend wegen der Sache mit dem Hund, aber davon wusste der andere natürlich nichts, der sah sich bloß öffentlich verspottet, und als er den Galster dann vergangene Nacht etwas angeschickert und noch dazu allein durch Emsfeld laufen sah, hat er die Gelegenheit genutzt, ihm einen Denkzettel zu verpassen.«

»Hat er ihn wenigstens angezeigt?«, wollte Rainer wissen. »Das war ja nicht nur Körperverletzung. Wenn er ihn einfach liegengelassen hat, hat er auch riskiert, dass er bei dem Wetter erfriert.«

»Na ja, genau das wollte der Galster nicht, weil er sagt, der Georg hätte schon irgendwann noch mal geschaut, ob er noch da ist, und zugesehen, dass er nicht erfriert, und überhaupt dürfe man das Ganze nicht so ernst nehmen, das sei halt so. Idiot«, wiederholte sie. »Das heißt nicht, dass wir die Sache nicht verfolgen können. Also, nachdem wir die Galsters erfolgreich eliminiert haben – als Verdächtige, meine ich –, was hast du zu erzählen?«

Rainer ließ den Vormittag in Gedanken Revue passieren und schüttelte noch einmal den Kopf über seine eigene Ungeschicklichkeit im Gespräch mit Linda Galster. Dann begann er vorsichtig, weil er sich nicht sicher war, wie Eva seine Überlegungen aufnehmen würde: »Gut, pass mal auf. Ich habe mich unter anderem noch mal mit diesem Unfall beschäftigt, wegen dem Caroline Kröger verurteilt wurde. Sie ist damals billig weggekommen, weil keiner verletzt wurde und ihre Freunde ausgesagt haben, dass nichts passiert sei. Ich habe mich aber in die Mail-Accounts und in die Profile der beiden Toten gekniet, und da habe ich mehrere Nachrichten gefunden, in denen die Schöneberg schreibt, dass sie noch völlig erledigt sei und leider nicht mit ausgehen könne oder dass sie ja ›einen schweren Schock‹ erlitten hätte und sich deshalb außerstande sähe, an ihrer Seminararbeit zu schreiben.«

»Klingt nach einer billigen Ausrede«, meinte Eva hartherzig. »Wenn sie von den Unfallfolgen betroffen war, warum hat sie dann nichts davon gesagt, als es darauf ankam?«

Rainer spielte an der Bäckereitüte herum, bis Friedolin sie ihm mit einem finsteren Blick unter den Fingern wegzog. »Hm, sie wird halt nicht gewollt haben, dass Caroline Kröger in größere Schwierigkeiten gerät«, meinte er. »Sie war immerhin ihre beste Freundin.«

»Genau«, stimmte Eva zu. »Worauf willst du dann bitte hinaus? Wenn sie bei der Polizei nichts Negatives über die Kröger sagen wollte, was willst du dann mit dieser alten Geschichte? Ich meine, willst du damit sagen, dass Anna-Luise Schöneberg so unter den – offiziell nicht vorhandenen – Folgen dieses Unfalls litt, dass sie ihre Freundin deswegen umgebracht hat?«

»Das wär's doch«, warf Friedolin ein. »Und dann hat sie die Schuldgefühle nicht mehr ausgehalten und sich selbst umgebracht.«

»Ja, nur hat sie sich nicht umgebracht«, erinnerte Eva ihn kurz angebunden. »Meine Theorie ist, dass Anna-Luise überhaupt keine Verletzungen davongetragen hat durch den Unfall. Ihr Vater hätte hundertprozentig dafür gesorgt, dass die Justiz das verfolgt hätte. Ich denke, sie hat das Ganze einfach auch ein bisschen genossen und sich zunutze gemacht, um unliebsamen Pflichten zu entgehen. Du hast sie doch gesehen, Rainer, die Frau hat sich einfach gerne selbst dargestellt.«

»Sie hat damals Musik studiert.« Rainer beugte sich vor und sprach jetzt leise und eindringlich. »Wir haben gehört, dass sie das anfangs sehr ernst genommen hat und dass sie eine Karriere als Pianistin zusammen mit dem Hofer geplant hatte. Nun, knapp eine Woche nach dem Unfall sollten die beiden ein Konzert geben, er mit diversen Liedern aus der Romantik, sie als seine Begleiterin und mit ein paar Solostücken, und sie hat dieses Konzert völlig unerwartet abgesagt, zwei Tage vor dem Termin.«

»Hast du einen Grund dafür gefunden?«, fragte Eva, wider Willen interessiert. »Vielleicht war sie bloß erkältet.«

»Ich habe eine Facebook-Nachricht gefunden, die sie an Caroline Kröger geschickt hat. Die lautet ungefähr: ›Ich habe Jonas gesagt, dass ich nicht spielen kann, weil ich zu erschüttert bin von den Ereignissen.‹«

»Hat sie darauf geantwortet?«

»Mit einem Smiley«, antwortete Rainer stirnrunzelnd. Eva schüttelte den Kopf. »Also, ich verstehe nicht, warum dich das dann so interessiert. Selbst wenn die Schöneberg psychisch mitgenommen gewesen sein sollte nach dem Unfall, diese Nachrichten zeigen doch, dass das zwischen ihr und Caroline nichts geändert hat.«

»Ja, ich fand das auch seltsam«, gab Rainer zu. »Deshalb bin ich ja zu Linda Galster, die war damals schließlich auch dabei. Sie, ihr Cousin, die Schöneberg und die Kröger. Sie sagte, dass sie damals nicht so ganz mitbekommen hatten, dass Caroline mehr als nur ein Bier getrunken hatte, und sie selbst hätte sich nicht mehr ans Steuer setzen wollen. Der Unfall selbst war wirklich keine große Sache, sie sind zwar mit Karacho in dieses parkende Auto geknallt, weil Caroline Kröger das Steuer verrissen hatte, aber es gab nur einen Krach, und dann standen sie da. Die Galster sagte, weil sie ein bisschen angetrunken war, hätte sie das Ganze sogar unheimlich komisch gefunden und angefangen zu lachen. Na ja, und Tobias Galster hatte wohl noch den meisten Grips beisammen und bestand darauf, die Polizei zu rufen, was auch gut war, denn später wurde klar, dass es auch einen Zeugen gegeben hatte, und wie die Dinge lagen, wurde die Kröger wenigstens nicht wegen Fahrerflucht belangt.«

»Rainer, das wissen wir doch alles schon.«

»Okay, okay, ich habe also gefragt, ob einer von ihnen hinterher doch noch Probleme gehabt hätte, Schleudertrauma, Alpträume, was auch immer, und sie sagte, nein, keiner von ihnen. Als ich ihr die Facebook-Einträge gezeigt habe, meinte sie, genau wie du, das sei halt Anna-Luise, man könnte von ihr ja nicht erwarten, einen Unfall gehabt zu haben und sich dann nicht ein bisschen zu inszenieren – genauso herzlos wie du«, grinste er. »Weibliche Solidarität ist so was Schönes.«

Eva schüttelte den Kopf. »Um mir das zu sagen, hast du so lange gebraucht? Was beweist uns das, außer dass dieser Unfall nichts mit der Sache zu tun hat?«

»Moment mal«, widersprach ihr Kollege. »Erstens sind von den vier Insassen, die damals im Auto waren, heute zwei tot. Das kann natürlich Zufall sein, aber vielleicht eben auch nicht. Außerdem hat die Schönberg ganz offensichtlich irgendwann nach diesem Zeitpunkt die Sache mit der Musikkarriere aufgegeben. Und zumindest einmal hat sie den Unfall als Grund angegeben. Nehmen wir mal an, da war doch etwas dran, immerhin hat sie auch neulich Tabletten genommen, als wir mit ihr gesprochen haben … Sie selbst hat offensichtlich keinen Groll gegen Caroline gehegt deswegen, aber vielleicht jemand anderes.«

»Ihr Vater vielleicht oder der Hofer«, murmelte Eva nachdenklich. »Hm. Gar nicht so abwegig, wie ich zuerst dachte. Könnte das ein Motiv sein, um Caroline Kröger zu hassen – sie genug zu hassen, um sie dafür umzubringen?«

Rainer überdachte das noch einmal, plötzlich schon wieder weniger überzeugt. »Na ja, jetzt wo du das sagst, klingt es schon ein bisschen schwach. Was meinst du, Friedolin?«

»Wenn es um die Karriere geht«, meinte er zweifelnd, »wer weiß? Wenn es ihr Leben nachhaltig beeinflusst hat, vielleicht schon ... War ihr Vater eigentlich für die Musikkarriere?«

Eva schüttelte den Kopf. »Ich glaube, das war ihre einzige kleine Revolte im Leben, nach dem Motto: ›Ich kann auch auf eigenen Füßen stehen, ich kann hart arbeiten, auch ohne das Geld meines Vaters.‹ Er hat gesagt, dass er seine Tochter natürlich in allem unterstützt hätte, aber froh sei er schon, dass sie sich jetzt dazu entschlossen hätte, etwas Vernünftiges zu machen.«

»Dann wäre die Sache mit dem Unfall, wenn er wirklich einen Einfluss auf ihre Entscheidung gehabt haben sollte, für ihn eher ein Glücksfall gewesen«, schloss Rainer. Seine Kollegin nickte: »Dann bliebe Jonas Hofer. Ihm lag daran, ein gemeinsames Künstlerleben mit Anna-Luise Schöneberg zu führen. Wenn er meinte, dass die Kröger dafür verantwortlich war, dass das alles nicht klappte, wenn er meinte, dass sie diesen großen Lebensentwurf zerstört hätte ...«

Friedolin hatte skeptisch zugehört, nun schüttelte er fast unmerklich den Kopf. »Ist das nicht ein bisschen weit hergeholt?«, fragte er. »Ich meine, wenn die Schöneberg wirklich Klavierspielerin werden wollte, dann hätte sie sich davon doch nicht durch einen kleinen Unfall abbringen lassen. Also, wenn sie dabei verletzt worden wäre – einen Finger verloren hätte oder so, dann würde das Sinn machen ...«

»Menschen setzen sich manchmal komische Dinge in den Kopf«, gab Eva zu bedenken. »Die meisten Tatmotive erscheinen einem selbst ziemlich unzulänglich, aber man steckt ja auch nicht in der Haut des anderen ... ich bin noch nicht ganz überzeugt von deiner Theorie, aber wir sollten das auf jeden Fall im Auge behalten.«

»Und, Entschuldigung, aber ich bin überhaupt nicht überzeugt«, erklärte Friedolin tapfer. »Außerdem vergessen wir ein paar wichtige Dinge. Erstens nämlich – wenn der Hofer die Kröger umgebracht hätte, wer hat dann die Schöneberg getötet? Das kann nämlich nicht er gewesen sein, wie Sie uns heute ja schon mal erklärt haben. Außerdem ist da immer noch der Arno Hertz, und der hat auch ein Motiv und im Übrigen ein Alibi, das überhaupt nicht hieb- und stichfest ist.«

Rainer kicherte still in sich hinein: »Gut gebrüllt, Löwe. Also, erzähl uns von Hertzchens Machenschaften.«

»Der hat ausgesagt, dass er am Dienstag bei einem Freund übernachtet hat, und dieser Müller hat das auch bestätigt. Aber auf Nachfrage hat er auch gesagt, dass er selbst erst spätnachts heimgekommen ist. Er hatte dem Hertz den Wohnungsschlüssel hinterlassen und hat ihn erst gesehen, als er selbst heimkam, und das war nach eins.«

»Wann genau?«, fragte Eva mit angespannter Stimme nach. »Zwischen eins und halb zwei«, wiederholte sie langsam Friedolins Auskunft. »Hm. Gibt's sonst noch was?«

»Aber ja«, rief der junge Polizist. »Jetzt kommt ja erst das wirklich Interessante. Am Dienstagnachmittag hat mein Freund Hannes von der Verkehrspolizei Dienst im Wohngebiet drüben gemacht, wo die Kröger gewohnt hat. Und abends so um acht, sagt er, vielleicht auch ein wenig früher, hat er vor ihrem Haus ein Auto in zweiter Reihe stehen sehen. Gerade will er es aufschreiben, da kommt ein Mann aus dem Hauseingang und sagt: ›Ach, kommen Sie, bitte nicht, ich bin wirklich gleich wieder weg, aber hier gibt es ja keine Parkplätze, und ich warte gerade auf meine Tochter, die kommt jeden Moment raus, die zieht sich nur was anderes an.‹ Und der Hannes hat kurz gewartet, und richtig, da kam gleich die Frau raus, und zwar aus dem Haus, in dem Caroline Kröger wohnte, und obwohl er sagt, dass er ihr Gesicht nicht gesehen hat, hat er diesen Mantel, den sie anhatte, erkannt, ein roter Kurzmantel.«

Eva stützte müde den Kopf in die Hände. »Das auch noch. Dieser Fall hat zu viele Facetten und verdammt noch mal zu viele Möglichkeiten. Friedolin – gute Arbeit, aber bisher nützt uns das noch nichts. Wenn Arno Hertz um spätestens halb zwei in Nürnberg in der Wohnung seines Freundes war, dann kann er nicht um null Uhr achtunddreißig das Auto in das Parkhaus am Ellinger Tor gefahren haben, das geht zeitmäßig einfach nicht hin. Andererseits kann man diese Informationen natürlich nicht ignorieren. Bleib da dran, sieh zu, ob du noch mehr herausfinden kannst. Und wir brauchen definitiv Beweise. Warum hat uns die Pathologie nichts Brauchbares geliefert, keine sicheren Spuren, nichts? Das kann doch nicht sein! Und dieses Handy – vom Erdboden verschluckt, nicht aufzufinden!« Sie rieb sich die Stirn. »Ich brauche einen Kaffee, ich kann nicht mehr denken!«

»Und was mache ich?«, fragte Rainer ungewohnt eifrig. Eva zuckte die Schultern. »Geh zur Spurensicherung und tritt ihnen in den Hintern. Wir brauchen Beweise. Und dann denk die Sache mit dem Hofer durch. Wenn wir ihn überführen wollen, müssen wir noch eine Menge tun. Friedolin hat übrigens recht mit einem: Wer hat die Schöneberg umgebracht, wenn er Caroline Kröger getötet haben sollte?«

»Ich glaube, das Problem haben wir bei allen Verdächtigen«, schüttelte Rainer den Kopf. »Ich mach mal eine Aufstellung, aber ich glaube wirklich, dass wir bisher niemanden haben, der zu beiden Taten Gelegenheit hatte.«

»Also doch zwei Täter?«, überlegte Eva. »Oder wir haben noch jemanden übersehen. Verdammt, Rainer, wir müssen etwas finden! Wenn es keine Fortschritte gibt, macht uns dein Chef die Hölle heiß.«

Aber als die frühe Dämmerung hereinbrach und sie ihr Tagewerk für beendet erklärten, hatten sie keinen entscheidenden Durchbruch erzielt und konnten nicht einmal behaupten, wirklich weitergekommen zu sein. Die Beweislage sah für alle angenommenen Fälle dünn aus. Jonas Hofer hatte für den Abend der ersten Tat kein gesichertes Alibi, dafür aber für den Sonntag, an dem Anna-Luise Schöneberg umgekommen war. In jedem Fall blieb die Frage, ob das Motiv, das sie sich über ihn zurechtgelegt hatten, Bestand haben würde. Über Arno Hertz wussten sie nichts Neues, aber sie beschlossen, ihn noch einmal in die Zange zu nehmen. Was Tobias Galster und seine Cousine betraf, so wussten sie nun immerhin über ihre Bewegungen an beiden Abenden Bescheid. Als Verdächtige konnten sie die beiden wohl jetzt streichen. Selbst eine gemeinsame Tat schien durch die Erkenntnisse des Tages völlig ausgeschlossen. Rainer war überraschend erleichtert über diesen negativen Fortschritt: Er mochte den Biobäcker, und es wäre ihm schwergefallen, Linda Galster als Schuldige sehen zu müssen. Wirklich weitergebracht hatte sie das aber natürlich nicht. Caroline Krögers Handy blieb verschwunden, aber immerhin hatten sie erfahren, dass von ihrem Gerät aus tatsächlich am Mittwoch eine SMS verschickt worden war. Selbst diese Aussage Linda Galsters hatte sich damit als wahr erwiesen. Der Täter selbst musste die Nachricht gesendet haben, um vorzutäuschen, das Opfer sei um diese Zeit noch am Leben gewesen. Ebenso leicht musste es gewesen sein, die falsche Abschiedsnachricht auf Anna-Luises Profil zu schreiben: Sie hatte Facebook als Internet-Startseite auf ihrem Computer installiert. Ihr Mörder war in ihrer Wohnung gewesen und hatte nichts weiter tun müssen, als von ihrem Laptop aus die Worte zu tippen, die auf einen Suizid hindeuteten. Auch diese gleiche Vorgehensweise legte nahe, dass sie es in beiden Fällen mit ein und demselben Täter zu tun hatten, aber weder für Jonas Hofer noch, soweit sie bisher wussten, für Arno Hertz ließ sich diese Annahme beweisen. Rainer schwankte zwischen der Überzeugung, dass der Sänger der Schuldige im Fall Kröger war, und der nagenden Furcht, sie könnten jemanden völlig übersehen haben, jemanden, der bisher noch überhaupt nicht ins Visier ihrer Ermittlung geraten war und frei da draußen herumlief, vielleicht bereit, schon heute oder morgen die nächste Gewalttat zu begehen. Er zögerte, Eva zu verraten, was ihn beschäftigte, und als er schließlich doch mit dem Gedanken herausrückte, zuckte sie nur mit zusammengebissenen Zähnen die Schultern. »Was können wir denn noch tun?«, fragte sie rau. »Ohne neue Informationen müssen wir da weitermachen, wo wir etwas in der Hand haben.« Und das war wenig genug. An Caroline Krögers Leiche waren einige oberflächliche Spuren gefunden worden, einige Fasern von Kleidungsstücken und ein einzelnes Haar, aber was würde es ihnen nützen, selbst wenn sie es als das von Jonas Hofer identifizieren würden? Er hatte, ebenso wie der Lehrer Herrmann und Linda Galster, die Tote angefasst, als sie im Parkhaus gefunden worden war. Und an der Stelle, wo sie es gefunden hatten, auf ihrem Mantelkragen, mochte es sich auch schon vor ihrem Tod befunden haben. Ein wenig vielversprechender sahen die Spuren aus, die in Anna-Luise Schönebergs Wohnung gefunden worden waren: Fingerabdrücke an Klingel, Tür und Laptop, allerdings noch unidentifiziert und möglicherweise auch nicht erst am Abend der Tat dort hingekommen. »Und für die Nachricht am Computer hat der Typ sicher Handschuhe angehabt«, vermutete Eva. Auf dem Bettzeug hatten sich ein paar Kleiderfusseln gefunden, die vielleicht darauf hindeuteten, dass sich jemand auf die Bettkante gesetzt hatte, aber auch das musste nicht unbedingt der Täter gewesen sein. »Aber wen hätte die Frau denn einfach so in ihre Wohnung gelassen, und auch noch krank, wie sie war?«, überlegte Eva. »So wenige Spuren, wie wir gefunden haben – es muss jemand gewesen sein, den sie kannte und vor dem sie keine Angst hatte.«

»Außer sie schlief«, überlegte Rainer. »Sie hatte Schlafmittel zu sich genommen, da müsste sie gar nicht bemerkt haben, dass jemand eindrang.« Aber für ein Eindringen in die Wohnung gab es ebenfalls keine eindeutigen Hinweise. Die Haustür verfügte über ein Sicherheitsschloss und war, so viel hatten sie von den Nachbarn erfahren, am Sonntagabend verschlossen gewesen. Und von den Hausbewohnern hatte zu dieser Zeit auch niemand jemanden eingelassen, der nicht dorthin gehörte. Die Wohnungstür war eine andere Angelegenheit; sie war nur zugezogen gewesen und hätte von einem Menschen, der wusste, was er tat und wie man das machte, verhältnismäßig leicht auch ohne Schlüssel geöffnet werden können. Tatsächlich hatten sie an der Wohnungstür einen Kratzer gefunden, der von der Verwendung eines Dietrichs herrühren konnte.

Aber das war alles, und sosehr Eva sich auf dem Heimweg den Kopf zerbrach, es war ihr unmöglich, zu weiteren Schlussfolgerungen zu gelangen. So wie ihr Fall stand, so musste er stehen, zumindest bis zum Morgen. Irene war bereits fort zum Nachtdienst, als sie in ihrer Wohnung ankam, und Eva nutzte die Gelegenheit, sich mit einer Flasche Bier und ein paar belegten Broten vor den Fernseher zu setzen und einen alten Tatort anzuschauen, eine Art der Abendgestaltung, die Irene im Allgemeinen nicht besonders schätzte. Die Nachrichten später am Abend waren wie immer in diesen Tagen voll von Barack Obamas Wahlsieg und der Wirtschaftskrise, und Eva war nicht böse, als das Läuten des Telefons die widersprüchlichen Expertenprognosen bezüglich der deutschen Banken unterbrach. Glücklich war sie dann allerdings auch nicht darüber, die Stimme ihrer Mutter zu hören, die sie über die Einzelheiten ihrer Urlaubspläne befragte und ihr Angebot wiederholte, sich um den Kater und die Blumen zu kümmern. Die Pflanzen waren natürlich Irenes Sache; das Einzige, was Eva zu der Sammlung beigetragen hatte, war eine Palme, die man beim besten Willen und auch durch grobe Vernachlässigung nicht umbringen konnte.

Es wurde wirklich Zeit für Ferien, dachte sie verdrießlich, als sie das Gespräch beendet hatte. Ihre Mutter mit ihren freundlichen Anfragen und Irene, die mitten in den Planungen für Wellnessangebote und Ausflüge steckte, während sie selbst den Kopf voll hatte von Motiven und Alibis. Einen Augenblick lang hatte sie das alles gründlich satt, den Gedanken an das teure Hotel mit Whirlpool und Candlelightdinner eingeschlossen, und fragte sich, warum sie nicht einfach ihre Ruhe haben konnte. Sie holte sich eine zweite Flasche Bier, schnappte sich die Fernbedienung und begann, sich auf der Suche nach einer weiteren belanglosen Krimiserie durch die Kanäle zu zappen. Tatsächlich blieb sie aber bei einer Sendung über Franz Schuberts *Winterreise* hängen. »Eine Reise ins Nichts … ein einsamer Monomane des Liebesleids … ich will euch einen Kranz schauriger Lieder singen … verstörend radikale Tonsprache … Liebesleid … existenzieller Schmerz … die Chronik eines Verlorenen …« Eva ließ die Phrasen, mit denen der Liederzyklus des schwer kranken Komponisten beschrieben wurde, an sich vorbeiziehen und dachte an Jonas Hofer. Wo, wenn überhaupt, passte er hinein?

Rainer war um halb sechs mit ausgetrockneter Kehle und voller Blase im Dunkeln aufgewacht und hatte sich ohne jede Begeisterung dazu entschlossen, nicht wieder ins Bett zurückzukehren, da er nun schon einmal aufgestanden war. Das Halsweh verging nach ein paar Schlucken Wasser weitgehend, aber er vermutete, dass es nur noch eine Frage der

Zeit sein würde, bis auch ihn das Virus, das unter seinen Kollegen umging, noch ereilte. Hoffentlich erst, wenn sie mit dem vermaledeiten Fall fertig waren. Zu Fuß ging er in den nebligen, düsteren Wintermorgen hinaus zu einer Bäckerei, in der er manchmal frühstückte, stellte aber fest, dass er noch zu früh dran war. Bis sieben Uhr war es noch eine Weile hin. Nachdenklich wanderte er in Richtung Ellinger Tor, an der Stadtmauer entlang, denselben Weg, den früher die zum Tode Verurteilten vom Gefängnisturm, dem Schrecker, genommen hatten, um außerhalb der Stadtmauern am Galgenberg hingerichtet zu werden. An diesem dunstigen Morgen brauchte es gar keinen Henker, der am Ende des Weges darauf wartete, einen aufzuhängen, um trübe Gedanken aufkommen zu lassen. Oder kam das doch vom Bier, das er am Abend in der Kneipe getrunken hatte, während er sich von einem Freund Einblicke in die Geschäftswelt hatte geben lassen? Tim Kranz war einer der wenigen Leute, die er kannte, die wirklich verstanden, wie die Wirtschaft und das Geschäftsleben funktionierten. Zumindest, hatte er ihm versichert, hatte er das früher gewusst, aber in der gegenwärtigen Krise könne man natürlich gar nichts mehr genau wissen, und wenn sogar die Union plötzlich über die Verstaatlichung von Banken redete, dann könne niemand sagen, wo das Ganze enden würde, und mit der FDP in der Regierung wäre das alles nicht passiert.

»Hm, ja«, hatte Rainer unverbindlich gebrummt. »Aber wie ist das jetzt mit dem Schöneberg? Du kennst den doch, oder?« Tim Kranz kannte den Unternehmer tatsächlich, und er hatte seinem Freund einiges erzählt, aber Rainer war sich nicht sicher, ob das Gespräch ihn weitergebracht hatte. Wie so viele andere hatte auch Schöneberg durch die Bankenkrise Geld verloren, aber nicht in bedrohlichem Ausmaß, soweit man das bisher sagen konnte. Schwierig könnte es, so hatte Kranz gemeint, für ihn höchstens werden, wenn die Banken keine Kredite mehr an ihn vergeben würden. »Wenn das Bankenrettungspaket nicht wirkt, dann könnte ihm so etwas blühen. Mir auch, übrigens, und wer weiß, wie vielen anderen«, hatte er düster hinzugefügt. »Du hast ja Glück, dich bezahlt der Staat.«

»Ja, ja, der Teufel sorgt für die Seinen«, hatte Rainer abwesend erwidert, während er versucht hatte, Tims Auskünfte irgendwie für den Fall fruchtbar zu machen. Vielleicht würden sie ja im Laufe des Tages mehr erfahren, dachte er hoffnungsvoll, während er durch das Ellinger Tor schritt und seinen Blick auf das Parkhaus richtete, in dem die Leiche gefunden worden war. Er erwartete nicht, etwas zu finden, was die Spurensicherung übersehen hatte, als er zielstrebig dorthin lief, aber er erhoffte sich vom Ort des Verbrechens so etwas wie eine Inspiration. Er kümmerte sich nicht um den Fußgängereingang, sondern nahm die Autoeinfahrt. Genau so war am Mittwoch gegen Abend ein noch immer nicht identifizierter Mann ins Parkhaus gelangt und hatte es nur wenige Minuten später auf demselben Weg wieder verlassen, erinnerte Rainer sich erst jetzt wieder. Zu dem Zeitpunkt war Caroline Kröger natürlich längst tot gewesen und hatte auch schon stundenlang neben ihrem Auto gelegen. Dennoch – hätten sie nicht versuchen müssen herauszufinden, wer der Fußgänger gewesen war? War der Täter vielleicht zurückgekehrt, um noch irgendetwas am Fundort zu erledigen? Vielleicht hatte er sogar vorgehabt, die Leiche zu »finden«, und es sich dann doch anders überlegt. Oder hatte jemand die Tote entdeckt und war wieder gegangen, ohne die Polizei zu alarmieren? Nur, was sollte das für einen Grund gehabt haben? Auf jeden Fall würde er der Sache heute noch einmal nachspüren. Sie hatten so wenig Beweismaterial, sie konnten es sich nicht leisten, einen möglichen Hinweis unbeachtet zu lassen.

Die Parkdecks waren um diese frühe Morgenstunde

weitgehend leer, und Rainer fragte sich nicht zum ersten Mal, wie es sein konnte, dass die Tote einen ganzen Tag lang unentdeckt geblieben war. Noch einmal stand er an der Stelle, an der sie gefunden worden war. Natürlich, mit dem Auto davor war sie wirklich kaum zu sehen gewesen, und doch schien es ihm so unwahrscheinlich, dass so viele Leute das Gebäude betreten haben sollten, ohne etwas zu bemerken. Auf welchem Weg hatte der Täter das Parkhaus verlassen? Durch den Fußgängerausgang natürlich, antwortete er sich selbst, um nicht aufzufallen und weil er sonst an der Autoausfahrt aufgezeichnet worden wäre, was nicht geschehen war. Denselben Weg nahm Rainer jetzt, und trotz allem sah er sich sehr sorgfältig um, als sei es wahrscheinlich, jetzt, nach einer Woche, noch Erfolg zu haben, wo auch die Spurensicherung schon gewesen war. Natürlich fand er nichts außer der ein oder anderen Zigarettenkippe und ein paar verstreuten Zetteln. Letztere hob er trotzdem auf, auch wenn er ziemlich sicher sein konnte, dass sie erst nach der Tatzeit hinterlassen worden waren. Hätte er ein Konzertprogramm für einen Schubertliederabend gefunden oder eine Visitenkarte von Arno Hertz' Geschäft, hätte er sie natürlich mitgenommen, aber tatsächlich waren es ein unleserlich gewordener Beleg, ein handgeschriebener Einkaufszettel, auf dem der Posten »Überraschungseier« in einer krakeligen Kinderhand doppelt unterstrichen war, und ein Flyer mit Werbung für einen neuen Asia-Imbiss. Seufzend wollte er aufgeben, als sein Blick auf die Toiletten im Treppenhaus fiel. Stirnrunzelnd betrachtete er die Türen und trat schließlich schulterzuckend ein. Ein Blick würde nicht schaden. Ob die Spurensicherung hier gewesen war, wusste er nicht genau, aber der Raum machte ihm gewisse Hoffnung darauf, vielleicht seit der Tat nicht mehr allzu gründlich geputzt worden zu sein. Umso sorgfältiger ging Rainer vor, aber er entdeckte auch hier nichts Vielversprechendes. Der Aufsatz einer Spritze gab vielleicht Antwort auf die Frage, was der geheimnisvolle Fußgänger vom Mittwochabend für ein paar Minuten im Parkhaus gemacht haben mochte, aber das interessierte natürlich nur am Rande. Hungrig und enttäuscht trat Rainer wieder ins Treppenhaus und wandte sich zum Gehen, als ihm der Gedanke kam, auch noch in der Damentoilette nachzusehen. Zögernd öffnete er die Tür und sah sich um, aber um sieben Uhr in der Frühe war hier natürlich noch niemand. Umso besser, dachte er grinsend. Er wollte schließlich nicht in den Verdacht kommen, jungen Mädchen auf der Toilette aufzulauern – oder zu dumm zu sein, um die richtige Tür zu finden. Er musste zugeben, dass der Raum sauberer war als die Herrentoilette, aber dafür waren die Wände mit Bemerkungen versehen, die es drüben nicht gegeben hatte. »Warum war das Klopapier in der DDR dreilagig?«, las er auf einer Trennwand. »Weil zwei Durchschläge immer direkt nach Moskau gingen.« Sehr gut, kicherte er in sich hinein, den würde er nachher gleich Eva erzählen. Warum sollte sie schließlich einen besseren Morgen haben als er? Und dann entdeckte er im hintersten Abteil etwas, was er gesucht und doch nicht zu finden gehofft hatte. Ganz unten im Abfall lag zusammengerollt ein schwarzes Käppi mit einem breiten Schirm. Rainers Hände zitterten leicht, als er die Kopfbedeckung in eine Tüte packte, die er zum Glück in der Tasche gehabt hatte. Dies war ohne Zweifel ein Fund, der mit ihrem Fall zu tun hatte. Ob es ein entscheidendes Beweisstück sein würde, ließ sich nicht sagen, aber für Rainer stand außer Frage, dass die Kappe aus Caroline Krögers Auto stammte und bewies, dass der Täter hier gewesen war, nachdem er die Leiche oben auf dem Parkdeck abgelegt hatte. Allerdings fragte er sich, was seine Kollegin für Schlüsse aus der Aufschrift der Kopfbedeckung ziehen würde. *Krommer Reisen* stand in leuchtend orangefarbenen Buchstaben über dem Schirm.

»Ich kann's einfach nicht glauben, dass die das übersehen haben«, ereiferte sich Eva zum wiederholten Male, als sie später gemeinsam im Besprechungszimmer saßen, während draußen Nebelfetzen vorbeizogen, die langsam dünner wurden und gelegentlich den Blick auf den Himmel freigaben. Es würde ein kalter, klarer Tag werden, sobald die Sonne höher am Himmel stand.

Darauf gab es nichts zu erwidern. Zwar war nicht zu erwarten gewesen, dass sich ausgerechnet im Abfall der Damentoilette ein Beweisstück finden lassen würde, aber wenn die Kollegen von der Spurensicherung ihrer Arbeit gründlicher nachgegangen wären, wären sie möglicherweise schneller vorangekommen. »Was hältst du von dem Fundstück?«, fragte Rainer.

Eva beugte sich über die Vergrößerungen der Bilder, die sie von den Parkhauskameras erhalten hatten. »Hier haben wir den Typen, der Mittwochabend zu Fuß über die Rampe gekommen ist. Trägt eine Mütze, aber ganz offensichtlich nicht dieselbe Kappe, die du gefunden hast. Du meinst, der könnte sich in der Parkhaustoilette etwas gespritzt haben?« Rainer zuckte die Schultern. »Wäre jedenfalls eine Erklärung. Wie sieht es mit dem Bildmaterial von Dienstagnacht aus?«

Eva schob den Fotohaufen auseinander und legte Rainer dann ein Bild vor. »Hier, achtunddreißig Minuten nach Mitternacht. Das ist Caroline Krögers Auto, und hier haben wir jemanden am Steuer, der natürlich nicht erkennbar ist, aber auf jeden Fall was auf dem Kopf trägt. Ich denke, die Sache ist klar. Die Kröger hat in dem Reisebüro gearbeitet, wahrscheinlich haben die alle so ein Käppi – wir klären das noch mit dem Krommer ab, der wird das wissen. Das Ding liegt in ihrem Auto, und der Täter traut sich nicht, sich so, wie er ist, ans Steuer zu setzen. Es ist zwar dunkel, aber jemand könnte ihn sehen. Er nimmt die Kappe und setzt sie auf, und nachdem er die Leiche im Parkhaus deponiert hat, lässt er sie zurück. Die Wahrscheinlichkeit, dass dieses Beweisstück gefunden wird, ist sehr gering, und wenn ihn beim Rausgehen jemand sieht, denkt sich niemand etwas dabei.«

»Solange er nicht erkannt wird«, gab Rainer zu bedenken. Eva nickte, meinte aber: »Das muss er riskieren. Es ist gewagt, aber er hat alles zu verlieren und ist kaltblütig genug, um die Sache durchzuziehen.«

Rainer starrte aus dem Fenster, den Nebelstreifen nach. »Und wer ist er?«

»Jonas Hofer, oder nicht?«, fragte sie zurück. »Das war doch deine These, und du hast mich überzeugt. Er hat wegen des Unfalls damals die Schöneberg als Musikerkollegin verloren, und er hat der Kröger die Schuld gegeben. Je länger ich darüber nachgedacht habe, umso plausibler erscheint mir das als Motiv. Außer es war der Hertz, dem traue ich die Tat selbst auch zu, obwohl ich nicht sicher bin, ob der so kaltblütig wäre, die Sache mit dem Parkhaus durchzuziehen.«

»Und die Schöneberg?«, wollte Rainer angespannt wissen. »Wer hat die getötet, und warum? Warum zeitlich so nah an Caroline Krögers Tod? Wenn wir nun etwas übersehen haben?«

»Vielleicht hat wer-auch-immer die Gelegenheit genutzt – Suizid, kurz nachdem ihre beste Freundin gestorben ist, das sieht auf den ersten Blick total überzeugend aus. Wir haben uns bloß noch nicht ausreichend mit der Frage beschäftigt, wer sie tot sehen wollte, aber das kriegen wir schon noch heraus.«

Es wurde ein weiterer mühsamer Tag voller Kleinarbeit. Sandra Schneider hatte sich krankgemeldet, Friedolin war zwar anwesend, aber seine heiseren, kurz gehaltenen Bemerkungen und gelegentliches Husten ließen nichts Gutes ahnen, und Beyerlein trug Rainer auf, dafür zu sorgen, dass sich keine weiteren Kollegen vom Dienst abmeldeten, und den Fall so bald wie möglich abzuschließen, da ihm die Presse und Andreas Schöneberg im Nacken säßen. »Sie haben ihm doch nicht erzählt, dass seine Tochter keinen Selbstmord begangen hat?«, erkundigte sich Eva besorgt.

»Ich hatte keine andere Wahl«, verteidigte er sich. »Ich musste verraten, dass wir eine Gewalttat nicht ausschließen können. Die Journalisten haben alle möglichen Fragen gestellt.« Dem folgte eine unerfreuliche Auseinandersetzung zwischen Eva und Beyerlein, bei der Rainer sich gerne in Luft aufgelöst hätte; aber da die beiden zwischen ihm und der Tür standen, konnte er sich nicht einmal unauffällig verdrücken. »Musste das sein?«, jammerte er, nachdem sein Chef sich verärgert entfernt hatte. »Jetzt herrscht den ganzen Tag dicke Luft, und ich muss das dann wieder ausbaden.«

»Rainer«, gab sie aufgebracht und wahrscheinlich bis in Beyerleins Büro hörbar zurück. »Wir stecken in einem Fall, der davon lebt, dass wir nicht alles verraten, in der Hoffnung, dass wir den oder die Täter so dazu bringen, sich zu verraten. Dein Chef hatte kein Recht, so eine Information weiterzugeben, ohne vorher mit uns Rücksprache zu halten. Alles bloß, weil der Schöneberg ein einflussreicher Geschäftsmann ist und er Angst vor Kritik durch die Presse hat. Und schau nicht so, ich weiß genau, dass du meiner Meinung bist!«

Rainer duckte sich unter ihrem zornigen Blick. »Ja, sicher«, murmelte er, »aber deswegen musst du dich doch nicht gleich mit ihm anlegen. Am Ende muss ich das dann nämlich ausbaden, wenn du wieder in deine eigene Dienststelle zurückkehrst.«

»Glaub nur nicht, dass ich die Sache auf sich beruhen lasse, wenn sich später herausstellt, dass wir den Fall verbockt haben, weil er zu viel gesagt hat«, drohte Eva. »Also, gehen wir an die Arbeit.«

»Ich glaube, ich meld mich lieber auch krank«, erklärte Rainer unglücklich und stieß ein vorgetäuschtes Hüsteln aus. »Ich fühle mich schon ganz schwach.«

Sie würdigte ihn nicht einmal eines Blickes, sondern vertiefte sich wortlos in ihre Unterlagen.

Den größten Teil des Tages verbrachten sie am Schreibtisch, während einige Beamte unterwegs waren und weitere mögliche Zeugen befragten. Mittags bestand Rainer darauf, die Inspektion zu verlassen und in der Stadt etwas essen zu gehen, um wenigstens ein paar Minuten lang die Sonne zu sehen.

Das *Krommer Reisen*-Käppi wurde gerade im Labor untersucht. Bislang lautete der einzige Befund dazu erwartungsgemäß, dass Caroline Kröger die Kopfbedeckung selbst einmal getragen hatte, dass sich daran aber auch noch andere Spuren fanden. Ob sie für eine mögliche Identifizierung ausreichen würden, konnte der Mitarbeiter nicht mit Sicherheit versprechen. Johann Heiko Krommer hatte bestätigt, dass alle Angestellten des Reisebüros im Rahmen einer Werbeaktion ein T-Shirt und ein Käppi mit dem Firmenlogo geschenkt bekommen hatten. Rainer erzählte seiner Kollegin von seinem Gespräch über den Unternehmer Schöneberg und teilte ihr auch mit, was ihn dazu bewogen hatte, sich mit dem befreundeten Wirtschaftsexperten zu verabreden. »Diese eine Mail bei der Kröger«, sagte er. »Die habe ich erst gestern entdeckt, die war nämlich im Spamverdachtordner gelandet, sah nach industrieller Werbemail aus. Aber sie war tatsächlich von Andreas Schöneberg.«

Eva verschluckte sich an ihrem Kaffee. »Wie bitte?«, ächzte sie.

»Ja, genau das dachte ich mir auch. Er hat so etwas geschrieben wie: Da Caroline und seine Tochter so gute Freundinnen sind, wäre er natürlich bereit zu helfen, und sie solle ihrem Vater Bescheid geben, dass er sich mit ihm – also Schöneberg – in Verbindung setzen solle.«

Die volle Tragweite dieser Information ging ihnen allerdings erst auf, als sie wieder in Rainers Büro zurückkehrten, wo Friedolin mit einer Neuigkeit auf sie wartete. Er hustete ausgiebig, dann teilte er ihnen heiser mit, dass er noch einmal mit seinem Freund von der Verkehrspolizei gesprochen hatte. »Wegen Dienstag, also, wie gesagt, da hatte er den Wagen aufschreiben wollen, wo dann die Kröger eingestiegen ist, und wo der Mann gesagt hatte, dass er auf seine Tochter wartete …«

Eva nickte: »In Verbindung mit dem unsicheren Alibi unseres lieben Freundes Arno Hertz«, ergänzte sie.

»Ja«, krächzte der junge Beamte. »Und der Hannes hatte die Autonummer nicht, also konnten wir gestern nicht ganz sicher sein, aber … ich hab ihn den Mann beschreiben lassen und ihm dann für alle Fälle noch ein Bild vom Hertz gezeigt …«

»Ja und?«, fragte Eva ungeduldig, als ihn ein Hustenanfall unterbrach. Mit tränenden Augen nahm sich Friedolin ein Halsbonbon und sagte: »Er war es nicht. Der Mann, der im Auto auf die Kröger gewartet hat, war ihr richtiger Vater, Andreas Kröger. Und der hat uns nichts davon erzählt, dass er nach dem Treffen mit Hertz in Nürnberg noch länger mit ihr zusammen war.«

Strategisch gesehen hätte er ein teures Restaurant bevorzugt, um über die Sache zu reden – er hatte schon einige Male die relative Öffentlichkeit und die vornehme Atmosphäre eines gehobenen Lokals genutzt, um eine Beziehung zu beenden oder einen Seitensprung zu gestehen. Der Preis für das Abendessen zahlte sich meist aus, weil man sich darauf verlassen konnte, dass eine Frau in einem Restaurant keine Szene machte. Andererseits wollte er in diesem Fall sichergehen, dass niemand anderer hören konnte, was er sagte, und das ließ ihn über einen privateren Ort nachdenken.

Die Entscheidung wurde ihm abgenommen. Ohne anzuklopfen, trat Tanja in sein Büro ein. Sie hatte einen warmen Anorak an und eine Wollmütze in der Hand. »Ich will mit dir reden«, erklärte sie rau. »Wir können ein Stück gehen.« Arno Hertz schrak innerlich zurück vor ihrem Ton, ließ sich aber nichts anmerken. »Klar, Schatz, ich wollte ohnehin Mittagspause machen. Hast du so viel Zeit, dass wir hinterher noch etwas essen können?«

»Wie du willst«, erwiderte sie abweisend und wandte sich zum Gehen. Sie sprach zuerst nicht, während sie durch die Luitpoldstraße gingen. Ihr Blick blieb an dem ein oder anderen Schaufenster hängen, mit einem sehnsüchtigen Blick, den er sich nicht erklären konnte, bis sie, mehr zu sich als zu ihm, sagte: »Keine Weihnachtseinkäufe dieses Jahr.« Sie trat nahe an die Auslage einer Parfümerie und deutete auf einen Flakon. »Das Parfüm, das hätte sie gefreut, das wollte ich ihr schenken.« Ihr Ton war so traurig, dass er ihr den Arm um die Schultern legte und sie fest an sich drückte. Natürlich war sie untröstlich; natürlich konnte er ihren Schmerz nicht nachvollziehen, wie sollte er auch? Er war keine Mutter, hatte nicht einmal ein eigenes Kind. Immerhin würde es einfacher sein, mit ihr zu reden, dachte er, wenn sie auf seinen Trost angewiesen war. Aber Tanja entzog sich seinem Arm und lief wortlos weiter. Er folgte ihr, aus der alten Stadt hinaus zum Seeweiher. Keine Menschen, die ihr Gespräch hören könnten, ging es ihm durch den Kopf. Aber auch keine Öffentlichkeit, in der sie Skrupel hätte, eine Szene zu riskieren. Er rief sich zur Ordnung, während er seine Partnerin beobachtete, die den Blick auf dem fast unbewegten Wasser unter der alten Stadtbefestigung ruhen ließ. Wieso sollte es eine Szene geben? Sie konnte ihm ja wohl kaum etwas vorwerfen.

Ihre Frage, als sie endlich redete, traf ihn dennoch wie ein Schlag: »Was hast du getan? Die Polizei war bei mir, und sie haben eine Menge Fragen gestellt. Wo warst du, als Caroline getötet wurde?«

Er starrte sie ungläubig von der Seite an. Vielleicht hätte er damit rechnen müssen, dass sie sich darüber Gedanken machen würde, aber dass sie diese so brutal offen aussprechen würde, hätte er nie erwartet. »Wie kannst du mich so etwas fragen? Hast du überhaupt kein Vertrauen zu mir?« Seine Stimme klang gekränkt, und er fand, dass er ein Recht hatte, gekränkt zu sein. Schließlich lebten sie seit Jahren zusammen. »Du solltest mich doch kennen.«

»Meine Tochter ist getötet worden«, antwortete sie kalt. »Und ich will wissen, wer das getan hat. Denkst du, ich sage lieber nichts, nur damit wir keinen Streit kriegen?«

»So ein Verdacht kann eine Beziehung zerstören«, erklärte er heftig. Ihre Antwort machte deutlich, dass sie gehört hatte, was in seinem Ton mitschwang: Da war nicht nur der Vorwurf gewesen, sondern auch etwas von einer Drohung. »Ich hab keine Angst.« Ihre Stimme hatte überhaupt keine Tiefe und Farbe, aber sie war entschlossen. »Wenn man einen Verdacht hat und nicht ausspricht, macht das eine Beziehung noch viel schneller kaputt.« Sie sah wieder aufs Wasser hinaus, sah ihn nicht an. »Außerdem hab ich dich nur gefragt. Ich will wissen, was passiert ist, sonst nichts. Ich glaube nicht, dass du Caro was angetan hast. Aber warum war die Polizei da? Was wollen die von dir?«

Er hätte dankbar sein müssen, dass sie das Gespräch auf die Dinge gebracht hatte, die er ihr sagen musste, aber ihm war die Unterhaltung jetzt schon zuwider. Am liebsten hätte er die ganze Sache gelassen, aber da es möglicherweise zu einem Prozess kommen würde, musste sie natürlich Bescheid wissen. »Sie verdächtigen mich, das hast du ja selbst schon gemerkt«, begann er wütend. »Ich habe gesagt, dass ich nicht ohne Anwalt rede, also sind sie umso mehr überzeugt, dass ich was zu verbergen habe. Aber ich lasse mich nicht um meine Rechte bringen.«

»Aber warum, Arno?«, fragte sie eindringlich und sah ihn zum ersten Mal an. »Es muss doch einen Grund geben.«

Er schnaubte bitter. »Ja, ich war mit Caro am Dienstag unterwegs. Ich habe dir noch nicht davon erzählt, aber wir haben uns mit ihrem Vater getroffen – geschäftlich.«

»Geschäftlich?«, wiederholte Tanja stirnrunzelnd. »Was hatte denn Caro für eine Ahnung von Geschäften?«

»Ja, natürlich überhaupt keine«, gab er zu. »Aber sie wollte, dass wir beide ins Geschäft kommen. Hör zu, das ist doch völlig unwichtig, frag halt den Andi selbst, wenn du es genauer wissen willst.« Warum musste er hier herumstehen, in der Kälte am Wasser auch noch, und seiner Frau Rede und Antwort stehen?

»Und danach?«, wollte sie wissen. »Hast du Caro wieder nach Hause gebracht? War sie sicher? Hast du sie bis zu ihrer Wohnungstür gebracht? Wenn du sie einfach irgendwo rausgesetzt hast, wo sie dann einem Verbrecher in die Arme gelaufen ist, dann verzeihe ich dir das nie.«

»Heimgebracht!«, gab er aufgebracht zurück. »Was noch alles? Caro war erwachsen, die wollte nicht bemuttert werden. Und ich sag es noch mal: Frag den Andi, der hat sie nämlich heimbringen wollen. Vielleicht erinnerst du dich daran, dass ich angerufen habe, ich würde in der Stadt bleiben?«

»Und bist du?«, fragte sie kalt zurück.

»Natürlich.«

»Und das kannst du beweisen? Dann versteh ich nicht, wieso die dich verdächtigen.«

»Weil sie dafür bezahlt werden, Leute anzuschwärzen, und es ihnen egal ist, ob sie die richtigen oder die falschen erwischen«, behauptete er aggressiv. »Ich habe doch schon gesagt, dass ich beim Müller Ulli übernachtet habe.«

»Warum sagst du mir nicht einfach endlich die Wahrheit?«, seufzte Tanja, und einen Moment lang setzte sein Herzschlag vor Schreck aus. »Wenn die Polizei nicht zufrieden ist, dann warst du eben nicht die ganze Zeit dort. Ich weiß sowieso, dass du in Nürnberg eine Geliebte hast.«

Er dachte einen Moment lang intensiv nach und beschloss dann, diese Worte als Ausweg zu nutzen. Das war zwar auch unangenehm, aber immerhin würde Tanja dann nicht mehr erfahren, als unbedingt nötig war. Wenn er mit der Polizei sprach und auf den Anwalt verzichtete, konnten sie ihn wegen der alten Sache mit Caroline kaum belangen. Sie war tot, und auch die zweifellos feministische Fanatikerin von der Kripo würde es nicht wagen, ohne Hoffnung auf Beweise gegen ihn vorzugehen. Dafür würde er ihnen Auskunft über den Dienstag geben, und Tanja – nun ja, einen unbedeutenden Seitensprung würde sie wahrscheinlich verzeihen. »Nun, wenn du es schon vermutet hast«, sagte er leise und versuchte sich an den richtigen Ton für diese Art von Gespräch zu erinnern – es war schon eine Weile her, seit er das letzte Mal in die Verlegenheit gekommen war –, »ja, das war der Grund. Ich wollte eigentlich nicht, dass du etwas davon erfährst, ich wollte nicht, dass du verletzt wirst… Sag mal, können wir das im Warmen besprechen? Ich lade dich zum Essen ein, und dann sagst du mir, was ich tun muss, damit du mir verzeihst.«

Rainer Sailer zog mit schwungvoller Hand eine Linie quer über das Papier vor ihm. »Das war's dann wohl mit Arno Hertz«, bemerkte er säuerlich. »Wieder einer weniger.«

Mit einem verächtlichen Kopfschütteln schob Eva die Akte Hertz von sich weg. »Das hätte ich mir eigentlich gleich denken können. Wahrscheinlich hat er auch Kinderpornos versteckt und fliegt in den Sommerferien als Sextourist nach Thailand.«

Rainer musste lachen. »Jetzt bist du ungerecht. Es ist immer noch ein Unterschied, ob einer in den Puff geht oder ob er sich Kinderpornos reinzieht. Und die Tanja Kröger ist ja sicher ganz nett und so, aber ein Hingucker ist sie jetzt auch nicht wirklich.« Er ließ ihr keine Zeit, ihrer Verärgerung Ausdruck zu verleihen. »Komm schon«, behauptete er fröhlich, »du bist einfach politisch korrekt für zwei, wenn ich jetzt auch noch damit anfange, kriege ich moralische Verstopfung. Und weißt du, was echt ungünstig für dich ist? Du kannst nicht mal zurückschlagen; ich wette, du kennst nicht einen einzigen echten männerfeindlichen Witz.« Er grinste sie herausfordernd an.

»Männer«, begann sie kalt, doch er unterbrach: »Ich meine Witze, Eva. Dass du männerfeindliche Bemerkungen hinkriegst, glaube ich dir auch so. Pass auf, ich helfe dir aus. Wie wär's mit dem? Eine Frau steht nach zwanzig Jahren Ehe vor dem Spiegel – Falten, Krähenfüße, Cellulite, es ist kein schöner Anblick. Sie sieht sich lange ganz genau an und denkt triumphierend: ›Ja, das hat er verdient.‹«

»Wer hat was verdient?«, fragte Friedolin von der Tür her.

»Oh, ich eine Stärkung«, antwortete Rainer prompt. »Sind das wieder Nussschnecken?«

»Finger weg von meinem Essen, da hab ich überall draufgehustet. Frau Schatz, ich hätt was, vielleicht kümmern Sie sich da selbst drum, es hat sich eine Zeugin gemeldet.«

Linda Galster lief am Seeufer entlang, als könnte sie auf diese Weise ihren Gedanken entfliehen. Die Luft war frostig und der Waldstreifen, durch den der Weg führte, sehr still. Eine dünne Eisschicht hatte sich nahe am Ufer auf dem Wasser gebildet, doch der See selbst war noch nicht zugefroren. Gehen, mit schnellen, weit ausgreifenden Schritten, bis man nichts mehr dachte und nur noch seine eigene Bewegung spürte, in den frühen Abend hineinlaufen, bis alles andere hinter einem zurückblieb, sogar der Schmerz. Sie hatte sich durch einen weiteren Arbeitstag im Krankenhaus geschleppt, und jede einzelne Minute war mühsam gewesen. Die letzten paar Tage forderten ihren Tribut; sie wusste, dass sie nicht einfach so weitermachen konnte, und doch zwang sie sich dazu, sich durchzuquälen. Aber sie fühlte sich dünnhäutig und unbeherrscht, jederzeit kurz davor, entweder in Tränen auszubrechen oder in Zorn. Gehen war das Einzige, was zu helfen schien, wenigstens für den Moment, und sie war gleich nach der Arbeit zum Brombachsee hinausgefahren. Hier war um diese Zeit kein Mensch, nicht an einem kalten Abend Ende November, und Linda lief wie eine Maschine, entschlossen, nicht umzukehren, bevor sie den Gedanken entlaufen war.

Das Klingeln riss sie aus ihrer Versunkenheit. Wer entfliehen wollte, durfte kein Handy mitnehmen, erkannte sie, zu spät. Sie war nicht imstande, das Signal zu ignorieren. »Hallo?«

»Linda, wie geht es dir?« Es war die warme, modulierte, klangvolle Stimme von Jonas. »Du hast dich nicht gemeldet, ich wollte nur nachfragen … Bist du zu Hause?«

»Ich bin am See.« Sie hasste den Klang ihrer eigenen Stimme, so flach, ohne Resonanz.

Er schwieg kurz. »Es – ich hoffe, es ist nicht wegen neulich.«

»Neulich«, wiederholte sie, als ob sie sich kaum erinnern könne. Und tatsächlich war das so ein kurzes Zwischenspiel gewesen, ein paar warme, selbstvergessene, verrückte Stunden in einem See von Schmerz und Angst. »Ja – nein, ich … es ist nur wegen Anna-Luise und allem.«

»Ja. Ja, ich verstehe.« Auch seine Stimme klang plötzlich brüchig. »Ich rufe dich morgen an.«

»Ja. Mach das. Bis morgen.«

Am Ufer des Brombachsees herrschte erneut winterliche Stille, doch die Ruhe ließ sich nicht wiederfinden. Sie würde sich auch nicht noch einmal erlaufen lassen. Linda verstaute das Handy in ihrer Tasche und machte sich langsamer als zuvor auf den Weg zurück zu ihrem Auto.

Franka Katteler war sechzehn Jahre alt, eine kleine dunkelhaarige Schönheit, und lebte im selben Haus wie Anna-Luise Schöneberg. Nein, sie hätte sie nicht wirklich gekannt, erklärte sie mit einem leichten osteuropäischen Akzent, als sie Rainer und Eva im Büro gegenübersaß. »Sie ist nur selten zu Hause. Ich kenne sie bloß vom Sehen. Aber ihr Auto kenne ich, und die von den anderen Hausbewohnern auch. In der Zeitung steht, dass es vielleicht kein Selbstmord war, und meine Mutter hat mir gesagt, dass die Polizei gefragt hat, was am Sonntagabend im Haus los war … War es wirklich ein Mord?«, fragte sie plötzlich mit großen, dunklen Augen. Eva lächelte ihr zu: »Das können wir noch nicht mit Sicherheit sagen. Aber wir wollen es herausfinden. Wenn ich es richtig verstehe, haben Sie etwas gesehen, was uns vielleicht weiterbringt?«

Auf einmal wirkte das Mädchen eingeschüchtert. »Vielleicht«, nuschelte sie. »Aber vielleicht ist es auch gar nichts. Ich hätte gar nicht kommen sollen.«

Sie rutschte unbehaglich auf ihrem Stuhl hin und her, und Rainer bot ihr auf Evas Wink hin ein Glas Wasser an. »Danke schön«, murmelte sie und trank einen Schluck. »Wissen Sie, ich habe eigentlich nichts gesehen, nur – wenn Sie nicht wissen, ob es ein Selbstmord war oder nicht – am Sonntagabend war jemand in der Wohnung von Anna-Luise Schöneberg. Wissen Sie, wir wohnen gleich darunter, und man hört leicht, wenn jemand im Haus ist und wo die hingehen. Meistens achtet man natürlich nicht darauf, aber diesmal …«

»Wissen Sie, wie spät das war?«

»Das war so – ich bin so um neun nach Hause gekommen, na ja, ein kleines bisschen nach neun, meine Mutter hat sich nämlich darüber geärgert, dabei war ich nur ein paar Minuten zu spät dran, und bin nach oben, und da habe ich kurz darauf in der Wohnung über uns die Tür gehen hören.«

»Hätte das nicht Frau Schöneberg selbst sein können?«, fragte Rainer nach. Franka nickte. »Natürlich, das weiß ich nicht. Ich denke das jetzt nur, weil die Leute im Haus seither gesagt haben, dass sie krank war und im Bett lag. Aber sie hätte es auch sein können … nur, wenn sie nicht zu Hause ist, hat sie eigentlich immer ein paar Hausschuhe vor ihrer Tür stehen, und die waren nicht da, das habe ich nämlich später bemerkt, da ist unsere Katze aus der Wohnung ausgebüxt, und die läuft dann immer rauf.«

»Gut«, murmelte Eva. »Wir gehen eigentlich davon aus, dass Frau Schöneberg nicht selbst die Wohnung verlassen hat, denn das war wahrscheinlich die Zeit, zu der sie tatsächlich gestorben ist, aber wir müssen natürlich versuchen sicherzugehen. Sie sagen also, dass es sehr wahrscheinlich ist, dass jemand um diese Zeit in der Wohnung war. Wir sind sehr froh, dass Sie gekommen sind, um uns das zu erzählen.« Sie wollte schon aufstehen, als ihr auffiel, dass die Anspannung des Mädchens eher noch größer schien als zuvor. »Das war noch nicht alles?«, mutmaßte sie und setzte sich sofort wieder, jeden Anschein von Ungeduld aus ihrer Miene verbannend.

»Ich musste danach noch mal runter«, flüsterte Franka Katteler jetzt fast. »Meine Mutter hatte ihre Geldbörse in ihrem Auto vergessen, und die sollte natürlich nicht da bleiben, die ganze Nacht.«

»Und da haben Sie noch etwas gesehen?«

Sie schüttelte stumm den Kopf.

»Kommen Sie«, mahnte Eva. »Es ist wirklich großartig, dass Sie uns helfen wollen, aber erzählen Sie uns alles. Wenn ein Verbrechen geschehen ist, wollen Sie doch bestimmt dazuhelfen, es aufzuklären, oder?«

»Ja«, flüsterte sie, doch es hörte sich ziemlich kläglich an. »Es ist nur …«

»Wen haben Sie gesehen? Sie kennen die Person? Und Sie wollen natürlich niemanden in Verdacht bringen. Trotzdem, Sie müssen uns alles sagen, was Sie wissen.«

»Ich habe niemanden gesehen«, erklärte Franka und nahm rasch noch einen Schluck Wasser. »Ich habe nur gerade, als ich unten ankam, das Auto wegfahren sehen, und ich habe mich gewundert, weil das eigentlich gar nicht hätte da sein sollen, weil … sie wollte eigentlich ja im Konzert sein.«

Rainer hatte das Gefühl, als ob ihm jemand plötzlich die Luft abgeschnürt habe. »Was, wer wollte im Konzert sein?«, fragte er tonlos.

Franka Katteler sah ihn unglücklich an. »Die Frau Galster, die uns gegenüber wohnt«, sagte sie leise.

»Eva, endlich. Ich dachte schon, du kommst überhaupt nicht mehr heim.«

Die Wohnung war angenehm warm und die Vorhänge gegen die Winterdunkelheit schon zugezogen. Eva legte Schuhe, Mantel und Handtasche in der Diele ab und ließ sich im Wohnzimmer in den bequemsten Sessel fallen.

»Magst du einen Glühwein? Ich war vorhin in der Stadt und habe vom Weihnachtsmarkt welchen mitgebracht.« Irene deutete Evas undefinierbares Grummeln als ein Ja und verschwand in der Küche. Der Kater kam zum Sessel herübergestrichen und sprang leicht auf Evas Schoß, wo er sich zufrieden zusammenkringelte.

»Du siehst mitgenommen aus«, bemerkte Irene, als sie mit zwei Bechern wieder eintrat. »Dann bist du wahrscheinlich zu müde, um noch was zu besprechen.«

Eva runzelte die Stirn. »Wenn es um unseren Urlaub geht, verschone mich. Meine Mutter hat gestern angerufen, das hat mir schon gereicht.«

Einen Moment lang schien Irene mit sich zu kämpfen, dann zuckte sie die Schultern und lächelte. »Ganz wie du willst. Aber nun sag mal, was dich so fertiggemacht hat.«

Eva wischte die Frage mit einer Handbewegung fort. Sie hatte für einen Tag genug geredet und wollte bis zum Morgen nicht mehr an die Komplikationen des Falls Kröger-Schöneberg denken. Es war sowieso nicht leicht, Rainers Gesichtsausdruck zu vergessen, nachdem Franka Katteler ihnen von Linda Galsters Auto erzählt hatte, das zur Tatzeit vor dem Haus gestanden hatte, während sie angeblich im Konzert gewesen war.

»Erzähl mir lieber, was du den ganzen Tag gemacht hast«, raffte sie sich schließlich dazu auf, etwas zu sagen.

Irene zuckte die Schultern. »Bis mittags geschlafen, einkaufen gewesen, mit der Polizei geredet ...«

Eva richtete sich abrupt auf. »Was? Warum?«

»Jetzt weiß ich, was ich sagen muss, wenn ich mal sichergehen will, deine Aufmerksamkeit zu haben«, meinte sie mit einem schiefen Lächeln. »Es ging um den Mann, der vorgestern aus dem Fenster gesprungen ist. Ich war zu dem Zeitpunkt gar nicht da, aber die wollten natürlich generell wissen, wie es auf der Station so zugeht.«

»Hat denn jemand seine Pflichten vernachlässigt?«, wollte Eva wissen.

»Nicht, dass ich wüsste. Die Schwester war in dem Moment zwar nicht im Zimmer, aber sie hatte erst kurz vorher nach dem Mann geschaut, und es gab keine Anzeichen dafür, dass er so etwas tun würde. Wenn überhaupt jemand schuld ist, dann liegt es am System, weil wir zu wenige Leute haben, um überall zu sein, wo wir gebraucht würden.«

»Ich bin trotzdem froh, dass du zu dem Zeitpunkt nicht Dienst hattest«, erklärte Eva, und Irene stimmte zu. Sie sah allerdings dennoch bedrückt aus.

»Was ist los?«

Irene zögerte, doch dann winkte sie ab. »Das ist halt einfach unerfreulich für uns alle. Niemand fühlt sich wohl, wenn so etwas passiert ist.« Sie zwang sich zu einem Lächeln. »Reden wir nicht mehr darüber – du willst ja nichts vom Urlaub hören, sonst würde ich dir jetzt erzählen, dass wir einen Extratag im Hotel spendiert bekommen.«

»Wirklich? Wie das?« Eva war zu müde, um den prüfenden, fragenden Blick zu beachten, der auf ihr ruhte. Vielleicht wartete Irene darauf, doch noch über den belastenden Vorfall im Krankenhaus zu sprechen, aber wenn, dann würde sie es schon selbst sagen müssen. Eva war an diesem Abend nicht mehr in der Stimmung, viel zu reden, wenn sie nicht musste.

»Wahrscheinlich Werbung, um das Geschäft anzukurbeln«, mutmaßte Irene.

Eva gähnte. »Ich glaube, damit kann ich leben«, entschied sie träge.

TRACK 10

Am Flusse

Text: Johann Wolfgang von Goethe

Verfließet, vielgeliebte Lieder,
Zum Meere der Vergessenheit!
Kein Knabe sing' entzückt euch wieder,
Kein Mädchen in der Blütenzeit.

Ihr sanget nur von meiner Lieben;
Nun spricht sie meiner Treue Hohn.
Ihr wart ins Wasser eingeschrieben;
So fließt denn auch mit ihm davon.

Als Rainer am nächsten Morgen die Zeitung aufschlug, fand er im Lokalteil die neuesten Informationen zum Fall Kröger-Schöneberg. »Zweifel an der Selbstmordtheorie … Todeszeitpunkt zwischen acht und halb zehn am Sonntagabend … keine Äußerung zu möglichen Motiven … bislang keine heiße Spur … ermitteln in alle Richtungen …« Was für eine Papierverschwendung, dachte er erbittert. Er überflog wie immer den Polizeibericht (»Autofahrer versucht mit zwei Promille querfeldein zu fahren«, »Taschendiebstahl auf dem Christkindlesmarkt«) und den Weltspiegel (»Krokodil beißt Golfer« und »Einbrecher steckte im Kamin fest«), ehe er sich dem Sportteil widmete. Die Wirtschaftsseiten interessierten ihn im Allgemeinen nicht übermäßig, aber als er gerade weiterblättern wollte, stach ihm eine Überschrift ins Auge: »Steuerhinterziehung – Weißenburger Firmen im Visier.« Das war ein Gebiet der Kriminalität, mit dem er normalerweise nichts zu tun hatte, aber Bescheid wissen wollte er doch wenigstens. Der Artikel nannte keine Namen mutmaßlicher Steuersünder, wärmte den Liechtensteiner Steuerskandal noch einmal auf, ohne etwas Neues darüber zu erzählen, schloss aber mit einem Hinweis darauf, dass auch in der Region Verfahren gegen Manager und Firmenchefs eingeleitet worden seien, deren Daten auf der berüchtigten CD gespeichert seien, die dem Postchef zu Beginn des Jahres zum Verhängnis geworden war. Rainer strich sich nachdenklich über das Kinn. Ob der Unternehmer Andreas Schöneberg wohl auch einen Teil seines Vermögens in Liechtenstein oder der Schweiz angelegt hatte? Er gratulierte sich im Stillen, dass er nachts guten Gewissens schlafen konnte, weil er keine geheimen Konten im Ausland hatte, deren Entdeckung er befürchten musste. Angesichts der Tatsache, dass seine augenblicklichen Ersparnisse noch nicht einmal für ein neues Auto reichten, war solche Selbstgerechtigkeit zwar billig, aber besser als gar nichts, fand er. Seine Zufriedenheit verflog, als sein Blick auf die Uhr fiel und er sich daran erinnerte, was an diesem Tag auf dem Programm stand. Der Gedanke, Linda Galster mit der Zeugenaussage ihrer jungen Nachbarin zu konfrontieren, bereitete ihm jetzt schon Kopfschmerzen. Natürlich hätte es ihm egal sein müssen, wer verdächtig war, solange sie der Lösung des Falles näher kamen, aber er musste sich eingestehen, dass ihm jede andere Wendung lieber gewesen wäre. Er wollte sich gerade auf den Weg machen, als sein Handy klingelte und Eva sich meldete.

»Ich steh im Stau«, teilte sie ihm kurz angebunden mit.

»Oh, mal was ganz Neues«, gab er sich erstaunt.

»Sehr komisch. Pass auf, hier geht momentan gar nichts, ich versuche, von der Autobahn runterzukommen, und fahre nach Erlangen, um noch mal mit dem Andreas Kröger zu reden. Wenn der am Dienstagabend um acht noch mit seiner Tochter unterwegs war, ist das bedenklich. Kommst du hier so lange allein klar?«

»Sicher«, seufzte er. »Soll ich mir die Galster vornehmen?« Sie schwieg ein paar Sekunden, dann hörte er sie fluchen: »Fahr doch, du Idiot! Blockiert hier den Standstreifen! Was hast du gesagt? Ich weiß nicht, entscheide du, was zuerst wichtig ist. Ich rufe an, wenn ich etwas erfahre.«

Als Rainer aus dem Haus ging, fühlte er sich schon besser. In der Polizeiinspektion gab es eine Menge Arbeit, um die er sich kümmern musste. Er würde in sein Büro gehen und den ganzen Papierkram auswerten, beschloss er. Die Sache mit Linda Galster musste warten.

»Gut, dass du kommst«, begrüßte ihn Bernd Gollwitzer düster, kaum bevor er noch seine Jacke ausgezogen hatte. »Schöneberg hat angerufen und wird wieder anrufen und hat mit der Presse gedroht, und ich weiß nicht, was noch alles. Wo ist die Frau Kollegin?«

»Kommt später. Was zum Kuckuck hat der Typ für ein Problem mit uns?«

Der Beamte zuckte die Schultern. »Ich glaube, er ist der Meinung, dass wir den Fall verbockt haben und dass seine Tochter noch am Leben wäre, wenn wir unsere Arbeit gemacht hätten. Wahrscheinlich würde er gerne ein paar Köpfe rollen sehen. Dann hat er noch was von mangelnder Transparenz gesagt…« Gollwitzer zog eine Grimasse, und Rainer unterdrückte einen Fluch: »Das kommt davon, wenn man der Presse und den Leuten Sachen erzählt, die sie nicht wissen sollten«, schimpfte er gedämpft. »Je mehr man preisgibt, umso mehr klagen sie über Informationsdefizite.« Er vergewisserte sich, dass Beyerlein nicht in Hörweite stand, und fügte leise hinzu: »Der Chef hätte nicht verraten dürfen, dass es kein Suizid war. Nicht jetzt, meine ich. Für den Fortschritt der Ermittlung ist das sicher nicht gut, und jetzt müssen wir uns auch noch mit dem Vater herumschlagen.«

Gollwitzer stimmte ihm zu, gab aber zu bedenken, das sei eben das Informationszeitalter; ob man das nun gut fände oder nicht, da könne man nichts machen. »Aber was fängst du jetzt mit dem Schöneberg an? Bei seiner Position wäre es wahrscheinlich nicht angebracht, ihn einfach zu ignorieren. Natürlich verleugne ich dich am Telefon, wenn du willst«, bot er an, doch Rainer schüttelte den Kopf.

»Zwecklos, der wird uns keine Ruhe lassen, und Beyerlein würde da auch nicht mitmachen«, murmelte er. »Nein, ich werde die Flucht nach vorn antreten… Sag mal, wenn ich es mir recht überlege, schuldet uns der Glaubnitz vom Tagblatt noch einen Gefallen, oder?«

Gollwitzer grinste. »Wegen der Sache mit dem Abendmahlsgerät, meinst du? Was willst du von ihm?«

»Setz dich mit ihm zusammen und sieh zu, ob ihr gemeinsam was über den Schöneberg herausfindet.« Er reichte ihm den Artikel über die Steuersünder aus der Region. »Vielleicht weiß er darüber etwas. Ich geb euch zwei Stunden.«

Gollwitzer zog die Brauen hoch. »Damit können wir ihn aber kaum unter Druck setzen, selbst wenn da was wäre«, wandte er ein. Rainer grinste böse. »Wer sagt denn was von unter Druck setzen? Ich habe eine E-Mail von ihm, die, sagen wir mal, eine Frage aufwirft, die ich gerne beantwortet hätte. Aber pass auf mit dem Glaubnitz, das Ganze darf um Gottes willen nicht nach Verdächtigungen klingen. Üble Nachrede können wir uns auf keinen Fall leisten.«

Der andere nickte beruhigend. »Keine Sorge. Die Zeitung wird sowieso ein schillerndes Porträt über die Tote schreiben und dabei die Familie beleuchten wollen. Öffentliches Interesse und so. Ich mache dem Glaubnitz schon klar, dass wir auch nichts anderes im Sinn haben, als Hintergrundinformationen zu sammeln. Aber sag mal…« Er zögerte, und als Rainer ihn auffordernd ansah, fragte er vorsichtig: »Ich mache ja nur, was man mir sagt, aber wolltet ihr euch nicht um die Aussage von gestern kümmern? Wenn die Galster ihr Auto um halb zehn vorm Haus weggefahren hat, gerade zur Tatzeit… ist das nicht wichtiger?«

»Sie wohnt in dem Haus«, gab Rainer schärfer zurück, als er beabsichtigt hatte. »Warum sollte ihr Auto nicht vorm Haus stehen?«

»Nur weil sie um die Zeit angeblich im Konzert war«, erinnerte Gollwitzer. »Und sie kannte das Opfer gut. Und wie wäre der Kerl ins Haus gekommen? Niemand hat einen Fremden eingelassen. Sie hätte aber natürlich den Hausschlüssel gehabt.«

Rainer hatte sich all das natürlich auch schon gedacht. »Wenn jemand ins Haus wollte, hätte er das auch geschafft. Vielleicht war der Täter schon seit Stunden im Gebäude. Oder er ist irgendwann mit jemandem reingeschlüpft, ohne dass es aufgefallen wäre.«

»Das ist natürlich möglich«, sagte Gollwitzer ausdruckslos. Es war nicht an ihm, Rainer darauf hinzuweisen, wie unwahrscheinlich dieses Szenario war. Dann schlug er dennoch vor: »Vielleicht versuchen wir, eine Bestätigung zu finden, ob die Galster wirklich im Konzert war. Wenn ja, dann hat sich die Zeugin gestern vielleicht getäuscht, was das Auto vor dem Haus anging. Wer war denn dabei?«

»Jonas Hofer«, schnaubte Rainer verärgert.

»Hm«, machte Gollwitzer. »Ich verstehe. Der hat das Konzert gesungen und wird kaum die ganze Zeit über geschaut haben, ob sie noch dasaß. Da müsste er schon arg verliebt sein…«

»Selbst wenn«, knurrte Rainer durch zusammengebissene Zähne. »Seiner Aussage wäre nicht zu trauen.«

»Oh, natürlich, die beiden könnten unter einer Decke stecken.« Er dachte nach. »Wenn ich schon mit dem Glaubnitz rede, frag ich ihn doch gleich mal, ob er da weiterhelfen kann. Falls einer von seinen Zeitungskollegen über das Konzert berichten wird, weiß der vielleicht etwas.«

»Ein Versuch kann nicht schaden«, stimmte Rainer ohne Enthusiasmus zu.

Gollwitzer runzelte die Stirn. »Wäre es überhaupt möglich, während des Konzerts nach Ellingen zu fahren, einen Mord zu verüben und rechtzeitig zum Ende wieder zurück zu sein?«

»Absolut«, sagte Rainer trübsinnig. »Stopfenheim – Ellingen, das sind sechs Kilometer, und das Haus liegt am Ostrand der Stadt, also auf der nahen Seite. Zeitmäßig wäre das kein Problem.«

»Aber du glaubst nicht dran?«, fragte Gollwitzer. Da sein Kollege nicht antwortete, zuckte er die Schultern. »Also, dann setze ich mich jetzt mal mit dem Herrn Glaubnitz in Verbindung.«

Rainer verbrachte die nächsten drei Stunden damit, den Papierkram zu erledigen, sich mit dem Chef zu besprechen, sein geplantes Vorgehen absegnen zu lassen und Tobias Galsters Alibi für den Sonntagabend nachzuprüfen. Die Inhaber der Wirtschaft in dem kleinen Flecken vor Emsfeld bestätigten, dass der Biobäcker den Abend dort verbracht und kräftig getrunken hatte. »Der arme Kerl«, fügte die Wirtin mitfühlend hinzu, denn natürlich hatte sich auch in den Dörfern schon herumgesprochen, dass die Tote aus dem Parkhaus mit dem Buchfelder Bäcker zusammen gewesen war. »Der hat ned so ausgschaut, wie wenn er sich regelmäßig betrinken tät.« Der Galster hatte die Gaststube nach zehn Uhr verlassen, als Anna-Luise Schöneberg wahrscheinlich schon tot war, und die Inhaber des *Frankenstüberls* erzählten auch, dass sein Auto am Morgen noch immer dort gestanden hatte, leicht zu erkennen, weil es der Kombi mit dem Logo der Biobäckerei war. »Der Pfarrer Römer vo Buchfeld hat des Auto an Tag später abgholt. Der muss an ganz schöner Kater ghabt ham, dass er des net selber gmacht hat.«

»Oh ja«, stimmte Rainer nicht ganz wahrheitsgemäß zu. »Hat wahrscheinlich den Kummer über seine Freundin im Bier ersäuft, kann man ihm ja auch nicht verdenken.«

Es war schon fast Mittag, als Gollwitzer wieder auftauchte und ihm mitteilte, was er von dem Journalisten über Andreas Schöneberg in Erfahrung hatte bringen können. »Und er sagt, bei dem Konzert in Stopfenheim hätte niemand von der Presse berichtet, weil die schon beim ersten Liederabend in Weißenburg da waren und einen Artikel geschrieben hatten. Aber er sagte, ein oder zwei Leute, die er kennt, wären an dem Abend in Stopfenheim gewesen, und er fragt bei denen mal nach… Sag mal, hat der Typ immer so feuchte Hände, oder habe ich ihn nervös gemacht?«

»Das ist Ottochen«, grinste Rainer. »Anders als nervös kenne ich den nicht… Also gut, dann rufe ich jetzt den Schöneberg an. Wenn du Friedolin siehst, sag ihm, ich warte auf meine Nussschnecken.«

Nachdem es Eva gelungen war, sich von der Autobahn zu befreien, auf der nichts mehr vorwärtsging, hatte sie im Malerbetrieb *Fischer und Kröger* angerufen, um zu erfahren, wo Andreas Kröger sich augenblicklich aufhielt. »In der Philosophischen Fakultät«, wiederholte sie stirnrunzelnd. »Ach so, für Renovierungsarbeiten, verstehe…«

Wenn sie jetzt bis nach Erlangen fuhr, würde sie an diesem Tag nicht zu sehr viel anderem kommen, dachte sie verärgert. Auf der anderen Seite war die Sache zu wichtig, als dass sie sich telefonisch hätte erledigen lassen.

In Erlangen irrte sie eine Viertelstunde lang durch das Gewirr von Einbahnstraßen, ehe es ihr gelang, einen Parkplatz in der Nähe der Unibibliothek zu finden. Eine Studentin mit roten Haaren, die wild unter einer bunten Strickmütze hervorquollen, sah sie mitleidig an, als sie nach der Philosophischen Fakultät fragte. »Phil Fak eins oder zwei?«, wollte sie wissen.

»Schon gut«, seufzte Eva und griff wieder nach dem Telefon, um nachzufragen.

Andreas Kröger trug einen fleckigen Malerkittel unter seiner Winterjacke, als er eine Viertelstunde später zum Eingang der Unibibliothek kam. »So, des tut mir leid, dass Sie ham warten müssen«, entschuldigte er sich offen, aber seine dunklen Augen blickten wachsam. Er hatte sich bereit erklärt, seinen Arbeitsplatz zu verlassen, weil es, wie er gesagt hatte, schwierig sein würde, ihr den Weg mit dem Auto zu den »Türmen« in der Bismarckstraße zu erklären. »Da vorn is a *Mister Bleck*«, erklärte er. »Wenn S' vielleicht an Kaffee wollen – also ich könnt an vertragen. Mir ham da an klann Auftrag in der Uni. Dabei könnertn die a gscheite Renovierung braung, ned bloß a weng an neuen Anstrich, aber für so was ham s' ja nie a Geld.«

Das Café war nicht sehr voll, nur ein paar Studenten saßen im Gespräch oder Zeitung lesend herum. Eva entschied sich für einen Milchkaffee und einen ruhigen Tisch in der Ecke, wo keine Gefahr bestand, belauscht zu werden.

»Ich komme gleich zur Sache, Herr Kröger«, erklärte sie, während er reichlich Zucker in seinen Mokka rührte. »Warum haben Sie uns neulich nicht gesagt, dass Sie Ihre Tochter am Dienstagabend im Auto nach Weißenburg gefahren haben? Sie wurden gesehen, als Sie gegen acht Uhr noch vor Carolines Wohnung auf sie warteten. Erklären Sie mir das bitte.«

Kröger wurde nicht rot, aber sein Blick wich ihrem aus. »Warum is des wichtig? Stimmt scho, ich hab die Caro heimgfahrn. Ich wollt net, dass sie allein im Zug heimfährt, und der Arno is ja net mit ihr gfahrn. Sie hätt bei mir übernachten können, aber am nächsten Tag hat s' ja wieder arbeiten müssen.«

»Und da sind Sie den ganzen Weg nach Weißenburg gefahren?«, fragte Eva skeptisch, »und haben Caroline zu Hause abgesetzt. Und dann? Sind Sie wieder zurückgefahren?«

Er antwortete nicht, und sie fand, es sei an der Zeit, ihm ein wenig Angst zu machen. »Vielleicht haben Sie das kürzlich nicht verstanden, Herr Kröger, aber obwohl Carolines Leiche erst am Mittwoch gefunden wurde, ist sie bereits am Dienstag getötet worden, und zwar zwischen acht Uhr abends und Mitternacht. Und Sie sind momentan die letzte Person, von der wir wissen, mit der sie vor ihrem Tod zusammen war.«

Andreas Krögers Gesichtszüge verfielen, und er sah plötzlich alt aus. Seine Hände, die die Tasse hielten, begannen zu zittern, und er stellte sie blind und mit einem lauten Geräusch ab. »Soll des heißen«, flüsterte er brüchig und schluckte, »soll des heißen, dass die Caro ihrm Mörder begegnet ist, nachdem ich s' am Bahnhof abgsetzt hab?« Er wischte sich über die Augen. »Und dass ich schuld bin, dass die Caro etz tot is?« Er starrte auf seine Hände, die voll weißer Farbe waren, als ob er darin Mordwerkzeuge sähe, und erklärte kaum hörbar: »Ich hab an Termin ghabt in Weißenburg. Die Caro hat gsagt, sie muss no zum Zuuch nach Ellingen, weil s' da ihr Auto stehen lassen hat. Ich hab zu ihr gsagt, ich bring s' lieber heim, und ihr Auto kann s' ja morgen immer no holen, aber sie wollt unbedingt no nach Ellingen, weger ihrer Freundin, der Tochter vom Schoneberg.«

»Und dann haben Sie sie nach Ellingen gefahren? Hören Sie, haben Sie irgendjemanden gesehen, als Sie dort waren? Und wer kann bestätigen, dass Sie wieder weggefahren sind?«

»Ich hab doch gsagt, ich hab an Termin ghabt«, murmelte er, »und… was heißt gsehn… es is ja scho dunkel gwesen.

Wie mir zur Bahnstation gfahrn sind, hammer einen überholt, der grad hinglaufen ist, und dann hab ich die Caro an der Station aussteing lassen.«

»Sie konnten die Person wahrscheinlich nicht erkennen?«, fragte Eva ohne viel Hoffnung. Kröger schüttelte den Kopf. »Ich hab ka Ahnung. Ich hab doch gsagt, es war dunkel. Aber es is a Mann gwesen, ganz sicher.« Er vergrub wieder das Gesicht in den Händen. »Und ich hab's aussteing lassen! Ich hab's aussteing lassen, und bloß a paar Minuten später …« Seine Augen waren rot, als er wieder aufschaute. »Aber ich hab doch des net ahnen können! Sie hat doch ihr Auto da aufm Parkplatz ghabt! Ich hätt's doch nie und nimmer allein da rumstehn lassen … und etz bin ich schuld«, flüsterte er fast unhörbar.

»Wenn sich herausstellt, dass meine Tochter noch am Leben wäre, wenn Sie Ihre Pflicht getan hätten, werde ich dafür sorgen, dass das für Sie und Ihre Dienststelle Konsequenzen hat.«

Rainer hatte sich für den Angriff als beste Verteidigungsstrategie Andreas Schöneberg gegenüber entschieden, aber es sah nicht so aus, als würde er überhaupt zu Wort kommen. Der Unternehmer saß am Schreibtisch seiner Firma am Stadtrand von Weißenburg in einem großen, lichten Büro mit eindrucksvollen Möbeln, die einem Besucher sofort das Gefühl gaben, klein und unbedeutend zu sein. Rainer wünschte sich, Eva an seiner Seite zu haben, die vor keiner Konfrontation zurückschreckte. Auf dem Schreibtisch stand eine große, gerahmte Fotografie von Anna-Luise Schöneberg in schwarzem Rollkragenpulli, sehr elegant, sehr souverän, ganz anders als bei der einzigen Gelegenheit, bei der Rainer sie getroffen hatte, als sie so erschüttert gewesen war durch den Tod ihrer besten Freundin.

»Warum ist der Kerl tagelang frei herumgelaufen? Warum haben Sie ihn nicht verhaftet, damit er kein weiteres Verbrechen begehen kann?« Schönebergs Ton war nicht nur aggressiv, sondern auch beleidigend, aber Rainer bezwang seine Verärgerung, so gut er konnte. Immerhin hatte der Mann seine Tochter verloren, und diese Frage war zumindest zum Teil berechtigt.

»Herr Schöneberg«, begann er fest, um dem anderen keine Gelegenheit zu geben, ihn zu unterbrechen. »Ich kann Ihren Zorn verstehen, aber es nützt im Augenblick überhaupt nichts, wenn Sie mich bedrohen. Sie fragen, warum wir den Verdächtigen nicht verhaftet haben? Nun, ganz einfach, wir wissen nicht, wer Caroline Kröger getötet hat. Wenn Sie es wissen, sagen Sie es uns, wir sind für jeden Hinweis dankbar, der uns weiterhilft.«

»Na, dieser Freund von dem Mädchen«, rief Schöneberg wütend. »Ich weiß, dass Sie den verhört und wieder gehen lassen haben.«

Rainer knirschte mit den Zähnen, gab sich aber Mühe, höflich zu bleiben. »Ich möchte lieber nicht wissen, wie Sie an diese Information gelangt sind, aber auch Sie wissen als guter Staatsbürger, dass wir niemanden festhalten können, gegen den keine ausreichenden Verdachtsmomente vorliegen.« Er hob die Hand, als Schöneberg protestieren wollte, und erklärte: »Es liegt nichts gegen den Mann vor, Herr Schöneberg. Was Ihre Tochter angeht, mein Vorgesetzter hat Ihnen gesagt, dass wir davon ausgehen, dass es sich bei ihrem Tod nicht um einen Suizid handelt. Aber wir wissen noch nicht einmal, ob wir in beiden Fällen denselben Täter suchen oder unterschiedliche. Also lassen Sie uns ermitteln, und wenn Sie hinterher immer noch der Meinung sind, dass wir nicht unsere Pflicht getan haben, tun Sie, was Sie für nötig halten.«

»Und dafür haben Sie mich den ganzen Vormittag hingehalten?«, ereiferte sich der Unternehmer, der ganz offensichtlich nicht daran gewöhnt war, warten zu müssen. »Hatten Sie Angst davor, mit mir zu sprechen?«

Rainer ballte in seinem Schoß die Faust. »Gut, dass Sie fragen«, meinte er beiläufig. »Nein, das war tatsächlich nicht der Grund. Ich musste noch einige Informationen auswerten. Tatsächlich frage ich mich, wie Sie von uns erwarten können, diesen Fall in Rekordzeit zu lösen, wenn Sie selbst Informationen zurückgehalten haben. Warum haben Sie nicht erwähnt, dass Sie mit Caroline Kröger und ihrem Vater in Kontakt standen? Sie haben über sie einen Termin mit Andreas Kröger ausmachen wollen. Man hat uns erzählt, dass Frau Kröger versuchte, für ihren Vater etwas zu tun, weil sein Geschäft schlecht ging. Ihr Stiefvater Arno Hertz sollte ihm einen größeren Auftrag verschaffen. Was haben Sie damit zu tun?«

»Einen größeren Auftrag«, schnaubte Schöneberg wütend. »Das Mädchen hatte von Geschäften keinen Schimmer, aber ich wäre bereit gewesen, mit Kröger zu verhandeln, denn ich hatte tatsächlich einen größeren Bauauftrag an der Hand. Nur weil sie und meine Tochter unzertrennlich waren.«

»Aber bei diesem größeren Auftrag handelt es sich um ein öffentliches Bauwerk«, wandte Rainer ein. »Eines mit Ausschreibung. War es da nicht ein wenig zweifelhaft, private Absprachen mit anderen Unternehmen zu treffen?«

»Unsinn«, widersprach Schöneberg. »Der Auftrag ging an meine Firma, und wir können mit Subunternehmen zusammenarbeiten, um Teile der Arbeit zu übernehmen – zum Beispiel eben Malerarbeiten, die wir nicht selbst durchführen.«

»Warum haben Sie dann keinen offiziellen Termin mit *Fischer und Kröger* ausgemacht?«, fragte Rainer sofort. »Warum lief die Sache über Caroline Kröger, und warum haben Sie sich mit Herrn Kröger in Ihrem Privathaus an einem Abend getroffen?«

Der Unternehmer erklärte ihm ganz genau, warum dieses Vorgehen völlig normal gewesen sei, doch als Rainer ihm ein paar der Indizien vorlegte, die Gollwitzer mit Glaubnitz' Hilfe herausgearbeitet hatte, biss er die Kiefer aufeinander und schien nichts mehr sagen zu wollen.

Rainer war sich seiner Sache keineswegs sicher gewesen; es gab schließlich überhaupt keine Beweise, sondern nur den ein oder anderen vagen Anhaltspunkt, aber jetzt wusste er, dass er recht hatte. »Kommen Sie, Herr Schöneberg, Sie können ruhig reden. Ich meine, im Falle von Erpressung macht sich ja wohl der Erpresser strafbar, nicht der Erpresste. Kröger meinte also, sich den großen Auftrag mit Ihrer Firma zusammen sichern zu können, indem er Ihnen mitteilte, dass er von der Existenz Ihres Schweizer Kontos wusste, für das Sie hier keine Steuern zahlen? Ich habe gelesen, dass neben den zurzeit natürlich sehr aktiven Steuerfahndern verschmähte Liebende, Ex-Arbeitskollegen und Nachbarn als potenzielle Denunzianten die größte Gefahr für die Inhaber schwarzer Konten darstellen. Um welche Beträge handelt es sich denn? Ich hoffe, der ganze Stress hat sich für Sie wenigstens gelohnt.«

»Sie erwarten doch nicht ernsthaft von mir, dass ich mit einem Polizisten über so etwas rede?«, knurrte Schöneberg. Rainer zuckte die Schultern. »Ich kümmere mich um den Fall Kröger, Herr Schöneberg. Wenn Sie mir bestätigen, dass Sie und Andreas Kröger am Dienstagabend einen geschäftlichen Termin hatten, damit wir uns über Herrn Krögers Alibi klar werden können, dann genügt mir das vorerst. Aber ob Sie über die andere Sache mit mir reden oder nicht – Sie wissen, dass es nur eine Frage der Zeit ist, ehe Sie mit der Polizei darüber sprechen müssen.«

»Was wissen Sie schon davon?« Der Unternehmer war rot geworden vor Ärger und verschränkte die Hände vor der Brust. »Aber damit Sie es wissen: Ich habe gestern Morgen meine Berichtigungsnachricht an die Finanzbehörden geschickt, in der ich mein unversteuertes Vermögen angegeben habe.« Rainer verzog den Mund. Eine Berichtigungsnachricht, im Volksmund fälschlich als Selbstanzeige bekannt, würde dem Unternehmer Straffreiheit gewähren, wenn die zu wenig versteuerten Beträge samt Zinsen innerhalb kürzester Zeit zurückgezahlt würden. »Gratulation«, meinte er trocken, da es nicht mehr viel zu sagen gab. »Immer schön zu hören, dass jemand sich zur Ehrlichkeit entschlossen hat.« Wenn auch nur unter dem Druck der Angst, fügte er im Stillen hinzu, was beiden klar war.

»Es ist ohnehin egal«, seufzte Schöneberg, den plötzlich der Kampfgeist verlassen zu haben schien. »Meine Frau ist nicht mehr, und meine Tochter ist tot… Was macht das jetzt noch für einen Unterschied?«

Plötzlich tat der Mann Rainer doch leid. »Wir tun unser Bestes, um den Mörder Ihrer Tochter zur Verantwortung zu ziehen«, versprach er.

Eva fuhr von Erlangen aus direkt nach Hause. Sie würde etwas früher dran sein als gewöhnlich, aber es lohnte sich nicht mehr wirklich, noch nach Weißenburg zu fahren. Sie hatten getan, was an diesem Tag möglich war. So hielt sie lediglich eine Telefonkonferenz mit Rainer ab, in der sie die Ergebnisse des Tages austauschten, und Eva versprach, ihren Bericht per Mail an ihn zu schicken. »Ich komm dann morgen früh«, versprach sie.

»Wenn du nicht wieder im Stau hängen bleibst.«

»Morgen kümmern wir uns dann um die Beweise in Sachen Kröger und kommen der Sache mit Linda Galster auf die Spur. Vielleicht hat sich die Zeugin ja getäuscht, was das Auto angeht.«

»Und wenn nicht?« Rainers Stimme klang düster.

»Dann laden wir sie zu einem Gespräch auf der Polizei

ein«, erklärte Eva nüchtern. Sie wusste nicht, was es daran zu diskutieren geben sollte. »Sie hatte die Mittel und möglicherweise die Gelegenheit. Vielleicht hatte sie auch ein Motiv. Sollte sie nachweislich im Haus gewesen sein, als sie angeblich im Konzert war, reicht das, um sie in Untersuchungshaft zu nehmen.«

»Und wenn wir uns täuschen?«

»Herrgott noch mal, Rainer, Schluss damit! Ich weiß nicht, warum du dich so aufregst. Hast du Angst vor den Drohungen von diesem Schöneberg? Der kann uns nichts, solange wir tun, was wir können – und was wir müssen.« Kopfschüttelnd legte sie auf. Das fehlte noch, dass ihr Kollege die Nerven verlor, bloß weil jemand Kritik an ihren Ermittlungen übte.

Irene war noch nicht da, als Eva heimkam, und sie überlegte, dass sie heute mal diejenige sein könnte, die ein ordentliches Abendessen kochte. Der Kühlschrank war voll und bot eine Reihe von Möglichkeiten – entschieden zu viele Möglichkeiten, fand Eva, deren Enthusiasmus schon wieder verpufft war. Obwohl sie an diesem Tag nicht so viel gemacht hatte, fühlte sie sich hundemüde. Sie nahm sich einen Joghurt und setzte sich ins Arbeitszimmer, um ihren Bericht zu tippen. Der Kater schlich ihr nach und sprang zielsicher auf die Tastatur. Sie setzte ihn entschlossen auf den Boden, und er sprang ebenso entschlossen wieder auf die Tasten, bis sie sich schließlich gezwungen sah, ihn in der Toilette einzuschließen. Gegen sechs Uhr begann sie, sich zu wundern, wo Irene blieb, und rief auf ihrem Handy an, das aber ausgeschaltet war. Ein wenig irritiert fragte sie sich, ob sie sich über Irenes Dienstplan getäuscht hatte – vielleicht hatte sie doch Spätdienst; das würde erklären, wieso das Telefon nicht eingeschaltet war. Dann brauchte sie nicht mit dem Essen zu warten, überlegte sie und kehrte wieder in die Küche zurück, um sich selbst zu versorgen.

Um kurz vor elf wachte sie vor dem Fernseher auf, neben sich auf dem Tisch ihre leere Salatschüssel und einen Teller. Sie runzelte schlaftrunken die Stirn, als sie bemerkte, dass die Vorhänge noch immer nicht zugezogen waren. Das erleuchtete Zimmer spiegelte sich in den Scheiben. Irene war noch immer nicht zurückgekommen, und Eva begann, sich Sorgen zu machen. Sie prüfte ihr Handy und den Anrufbeantworter, ob sie vielleicht eine Nachricht übersehen hatte, und versuchte noch einmal vergeblich, zu ihr durchzukommen.

Verwirrt und ratlos setzte sich Eva schließlich an den Computer in der Hoffnung, Irene habe ihr vielleicht im Laufe des Tages eine Mail geschrieben, die sie bloß noch nicht gelesen hatte, aber auch das war Fehlanzeige.

Wirklich beunruhigt jetzt, überlegte sie sich, was sie tun sollte, als das Telefon klingelte.

»Irene?«, fragte sie angespannt. »Bist du das? Wo bist du?«

»Ich …« Irenes Stimme klang unsicher. »Ich bin in Hamburg.«

»Wie, bei deinem Bruder? Ist etwas passiert?« Eva schwankte zwischen Erleichterung und Ärger.

»Ja – nein … Das heißt, ich brauche ein paar Tage Ruhe – Abstand. Ich musste weg.«

»Von hier?«, erkundigte sie sich mit plötzlich kalter Stimme. »Oder meinst du, von mir?«

Irene seufzte. »Pass auf, ich bin nur fertig. Die Sache im Krankenhaus und mein ganzes Leben hier, das hat mich plötzlich alles tödlich genervt … ich musste weg.«

»Das ist doch kein Grund, ohne ein Wort in den Zug zu steigen, wenn es dir nur darum geht.« Jetzt erst merkte sie, was ihr zuvor nicht aufgefallen war: dass eine Reihe von Irenes Sachen fehlten. »Du willst weg von uns, oder?«

»Hattest du niemals Zweifel an unserer Beziehung?«, fragte Irene unglücklich.

Zweifel, dachte Eva wütend. Natürlich hatte sie Zweifel, aber wäre sie ohne ein Wort abgehauen?

»Was genau versuchst du mir eigentlich zu sagen?«

»Nur – ich brauche ein bisschen Zeit für mich – zum Nachdenken, um mir über alles klar zu werden. Ich meine …«

»Verstehe«, gab Eva kurz angebunden zurück.

»Nein, du verstehst nicht«, beeilte sich Irene zu sagen, »lass mich doch erklären!«

Aber sie war zu wütend, um zuzuhören. »Wenn du etwas zu sagen hast, dann sag es, wenn du wieder zurück bist«, erklärte sie hart und legte auf.

TRACK 11

Die Forelle

Text: Christian Friedrich Daniel Schubart

In einem Bächlein helle,
Da schoß in froher Eil
Die launische Forelle
Vorüber wie ein Pfeil.
Ich stand an dem Gestade
Und sah in süßer Ruh
Des muntern Fisches Bade
Im klaren Bächlein zu.

Ein Fischer mit der Rute
Wohl an dem Ufer stand
Und sah's mit kaltem Blute,
Wie sich das Fischlein wand.
So lang dem Wasser Helle,
So dacht ich, nicht gebricht,
So fängt er die Forelle
Mit seiner Angel nicht.

Doch endlich ward dem Diebe
Die Zeit zu lang. Er macht
Das Bächlein tückisch trübe,
Und eh ich es gedacht,
So zuckte seine Rute,
Das Fischlein zappelt dran,
Und ich mit regem Blute
Sah die Betrogne an.

Wenn Rainer gehofft hatte, dass Franka Katteler sich über Linda Galsters Auto getäuscht haben könnte, belehrte ihn ein Blick auf das Fahrzeug eines Besseren. Es war nicht direkt seine Absicht gewesen, wie der Detektiv eines schlechten Films im Hauseingang gegenüber zu stehen und sein Opfer zu beschatten, aber er war wieder sehr früh wach geworden an diesem Morgen und hatte sich überlegt, dass es nicht schaden könnte, sich die Örtlichkeiten noch einmal anzusehen. Als Erstes interessierte ihn die Frage, wie leicht es tatsächlich sein würde, unbemerkt ins Haus zu kommen, wenn man keinen Schlüssel hatte. Selbst dann würde sich die Frage stellen, wer dafür in Frage kam – zugegeben. Wer auch immer Anna-Luise Schöneberg getötet hatte, hatte das gezielt und mit Vorsatz getan, hatte eine Gelegenheit gesucht und sie genutzt. Und das bedeutete, dass es jemand war, der sie kannte. Die Galster war da erheblich wahrscheinlicher als irgendein großer Unbekannter aus der Vergangenheit. Seine Beobachtungen trugen nichts dazu bei, diese traurige Überzeugung zu erschüttern. Das Haus besaß keine Tiefgarage und somit nicht den typischen Schwachpunkt, der es einem Fremden relativ leicht machte, unbemerkt ins Haus zu kommen. Natürlich konnte man mit jemandem hineinschlüpfen, der gerade ankam oder fortging – wahrscheinlich würde einem kein Hausbewohner unter diesen Umständen den Zutritt verwehren. Aber Rainer nahm doch an, dass sich der Betreffende erinnern würde, wenn die Polizei ihn befragte, und von den Hausbewohnern hatte niemand etwas darüber gesagt. Dann öffnete sich die Haustür, und Linda Galster trat heraus, in einer schwarzen Winterjacke, und Rainer zog sich in den Schatten des gegenüberliegenden Hauseingangs zurück. Nach dem Gespräch im Krankenhaus wollte er nicht schon wieder unerwartet auftauchen, jedenfalls nicht, um zu fragen, ob sie zufällig am Sonntagabend ihre Freundin Anna-Luise erstickt habe, ihr Auto sei nämlich um die Zeit vor dem Haus gesichtet worden.

Besagtes Auto war ein alter weißer Japaner, auf dessen Motorhaube sich ein roter Drache um die Worte »Abi 2000« wand. Selbst Rainer, der sich gerne vom Gegenteil hätte überzeugen lassen, musste sich eingestehen, dass die Nachbarn dieses Auto sicher erkennen würden. Plötzlich hatte er auch gar keinen Appetit mehr auf Frühstück.

Trotzdem näherte er sich, nachdem der japanische Drache um die Ecke gebogen war, wieder dem Haus und klingelte forsch an der Tür der Kattelers.

Franka öffnete ihm mit einem um den Kopf geschlungenen Handtuch und einem Pullover über Pyjamahosen. »Mann, Sie arbeiten aber schon früh«, staunte sie. »Wollen Sie noch was von mir?« Anscheinend irritierte sie etwas an seinem Blick, denn sie wurde unter ihrem dunklen Teint ein wenig rot. »Wissen, meine ich?«

»Franka, wer ist das?« Eine krähende Jungenstimme ertönte aus der Wohnung, gefolgt von der dunklen Stimme eines Mannes, der sicheres, aber stark osteuropäisch akzentuiertes Deutsch sprach. Rumänen vielleicht ursprünglich, dachte Rainer, obwohl ihm nicht klar war, wie sie zu diesem Nachnamen kamen. »Franka, wer ist das?«

»Der Polizeibeamte, Vater. Wegen dem Mord.« Das Mädchen trat zur Seite, als ein dunkelhaariger, schwer gebauter Mann in die Diele trat.

»Sie sind von der Polizei?«, fragte er ziemlich höflich. »Ihre Kollegen waren schon im Haus. Sie sind wohl immer noch nicht weiter?« Er zog die üppigen Brauen zusammen. »Arme Frau«, brummte er. »So was darf nicht passieren. Wir können das nicht begreifen. Es wäre schlimm genug, wenn sie sich selbst umgebracht hätte.«

»Ich weiß, dass Sie alle schon mit meinen Kollegen geredet haben, Herr Katteler, aber ich möchte einfach noch mehr wissen.«

»Ich müsste nachher in die Schule«, verkündete Franka und zog sich den Handtuchturban vom Kopf. »Aber ich kann natürlich sagen, dass ich der Polizei helfen musste, wenn Sie mir das im Zweifelsfall bestätigen würden.« Sie sah ihn aus großen, dunklen Augen verschmitzt an. »Herr Brand würde mir sicher verzeihen – unser Englischlehrer, wissen Sie?«

Der musste wohl ihrem Charme erlegen sein, dachte Rainer mit grimmigem Amüsement; dieses Mädchen richtete sicher emotionale und hormonale Verheerungen an. »Sicher, ich verschaffe Ihnen ein Alibi«, versprach er. Sie strahlte: »Gut, ich werde nämlich sonst bestimmt abgefragt.« Allerdings wurde sie schlagartig ernst, als er wissen wollte, ob sie sich ganz sicher sei, dass Linda Galsters Auto am Sonntagabend um die von ihr angegebene Zeit vor dem Haus gestanden habe.

»Das ist schlimm, nicht wahr? Deswegen wollte ich am liebsten gar nichts sagen, aber ich bin mir ganz sicher. Wissen Sie, ich schaue immer ganz automatisch auf die Autos vorm Haus, und den Drachen, na ja, den kann man nicht übersehen. Aber die Frau Galster – warum sollte sie so was tun? Ich glaube das nie und nimmer.«

Rainer mochte das Mädchen für diese Worte. Er würde es vielleicht glauben müssen, aber dennoch war er froh. »Mord ist immer eine schlimme Sache«, erklärte er vage. »Aber wir wissen noch nichts Genaues, also sagen Sie bitte auch nichts zu Ihren Freundinnen in der Schule.«

Sie schüttelte den Kopf. »Ich wünschte, ich könnte Ihnen noch andere Informationen geben. Es wäre irgendwie leichter, wenn es einen bösen, gemeinen Fremden gäbe, der einfach Spaß daran hat, Leute zu ermorden, oder? Das ist zwar widerwärtig, und man hätte vielleicht Angst, im Dunkeln allein draußen zu sein, aber man müsste nicht von Leuten, die mit einem zusammenwohnen, solche Dinge denken.«

Rainer seufzte. »Du hast nicht zufällig am Sonntag so einen dunklen Fremden in der Gegend gesehen, nehme ich an«, fragte er und merkte erst hinterher, dass er sie plötzlich mit Du angeredet hatte. Franka schüttelte den Kopf mit den langen feuchten Haarflechten. »Meinen Sie vielleicht, jemand könnte sich in der leerstehenden Wohnung versteckt haben?«, schlug sie vor.

Rainer hob bei diesen Worten den Kopf wie ein Hund, der Witterung aufnimmt. Er hatte keine echte Hoffnung, dass da etwas dran sein könnte, aber er war entschlossen, jede Möglichkeit in Betracht zu ziehen.

»Vielleicht hatte sie ja nur etwas Wichtiges vergessen – ihr Portemonnaie«, murmelte er – er dachte an Linda Galster. Franka lächelte. »Ich bin echt froh, dass Ihnen das auch keinen Spaß macht«, bemerkte sie. Er sah sie überrascht über ihre bemerkenswert klare Sicht an. »Hör mal«, sagte er impulsiv. »Vielleicht nützt das alles nichts, manchmal muss man Dinge tun, die nicht schön sind – vor allem als Polizist. Aber wenn du irgendetwas hier im Haus oder in den Häusern hierherum hörst, was wir vielleicht noch nicht wissen – würdest du uns das erzählen?«

Sie verstand, was seine Worte implizierten: falls sie etwas erfuhr, das Linda Galster entlasten würde. »Natürlich. Falls ich was mitkriege … falls sich doch ein großer, böser Fremder hier rumgetrieben hat …« Ihr Ton, viel zu erwachsen in diesem Moment, und das traurige Lächeln verrieten, dass sie ebenso wenig an eine solche Entwicklung glaubte wie er.

»Also, wenn ich Sie richtig verstehe, dann haben Sie erfolgreich alle Personen entlastet, die für die beiden Taten in Frage kamen«, meinte Thomas Beyerlein bei der morgendlichen Besprechung. »Ich weiß wirklich nicht, ob wir das als

Erfolg werten können.« Eva nutzte den Hustenanfall, der ihm das Wort abschnitt, um ungeduldig zu korrigieren: »Das ist so nicht ganz richtig, aber es ist doch wohl wichtig, dass wir von einigen potenziellen Verdächtigen jetzt wissen, dass sie unschuldig sind.«

»Schätzchen ist heute noch freundlicher als sonst«, wisperte Thorsten Holm, der ganz hinten an der Wand saß und darauf spekulierte, von dieser Position aus nicht gehört zu werden, Gollwitzer zu. Eva drehte sich kurz um und warf ihm einen Blick zu, der sehr deutlich machte, dass sie ihn gehört hatte. »Jetzt bin ich wohl unten durch bei ihr«, bemerkte er kurz darauf in bemüht lässigem Ton – Evas Blick war nicht angetan gewesen, sein Selbstbewusstsein unangetastet zu lassen. Gollwitzer versuchte, nicht zu lachen. »Jungchen«, erklärte er kopfschüttelnd, »bei der Frau Schatz warst du schon unten durch, bevor sie letzte Woche ihren Mantel abgelegt hatte, aber sie Schätzchen zu nennen, das hätte nicht mal der Rainer sich getraut, und den kann sie leiden.« Er sah auf die große Uhr über der Tür. »Komisch, dass der noch nicht da ist, der ist doch sonst immer pünktlich. Frau Schatz«, fragte er laut. »Wissen Sie, wo der Sailer bleibt?«

Er musste zugeben, dass an Thorstens Bemerkung, so töricht sie gewesen war, etwas dran war: Eva Schatz sah bemerkenswert schlecht gelaunt aus. »Wahrscheinlich wollte er sich die Besprechung ersparen«, mutmaßte sie. »Wirft der uns vor, dass wir keinen Erfolg haben«, regte sie sich über Beyerlein auf. »Und das, nachdem er hinter unserem Rücken der Presse vertrauliche Informationen gegeben hat.« Gollwitzer nahm an, dass sie mehr mit sich selbst sprach, und zog sich zurück. Er hatte die Aufgabe, noch einmal herauszufinden, wer alles noch mit Anna-Luise Schöneberg zu tun gehabt hatte und ein Interesse daran gehabt haben mochte, sie umzubringen, während Thorsten sich um den

Dienstagabend und die Kröger kümmern sollte. Hatte jemand den Mann gesehen, der laut Andreas Krögers Aussage zur gleichen Zeit zum Zug in Ellingen gelaufen war, als er seine Tochter dort abgesetzt hatte? Hatte der Zugführer etwas gesehen? Was sagten die Leute, die in der Nähe wohnten? »Nehmen Sie das Bild vom Hofer und vielleicht auch noch von allen anderen, die wir hier haben, und sehen Sie zu, ob Sie was finden«, schickte Eva ihn kurz angebunden auf den Weg. Wenig später wünschte sie sich allerdings, sie selbst hätte den Außendienst übernommen, denn in der Inspektion klappte an diesem Morgen gar nichts. Rainer tauchte nicht auf und rief auch nicht an, Beyerlein schien ihr ständig im Nacken zu sitzen und jede Minute darauf zu warten, dass sie plötzlich in die Hände klatschen und »Ich hab's!« rufen würde, und dann gab es ein Problem mit dem Computersystem, das der hauseigene Techniker zwar als völlig unbedeutend bezeichnete, das aber trotzdem jedes vernünftige Arbeiten für den Moment unmöglich machte. Das hatte zur Folge, dass sie eine volle Stunde damit verbrachte, an Rainers Schreibtisch zu sitzen, auf seine Akten zu starren, ohne sie zu lesen, und über ihrem Gespräch mit Irene zu brüten. Zu guter Letzt wurde ihr das zu dumm, und sie hinterließ Gollwitzer die Nachricht, dass sie unterwegs und per Handy erreichbar sei.

Sie verließ die Polizei demonstrativ mit ihrer Aktenmappe unterm Arm, aber die arbeitsame Fassade war bloß Täuschung. Sie parkte auf dem einstigen Holzmarkt in der Luitpoldstraße und steuerte das nächste Café an.

Der Duft von Kaffeebohnen und Gebäck empfing sie, zusammen mit dem Geräusch von Stimmen – einem bloßen Hintergrundgeräusch, denn der Raum war nicht sehr voll. Als Evas Blick auf einen Tisch am Fenster fiel, nahm ihr Gesicht automatisch einen ablehnenden, kämpferischen Gesichtsausdruck an.

Pfarrer Römer lächelte breit. »Es gibt gar keinen Grund, so zu schauen, als ob ich in dein Territorium eingedrungen wäre. Ich war nämlich zuerst hier. Du darfst dich aber gerne an meinen Tisch setzen, wenn du möchtest.«

»Das fehlt mir gerade noch«, grummelte sie, aber sie setzte sich doch zu ihm. »Wie ich sehe, bist du wieder an der Arbeit.«

»Kneipenseelsorge«, erwiderte er glatt. »Ein weithin unterschätztes Gebiet pfarrerlichen Wirkens. Du wärst erstaunt, wenn du wüsstest, wie viele arme Seelen man in der Gastronomie findet.«

»Ein Wasser«, orderte Eva, Römers Bemerkung ignorierend.

»Was macht euer Fall?«, fragte er, ohne sich die Mühe zu machen, seine Neugier als Empathie zu tarnen. Eva starrte in den leichten Schneefall hinaus, der gerade eingesetzt hatte, und schwieg beharrlich.

»Du siehst ziemlich erledigt aus, wenn ich mir die Bemerkung erlauben darf«, lautete seine nächste Äußerung.

Eva trank ihr Wasser und schwieg.

»Anscheinend ist dir der Fall sogar auf die Stimmbänder geschlagen«, sagte der Pfarrer kopfschüttelnd und widmete sich ungerührt seinem Cappuccino.

Das Klingeln ihres Telefons riss Eva aus ihrer Reglosigkeit. Einen wilden Augenblick lang hoffte sie, dass es Irene wäre, aber sie rief sich zur Ordnung. Selbst wenn, am Telefon würde sie nicht über ihre Beziehung diskutieren. Wenn Irene reden wollte, würde sie zurückkommen müssen. »Ja?«, sagte sie kurz angebunden ins Telefon hinein.

Der Anrufer war Friedolin, dessen Stimme mittlerweile eher an eine Ratsche erinnerte als an ein menschliches Organ. Otto Glaubnitz hatte die Nummern von zwei Leuten durchgegeben, die am Sonntag im Konzert gewesen waren. Warum sie die bräuchte, und wann sie denn »draußen« fertig sein und zurückkommen werde, sie wüssten alle nicht, was sie tun müssten, und Beyerlein wolle wissen, was sie für Fortschritte machten.

»Ich bin bei der Arbeit«, fuhr sie ihn an. »Könnt ihr nicht mal allein zurechtkommen? Ich kann keine Fortschritte aus dem Ärmel zaubern, wenn ich dauernd die Arbeit anderer Leute überwachen soll. Ruf mich wieder an, wenn du was Konstruktives zu sagen hast, und in der Zwischenzeit soll der Rainer das managen.«

Sie wartete Friedolins Einwände nicht ab, sondern legte auf. Pfarrer Römer sah sie mit ungeheuchelter Bewunderung an. »Die Strategie muss ich mir merken«, meinte er. »Und so überzeugend! Wenn ich dich nicht gesehen hätte, ich hätte dir glatt abgenommen, dass du hart arbeitest.«

»Herwig«, bat sie und rieb sich müde die Stirn. »Lass mich in Ruhe. Auch wenn du es nicht glaubst, ich denke nach.« Tatsächlich standen ihre Gedanken aber wie ein Block vor ihrem Kopf, da bewegte sich rein gar nichts, und folglich kam sie auch zu keinem Ergebnis. Was war der nächste logische Schritt? Sie hätte es wissen müssen, aber der letzte Abend und eine Nacht, die sie schwankend zwischen schäumender Wut, Verlassenheit, einem kaum eingestandenen Gefühl von Befreiung und dann wieder Verletztheit verbracht hatte, hatten ihren Tribut gefordert.

»Du quälst dich doch sonst nicht so beim Denken«, tönte plötzlich Römers Stimme in ihre Gedanken. »Wenn du dein Gesicht sehen könntest …«

Eva sah ihn genervt an, fragte dann aber: »Also, was machst du, wenn du mit deiner Predigt nicht weiterkommst?«

»Dann geh ich ins Café.«

»Großartig, da bin ich schon. Und jetzt?«

Er schüttelte den Kopf. »Du bist heute wirklich nicht auf der Höhe deiner Fähigkeiten, oder? Ich würde sagen, du wählst eine von zwei Methoden: Absolute Entspannung, dann lässt du die Gedanken einfach fließen, ungeordnet und assoziativ, das wäre die kreative Vorgehensweise. Oder du packst das Ganze logisch an und gehst zurück an den Anfang. Zu dem, was du sicher weißt. Das dürfte in deinem Fall leichter sein als in meinem, denn bei einem Kriminalfall muss es immer etwas geben, was du mit Sicherheit weißt. In der Theologie hinterfrage ich an einem Tag, was ich am vorherigen genau zu wissen meinte.«

An den Anfang zurückgehen. Eva überlegte. »Am Anfang haben wir eine Leiche in einem Parkhaus. Ein paar Tage später eine Leiche in einem Bett in einer Wohnung. Die eine wird gefunden, als …« Sie verstummte abrupt. Bislang hatte sie alle möglichen Verbindungen zwischen beiden Fällen gesucht, aber an eine Gemeinsamkeit hatte sie noch nicht gedacht. »Herwig, du warst an dem Abend im Konzert, oder?«, fragte sie unvermittelt.

»Da ist er wieder, der Spürhundblick, den ich an dir vermisst habe«, kommentierte der Pfarrer. »Ja, ich war im Konzert.«

»Und du warst dabei, als Caroline Krögers Leiche gefunden wurde«, fuhr die Beamtin fort.

»Jetzt machst du mich aber nervös, Eva«, protestierte er. »Soll ich wie Judas auf die Ankündigung des Verrats sagen: ›Meister, bin ich es?‹«

Sie beachtete ihn nicht. »Das Programm – was hast du gehört?«

»Jonas Hofer singt Schubert«, wiederholte er verwirrt.

»Genauer, Herwig, wie sah das Programm aus? Nein danke, wenn ich noch was trinken will, melde ich mich schon«, fuhr sie die Kellnerin an, die diensteifrig an den Tisch gekommen war.

»Ja, aber ich hätte gerne ein Wasser«, sagte Römer, der sie hergewunken hatte, freundlich. Er begann, in der Tasche zu kramen, die er neben seinem Stuhl abgestellt hatte. »Vielleicht habe ich es sogar noch … Thai Restaurant, nein, Autohaus Merk, auch nicht, aber hier …« Er reichte ihr ein dünnes Programmheft. »Jonas Hofer singt Schubert«, murmelte Eva. »Jonas Hofer, Tenor, Pjotr Kavalski, Piano … Klaviersonate, Lieder aus der *Schönen Müllerin*, *Appassionata*, Pause, Lieder aus der *Winterreise* … Variationen am Piano … Lieder von Goethe … hm. Schön abwechslungsreich.« Sie verrückte unbewusst die Gegenstände auf dem Tisch, als könne ihr das beim Nachdenken helfen. Tatsache war, dass beide Opfer nach einem Konzert von Jonas Hofer gefunden worden waren. In beiden Konzerten waren sowohl der Sänger selbst als auch Linda Galster anwesend, und beide waren vor Ort gewesen, als die Leichen entdeckt wurden. Beide hatten eine Verbindung zu den Opfern gehabt.

»Ich werde mit diesen Konzertbesuchern reden«, entschied sich Eva auf einmal. Wenn das keine Klarheit brachte, mussten die Dinge ihren Lauf nehmen. Sie rief nochmals in der Inspektion an und bat die Kollegen, sich bereitzuhalten für eine Verhaftung – oder für zwei.

»Du kannst mitkommen«, beschied sie ungnädig. Überrascht zog der Pfarrer die Brauen hoch, nickte aber. »Wenn ich irgendwie behilflich sein kann«, meinte er, »natürlich. Wer braucht denn seelischen Beistand?«

»Möglicherweise mein Kollege«, antwortete sie kryptisch.

Rainer war gerade mit seiner Inspektion der leerstehenden Wohnung fertig und wollte sich schweren Herzens auf den Weg zur Polizei machen, als ein zweites Auto vor dem Haus auftauchte, das ihm bekannt vorkam, nämlich der weiße Kombi des Biobäckers.

Tobias Galster stieg aus, ein wenig steif, als ob ihm immer noch etwas wehtäte nach seinem Abenteuer auf der nächtlichen Landstraße, und ließ seinen besorgten Blick über die

Front des Gebäudes schweifen, ehe er an einer der Wohnungen klingelte.

»Suchen Sie Ihre Cousine?«, fragte Rainer und trat hinter seinem Auto hervor. Der Bäcker fuhr herum. »Mein Gott, haben Sie mich erschreckt!«, rief er atemlos aus. Er sah den Polizeibeamten mit einer Mischung aus Misstrauen und Furcht an. »Observieren Sie das Gebäude in der Hoffnung, dass der Mörder zurückkehrt?« Sein Blick wanderte zum ersten Stock hinauf, doch nichts regte sich dort.

»Ihre Cousine ist schon vor einiger Zeit weggefahren«, informierte ihn Rainer.

»Hm.« Schweigen, gefolgt von einem weiteren zweifelnden Blick. »Ich hab mir ein bisschen Sorgen um sie gemacht, aber wenn sie in die Arbeit gegangen ist, geht es ihr vielleicht wieder besser.«

»Sagen Sie, Sie haben Anna-Luise Schöneberg doch auch gekannt«, begann Rainer unvermittelt. Der andere straffte sich unwillkürlich. »Ja, ein wenig.« Sein Blick verriet, dass er auf der Hut war.

»Kommen Sie, wir wissen, was Sie Sonntagnacht gemacht haben«, schüttelte Rainer den Kopf. »Sie brauchen nicht in Kampfstellung zu gehen, ich verdächtige Sie nicht. Es tut mir leid, dass wir Sie wegen Caroline verdächtigt haben, aber was sollten wir machen?«

Der Bäcker entspannte sich ein wenig. »Oh, okay. Aber ich glaube nicht, dass ich Ihnen etwas Nützliches sagen kann.«

»Sie waren bei dem Unfall vor zwei Jahren dabei, den Ihre Freundin verursacht hat, oder?«

Galsters Körpersprache machte deutlich, dass er nicht gerne an diese Sache erinnert wurde; er zog die Schultern zurück, wie um Distanz zu gewinnen, und sein Gesicht verzog sich beinahe zu einer Grimasse. »Einer der weniger glücklichen Momente in unserer Beziehung«, meinte er trocken. »Ich hab mir ziemlich oft gewünscht, ich wäre an dem Abend zu Hause geblieben.«

»Dann wäre Caroline vielleicht einfach weitergefahren, und die Sache wäre schlimmer ausgegangen«, erinnerte Rainer ihn brutal. Galster nickte: »Das stimmt, aber das war so eine stupide Aktion. Keiner von uns hat darüber nachgedacht, wie böse die Sache ausgehen könnte, als wir unsere Drinks bestellt haben.«

»Wir haben gehört, Anna-Luise Schöneberg habe einen Schock davongetragen und hinterher Panikattacken bekommen«, behauptete Rainer nicht völlig wahrheitsgemäß. Der andere sah ihn verwundert an: »Davon habe ich nie etwas gehört«, versicherte er. »Caro hat über die ganze Sache gelacht, sobald sie das Fahrverbot hinter sich hatte. Ehrlich gesagt, ich war mir nicht sicher, dass sie das alles ernst genug genommen hat, aber sie hat mir versprochen, sich nie wieder mit Alkohol ans Steuer zu setzen. Ich glaube, sie hat sich auch dran gehalten, aber nur, weil sie wusste, wie wichtig mir das war.« Er zuckte die Schultern. »Na ja, sie und Anna haben sich über die Angelegenheit amüsiert; sie hatten ein Spiel: Immer wenn wir mal alle zusammen ausgegangen sind, haben sie sich gegenseitig verhört, wie nüchtern sie waren. Wenn ich dabei war, bin sowieso meist ich gefahren, damit sie etwas trinken konnten, aber …« Er zögerte, dann gestand er schulterzuckend: »Es hat mich geärgert, weil die beiden so verantwortungslos schienen. Ich meine, als ob der Unfall und der Strafbefehl überhaupt nichts bedeuteten. Manchmal wollte ich schon gar nicht mehr mit deswegen … an dem Freitag, an dem wir alle zusammen weg waren, war es auch so …«

»Deshalb die schlechte Stimmung an dem Abend?«, begriff Rainer plötzlich.

Der Bäcker verzog den Mund. »Ich bin wohl ein bisschen unausstehlich geworden«, meinte er.

»Aber Anna-Luise Schöneberg, sagen Sie, hat auch über den Unfall gelacht? Sie hat nie den Eindruck gemacht, als ob sie irgendwelche Belastungen davongetragen hätte?«

»Ganz sicher nicht«, erklärte Galster. »Ich persönlich war immer der Meinung, sie war diejenige, die Caro beeinflusst hat, die Sache nicht ernst zu nehmen. Caroline war sonst ganz anders, nur mit Anna zusammen hat sie sich so …«

»… unreif aufgeführt?«, schlug Rainer vor, als der andere nach Worten suchte. »Wissen Sie, ich bin doch froh, dass Sie mir das nicht früher erzählt haben, sonst hätte ich noch geglaubt, dass Sie einen Grund gehabt haben könnten, Frau Schöneberg nicht zu mögen. Aber hören Sie, eine Prügelei im Dorf mit einem alten Kontrahenten, das ist für mich auch nicht gerade ein Muster an verantwortungsbewusstem, altersgemäßem Verhalten, von der Tötung eines Hundes ganz zu schweigen.«

Galster wurde rot. »Da haben Sie recht«, nuschelte er kleinlaut.

»Noch eine Frage: Sie wissen, dass Ihre Cousine mit Jonas Hofer zusammen ist?«

»Sie sind mal zusammen ausgegangen«, korrigierte der Biobäcker mit einem Stirnrunzeln, das nicht gerade Begeisterung über die Entwicklung ausdrückte.

»Und sie sind zusammen nach Hause gekommen«, ergänzte Rainer rücksichtslos. »Sie sehen nicht erfreut aus; mögen Sie den Mann nicht?«

Galster bemühte sich um ein freundlicheres Gesicht. »Man sagt, dass kein Mann es leiden kann, wenn seine kleine Schwester einen Freund mit heimbringt; vielleicht ist es bei mir ganz ähnlich.«

Die Haustür öffnete sich, und Franka Katteler trat aus der Tür. »Sie sind ja immer noch da«, staunte sie, dann fiel ihr Blick auf den Biobäcker. »Der sieht aber nicht nach dem bösen, dunklen Fremden aus, den Sie suchen«, bemerkte sie enttäuscht. »Na ja, ich geh dann mal in die Schule, hoffentlich ist Herr Brand gnädig …«

»Frieren Sie nicht?«, fragte Galster unvermittelt, nachdem das Mädchen um die Ecke verschwunden war. »Wir stehen schon ewig in der Kälte.«

Rainer zuckte die Schultern. »Ich würde Sie ja in mein Auto einladen, doch da ist es wahrscheinlich eher noch kälter. Aber Sie haben meine Frage nicht beantwortet: Haben Sie etwas gegen Jonas Hofer?«

Tobias Galster rieb seine Hände und steckte sie in die Jackentasche. »Nein«, antwortete er zögernd. »Er ist ein netter Kerl, und eigentlich mochte ich ihn immer gut leiden. Damals, als ich ihn kennengelernt habe, habe ich manchmal gedacht, er und Linda würden gut zusammenpassen.«

»Aber?« Der Vorbehalt in Galsters Stimme war nicht zu überhören.

»Er hat sich verändert, nachdem er mit Anna-Luise zusammengekommen war. Ich weiß nicht, warum, aber er war wie besessen von ihr und von ihren Plänen für eine Musikerkarriere, und als das dann nichts geworden ist, ist er irgendwie grimmig geworden. Verbissen, wissen Sie.«

Rainer hörte das alles mit zunehmender Bedrückung. Linda Galster hatte Mittel und Gelegenheit gehabt, Anna-Luise zu töten, und hier stand ihr eigener Cousin und plauderte ahnungslos ein passendes mögliches Motiv dazu aus. Am liebsten hätte er das Gespräch beendet, aber er wusste, dass er das nicht tun konnte. Ob sie ihm gefiel oder nicht, er musste der Wahrheit in dieser Sache auf die Spur kommen. »Sie sagten, damals fanden Sie, dass die beiden, Ihre Cousine und Jonas Hofer, gut zusammengepasst hätten. Hat Linda damals denn Interesse an ihm gezeigt? Ich meine, ganz offensichtlich hat sie etwas für ihn übrig, zumindest jetzt …«

»Sie hat damals nie etwas gesagt«, antwortete Tobias unbedarft. »Aber wenn er Interesse gezeigt hätte, hätte sie wahrscheinlich nicht nein gesagt.« Rainers Fragen schienen ihm überhaupt nicht komisch vorzukommen, und es war auch offensichtlich, dass er sich nicht bewusst war, welche Tragweite seine Worte haben konnten. Die Polizei hatte ihn und seine Cousine im Fall Kröger verdächtigt und hatte ihren Verdacht wieder fallen lassen. Dass Linda Galster, nun, da er selbst entlastet war, noch immer im Visier der Ermittlungen stehen könnte, lag offenkundig außerhalb seiner Vorstellung. »Dann könnte es für Ihre Cousine eine willkommene Nachricht gewesen sein, als Anna-Luise die Beziehung beendet hat?«, bohrte Rainer unwillig weiter.

Noch immer protestierte der Bäcker nicht gegen diese Frage, die er doch entweder als impertinent hätte empfinden müssen oder als gefährlich. Rainer begann sich zu wundern, warum.

Tobias schüttelte nachdenklich den Kopf. »Als Anna-Luise Schluss gemacht hat, hat sich Linda nicht besonders dafür interessiert. Ich glaube, sie hat sich jetzt bloß mit ihm eingelassen, weil sie ... sie ist unglücklich mit ihrem Job, und sie ist allein. Dann kam die Sache mit Caro, und sie hat mich verdächtigt ... Und dann kam Jonas und war nett zu ihr.« Seine Miene drückte auf einmal erbitterte Hilflosigkeit aus. »Nein, ich finde es nicht gut, dass sie mit ihm zusammen ist. Sie war unglücklich, und ich hoffe, dass sie nur ein bisschen Trost gesucht hat und nichts Ernstes – aber so oder so wird er ihr nicht guttun. Ich hab ihn reden hören, der Typ war besessen von Anna-Luise, und ich glaube nicht, dass Linda ihn wirklich interessiert.« Er holte tief Luft; die Worte schienen ihm auf der Seele gelegen zu haben, und jetzt sprach er, als ob er Rainers Anwesenheit vergessen hatte, obwohl er ihn noch immer ansprach. »Noch an dem Freitag, an dem wir in der Kneipe saßen, hat er so getan, als ob ihn alles andere interessierte als Anna-Luise, aber dann hat Caroline von Annas Plänen gesprochen, und dass sie dabei wäre, das Musikstudium aufzugeben …«

»Und?«, fragte Rainer, plötzlich elektrisiert.

Der Blick des Biobäckers ging ins Leere. »Er hat sie angestarrt – Anna, meine ich – wie – wie –, so würden Sie ein Besitztum anschauen, das plötzlich Beine bekommt und vor Ihnen wegläuft. Er hat den ganzen Abend kein einziges Wort mehr geredet.«

Rainer drehte sich ohne ein weiteres Wort um und ließ Galster verdutzt stehen. Er ging nicht gleich zu seinem Auto, sondern lief mit langen Schritten die Straße entlang, ohne darauf zu achten, wohin er ging. Bewegung war das Einzige, wonach es ihn in diesem Moment verlangte. Das war es, dachte er schwer atmend. In völliger Ahnungslosigkeit hatte ihm der Biobäcker die Antwort auf die Frage nach dem Motiv gegeben, nach dem Zusammenhang zwischen den beiden Taten, nach dem Täter, nach der unterschiedlichen Art, wie die beiden Opfer getötet worden waren, nach allem – nur, dass es nicht möglich war. Es passte alles zusammen, und er hatte keinen Zweifel mehr, aber es ging nicht. Wenn es ein unerschütterliches Alibi in diesem Fall gab, dann das. Trotzdem war das Gefühl von Befreiung und plötzlichem Verständnis so übermächtig, dass es Rainers Wahrnehmung beeinträchtigte, denn er sah den Fahrradfahrer auf dem Gehsteig zu spät, um noch auszuweichen. Die Erleichterung ging jäh im Schmerz unter, als die beiden zusammenstießen und auf das Pflaster stürzten.

Jonas Hofer blickte von den Tasten auf zu Linda, die sich an den Flügel lehnte, und lächelte. »Willst du die linke Hand mal versuchen?«, fragte er.

Sie setzte sich neben ihm auf den Klavierstuhl und schaute mit gerunzelter Stirn auf die Noten. »Hm«, machte sie. »Meine Mutter hat mich zur Klavierstunde geschickt, als ich klein war. Wahrscheinlich habe ich es deshalb nie richtig gelernt.« Ihre Hand griff zögernd in die Tasten, der Akkord klang falsch, sie korrigierte den unteren Ton und lachte. »In dem Tempo schaffen wir es bestimmt, in ein paar Jahren was zusammen zu spielen.« Jonas biss sich auf die Lippen. Sie wusste so gut wie er, dass ihr Zusammensein nur ein kurzes Zwischenspiel war, ein Quantum Trost in einem Leben voller Enttäuschungen und Bitterkeit. In diesem einen Moment wünschte er sich, es wäre anders. Vielleicht, wenn Anna-Luise nicht gewesen wäre. Aber es war sinnlos, darüber nachzudenken, was hätte sein können, weil niemand zurückgehen konnte hinter das, was gewesen war. »Ich könnte dich als Clownsnummer mit auf Tournee nehmen«, witzelte er dennoch.

Sie antwortete mit einem schiefen Grinsen: »Das könnte gegenüber meinem jetzigen Job glatt eine Verbesserung darstellen. Ich denke darüber nach, okay?«

Er musste niesen. Er hatte nichts anderes erwartet, als ebenfalls eine Erkältung zu bekommen, aber das machte es nicht besser, nicht, wenn er singen musste. In einer Woche würde es etwas anderes sein, da war seine Konzertreihe beendet – ein Auftritt in der Nürnberger Sebalduskirche, als krönender Abschluss –, aber in den kommenden Tagen würde er seine Stimme brauchen. »Was machst du, wenn du erkältet bist?«, erkundigte sich Linda und versuchte ein paar weitere Akkorde.

Er zuckte die Schultern. »Wenn es nicht allzu schlimm ist, singe ich trotzdem«, erklärte er. »Wahrscheinlich trinke ich ein warmes Bier, das hilft. Und jeden Tag ein paar Tassen Käsepappeltee.«

Die meisten Menschen reagierten mit Verständnislosigkeit auf die Erwähnung dieses speziellen Kräutertees, der gut für die Stimmbänder war, aber Linda war er offensichtlich ein Begriff. »Es ist schon ziemlich unpraktisch, wenn man so auf seine Stimme angewiesen ist«, sinnierte sie.

Jonas nickte grimmig. Anders als andere Musiker war er von seiner Stimme abhängig, und manchmal belastete ihn die Sorge darum. Aber es hatte für ihn nie eine Alternative gegeben, seit dem verregneten Nachmittag, an dem seine Lieblingstante dem Fünfjährigen Schuberts Lied von der Forelle vorgespielt hatte. Er wusste nicht, warum gerade dieses Erlebnis so entscheidend gewesen war. Seine Tante, eine Lebenskünstlerin, hatte ihm Geschichten vorgelesen und die Bedeutung großer Kunstwerke nahegebracht, aber nichts hatte eine solche Wirkung gehabt wie dieses eine Lied. Während der Regen gegen das Fenster geklopft hatte, hatte er in der Klavierstimme die spritzigen Kaskaden des Baches gehört und dazwischen die Singstimme, auch sie bewegt, aber fließender, die Worte gesungen hatte, die er nicht verstand. Viel später hatte er erfahren, dass das scheinbar so heitere Gedicht von der »launischen Forelle« während Schubarts zehnjähriger Isolationshaft auf dem Hohenasperg entstanden war, der Aufschrei eines Mannes, der seinem Unterdrücker in die Falle gegangen war, betrogen wie der Fisch, über den er schrieb. Und vielleicht, dachte Jonas, während er am Klavier saß und sich wieder einmal über eine Erkältung sorgen musste, die für einen anderen nichts als eine kleine Unannehmlichkeit bedeutet hätte, vielleicht war dieses Lied zu seinem Köder geworden und er ebenso ahnungslos in die Falle gegangen, als er dem Zusammenspiel von Klavier und Stimme und Regen gelauscht und gedacht hatte: Das will ich auch machen.

»Was ist los?«, fragte Linda plötzlich, und ihm wurde bewusst, dass er auf die Tasten gestarrt hatte, ohne sie zu sehen. Er zwang sich zu einem Lächeln: »Ich will keine Erkältung bekommen. Aber egal – wir könnten schnell noch etwas essen gehen, bevor ich zum Konzert aufbreche … Es sei denn, du hast vorher noch Appetit auf etwas anderes«, fügte er hinzu.

»Wie, hier?«, fragte sie mit einem spöttischen Blick über den Raum.

»Warum nicht?« Er war plötzlich entschlossen und drängte sich näher an sie heran, atmete den Geruch ihres Haares, atmete ihn wie ein Jagdhund, der Witterung aufnimmt. Sein Hunger war der des Fischers am Bachufer, der mit der Rute in der Hand auf die Forelle wartete und nicht ohne seine Beute heimgehen würde. Linda sah ihn an, mit einem prüfenden Blick, als wolle sie genau abschätzen, worauf sie sich einließ. »Warum nicht?«, stimmte sie auf einmal zu und ließ ihre Hand seinen Rücken hinuntergleiten.

Vom Klavier kam ein lauter, dissonanter Klang.

»Und jetzt essen gehen?«, schlug Linda vor, während sie ihre Jeans zuknöpfte. Sie sah durchaus zufrieden aus, aber der spöttische Unterton war noch immer in ihrer Stimme. Als ob sie die Jagdlust in den Augen des Fischers gesehen und eingewilligt hätte, die Rolle der Forelle zu übernehmen, ein Spiel, nichts weiter. Er wusste nicht, ob er darüber froh sein sollte oder ob es die Befriedigung des Jägers schmälerte, nickte aber. »Gerne, jetzt habe ich richtig Hunger. Entspannungsübungen muss ich jetzt auch nicht mehr machen, da kann ich glatt eine halbe Stunde später mit dem Einsingen anfangen.«

»Na, dann hat es sich ja gelohnt«, erwiderte sie mit einem mokanten Lächeln. »Ich hole unsere Jacken.« Sie verschwand in dem kleinen Hinterzimmer, wo sie ihre Sachen abgelegt hatten. Jonas streckte sich, ließ seine Hand über das Klavier streichen und spielte ein paar Töne. Linda ließ sich Zeit; wahrscheinlich hatte sie noch einen Abstecher zur Toilette gemacht. »Linda?«, rief er fragend, und da kam sie wieder in den Raum zurück, ihre schwarze Winterjacke und seine Lederjacke über dem Arm.

Ihr Gesicht war weiß.

»Was ist los?«, erkundigte er sich ernsthaft besorgt. Ihre ruhige, etwas spöttische Selbstsicherheit war wie weggeblasen. »Habe ich was falsch gemacht?«

Sie schüttelte stumm den Kopf, aber ihre Pupillen waren starr und geweitet wie im Schock.

»Linda, was ist denn?«, fragte er heftiger. Sein Ton schien plötzlich zu ihr durchzudringen, und sie nahm sich zusammen. »Wie? Gar nichts«, sagte sie und reichte ihm seine Jacke, dann zog sie ihre eigene an, umständlicher als nötig, und als sie aufblickte, hatte sie sich wieder im Griff. »Wahrscheinlich der Kreislauf«, lächelte sie. »Ich hab ein bisschen lange nichts gegessen.«

Aber ihr Gesichtsausdruck hatte ihm Angst gemacht. Was war passiert? Er schlüpfte in seine Jacke – es war die Lederjacke, die er seit einigen Tagen nicht mehr angehabt hatte. Jetzt wusste er, wie sich die Forelle im plötzlich getrübten Wasser fühlte, orientierungslos auf die ungesehene Gefahr zuschwimmend. Was hatte Linda so lange aufgehalten? Er zwang sich zu einem leichten Ton und dem warmen Lächeln, das seine Wirkung nur selten verfehlte: »Nun, was soll es sein?«, fragte er. »Italienisch, Thailändisch, Fränkisch?«, und derweil steckte er scheinbar lässig seine Hände in die Jackentaschen – und erstarrte, als seine Finger auf einen Gegenstand stießen, der nicht dort sein durfte. Es war die Jacke, die er am Dienstag zum letzten Mal angehabt hatte, und in ihrer Tasche befand sich der Schlüssel von Caroline Krögers Auto. Er musste ihn unbewusst eingesteckt haben, einer dieser automatischen Handgriffe, über die man nicht nachdenkt. Lindas Reaktion verriet ihm, dass sie den Schlüssel wiedererkannt hatte.

TRACK 12

Der Leiermann

Text: Wilhelm Müller

Drüben hinterm Dorfe
Steht ein Leiermann,
Und mit starren Fingern
Dreht er was er kann.

Barfuß auf dem Eise
Wankt er hin und her
Und sein kleiner Teller
Bleibt ihm immer leer.

Keiner mag ihn hören,
Keiner sieht ihn an,
Und die Hunde knurren
Um den alten Mann.

Und er läßt es gehen,
Alles wie es will,
Dreht, und seine Leier
Steht ihm nimmer still.

Wunderlicher Alter,
Soll ich mit dir geh'n?
Willst zu meinen Liedern
Deine Leier dreh'n?

Frau Martha Forster mochte Mitte fünfzig sein, eine freundliche Dame mit leichtem Übergewicht und dauergewellten Haaren. Sie trug eine lange Perlenkette um den Hals, mit der sie beim Reden herumspielte. Jan Carcek war dunkel, drahtig und flink und sprach gebrochenes Deutsch, machte aber einen intelligenten, interessierten Eindruck. Pfarrer Römer hielt sich im Hintergrund und vertrieb sich die Zeit mit der Frage, was Eva Schatz von den beiden wollte.

»Sie waren beide am Sonntag im Konzert in Stopfenheim?«, vergewisserte sie sich. Die zwei nickten.

»Darf ich fragen, von wo Sie hergekommen sind?«

»Ich wohne in Ellingen«, erklärte Frau Forster gemütlich. »Das Konzert hat mich interessiert, ich versuche immer, auf dem Laufenden zu bleiben, was die Kultur angeht. Und in Stopfenheim in die Vogtei, da kommt man auch nicht alle Tage rein.«

»Von Weißenburg«, antwortete Carcek. »Pjotr ist guter Freund von mir, gehe ich oft seine Veranstaltungen anhören.«

»Kennen Sie Jonas Hofer auch, den Sänger?«

Der Mann nickte. »Pjotr hat mir vorgestellt. Beide arbeiten zusammen für Jahre.«

»Wissen Sie, seit wann?« Carcek war sich nicht sicher, aber nach einigem Zögern landeten sie bei einem Zeitpunkt kurz nach dem Unfall. Kavalski musste damals für Anna-Luise eingesprungen sein, als sie den Konzerttermin absagte. Ohne große Hoffnung auf Erfolg zeigte Eva den beiden Zeugen ein Bild von Linda Galster, doch sie kannten sie beide nicht und hätten folglich auch nicht sagen können, ob sie während des Konzerts fortgegangen war oder nicht. Wenn sie ein Alibi hatte, würde sie es ihnen schon selbst präsentieren müssen. Sie fragte sich kopfschüttelnd, was sie sich eigentlich von dem Gespräch erhofft hatte. »Okay, das war eigentlich schon alles«, seufzte sie und fragte dann doch noch: »Sagen Sie, Ihnen ist während des Konzerts nichts Besonderes aufgefallen? Dass jemandem schlecht geworden ist oder rausgegangen ist oder es irgendeine Störung gegeben hat?«

Frau Forster schüttelte den Kopf. »Zum Glück nicht, liebe Frau Schatz, da kann man ja so einen Abend dann gar nicht mehr genießen.«

Jan Carcek lachte ein kehliges Lachen. »Niemand, nein, außer von dem Sänger.«

Eva zuckte zusammen. »Was sagen Sie da?«

»Ach ja, natürlich«, erinnerte sich Frau Forster auf einmal. »Der arme junge Mann, hat die ganze erste Programmhälfte durchgesungen, aber dann hat er es mit der Stimme gehabt, und sie haben im zweiten Teil die ganzen Klavierstücke gemacht. Er selber ist dann nur noch ganz am Schluss auf die Bühne gekommen und hat zum Abschluss *Über allen Gipfeln ist Ruh* gesungen, und da ist mir wieder eingefallen, wie wir das Gedicht damals in der Schule besprochen haben, aber nie so schön ...«

Eva hörte längst nicht mehr zu. »Ist das wahr?«, fragte sie heiser, an den jungen Mann gewandt. Der nickte: »Jonas Hofer hat erste Hälfte gesungen, Pjotr hat zweite Hälfte gemacht, aber war eine Programmänderung, hat Pjotr gesagt, normalerweise sie wechseln immer ab – Gesangsstück und Klavierstück.«

»Chefin, Telefon«, brach Friedolins Stimme in das betroffene Schweigen ein, das diesen Worten folgte.

»Ich kann nicht, wir müssen los. Ich brauche sofort die Leute für die Verhaftung, wir haben keine Zeit zu verlieren.«

»Aber, der Sailer ist dran«, protestierte Friedolin. Eva riss ihm das Telefon aus der Hand. »Wo zum Teufel steckst du eigentlich?«, rief sie wütend. »Wir warten seit Stunden auf ein Lebenszeichen von dir und du ...«

»Eva!« Seine Stimme klang angestrengt. »Jonas Hofer, er …«

»Wo bist du?«

Er hustete schwach. »Im Krankenhaus, aber …«

»Um Himmels willen, was ist passiert?«

»Später. Eva, der Jonas Hofer, er war es, er hat sie beide umgebracht. Er hat das Motiv, es passt alles, du musst sofort los. Allerdings weiß ich nicht, wie er es gemacht hat, aber er war es, glaub mir.«

»Ich weiß schon«, antwortete Eva ungeduldig. »Ich weiß auch, wie. Aber was ist mit dir los, bist du verletzt?«

»Du musst dich beeilen.« Seine Stimme klang drängend. »Der Galster hat mich hergebracht, und er hat vorhin Linda angerufen. Eva, sie ist mit Hofer weggegangen. Und sie geht nicht mehr ans Telefon.«

»Ich fahre sofort los«, sagte Eva tonlos, aber ihr Magen fühlte sich an wie ein Bleiklumpen. Sie hatten den Fall gelöst, aber es konnte durchaus sein, dass sie zu spät dran waren.

»Bleib noch, Linda«, sagte er scheinbar lässig.

Wie sie ihn ansah, mit Augen, aus denen sie jeden Anschein von Furcht zu verbannen suchte. Das Schweigen dehnte sich zwischen ihnen. Dann lächelte sie. »Natürlich, wenn du willst.« Sie klang fast natürlich, aber von Stimmen verstand er etwas, und an ihrer Stimme klebte die Angst, auch wenn sie versuchte, so zu tun, als hätte sie nichts bemerkt, und als wüsste er nicht, was sie gesehen hatte. »Du hast wohl noch nicht genug?«

Wer war jetzt die Betrogene, die Forelle, die dem Fischer ins Netz gegangen war?, fragte er sich. Sie saß in der Falle und wusste es, aber ihm ging es nicht besser. Für ihn gab es auch kein Entrinnen. Er wusste es, seit er in der Zeitung gelesen hatte, dass die Polizei Zweifel an der Selbstmordversion hatte. Egal, was er jetzt tat, er wusste, wie es ausgehen würde. Nur das war ihm nicht klar – was würde er jetzt tun, in den nächsten Minuten oder Stunden oder vielleicht sogar Tagen, je nachdem, wie lange es dauern würde, bis die Polizei sein kaltblütiges, aber tollkühnes Unterfangen vom Sonntag durchschaut hatte? Er sah Linda an, als ob er in ihrem Gesicht eine Antwort finden könnte.

Was er darin las, obwohl sie es zu verbergen versuchte, war die stumme Bitte, sie vom Haken zu lassen, und die Angst davor, dass er es nicht tun würde. Was er darin las, war, dass er die Macht hatte, über ihr Schicksal zu entscheiden, wenn er schon sein eigenes nicht mehr ändern konnte. Der Augenblick dehnte sich zwischen ihnen.

In der Polizei herrschte fieberhafte Geschäftigkeit, gepaart mit Ratlosigkeit. Beyerlein hatte keine Zeit, sich zu freuen, als Eva ihn knapp informierte, sie wüssten, wer der Schuldige sei, weil sie gleich darauf hinzufügte, dass sie keine Ahnung hatten, wo er sich aufhielt.

»Der kann nicht weit kommen«, erklärte er unerschütterlich, doch er wurde blass, als sie ihm erklärte, dass Linda Galster bei ihm war und dass sie nicht ausschließen konnten, dass sie das dritte Opfer des Mannes werden würde.

»Aber warum? Er hätte doch keinen Grund, sie umzubringen.« Fast hätte er Eva leidgetan, aber sie hatte für Mitgefühl keine Zeit, und sollten sie es nicht schaffen, dann würde sie alles Mitleid für die Angehörigen eines weiteren Opfers – und für einen schweren Knick in ihrer eigenen Karriere – brauchen. »Er hat ihr Auto benutzt, als er während des Konzerts von Stopfenheim nach Ellingen gefahren ist, um die Schöneberg umzubringen – fragen Sie mich nicht, wie, ich weiß es noch nicht –, und spätestens, wenn wir sie befragen würden, würde das herauskommen. Vielleicht reicht das schon als Grund, sie aus dem Weg zu räumen, was weiß ich, wie der Typ tickt. Und er ist gefährlich, denn er muss wissen, dass er nichts mehr zu verlieren hat.«

»Nun, warum sind Sie dann nicht unterwegs, um die Sache zu einem guten Ende zu bringen?«

Eva biss die Zähne zusammen. »Weil wir nicht wissen, wo er sich aufhält«, erklärte sie. »Die Leute versuchen das gerade herauszufinden.«

»Die Eltern sagen, er sei fort«, verkündete Thorsten Holm in diesem Augenblick. »Schon seit Stunden. Sollen wir trotzdem jemanden hinschicken? Die sagen ja vielleicht nicht die Wahrheit.«

»Auf jeden Fall«, stimmte Eva zu. Ihr Mund fühlte sich trocken an, und ihr Herz raste. Wo konnte der Mann sein? Wenn er wusste, dass das Netz eng wurde, würde er vielleicht versuchen zu fliehen, aber wo war dann Linda Galster? Eva hatte Gollwitzer in Lindas Wohnung geschickt; es bestand die Möglichkeit, dass sie dorthin gegangen waren, aber vor ein paar Minuten hatte er Bescheid gegeben, dass auch dort Fehlanzeige war. Herwig Römer, der sich bemerkenswert zurückgehalten hatte und nur gelegentlich dem einen oder anderen aufgeregten Beamten ein beruhigendes Wort gesagt hatte, reichte ihr schweigend ein Glas Wasser. Sie trank es in einem Zug aus. »Die Bahnstationen wissen Bescheid?«, vergewisserte sie sich bei Friedolin, der für die Kommunikation zuständig war. Der junge Mann nickte. »Wenn er nicht schon abgehauen ist, bevor wir Alarm gegeben haben, kommt er nicht raus. Ein Auto hat er nicht.« Um Evas Mund zuckte es besorgt. »Vielleicht hat er Linda Galsters Auto. Wir wissen ja, dass er es schon einmal benutzt hat.«

»Ruhe bewahren«, riet Friedolin. »Das Kennzeichen und die Beschreibung von ihrem Auto sind auch ausgegeben worden. Wenn er damit rumfährt, wird er sehr wahrscheinlich gestoppt werden.«

»Gut«, murmelte Eva. Es war bezeichnend dafür, wie nervös sie war, dass sie Herwig Römer nicht anfuhr, als er sie ansprach. »Ihr geht davon aus, dass der Mann schon weiß, dass er entdeckt ist«, sagte er bedächtig. »Das ist gut möglich. Aber es könnte auch sein, dass ihm das noch nicht klar ist. Wo wäre er dann, wenn er einen normalen Nachmittag erwartet?«

»Keine Ahnung«, erwiderte Eva ratlos, aber dann riss sie sich zusammen. Der Gedanke war zumindest überlegenswert. »Er wohnt normalerweise in Würzburg, dahin könnte er zurückgefahren sein, und vielleicht hat er die Galster dann bloß so mitgenommen – übers Wochenende. Friedolin, nachprüfen!«

»Hat der heute nicht ein Konzert?«, fragte Römer stirnrunzelnd. Eva fuhr herum. »Natürlich!«, rief sie. »Ich habe sogar ein Plakat gesehen. Wenn er noch nichts weiß, dann wird er jetzt vielleicht gerade noch proben.«

»Aber weißt du, wo?«

Eva zog das Konzertprogramm aus der Tasche, das ihr der Pfarrer vorher gegeben hatte. »Pjotr Kavalski«, murmelte sie zufrieden. »Sein Kollege am Piano. Der könnte es wissen.«

Jonas stand zwischen ihr und der Tür, aber er regte sich nicht. Ein Teil von ihm genoss das Bewusstsein, dass sie in seiner Hand war und dass sie Angst hatte, Angst, die sie nicht verbergen konnte, und hielt ihn zurück. Aber ein Teil von ihm verharrte auch deshalb reglos, weil sie ihm leidtat, wie sie dort stand. Sie hatte ihm nichts getan, anders als Caroline, anders als Anna. Und er war auch müde. Sollte er wirklich ein drittes Mal zuschlagen, nur um das Maß vollzumachen, nur um noch jemanden zu bestrafen?

Caroline Kröger hatte er gehasst, mit einer Inbrunst, die er jetzt schon nicht mehr begreifen konnte. So ein kleines, gewöhnliches, dummes Ding war sie gewesen. Warum hatte sie seinen Pfad gekreuzt? Sie wäre ihm egal gewesen, sie hätte leben können, er hätte niemals einen einzigen Gedanken an sie verschwendet, wäre sie nicht zwischen ihm und Anna-Luise gestanden. Dass sie schuld gewesen war an allem, was schiefgegangen war, hatte zu jenem Abend geführt, den er jetzt nicht mehr rückgängig machen konnte.

Die verlassene Bahnstation, bei Nacht, ein grauenvoller Ort in seiner Erinnerung. Er hatte Anna-Luise vom Zug abholen wollen; sie hatte versprochen, zu seinem Konzert zu kommen, und er hatte auch die Hoffnung nie völlig aufgegeben, dass sie am Ende doch zu ihm zurückkehren würde.

Caroline hatte ihm erzählt, dass Anna nicht kommen werde. »Sie ist in London.« Sie hatte ihm, voll von boshaftem Triumph, wie er meinte, sogar die SMS gezeigt, die Anna ihr geschrieben hatte. Warum er nicht endlich akzeptierte, dass Anna-Luise eine andere Art von Leben gewählt hatte. Dass ihre kurze Begeisterung für die Musik und für ihn nur ein Intermezzo gewesen sei. »Was brauchst du denn noch, um es zu glauben? Sie wollte dich nicht mehr, und sie wollte ihr Studium nicht mehr, und mit der Musikkarriere, die du für sie geplant hattest, hatte sie längst abgeschlossen.«

Sie hatte nicht gewusst, in welcher Gefahr sie schwebte. Dass jedes ihrer Worte den Zorn, den er seit langem gegen sie hegte, zur Weißglut anfachte. Die Anschuldigungen waren aus ihm herausgebrochen in einem wahnsinnigen, wütenden Sturm von Worten: Sie war schuld, dass Anna ihre Karriere aufgegeben hatte. Sie hatte immer versucht, ihre Freundin von ihrer wahren Bestimmung abzubringen, und hatte den Unfall verursacht, der Anna-Luise so nachhaltig erschüttert hatte, dass sie ihr erstes Konzert absagte und danach nie wieder den Mut fand, ihre Karriere als Musikerin zu beginnen. »Sie hat Panikattacken und Alpträume gehabt seit dem Unfall.« Der Unfall und Caroline, sie hatten Anna-

Luises Leben zerstört – und seines. Sie hatte alles getan, um Anna-Luise zu einem Menschen zu machen, wie sie selbst war: alltäglich, oberflächlich, unempfänglich für alles, was nicht ebenso geistlos war wie sie.

Caroline Kröger hatte sich seine Anschuldigungen angehört und gelacht. Sie hatte gelacht, und dann hatte sie ihn beinahe mitleidig angesehen. »Was hast du eigentlich all die Jahre gesehen, wenn du Anna angeschaut hast?«, hatte sie gefragt, und ihre Worte hatten höhnisch in seinen Ohren geklungen. Es sei höchste Zeit, der Wirklichkeit ins Auge zu sehen: dass Anna die Besessenheit, mit der er ihr gemeinsames Leben als Künstlerpaar geplant hatte, nicht mehr ertragen hatte, dass sie vergeblich versucht hatte, ihm das begreiflich zu machen. Dass sie schließlich einfach behauptet hatte, nicht spielen zu können wegen des Unfalls, nur damit er sie endlich in Ruhe ließ. »Es war das Einzige, was du akzeptiert hast. Krankheit. Aber das Einzige, was sie krank gemacht hat, waren deine Ansprüche an sie.«

»Du lügst!« Er hatte es geschrien, herausgeschrien gegen die schreckliche Angst, dass sie recht haben könnte, und dann war alles so schnell gegangen, ein Handgemenge und plötzliche Stille. Es war ihm wie ein schlechter Scherz vorgekommen, dass Caroline Kröger auf einmal so still war.

Linda, die vor ihm stand, hinter sich bloß der fensterlose Raum des Nebenzimmers, ohne Fluchtweg, war ebenfalls still, still und blass, und sah ihn an. Sah einen Mörder an, dem das Wasser schon bis zum Hals stand, und fragte sich, ob er beschließen würde, sie mitzureißen in den Strudel der Vernichtung oder nicht. Und dann strafften ihre Schultern sich, und Entschlossenheit kehrte in ihre Miene zurück, auch wenn sie die Angst nicht verdrängen konnte. Aber nachdem sie beinahe sehenden Auges in die Falle gegangen war, wollte sie wenigstens nicht in hilflosem Entsetzen erstarren. Linda Galster räusperte sich, um sich ihrer Stimme sicher zu sein, und zwang sich dazu, mit einem ironischen Lächeln auf die Tür zu deuten. »Sollten wir nicht langsam gehen?«, schlug sie vor, als sei es das Natürlichste der Welt. Als sei nichts vorgefallen in der letzten Stunde als ein bisschen schneller Sex zwischen Pianostuhl und Klaviertasten, über dem sie die Zeit vergessen hatten. »Zum Essen wird es wohl nicht mehr reichen, aber du solltest nicht zu spät zum Konzert kommen.«

Er hatte in Gedanken versunken dagestanden, doch bei diesen Worten sah er mit einem Ruck auf. Linda fror es vor dem Ausdruck in seinen Augen.

»Pjotr Kavalski«, stellte sich der Mann höflich vor. Seine Haare waren kurzgeschoren, nicht so, wie man sich den typischen Pianisten vorstellte. Seine Hände entsprachen schon eher dem Bild – schmal, mit langen, gewandten Fingern. Er trug einen Ehering, war aber noch sehr jung, sicher nicht älter als zwei-, dreiundzwanzig. »Jonas ist noch nicht hier«, erklärte er und blickte sich verstohlen in der schon ziemlich gut gefüllten Kirche um. »Zehn Minuten noch«, murmelte er unruhig.

Eva hatte den Kollegen in Weißenburg das Feld überlassen und war mit Römer und einem uniformierten Beamten nach Gunzenhausen gefahren, sobald der Pianist ihr am Telefon erklärt hatte, dass das Konzert an diesem Abend bereits um sechs Uhr begann und dass Jonas Hofer sich vielleicht im Saal des Gemeindehauses aufhielt, um sich einzusingen. Ganz wohl war Eva nicht dabei gewesen, dieser schwachen Spur zu folgen, und jede Minute, die sie im Auto verbracht hatten, von dem Polizeikollegen mit halsbrecherischer Geschwindigkeit gesteuert, hatte ihre Überzeugung verstärkt, dass sie einen Fehler gemacht hatte. Wie hatte sie annehmen können, dass Hofer sich tatsächlich seelenruhig auf seinen Auftritt vorbereitete, während draußen die Fahndung nach ihm angelaufen war?

»Du weißt, dass er gesucht wird, aber er vielleicht noch nicht«, hatte Herwig Römer zu bedenken gegeben, aber nicht einmal er hatte sehr überzeugt geklungen.

»Von mir aus kannst du beten, dass wir ihn rechtzeitig finden!«, hatte sie ihn angefahren, aber in ihrer Sorge hatte es sie nicht einmal gestört, dass er sie beim Wort nahm.

Dann war ein Anruf von den Kollegen in Gunzenhausen gekommen, die informiert worden waren. Linda Galsters Auto war tatsächlich vor dem Gemeindehaus gefunden worden, aber von den beiden keine Spur.

Pjotr Kavalski war die nächste logische Anlaufstelle gewesen; er hatte sich bereits in der Kirche eingefunden, in der das Konzert stattfinden sollte. Nur dass es kein Konzert geben würde, dachte Eva grimmig. Der Tisch mit Programmen und CDs am Eingang versprach einen Abend, der so nie wieder stattfinden würde.

Sie standen im schwach erleuchteten Seitenschiff der Kirche. Der Pianist wurde immer nervöser über die fortschreitende Zeit und ganz offensichtlich auch über die Anwesenheit der Polizei. »Was hat Jonas denn – Sie sind doch seinetwegen hier, was hat er denn getan? Kann das nicht bis nach dem Konzert warten?«

Eva antwortete mit einer Gegenfrage: »Vergangenen Sonntag hat Jonas Hofer kurzfristig das Programm für den Abend geändert, oder? Haben Sie ihn in der Zeit, in der er nicht gesungen hat, überhaupt gesehen? In der Pause zum Beispiel?«

Kavalski schüttelte den Kopf. »Ich weiß nicht, was er sich dabei gedacht hat. Am Schluss musste ich sogar ein Extrastück spielen, weil er nicht auftauchte. Und dann war er endlich wieder da und hat seine Zugabe gesungen.« Er warf einen weiteren unruhigen Blick ins Publikum und dann auf seine Uhr und bat: »Hören Sie, ich muss jetzt entweder allein anfangen oder dem Publikum etwas sagen. Was soll ich machen?«

Eva sah ihn hart an. »Sagen Sie den Leuten, dass es heute kein Konzert geben wird. Sie werden an diesem Abend selbst nicht mehr spielen wollen, wenn Sie alles wissen.«

In diesem Augenblick ertönte plötzlich Applaus an ein oder zwei Stellen im Publikum, der sich rasch über die Bankreihen ausbreitete. Eva, Römer und der Musiker stürzten aus dem Schatten des Seitenschiffs in den Mittelgang und starrten ungläubig zum Altarraum hinauf, wo die kleine Bühne für die Künstler aufgebaut worden war. Jonas Hofer war durch die Tür der Sakristei eingetreten, und Eva erfuhr später, dass er zu Fuß vom Gemeindehaus herübergekommen war, ein paar Gehminuten durch die Dunkelheit, niemand hatte sich zweimal nach ihm umgedreht. Das Auto hatte er stehen lassen und war durch die offene Seitentür in die Sakristei gelangt, wo er seine Jacke abgelegt hatte.

Jetzt stand er in Anzughose und Hemd, aber ohne Jackett auf der winzigen Bühne, und ein Scheinwerfer beleuchtete seine Gestalt und die des leidenden Christus am Kreuz hinter ihm, und entschuldigte sich mit seiner warmen, beeindruckenden Stimme, die nur einen Anklang von Heiserkeit hatte, für die Verspätung.

Sein Blick schweifte über die Konzertbesucher hinweg und blieb auf der Dreiergruppe ruhen, die da mitten im Weg stehen geblieben war, auf halber Strecke zwischen Portal und Altar: Pfarrer Römer, der gefesselt auf das Bild starrte, das sich bot, den Sänger und die Christusgestalt, beide erleuchtet von einem einzigen Scheinwerfer, Pjotr Kavalski, der hin- und hergerissen schien zwischen Erleichterung und der Furcht, dass noch Schlimmeres kommen würde, und Eva Schatz, die wie angewurzelt dastand vor Erstaunen. Jonas Hofer sah sie direkt an, als er weitersprach:

»Ich fürchte leider, dass mein Beitrag an diesem Abend aus einem einzigen Lied bestehen wird.«

Die Worte brachen den Bann, in dem Eva gefangen gewesen war; sie wollte losstürzen, ohne auch nur auf ihren kräftigen Kollegen zu warten, der am Portal gewartet hatte, sich aber jetzt an der Seitenwand entlang unauffällig in Richtung Bühne zu schieben begann, um den Sänger, der nur auf die Gruppe in der Mitte achtete, nicht zu warnen. »Eva«, flüsterte Herwig Römer plötzlich rau und packte sie am Arm. »Da vorn!« Der Scheinwerfer von der Orgelempore hatte nur den Sänger ins Licht getaucht, kontrastiert von dem dunklen Holz des Kruzifixes, und den übrigen Altarraum im Dunkeln gelassen. Doch jetzt sah auch Eva, dass Linda Galster an der Tür zur Sakristei stand. Ihr Gesicht lag im Schatten, aber sie schien unverletzt. Jonas Hofer warf noch einen Blick auf sein Publikum, dann setzte er sich selbst ans Klavier und begann mit einem monoton auf- und abschwellenden Liedvorspiel, das allen Anwesenden Schauer über den Rücken jagte, obwohl fast jeder die Melodie kannte. Eva, der noch der Fernsehbeitrag über Schuberts *Winterreise* frisch im Gedächtnis war, verstand plötzlich, was der Komponist gemeint hatte: ein Kranz schauerlicher Lieder, und dies war vielleicht das schauerlichste von allen. Jonas Hofer sang den »Leiermann« aus der *Winterreise*, und danach ließ er sich widerstandslos abführen, auch wenn er sich weigerte, ein Wort zu sagen, und die Polizei Caroline Krögers Autoschlüssel erst Tage später in einem Gebüsch am Wegrand zwischen Gemeindehaus und Kirche fand.

Linda Galster war völlig reglos an der Tür zur Sakristei gestanden, solange er gesungen hatte, und erst, als er fort war, hatte sie ihren Platz verlassen, zuerst mit langsamen, steifen Schritten, doch sobald einige der Umstehenden nach ihr gegriffen hatten, um ihr zu helfen, war sie ihnen in die

Arme gestolpert und hatte hysterisch zu schluchzen begonnen. Eva war froh, sie der gemeinsamen Fürsorge des Pfarrers und einer älteren Dame überlassen zu können, die sie offenbar kannte. »Hat er Ihnen was angetan?«, fragte die Frau mit mehr Sympathie als Fingerspitzengefühl, wie Römer fand. Linda schüttelte den Kopf. Nach ihren Worten im Gemeindesaal musste er beschlossen haben, allein unterzugehen. Er hatte sie angelächelt und in spielerischem Ton erwidert: »Wie unbedacht von mir, du hast völlig recht, das Letzte, was ein Musiker versäumen darf, ist ein Konzert. Ich hoffe doch, du kommst mit. Ich will dir ein Lied singen, das du noch nicht gehört hast – zum Abschied.« Und sie hatte begriffen, dass das seine Bedingung war: mit ihm hinüber zur Kirche zu gehen und kein Wort zu sagen, bis er seinen letzten Auftritt hinter sich gebracht hatte. Wie ein Liebespaar waren sie durch die Dunkelheit gegangen, er mit seinem Arm um ihre Schulter, aber sie hatte die Drohung in der Anspannung seiner Muskeln bei jedem Schritt gefühlt: Wenn sie geschrien hätte, wenn sie versucht hätte fortzulaufen oder auch nur, sich loszumachen, dann hätte sich die Gewalt Bahn gebrochen. Er hatte nichts zu verlieren, er hätte keine Skrupel gehabt. Sie war mitgegangen, von seinem Arm umfangen, wie ein Paar, und niemand hätte sich nach ihnen umgedreht, wenn sie denn auf ihrem Weg jemandem begegnet wären. Sobald sie über die Schwelle der Sakristei getreten waren, hatte er sie losgelassen, und sie war stehen geblieben, weil sie musste und auch nicht mehr die Kraft hatte, sich zu rühren. »Ich hatte solche Angst«, flüsterte sie.

Zwanzig Minuten, nachdem Jonas Hofer verhaftet worden war, fuhr vor der Kirche Tobias Galsters Kombi vor, und der Biobäcker stürzte durchs Portal, langsamer gefolgt von Rainer Sailer, der die Hand in einer Schlinge trug und einen Verband über der Stirn, wo eine Platzwunde genäht worden war. »Du machst Sachen«, begrüßte Eva ihn kopfschüttelnd. Rainer stöhnte vor Schmerz auf, als Tobias Galster ihm unbedacht auf die Schulter klopfte, die er sich bei seinem Sturz verrenkt hatte, grinste dann aber breit: »Eine Verhaftung mitten im Konzert, und dann noch dazu in einer Kirche. Weniger dramatisch ging's wohl nicht?«

Sie stieß heftig die Luft aus. »Ich bin verdammt froh, dass das gut ausgegangen ist«, erklärte sie.

»Wem sagst du das?«, stimmte Rainer inbrünstig zu. Dann musste er wieder grinsen, so groß war seine Erleichterung. »Also, ich will mich jetzt betrinken«, verkündete er. »Du wirst wahrscheinlich nicht mitmachen wollen, aber der Friedolin kommt und der Gollwitzer – und der Thorsten nicht, weil er sich jetzt auch noch erkältet hat, das könnte dir die Entscheidung erleichtern, und der Galster … na ja, der wahrscheinlich auch nicht. Ich werde den Römer fragen, ob er auf ein Bier mitkommt.«

»Was haben die dir im Krankenhaus gegeben?«, fragte Eva kopfschüttelnd. Aber dann fiel ihr die leere Wohnung ein, in der niemand auf sie wartete außer dem Kater. Die Idee, sich zu betrinken, erschien ihr auf einmal unerwartet attraktiv. »Also?«, fragte Rainer auffordernd. »Kommst du mit?«

»Warum nicht?«, meinte sie schulterzuckend. »Nur auf ein Bier natürlich«, fügte sie schnell hinzu.

Auch Herwig Römer war nicht abgeneigt, auf eine halbe Stunde oder so mitzukommen, aber er blieb am Eingang der Kirche noch einmal stehen. Sein Blick fiel auf den Programmtisch, den die Verkäuferin, verstört von den Ereignissen, verlassen hatte. Die brandneue CD lag darauf, und Herwig Römer nahm sie nachdenklich in die Hand. »Jonas Hofer singt Schubert.«

Er schüttelte den Kopf und blickte zurück auf die Bühne. Der leidende Christus hing an der Säule des großen Bogens, der den Eingang zum Altarraum markierte, noch immer angestrahlt von einem einzigen Scheinwerfer. »Keiner will ihn hören, keiner sieht ihn an«, drehte sich ihm der Text aus dem Leiermann im Kopf herum. Er wandte sich schaudernd ab und folgte Eva und ihrem Kollegen in die Winternacht hinaus.

ZUGABE:

Trockene Blumen

Text: Wilhelm Müller

Ihr Blümlein alle
Die sie mir gab,
Euch soll man legen
Mit mir ins Grab.

Wie seht ihr alle
Mich an so weh,
Als ob ihr wüßtet,
Wie mir gescheh?

Ihr Blümlein alle,
Wie welk, wie blaß?
Ihr Blümlein alle,
Wovon so naß?

Ach, Tränen machen
Nicht maiengrün,
Machen tote Liebe
Nicht wieder blühn.

Und Lenz wird kommen,
Und Winter wird gehn,
Und Blümlein werden
Im Grase stehn.

Und Blümlein liegen
In meinem Grab,
Die Blümlein alle,
Die sie mir gab.

Und wenn sie wandelt
Am Hügel vorbei
Und denkt im Herzen:
Der meint' es treu!

Dann, Blümlein alle,
Heraus, heraus!
Der Mai ist kommen,
Der Winter ist aus.

Der Duft von frischem Gebäck, so vertraut wie kein anderer, folgte Tobias Galster, als er die Stufen ins Bauernhaus hinunterstieg, und mischte sich dort mit dem leichten Modergeruch von kaltem Stein, dem immer präsenten Geruch von Kühen und von brennendem Holz im Ofen in der Küche. Er hatte erwartet, sie leer zu finden, und war überrascht, als er seine Cousine am Tisch sitzend antraf, die Beine angezogen auf der Holzbank, die mit Kissen gepolstert war, die so alt waren wie er selbst.

»Nanu, was machst du denn hier?«, wunderte er sich. »Musst du nicht arbeiten?«

Sie erwiderte sein Lächeln, aber beide merkten hinter dem Lächeln die Unsicherheit. Es war zu viel passiert, als dass alles plötzlich wieder so einfach sein könnte wie früher. Lindas Gesicht hatte die kraftlose Blässe noch nicht verloren, und sie kam ihm dünner vor. Vor allem ihre Augen beunruhigten ihn; sie hatten einen scheuen, unsteten Blick, und es schien ihr schwerzufallen, den Leuten in die Augen zu sehen. Aber vielleicht war das auch ganz natürlich nach allem, was geschehen war. Wenigstens lächelte sie, auch wenn es ein flackerndes Lächeln war. »Ich bin beurlaubt«, erklärte sie »Drei Wochen krankgeschrieben; der Psychologe von der Polizei hat darauf bestanden.« Sie zog eine Grimasse. »Nicht, dass mir das etwas ausmachen würde, aber er hat mir auch Tabletten verschrieben, und jede Woche ein Gespräch, damit ich keine posttraumatische Belastungsstörung entwickle.« Sie nahm sich einen Lebkuchen von dem Teller, den er aus der Bäckerei heruntergebracht hatte. »Ich habe mir gedacht, vielleicht gehe ich gar nicht mehr zurück«, erklärte sie nebenbei. »Ich könnte meinen Job kündigen und endlich etwas Gescheites anfangen.« Sie schien mehr mit dem Lebkuchen zu reden als mit ihm, aber Tobias rief erfreut aus: »Gut, mach das endlich! Ich meine, sobald du wieder richtig im Lot bist. Wurde eh höchste Zeit.«

»Und wenn ich mit der Selbstständigkeit kläglich scheitere, kann ich hier in der Scheune schlafen, ja?«, fragte sie in einem kläglichen Versuch, ihre Befürchtungen leicht zu nehmen.

»Ich fürchte, die Scheune kann ich nicht entbehren«, sagte er. »Ich habe auch Pläne, wie du weißt. Aber irgendwo fänden wir schon noch Platz für dich. Wie wär's mit dem Schweinestall, jetzt, wo wir nur die drei Säue haben?«

Es gelang ihm nicht, sie zum Lachen zu bringen. Sie krümelte an ihrem Lebkuchen herum und fragte schließlich, ohne ihn anzusehen: »Warum hast du geglaubt, ich hätte es getan? Caro umgebracht, meine ich? Wir hatten eine Meinungsverschiedenheit, aber das war doch kein Grund … kein Grund, so etwas zu denken.«

Sein Mund nahm einen harten Ausdruck an. Vielleicht hätte ihm Jonas Hofer ein wenig leidgetan, wenn er bei seinem letzten Auftritt dabei gewesen wäre, aber selbst dann hätte er vor allem daran denken müssen, was er ihnen allen angetan hatte: Linda, Caroline und ihm selbst. »Ich habe Caros Handy in deinem Auto gefunden«, antwortete er gepresst. »Was hätte ich denn denken sollen? Jetzt ist mir natürlich klar, dass er es dort gelassen hat.«

»Meinst du wirklich, er wollte, dass der Verdacht auf uns fällt?«

»Meinst du, dass nicht?«, fragte Tobias zurück. »Er hat dein Auto genommen, als er Anna umgebracht hat, er hat gewusst, was er tat. Es war natürlich das Einfachste, du hast ihn schon auf der Fahrt nach Stopfenheim fahren lassen, er hatte den Schlüssel in der Tasche ...« Tobias schüttelte den Kopf. Es fiel ihm immer noch schwer zu glauben, dass Jonas all diese Dinge getan haben sollte.

»Es war viel zu leicht«, stimmte Linda zu. »Ich hatte sogar meinen Hausschlüssel im Auto gelassen, im Handschuhfach. Er wusste das natürlich.« Sie dachte nach. »Das Handy. Ja, dann verstehe ich, warum du mich verdächtigt hast.«

»Glaubst du, sie finden genügend Beweise gegen ihn, um ihn zu verurteilen? Es heißt, er hätte kein Wort mehr gesagt, kein Geständnis, nichts.«

»Jedenfalls haben sie zwei Zeugen gefunden, die bestätigt haben, dass ich die ganze Zeit im Konzert war«, sagte Linda. »Und ich habe gehört, es gibt schon Beweise, Kleiderfasern und Spuren an der Mütze, die in Caros Auto war. Es wird wahrscheinlich dauern ...« Sie schwieg und fuhr mit der Zerstörung des Lebkuchens fort, bis Tobias ihn ihr aus der Hand nahm. »Lass das, die sind nicht als Bröseltherapie gedacht.«

»Was meinst du, warum hat Jonas sich überhaupt an mich rangemacht?«, fragte sie plötzlich. »Was wollte er damit? Ich war ihm doch eigentlich egal, oder?«

Wieder verhärtete sich Tobias' Gesicht. Er würde Jonas nie verzeihen, nicht in diesem Leben. »Ich weiß nicht, was er sonst wollte, aber an dem Abend, an dem er Anna-Luise umgebracht hat, musste er dich aus dem Haus haben. Das wäre sonst viel zu gefährlich gewesen.« Er sah seine Cousine besorgt an. »Du hast doch die ganze Zeit gewusst, dass er es nicht ernst gemeint hat, oder? Du hast ihm doch nicht geglaubt?«

Sie zuckte die Schultern. »Vielleicht nicht. Aber ich wollte ihn trotzdem.«

Sie lächelte ein selbstironisches Lächeln, als sie seinen Gesichtsausdruck sah. »Nein, nicht aus Liebe, keine Angst. Aber ich hatte alles so satt. Ich wollte nicht allein sein, und er konnte sehr nett sein, amüsant, anziehend. Es war ein bisschen wie ein Spiel … ich wusste nicht, dass es ein so gefährliches Spiel sein würde.«

Tobias ging zur Spüle und holte einen großen Blumenstrauß aus dem Wasser. Linda machte große Augen: »Nanu, du hast doch nicht etwa ein Date?«

Er grinste schief. »Nicht im eigentlichen Sinne«, antwortete er. »Ich dachte mir, ich sollte mich bei der Tochter vom *Hirschen* endlich für die Sache mit ihrem Hund entschuldigen.«

»Oh, viel Erfolg. Soll ich in ein paar Stunden den Weg nach Emsfeld abfahren und schauen, ob du wieder mit gebrochenen Gliedern im Graben liegst?«

Er schauderte. »Hoffentlich lässt sich die Sache ohne Gewalt lösen … Ich geh dann mal los. Sehe ich angemessen schuldbewusst aus?«

»Wie ein Basset, ein Bild des Jammers«, versicherte sie. »Ach, sag mal, was ist eigentlich aus Caros Handy geworden? Hast du es der Polizei gegeben?«

Er biss sich auf die Lippe. »Äh, nein, ehrlich gesagt, ich habe es vernichtet.« Er schluckte. »Gründlich vernichtet. Ich hätte es nicht über mich gebracht, ihnen das zu geben und zu sagen, ich hätte es in deinem Auto gefunden.«

Sie lächelte, aber ihr stiegen die Tränen in die Augen. Das

passierte zurzeit ständig, der Arzt hatte gesagt, das würde besser werden, sobald die Tabletten ihre Wirkung taten. Sie hoffte es; es war kein angenehmer Zustand.

»Da wir gerade von der Polizei sprechen«, sagte Tobias noch. »Ich glaube, der Sailer mag dich. Als er mich über Jonas ausgefragt hat, hat er mindestens so ein finsteres Gesicht gemacht wie ich. Vielleicht hätte ich das Handy doch behalten sollen, dann hättest du jetzt einen Grund, noch mal hinzugehen.«

Er seufzte über die verpasste Gelegenheit, seine Cousine zu verkuppeln, aber dann verließ er eilig die Küche des Felberhofs, weil Linda mit dem Lebkuchen nach ihm warf.

Pathologie eines Mörders

Tommie Goerz
Schafkopf
Klappenbroschur, 280 Seiten
ISBN 978-3-86913-041-5

Als ein Wirt im fränkischen Kalchreuth seinen Bierkeller aufschließt, stößt er auf eine bestialisch zugerichtete Leiche. Bei dem Toten findet die Polizei einen rätselhaften Gegenstand: ein Fußball-Trikot des 1. FC Nürnberg. Ein Zeichen ja, aber wofür? Mit dieser Frage ist der Nürnberger Kommissar Friedo Behütuns konfrontiert. Steht dahinter ein Fan-Krieg? Zielt die Tat auf den Sponsor des Vereins, einen Atomkonzern, ab? Oder ist nicht vielmehr im rechtsradikalen Milieu zu ermitteln? Bald tauchen weitere Opfer auf, alle ähnlich grausam ermordet. Die Ereignisse eskalieren, und Behütuns tappt lange im Dunkeln – bis er eine folgenreiche Entdeckung macht.

»Ein fesselnder Krimi, der den Leser immer wieder auf die falsche Fährte lockt!« *BR*

ars vivendi